Fantasy

Herausgegeben von Wolfgang Jeschke

Mark Geston

Das Schiff

Drei Romane in einem Band

WILHELM HEYNE VERLAG
MÜNCHEN

HEYNE SCIENCE FICTION & FANTASY
Band 06/4515

Titel der amerikanischen Originalausgabe
LORDS OF THE STARSHIP
OUT OF THE MOUTH OF THE DRAGON
THE DAY STAR
Das Umschlagbild schuf Pete Lyon
Deutsche Übersetzungen von Birgit Reß-Bohusch

Eine deutsche Ausgabe der Trilogie
erschien unter den Titeln:

»Das Sternenschiff«
(HEYNE-Buch Nr. 06/3419)

»Die Ruinenwelt«
(HEYNE-Buch 06/3423)

»Der Stern der Hoffnung«
(HEYNE-Buch Nr. 06/3428)

Redaktion: Wolfgang Jeschke

Printed in Germany 1988
Umschlaggestaltung: Atelier Ingrid Schütz, München
Gesamtherstellung: Ebner Ulm

ISBN 3-453-02770-1

Inhalt

Erstes Buch

DAS STERNENSCHIFF

(LORDS OF THE STARSHIP)

VORWORT

Geschichtsschreiber haben in der Regel eine besondere Schwäche für ›Goldene Zeitalter‹. Sie weisen mit Vorliebe darauf hin, daß die armen Kreaturen, die dazu verdammt sind, in der Gegenwart zu leben, im Vergleich zu den erhabenen Gestalten früherer Epochen äußerst schlecht abschneiden. Es scheint jedoch, daß in den Jahren unmittelbar nach der Dorischen Restauration nicht einmal die ärgsten Schwarzmaler unter den Chronisten ihre Bewunderung für die eigene Zeit unterdrükken konnten; auffällig ist im Gegenteil, daß sie sich noch vor dem unvermeidlichen Niedergang ihrer Epoche in Lobpreisungen ergingen.

Aufgrund dieses Überschwangs und der Fülle von Beschreibungen, die er auslöste, müßten wir eigentlich erstmals in der Lage sein, die Frage zu beantworten, die im Zusammenhang mit allen Goldenen Zeitaltern auftaucht: Weshalb versanken sie? Doch leider ist es bisher nicht gelungen, dieses Problem auch nur annähernd zu lösen; die Bibliotheken, die uns aus der damaligen Zeit zur Verfügung stehen, enthalten eine Reihe von Werken über Geschichte, Soziologie und ähnliches (eine Ausnahme stellen naturwissenschaftliche Abhandlungen dar), die sich in ihrer Aussage verblüffend ähneln. Beinahe alle verraten einen unerschütterlichen Glauben an die eigene Zeit und einen grenzenlosen Optimismus hinsichtlich der Zukunft. Ihre Titel (*Epoche der Erfüllung, Jetzt für alle Ewigkeit, Jahrtausend der Götter, Ein Traum wird wahr*) geben ein stummes Zeugnis von der Euphorie jener Tage ... wobei gesagt werden muß, daß die Verfasser dieser Bücher weder Spinner noch blinde Schwärmer waren, sondern anerkannte Kapazitäten, Männer und Frauen von Geist und Bildung. Nirgends wird vom Untergang gesprochen; niemand scheint auch nur mit der vagen Möglichkeit eines Verfalls zu rechnen.

Aber wenn das Ende auch nicht ausdrücklich Erwähnung findet, so fällt doch auf, daß um das Jahr 1483 die Anzahl der Werke allmählich zurückgeht. Die Hoffnungen, die sich in späteren Veröffentlichungen widerspiegeln, sind die gleichen geblieben, aber sie klingen nun leidenschaftlicher, betonter, beinahe verzweifelt. Die Tendenz hält an, bis schließlich überhaupt keine Bücher mehr gedruckt werden; wann dieser Zeitpunkt eintritt, läßt sich wegen der vielen unterschiedlichen und ungenauen Kalender der späteren Epochen nicht mehr feststellen.

Auf den ersten Blick könnte man eine großangelegte Kampagne vermuten, dem Volk jegliche pessimistische Literatur vorzuenthalten, aber wir haben genug andere Hinweise dafür, daß es in dieser Richtung kaum Beschränkungen gab. Offenbar waren die Menschen so glücklich, so unendlich zufrieden gewesen, daß sie sich einfach weigerten, die Verschlechterung der Zustände zur Kenntnis zu nehmen. Man kann sich beinahe vorstellen, wie die letzten armseligen Schreiber gegen ihren eigenen Verstand ankämpften, wie sie gewaltsam die Augen vor dem Chaos schlossen, das um sie wütete. Die ständige Verleugnung der Tatsachen zugunsten angestaubter, nicht mehr gültiger Erinnerungen führte sicher in vielen Fällen zum Wahnsinn.

Und dann, so nimmt man an, hörten die Menschen einfach zu schreiben auf und wandten ihre Aufmerksamkeit dunkleren Dingen zu.

Man hat der Epoche, die dem Zusammenbruch folgte, dem Zeitalter, in dem wir leben, viele Namen gegeben: die Zeit der Finsternis, die Hölle, die Schwarzen Jahre, Ära der Verdammten, und so fort. Keiner von ihnen trifft die ganze Schwere unseres Elends. Denn 1483 war lediglich der Beginn, das Jahr, in dem die ersten wichtigen Teile versagten. Zwischen jenem Datum und dem Heute liegt eine ungewisse Zahl von Jahren, in denen die Dinge nicht nur versagten, sondern sich veränderten und oft genug haarsträubende Formen annahmen.

Der Mensch verarmte irgendwie; wie das zustande kam, weiß ich nicht, aber die Folge davon sind die grauenhaften Zivilisationen der Gegenwart.

Auf der Erde selbst zeigte sich die Veränderung in einem krasseren Licht; wäre einem Bürger der Ersten Welt das Unglück widerfahren, in unserer Epoche zu leben, so hätte er Entsetzen empfunden. Unsere Welt ist so entstellt, verzerrt und zerrissen, daß sie in nichts mehr dem Planeten unserer Vorfahren gleicht. Die Menschen und einige ihrer Legenden leben weiter, aber das ist alles. Auf welche Weise der Zusammenbruch erfolgte, liegt wohl jenseits des menschlichen Horizonts, aber die Tatsache, daß ein gewaltiger Unterschied zu früher besteht, ist unleugbar; nicht alle Karten und Statistiken der Ersten Welt können falsch sein, und doch hat keine einzige auch nur entfernte Ähnlichkeit mit irgendeiner Region unserer Welt ...

(Hier scheinen fünf Seiten zu fehlen; vielleicht hat man sie absichtlich entfernt; Anm. des Herausgebers.)

Wie läßt sich ein Zeitalter der unendlichen Verwirrung und Finsternis in ein paar Zeilen zusammenfassen? Ich kann es nicht. Mir schwindelt, und meine Gedanken wirbeln, während sich mein Fantasie mit jeder Minute, die verstreicht, eine neue Tragödie ausmalt, eine neue Katastrophe, die, wie mich die Erfahrung gelehrt hat, durchaus im Bereich des Möglichen liegt. Ich fühle mich elend und gedemütigt, daß meine Rasse und meine Welt ein so entsetzliches Geschick erleiden soll und daß es keine Aussicht gibt, es abzuwenden.

Fragment eines Manuskripts, entdeckt beim Öffnen der Schwarzen Bibliothek von Calnarith.

1

Es war kurz nach Mitternacht, als Sir Henry durch General Torimans Burschen die Nachricht erhielt, daß man ihn auf Caltroon erwarte; er hatte in einem Sessel des Arbeitszimmers vor sich hingedöst, doch nun war er mit einem Schlag hellwach. Als Beamter des Wiederaufbau-Ministeriums hütete er seinen Schlaf im allgemeinen wie eine kostbare Perle, aber er wußte, daß ihm diesmal wohl keine andere Wahl blieb, als auf seine Nachtruhe zu verzichten.

Er schlüpfte aus der Hausjacke und in einen warmen Winterrock, noch bevor der Diener mit Mantel und Stiefeln das Zimmer betrat, und ließ Lady Limpkin ausrichten, daß sie nicht auf ihn warten möge. Dann ging er ungeduldig vor dem Haus auf und ab, bis die bestellte Pferdedroschke eintraf.

Im Normalfall dauerte die Fahrt zu General Torimans Festung am Hang des Mount Royal höchstens zwanzig Minuten, aber der Schneematsch verlangsamte das Tempo. Sir Limpkin nützte die Verzögerung zu einer Rückschau. Nur das Holpern der eisenbeschlagenen Räder oder ein Fluch des Kutschers unterbrach seine Gedankengänge.

Nach etwa zehn Minuten hatten sie die Stadtmauer erreicht. Sir Henry gab sich zu erkennen und erhielt die Erlaubnis, das Nordtor zu passieren. Sie schlugen den selten benutzten Weg entlang des Flusses ein, der parallel zur Stadtgrenze verlief; schon kurze Zeit später erkannte Sir Limpkin die Lichter von Caltroon. Dahinter ragte die mächtige Flanke des Mount Royal auf.

Limpkin entließ die Droschke am Großen Portal, nachdem er dem durchfrorenen Kutscher ein ansehnliches Trinkgeld in die Hand gedrückt hatte.

»Sir?« fragte eine Stimme von den Wehrgängen. Limpkin schaute auf, aber er sah nichts außer drei wehenden Fahnen:

zur Rechten Torimans Banner mit dem Familienwappen; zur Linken die Regimentsstandarte der Zweiundvierzigsten Husaren, Torimans ehemaliger Truppe; und in der Mitte die schwarzsilberne Flagge der Republik Caroline.

»General Toriman hat mich rufen lassen. Ich bin Sir Henry Limpkin«, entgegnete er der körperlosen Stimme.

Eine kleine Pforte im Festungswall öffnete sich quietschend, und ein Mann mit einer Laterne winkte ihn herein. »Bitte, folgen Sie mir!« sagte er höflich.

Limpkin durchquerte den zugigen Außenhof, den inneren Festungswall und die Prunkgärten, die jetzt einen kahlen Anblick boten. Dann stand er vor dem Bergfried.

Caltroons Geschichte ließ sich beinahe siebenhundert Jahre zurückverfolgen, in eine Zeit, als es ein vergessener Vorposten eines vergessenen Reiches gewesen war. Seit damals hatten die Kriegsfürsten der verschiedensten Nationen Wälle, Zinnen, Wehrgänge und andere Befestigungen errichten lassen – und, fünfhundert Jahre nach Caltroons Entstehen, den Hauptturm, auch Bergfried genannt.

Es war ein Ort der großen Erinnerungen. Torimans Wappen aus dem fernen Mourne, die Ritterfaust und das geflügelte Pferd, hing neben den Wappen der berühmtesten Männer, welche diese armselige Welt hervorgebracht hatte. Wohin man blickte, sah man nur Schönes oder Ehrfurchtgebietendes; denn die Herren von Caltroon liebten das Schöne, weil es so selten war, und die Macht, weil sie mit ihrer Hilfe am Leben blieben, um das Schöne zu genießen.

Limpkin dachte über diese Dinge nach, während er dem Wachtposten durch das Labyrinth der Korridore und Säle folgte. Die blutbefleckte Lanze der Gegenwart und die rostige Flinte der Vergangenheit hingen zwischen einer exquisiten Kristall-Skulptur von Bannon der-Main und einem Manuskript aus der Schwarzen Bibliothek von Calmarith. Aber der Staub sammelte sich auf dem Schönen wie auf dem Ehrfurchtgebietenden. Die Burg und ihr Herr siechten langsam dahin. *Wie ich,* dachte Limpkin müde, *wie die Republik Caroline, wie die Welt.* Es gab kein abruptes Ende, aber der Staub lagerte sich ab, unaufhaltsam, bis er alles unter sich begrub.

Limpkin kamen die Worte in den Sinn, die er einmal bei einem Bankett Toriman gegenüber geäußert hatte: »Irgendwie scheint die Menschheit etwas verloren zu haben – schon vor langer Zeit. Was es allerdings ist, vermag ich nicht zu sagen.« Toriman hatte damals erwidert, er selbst empfinde ähnlich, und es müsse doch eine Möglichkeit geben, der Sache auf den Grund zu gehen. Nun, man raunte allerlei über Toriman. So hatte Limpkin erfahren, daß der General in den vergangenen viereinhalb Monaten eine Expedition durch die Wüstenebenen des Westens unternommen habe. Ob dieses nächtliche Treffen damit in Zusammenhang stand ...?

Limpkin unterbrach seine Gedankengänge, als der Posten eine Tür öffnete und zur Seite trat. »Der General erwartet Sie in seiner Bibliothek, Sir«, murmelte er und zog sich in den Schatten des Korridors zurück.

Die Bibliothek, die General Toriman gleichzeitig als Arbeitszimmer diente, war ein langgestreckter, hoher Raum, der fast an ein Kirchenschiff erinnerte. Bücherregale aus Hartholz säumten die Längswände. Limpkin sah Reihe um Reihe herrlich gebundener Schriften, Kartentische mit wertvollen Intarsien, Himmelsgloben in allen Größen. An der Stirnseite des Raums befand sich eine Sitznische mit einem mächtigen Kamin; das offene Feuer und die Kerzenflammen von vier schmiedeeisernen Leuchtern tauchten die Bibliothek in ein warmes, pulsierendes Licht. Dicht über dem Sims hing das Wappen der Torimans, diesmal aus Kupfer getrieben, und daneben entdeckte Limpkin Miniaturausgaben der drei Flaggen vom Festungswall; ihre gestickten Insignien schimmerten matt. Die Wände der Nische waren mit dunkel gemasertem Mahagoniholz vertäfelt.

Als Limpkin über die Schwelle trat, fiel ihm auf, daß der Boden aus schwarzen und weißen Marmorplatten im Schachbrettmuster bestand. Unwillkürlich schüttelte er den Kopf. Der warme, rötlichgelbe Schein des Feuers, das Spiel von Licht und Schatten, der anheimelnde Geruch nach Leder, Pergament und Edelhölzern – das alles wurde durch die kalten Fliesen zunichte gemacht. Das Feuer knisterte, und die Papiere in Torimans Hand raschelten leise, aber Limpkins Schritte knallten schroff und hart, als befände er sich auf einem Kasernenhof.

Torimans Schreibtisch war vor den Kamin gerückt. Er wirkte so imposant wie der ganze Raum: fünf Meter lang, aus kostbarem Rosenholz, mit Schnitzereien und Perlmutt-Intarsien an Kanten und Füßen. Raffinierte, aber unaufdringliche Goldornamente vervollständigten den Eindruck vornehmer Eleganz.

General Toriman hatte einen Stuhl mit hoher Lehne und schwarzgoldener Brokatbespannung dicht vor das Feuer geschoben; er blätterte in einem Buch, das sein Wappen trug.

Toriman war achtundsechzig Jahre alt. In seinen Zügen spiegelten sich das Leid und die Müdigkeit eines Mannes, der sein Leben auf den Schlachtfeldern zugebracht hat. Das eisengraue, erstaunlich dichte Haar war streng nach hinten gekämmt. Sein Gesicht, gezeichnet von Narben und zerfurcht von Falten und Runzeln, wirkte unheimlich plastisch; die tiefliegenden Augen erinnerten an dunkle Höhlen; nur gelegentlich blitzten sie im Feuerschein auf. Schmale Lippen, eine scharfe Nase und das harte Kinn vermittelten den Eindruck ungewöhnlicher Strenge.

Als er sich nun erhob, um seinen Besucher zu begrüßen, sah man, daß er immer noch eine athletische Figur besaß; er hielt sich kerzengerade. Limpkin hatte das Gefühl, in den Schatten einer Gewitterwolke geraten zu sein.

Die beiden Männer hatten einander im Laufe der letzten zehn Jahre schätzen gelernt, auch wenn man nicht behaupten konnte, daß sie Freunde waren. Echte Freunde besaß der General nicht.

Toriman deutete auf einen Stuhl und entschuldigte sich, daß er Limpkin zu so später Stunde nach Caltroon gebeten habe; aber, so fuhr er fort, er habe eine Entdeckung gemacht, die für das Wiederaufbau-Ministerium vielleicht von großer Wichtigkeit sei. Ein Diener brachte Wein, und der General holte aus dem Gewirr von Karten und Dokumenten auf seinem Schreibtisch ein Holzkästchen mit Zigarren.

Nachdem es sich die Politiker bequem gemacht hatten, begann Toriman: »Limpkin, ich weiß, daß Sie mir bereits mehrmals die Aufgaben Ihres Ministeriums erläutert haben, aber ich bin ein alter Mann und vergesse leicht. Es hat irgend etwas mit der Entwicklung der Nation zu tun, nicht wahr?« Toriman preßte eine Hand gegen die Stirn; die Flammen ließen seinen goldenen Siegelring aufblitzen.

»Ja. Wir versuchen, dem Land wieder auf die Beine zu helfen, ihm den Standard von früher zu geben. Allerdings wissen wir nichts Konkretes über die Vergangenheit. Vielleicht hat es die Erste Welt, die unsere Sagen beschreiben, nie gegeben.« Er seufzte. »Nun, wie die meisten Männer an hoffnungslosen Posten führe ich ein recht bequemes Leben. Ich sitze in einem vornehmen Büro in der George Street und gebe Tag für Tag einen Wust von Anweisungen und Befehlen heraus. Der Erfolg? Mein lieber Toriman, Sie sehen ebenso wie ich, daß Caroline eine Hölle ist, ausgelaugt, von bitterer Kälte oder Gluthitze geplagt. So scheint es immer gewesen zu sein, und so wird es vermutlich auch bleiben, bis irgendein gnädiger Gott unserer Welt den Todesstoß versetzt.«

»Ein deprimierendes Bild.«

»Aber realistisch. Die Heldentaten des Zweiundvierzigsten Husaren-Regiments haben übrigens kaum dazu beigetragen, die Lage zu verbessern.«

Toriman zeigte sich nicht gekränkt. Im Gegenteil, er lächelte. »Das stimmt – mehr oder weniger. Ich suche weder nach Ausreden noch nach Entschuldigungen. Jene Tage sind längst vorbei.« Der General sog nachdenklich an seiner Zigarre. »Aber lassen wir uns durch das, was geschehen ist, nicht die Aussicht auf eine bessere Zukunft verdüstern.«

Limpkin zog die Augenbrauen hoch. »Ich höre.«

»Vor Jahren erwähnten Sie einmal, daß nicht die öde Landschaft die Schuld am Elend unserer Welt trage, sondern die innere Haltung der Menschen. Erinnern Sie sich?«

»Merkwürdig – auf dem Wege hierher fiel mir eben dieses Gespräch ein.«

Toriman nickte und nahm einen dicken Umschlag vom Tisch. »Gut. Ich habe hier einen Bericht, dessen Inhalt Sie sicherlich nicht langweilen wird.« Er legte das Aktenbündel auf seinen Platz zurück. »Im Kern bestätigt er jedoch genau das, was Sie vermutet hatten: Etwas ist der Menschheit verlorengegangen – das Ego, der Wille zur Macht, oder wie man es sonst nennen mag. Wir wissen beide, was gemeint ist.«

»Dann hatte ich also recht?« fragte Limpkin ein wenig ungläubig.

»Oh, das ist noch lange kein Grund zum Triumphieren«, wehrte Toriman lächelnd ab. »Viele andere hatten es vor Ihnen vermutet. Aber sie konnten es nicht beweisen oder fanden nicht den Mut, es sich selbst einzugestehen. Auch ich gewöhnte mich nur schwer an den Gedanken, daß die meisten Menschen von heute Gefühls-Eunuchen sind.«

Er machte eine Pause. »Nun, zum Glück gibt es einige Ausnahmen, und ich hoffe, Sie halten mich nicht für übermäßig eitel, wenn ich mich zur Minderheit rechne. Doch zurück zu dem Bericht ...« Der General nahm den Umschlag noch einmal in die Hand und begann, ihn durchzublättern.

»Diese Substanz, die keinen Namen hat, ging vermutlich in einer Zeit verloren, von der wir keine Aufzeichnungen besitzen. Aber unsere Legenden kommen, soweit ich das nachprüfen konnte, der Wahrheit ziemlich nahe. Ich reiste im Dienste der Nation weit umher« – Limpkin glaubte, eine Spur von Widerwillen in der Stimme des Generals zu vernehmen – »auch in Gebiete, die nach dem Glauben des Volkes von Dämonen besessen sind. Ich sah die Reste der Vergangenheit. Die Grauen Felder mit ihren gespenstischen Flugzeugwracks, überwuchert von Unkraut und Lianen, aber so wirklich wie meine Hand. Oder das Bollwerk an der Mündung des Tyne

– daneben wirkt mein ehrwürdiges, mächtiges Caltroon wie eine Baracke.«

Limpkins Staunen wuchs. Er war auf dem Lande groß geworden, und die Sagen seiner Kindheit kamen ihm wieder in den Sinn. »Bitte, fahren Sie fort!« sagte er atemlos.

»Fortfahren? Wo? Jede Legende wird durch ein Dutzend Tatsachen bestätigt. Am Rande unserer Welt liegen die Überreste von Flugzeugen, Schiffen und unheimlichen Maschinen, deren Sinn niemand durchschaut.«

»Eine Zwischenfrage: Weshalb haben wir bisher nichts von diesen Dingen erfahren?«

Toriman zuckte die Achseln. »Die Welt ist sehr viel größer, als unsere Geographen bisher annahmen. Selbst Bauwerke wie das Bollwerk am Tyne verlieren sich darin.

Unsere Welt, Limpkin, die zivilisierte Welt, stellt nur eine winzige Insel dar. Zudem haben die Verwüstungen von zahllosen Kriegen jedes sichere Wissen über die Vergangenheit ausgelöscht. Wir besitzen nicht mehr die Macht und die Fähigkeiten von früher.«

Limpkin nickte und fragte dann ruhig: »Wie konnte es nur geschehen?«

»Was?«

»Daß die Erste Welt zerfiel?«

»Ach so. Das verraten uns nicht einmal die Schriften der Schwarzen Bibliotheken. Aber ich kann ungefähr sagen, wann es geschah – vor dreitausend Jahren.«

»Kein Wunder, daß es so schwer ist, Spuren der Alten Welt zu entdecken. Es muß eine ungeheure Katastrophe gewesen sein.«

»Vielleicht. Einige Bände in der Schwarzen Bibliothek von Calnarith deuten eine Art Apokalypse an, aber diese Abhandlungen ersticken immer in religiösem Krampf – Wiedergeburt und all dieses Zeug –, so daß sie uns wenig nützen.

Es spielt jedoch kaum eine Rolle, ob sich die Menschheit bereits vor oder, was glaubhafter erscheint, infolge der Katastrophe veränderte. Irgendwann fehlte diese Substanz – vielleicht ging sie über Nacht verloren – und von diesem Moment an setzte unaufhaltsam der Verfall ein.

In manchen Gebieten wie im Süden und fernen Westen vollzog er sich rasch. Anderswo, wie etwa bei uns, ging er quälend langsam vor sich. Herrgott, Limpkin, wenn ich die Dinge richtig sehe, dann haben wir den Abgrund noch nicht erreicht. Unsere Zivilisation wird sinken, bis die Erde so ausgebrannt ist wie das Große Ödland, bis unsere Städte verrotten und wir von irgendwelchen Riesenechsen als Schoßtiere gehalten werden.«

»Wer malt nun schwarz, General? Sie haben mich doch sicher herbestellt, um mir Pläne und Vorschläge zu unterbreiten. Was schwebt Ihnen vor?«

Toriman blies einen Rauchring und meinte leichthin: »Ein neuer Beginn.«

Limpkin lachte trocken. »General, das wäre natürlich die beste Lösung – wenn nicht ein paar Riesenhindernisse im Weg stünden . . .«

»Die gilt es eben zu überwinden.« Einen Moment lang hegte Limpkin den Verdacht, daß der alte Mann senil wurde. Geduldig sagte er: »Wir arbeiten seit mehr als fünfzig Jahren an diesem Problem, aber bisher sind wir unserem Ziel keinen Schritt näher gekommen.«

»Weil Sie weder mit dem richtigen Werkzeug noch mit der richtigen Technik arbeiten«, entgegnete Toriman liebenswürdig.

Limpkin beherrschte sich mühsam. »Vielleicht hatten Sie bei Ihren Feldzügen nicht die Gelegenheit, Land und Leute so gründlich kennenzulernen wie ich. Gewiß, die Republik Caroline macht einen günstigen Eindruck, aber nur im Vergleich zu diesen elenden . . . verdammt, Toriman, was gibt es da zu grinsen?«

»Entschuldigen Sie, Limpkin.« Aber der General konnte sein Schmunzeln nicht verbergen.

»Das Land ist heruntergewirtschaftet«, fuhr Limpkin fort. »Verbrecher und Banden von Halbwüchsigen terrorisieren die verfallenden Städte. Die Industrieproduktion geht jährlich um 2,6 bis 2,8 Prozent zurück.« Sein Blick ruhte einen Moment lang kühl auf Toriman. »Dazu kommen die sinnlosen Kriege mit fremden Mächten, bei denen unsere letzten Felder verwüstet, unsere besten Männer getötet und die Staatsgelder verschleudert werden.«

»Warum haben Ihre Leute diese Mängel nicht längst abgestellt?«

Limpkins Ärger wuchs. »In den Archiven meines Ministeriums schimmeln die Akten. Wir haben Appelle an die Regierung und das Volk gerichtet, wir haben gedroht, wir haben jede nur erdenkliche Taktik angewandt, um uns durchzusetzen. Aber die Briefe, die hinausgehen, bleiben ohne Antwort. Beauftrage ich meine Männer mit Nachforschungen, so kehren sie mit leeren Händen zurück oder werden umgebracht — je nach Temperament der Gegner.

Ah, dieses Volk! Dieses gottverfluchte Volk! Ich sage: ›Baut einen Damm — euer Leben hängt davon ab!‹ Aber es ist, als würde ich in den Wind reden. Sie sehen die Notwendigkeit meiner Befehle einfach nicht ein. Irgendwo fehlt etwas . . .« Er seufzte. »Womit wir wieder beim Thema wären. Was tun?«

»Zuerst einmal, mein Freund, beruhigen Sie sich wieder! Und dann sollten wir festhalten, daß diese Substanz, die dem Volk fehlt, vielleicht nicht endgültig verlorengegangen ist, sondern nur verschüttet wurde, daß sie unterging im Kampf gegen das Elend der letzten dreitausend Jahre. An uns liegt es, sie dem Bürger wieder ins Bewußtsein zu bringen.«

»Bei aller Hochachtung, General, das ist philosophisches Blabla. Wenn Sie mir keine anderen Anregungen geben können, dann war dieses nächtliche Gespräch reine Zeitverschwendung.«

Toriman drückte die Zigarre mit einer energischen Handbewegung im Aschenbecher aus. »Also gut, Schluß jetzt mit dem Kamingeplauder.« Er erhob sich und rollte einen Ständer herbei, über dessen Querstangen eine große Landkarte gespannt war. Der Flammenschein des Kamins durchdrang das dünne Pergament und ließ die Zeichnungen plastisch hervortreten.

Limpkin studierte sie. Im Osten befanden sich das Meer und die Küstenlinie der Welt. Er erkannte die Ozean-Republiken, Neu-Svald und die Dresau-Inseln gegenüber der Talbight-Mündung. Darüber und darunter scharten sich kleinere Nationen, deren Namen ihm nicht immer geläufig waren.

Er nahm die freie Stadt Enador im Süden der Talbight-Mündung als Bezugspunkt und folgte der Donnigol-Linie nach Westen, bis sie an die südlichen Ausläufer der Republik Caroline stieß. Seine Heimat war umringt von anderen Staaten. Aber er stellte mit Staunen fest, daß alle diese Gebiete nur einen winzigen Teil der Karte ausmachten.

Toriman lächelte triumphierend, aber Limpkin achtete nicht darauf. Er stand auf und starrte die Karte aus der Nähe an. Im flackernden Licht des Feuers schien die Welt auf einem Meer aus geschmolzenem Glas zu schwimmen; die Berge wölbten sich auf, und blaugrünes Wasser schimmerte in den Flußläufen. Unter manchen Ländernamen befanden sich die Nationalembleme: der goldene Adler des Königreiches Raud; die Ritterfaust und das geflügelte Pferd von Mourne, der Heimat Torimans; die vier Sterne von Svald und die sieben von Neu-Svald; dazu die unverständlichen Runenzeichen der Stämme, die an Geister und Dämonen glaubten.

Toriman lehnte sich zurück. »Limpkin«, begann er, »diese Karte stellt das gesamte Wissen dar, das ich, unterstützt von Gesinnungsgenossen, auf langen Reisen durch unwegsame Gebiete zusammengetragen habe. Sie zeigt die Umrisse . . .«

». . . der Hölle«, ergänzte Limpkin leise.

Der General nickte. »Der Hölle oder des Fegfeuers — eher letzteres, denn es gibt Abstufungen des Grauens. Und wir haben nicht alle Regionen erfaßt; jenseits der hier festgehaltenen Grenzen gibt es noch mehr Land, doch es versinkt im Nebel der Legenden.« Toriman erhob sich und blieb einen Moment lang vor der schimmernden Karte stehen; er steckte sich eine Zigarre an und deutete damit auf das Pergament.

»Hier befinden wir uns. Achten Sie einmal auf die nördlichste Provinz — sie heißt Tarbormin, wenn ich mich nicht täusche. Dort oben, auf einem kahlen Hochland, breitet sich ein See aus, der einen winzigen Fluß speist. Dieser namenlose Fluß ergießt sich in die Ebene« — er zeichnete die dünne blaue Linie mit dem Finger nach — »und weiter nach Yuma, unserem verhaßten Nachbarstaat.

Er durchquert Yuma, führt jetzt den Namen Tyne und sehr viel mehr Wasser, erreicht den Ort, den wir *Arsenal* nennen, und schließlich das Tal der Könige. Weiter als bis hierher sind nur wenige Menschen vorgedrungen.

Im Tal der Könige verwandelt sich der Tyne in ein reißendes Ungeheuer, das an einer Stelle, der Blut-Furt, mehr als eine Meile breit ist.« Toriman senkte die Stimme. »Leider war ich nicht unschuldig an dem Namen. Das Zweiundvierzigste Regiment hatte Banditen gejagt und zu spät bemerkt, daß die wahnsinnigen Halbmenschen, die in dieser Gegend hausen, ihre Wildhunde loshetzten . . .« Der General starrte einen Moment in das pulsierende Dunkel und richtete die Blicke dann wieder auf die Karte. »Entschuldigen Sie, Limpkin, ich will versuchen, mich auf das Wesentliche zu beschränken. Aber es strömen so viele Erinnerungen auf mich ein, alle bitter und grausam — mit einer Ausnahme vielleicht.« Sein Blick wanderte zu den Nordausläufern der Welt, wo sich die Küstenlinie in ein Gewirr von Fjorden und Schären auflöste. Einen Moment lang wirkten seine Züge weich.

»Eine Frau?« fragte Limpkin.

»Ja«, erwiderte Toriman geistesabwesend.

»Was ist aus ihr geworden?«

»Tot. Das ist alles sehr, sehr lange her. Vielleicht habe ich sie selbst getötet, denn zu jener Zeit galten Seuchen noch als taktische Waffen.« Er schüttelte den Kopf wie ein Mann, der aus einem tiefen Traum erwacht. Die narbige Haut über seinen Wangen straffte sich. »Der Tyne . . .«, sagte er, so abrupt, daß Limpkin seinen Einwand vergaß, die Armee von Caroline habe niemals biologische Waffen eingesetzt. »Der Tyne verläßt das Tal der Könige nach etwa sechshundert Meilen und setzt seinen Weg nach Süden fort, bis er an diese Stelle gelangt.« Toriman deutete auf ein Gebiet am unteren Rand der Karte. »Er dringt in das Große Ödland ein, wo die Erde wie durch einen Bann – eher jedoch durch Strahlenverseuchung – so steril ist wie ein Operationssaal. Und hier unten, wo der Fluß in den Ozean mündet, liegt unser Ziel.

An der Westseite des Deltas erhebt sich das Bollwerk, von dem ich vorhin sprach. Am Ostufer finden Sie die Werft.«

»Die *Werft?*« wiederholte Limpkin verwirrt.

Toriman sah ihn mit hochgezogenen Brauen an. »Ihnen sind noch keine Legenden über die Werft zu Ohren gekommen? Die Bewohner von Yuma erzählen sich darüber die haarsträubendsten Geschichten ...« Toriman nahm wieder Platz und holte einige Papiere aus dem Ordner. »Um es kurz zu machen – die Werft ist eine geheimnisvolle Betonfläche am Rande des Tyne-Deltas. Niemand weiß genau, wer sie dort angelegt hat und zu welchem Zweck; aber es scheint festzustehen, daß der Kanonenhügel – ein merkwürdiges Bauwerk ein Stück weit flußaufwärts – und das Bollwerk einzig und allein zum Schutze der Werft errichtet wurden.« Der General starrte einen Moment lang die Papiere in seiner Hand an. »Die Waffen von Bollwerk und Kanonenhügel deuten übrigens nach Westen, aber sie sind so alt, daß die Gefahr, der sie trotzen sollen, vermutlich längst nicht mehr existiert.

Die Werft selbst hat eine Länge von neun und eine Breite von vier Meilen – am Meeresufer sind es sogar fünf. Eine Rampe oder Helling von wahrhaft titanischen Ausmaßen verläuft mitten durch die Piste und fällt dann ins Meer ab, wo eine ausgebaggerte Rinne ins tiefe Wasser führt. Schienen durchziehen das Gelände in allen Richtungen; Baukräne stehen darauf, und einige scheinen sogar heute noch zu funktionieren.

Unter der Betonfläche befinden sich ausgedehnte Lagerhallen, bis oben angefüllt mit Werkzeug und Maschinenteilen.

Dazu kommen Säle, die sich als Konstruktionsbüro eignen. Doch davon später.

Ich verbrachte sehr viel Zeit in der Umgebung der Werft – einmal geriet ich in einen Minengürtel des Bollwerks und kam nur knapp mit dem Leben davon. Man erkennt noch vage die Reste eines Straßennetzes, das von der Werft wegführt – vielleicht zu einer Siedlung, die das Gelände früher einmal umgab. Sie ist heute spurlos verschwunden, mit Ausnahme eines mächtigen Turms in der Mitte des Flußdeltas. Er trägt heute noch den Namen Westwache, und ich halte es für wahrscheinlich, daß er in alten Zeiten durch Brücken mit der Werft und dem Bollwerk in Verbindung stand.

Wir haben also insgesamt vier Bauwerke. Den Turm können wir außer acht lassen. Er diente einst vielleicht als Auslug, aber heute ist er nicht viel mehr als eine Ruine. Das Bollwerk hingegen birgt auch heute noch Gefahren. Die Abwehrvorrichtungen funktionieren wie eh und je; wer ihnen zu nahe kommt, muß mit dem Tod rechnen. Dann ist da noch der Kanonenhügel. Wer durchschaut ihn? Er birgt mächtige Metallrahmen, die mein militärisch geschultes Auge irgendwie an Geschützlafetten erinnern.« Toriman nahm noch einen Schluck Wein.

»Ich weiß nicht, was ich sagen soll«, murmelte Limpkin. »Die Erbauer dieser Anlage müssen große Menschen gewesen sein.«

»Wenn es Menschen waren!« Torimans Miene, zuvor noch so gebieterisch, wirkte unsicher. Seine Lippen waren zu einem dünnen Strich zusammengepreßt. »Ich weiß sehr wenig über die Leute, die das Bollwerk und die Werft anlegten, und ich kann daher nur meine persönliche Meinung zum Ausdruck bringen. Sie waren nicht« – der General stockte und suchte nach Worten – »von meinem Fleisch und Blut. Sie hingen fanatisch an Idealen, die mir fremd sind. Ich spüre das irgendwie – im Wind, der vom Kanonenhügel oder dem Bollwerk herüberweht. Aber ich spüre es so deutlich wie die dicken Mauern von Caltroon. Etwas lauert in diesen Ruinen, das mir feindlich gesonnen ist. Sobald ich nur daran denke, steigt Furcht in mir auf. Spüren Sie es nicht auch, Limpkin?«

Limpkin bejahte, allerdings ein wenig zurückhaltend, denn er empfand vor allem Verwirrung über die Reaktion des Generals — und einen ehrfürchtigen Stolz, der sich kaum unterdrücken ließ. Fast schien es, als stamme er von jenen Erbauern ab, die Toriman so haßte. Limpkin hielt es für besser, das Gespräch an den Ausgangspunkt zurückzuführen.

»Aber was hat das mit uns zu tun? Die Erbauer sind tot, sie müssen tot sein, sonst hätten sie ihre Macht längst gegen uns ausgespielt . . .«

Torimans Miene hellte sich auf. »Natürlich, Limpkin — es war nur eine Stimmung. Aber Sie werden mich besser verstehen, wenn Sie die Werft mit eigenen Augen sehen. Und wenn Sie selbst keine Furcht empfinden, so werden Sie die Angst und den Haß der anderen spüren. Die Welt ist voll davon. Sie ist Ihre Hölle, mein Fegfeuer, unser aller . . .«

». . . Gefängnis«, ergänzte Limpkin, und Toriman nickte.

»Genau. Wir sind dazu verurteilt, in einem Gefängnis zu sitzen, ohne je ein Verbrechen begangen zu haben. Jeder Mensch in unserer Lage würde versuchen, die Flucht zu ergreifen. Aber das Gefängnis, unsere Welt, ist so ausbruchsicher, daß uns die Verzweiflung niedergedrückt hat. Deshalb konnte sich diese schlummernde Substanz in uns nicht entfalten — und wo sie es doch tat, verkümmerte sie wieder. Verzweiflung, Limpkin, das ist der Schlüssel. Wir brauchen die Antithese der Verzweiflung — neue Hoffnung.«

»Gewiß, aber ist das nicht gerade . . .«

Der General hob die Hand. »Sagt Ihnen die Bezeichnung ›Werft‹ überhaupt nichts?«

Limpkin schwieg einen Augenblick. »Ein Schiff«, flüsterte er dann. »Ein Raumschiff. Toriman, ist das Ihre Antithese der Verzweiflung — das?« Seine Stimme hatte einen schrillen Klang angenommen.

Wieder machte der General eine beschwichtigende Handbewegung. »Ich besitze keine Beweise für meine Annahme, aber der Schluß liegt nahe, daß auf dem gewaltigen Gelände einst ein Raumschiff gebaut wurde.«

»Aber keine Nation der Welt . . .«, Limpkin sprach den Satz nicht zu Ende.

»Weshalb nicht? Jemand hat auch das Bollwerk und den Kanonenhügel errichtet. Unsere Vorfahren besaßen mehr Möglichkeiten als wir. Aber zurück zur Gegenwart. Ich schlage vor, daß die Republik Caroline ein Raumschiff nachbaut. Die Lagerräume unterhalb der Werft enthalten alles, was wir für den Anfang brauchen; obendrein fand ich eine Menge bruchstückhafter Pläne. Verbreiten Sie die Kunde, daß uns das Schiff zur Flucht aus unserem grauenhaften Gefängnis verhelfen soll!«

»Und wohin möchten Sie fliehen?«

»Das ist doch Nebensache.« Toriman winkte ab.

»General, ich fürchte, Sie haben mich durch Ihre Redegewandtheit in eine Falle nach der anderen gelockt. Ein Sternenschiff, das uns in eine bessere Welt trägt – ein reizvoller Gedanke. Aber er wird sich niemals in die Tat umsetzen lassen.«

»Der Hauptzweck des Unternehmens ist es doch nicht, ein Transportmittel zu bauen! Das Schiff soll die schlummernde Hoffnung der Nation wecken – es soll die Menschen wieder zum Handeln zwingen. Da – sehen Sie sich das an!« Toriman entfaltete eins der Papiere, die er aus dem Ordner geholt hatte, und breitete es auf dem Schreibtisch aus. Limpkin trat zu ihm. Er starrte schweigend die von Künstlerhand gestaltete Skizze an.

Das Schiff war elegant und schnittig – so wie man sich Raumschiffe im allgemeinen vorstellte. Der spitz zulaufende Bug ragte hoch über die Betonpiste der Werft auf; der Rumpf erinnerte an den schlanken Leib eines Delphins. Eine einzige vertikale Leitflosse durchschnitt mit kühnem Schwung die Luft; die Deltaflügel waren im oberen Drittel des Rumpfs angesetzt und fielen dann schräg ab, bis sie im rechten Winkel zum Schiff standen.

»Der Ingenieur, der das Ding entwarf, hatte die Seele eines Künstlers«, stellte Limpkin halb im Scherz fest.

»Oh, die Zeichnung stammt von einem Psychologen«, entgegnete Toriman. »Technisch betrachtet, wäre das Schiff vermutlich ein glatter Versager. Aber die Fantasie des einfachen Volks wird von einer eleganten schnittigen Form eher angeregt als von einer stumpfgrauen Sphäre.«

»Und wie groß soll dieses Schiff sein?«

Der General sah Limpkin fest an. »Sieben Meilen lang, bei einem Durchmesser von einer drittel Meile und einer maximalen Flügelspannweite von dreieinhalb Meilen. Die Heckflosse erhebt sich eine halbe Meile über den Rumpf.« Toriman trank einen Schluck Wein, während Limpkin ihn ein wenig ratlos musterte; er wußte nicht, ob er lachen oder den General bemitleiden sollte. »Ihre Fantasie arbeitet bemerkenswert gut«, meinte Toriman mit verstecktem Spott.

Limpkin schnitt eine Grimasse. »Selbst wenn die Ingenieure der Ersten Welt in der Lage gewesen wären, dieses Monstrum zu bauen — wir schaffen es niemals.«

»Zugegeben, aber darauf kommt es auch nicht an. Wichtig ist folgendes: Die Erbauer der Werft haben uns soviel Material hinterlassen, daß wir mit dem Bau beginnen können. Wenn ich die geheimnisvollen Apparate in einer der Lagerhallen richtig interpretiert habe, besitzen wir sogar einen Satz Triebwerke.« Der General steckte sich noch eine Zigarre an. Im Schein der Flammen sah Limpkin, daß Torimans Siegelring ebenfalls das Wappen von Mourne trug — das geflügelte Pferd und die Ritterfaust. »Nun zu meinem Plan. Zuerst gilt es, einen Verbindungsweg zur Werft zu schaffen. Der Tyne bietet sich dafür geradezu an — wenn es uns gelingt, Yuma durch einen kleinen Krieg auszuschalten. Sobald dieses Problem gelöst ist, können wir mit dem Bau des Raumschiffs beginnen. Ich setze zweihundertfünfzig Jahre für das Projekt an, falls alles glatt verläuft.« Er achtete nicht auf Limpkins Räuspern. »Aber natürlich wird das Schiff nie vollendet werden.«

Toriman machte eine kleine Pause und fuhr dann fort: »Sehen Sie, Limpkin, der einzige Zweck dieses Unternehmens ist es, die schlummernden Kräfte des Volks zu wecken. Und hier beginnen die Schwierigkeiten.

Die Pläne, die ich Ihnen zeigte, basieren auf reiner Theorie. Selbst jene, die ich in der Werft fand, wurden auf einer höchst unsicheren Basis von der Runenschrift in unsere Sprache übertragen. Vielleicht bricht das Schiff unter seinem eigenen Gewicht zusammen oder detoniert beim Start oder – ich mag mir gar nicht ausmalen, was noch alles geschehen kann. Deshalb dürfen wir auf keinen Fall zulassen, daß das Schiff vollendet wird. Die Kräfte, die für das Projekt mobilisiert werden, müssen auf Umwegen wieder dem Volk zugute kommen.

Lassen Sie mich das einmal näher erläutern. Sie gehen heute in eins der abgelegenen Dörfer und befehlen den Bewohnern: ›Baut einen Damm!‹ ›Wozu?‹ fragen die Leute. ›Damit ihr bessere Ernten erzielt und dem Staat nicht zur Last fallt!‹ ›Wir verstehen, Sir‹, erwidern sie. ›Sofort, Sir.‹ Sie beginnen, eifrig zu graben und das Erdreich aufzuschütten, bis einer von ihnen zufällig den Kopf hebt und das Land betrachtet. Die Krume ist so ausgelaugt, daß auch der Damm die Ernte nicht verbessern kann. Wozu sich also abrackern?« Toriman zuckte die Achseln. »Wieder einmal hat das Elend unserer Welt den Sieg davongetragen.

Ein Jahr später kehren Sie in die Siedlung zurück; die Frühjahrsüberschwemmungen haben die Arbeit des Vorjahrs zunichte gemacht. Sie erteilen den gleichen Befehl. Aber auf die Frage der Dorfbewohner erwidern Sie diesmal: ›Mein geliebtes Volk, das soll euer Beitrag zum Bau des Sternenschiffs sein! Macht den Damm so groß, daß man von hier aus acht Stromleitungen bis zur Werft legen kann! Ich verlange gar nicht, daß ihr diesen unwirtlichen Planeten zähmt. Ich bitte euch nur, mitzuhelfen, daß wir ihn verlassen können!‹ Dann reichen Sie Skizzen des Schiffs herum. Schildern Sie die Dimensionen des Projekts, und in den Gehirnen der geplagten

Menschen wird sich ein neuer Gedanke festsetzen: Es gibt einen Ausweg aus dieser Hölle!

Ihre Männer müssen geschickt vorgehen, Limpkin. Sie müssen mit den Zungen von Propheten reden. Das Schiff muß so von den Gedanken der Menschen Besitz ergreifen, daß sie nachts zu den Sternen aufschauen und von einer neuen Welt träumen, auch wenn diese Welt ihnen und ihren Söhnen verschlossen bleibt.

›Wohin gehen unsere Kindeskinder?‹ werden sie fragen. Es ist gleichgültig, was Sie antworten. Erfinden Sie irgendwas — nur sorgen Sie dafür, daß überall die gleiche Geschichte erzählt wird. Die Legenden berichten, daß der Mensch vor dem Zusammenbruch der Ersten Welt den Raum beherrschte. Suchen Sie einen Stern aus, einen grüngoldenen Planeten unter einer jungen Sonne! Erzählen Sie den Leuten, daß es auf diesem Planeten Häuser gibt, Fabriken und Straßen, sorgfältig konserviert noch von jener Zeit her, als die sterbende Erste Welt ihre Kinder heimrief, in einem letzten Versuch, den Untergang abzuwehren. Wählen Sie den Namen, der Ihnen am besten gefällt: Paradies, Heimstatt, Hafen ...

Die Leute werden ihre ganze Kraft einsetzen, wenn sie ein lohnendes Ziel vor Augen haben. Doch an dieser Stelle beginnt der Betrug. Der Damm entsteht, und acht Stromleitungen stoßen nach Südosten vor. Aber nur zwei davon erreichen die Werft; die anderen sechs werden in Gebiete verlegt, wo man sie dringender benötigt. Ihren Platz nehmen Attrappen ein. Und falls doch irgendwelche Fragen auftauchen, sagen Sie einfach: ›Es ist für das Wohl des Schiffes!‹

Je mehr Arbeit in das Land gesteckt wird, desto rascher blüht es wieder auf. Anfangs werden die Menschen nur für das Schiff arbeiten, bis ihnen dann eines Tages auffällt, daß sich ihre Umwelt verändert hat, daß sich das Leben auf ihrem eigenen Planeten wieder lohnt.

Verstehen Sie jetzt, weshalb das Schiff unvollendet bleiben muß?« Toriman sog heftig an seiner Zigarre. »Wer weiß, vielleicht erhebt es sich eines Tages sogar von seiner Betonpiste und fliegt in den Raum hinaus — aber dann wird der Start getragen sein vom Geist des Abenteuers und nicht von der dumpfen Verzweiflung einer Flüchtlingsschar.«

Eine Zeitlang schwiegen sie beide. Der General hatte den Kampfplan umrissen, und der Mann, der ihn in die Tat umsetzen sollte, bemühte sich, das eben Gehörte zu verdauen. Torimans Blick glitt zur Landkarte und blieb an der zerfransten Küstenlinie des Nordens hängen.

Schließlich sagte Limpkin: »Sieben Meilen lang; sieben Meilen . . .«

Toriman lachte leise. »Jawohl, mein Lieber, sieben *Meilen* lang! Stellen Sie sich das bildlich vor! Sieben mal drei *Meilen*! Und denken Sie an die Menschen, die eines fernen Tages in die Kabinen drängen, um diesen elenden Staubball hinter sich zu lassen! Das Schiff gleitet ins Meer — keine andere Startbahn könnte sein Gewicht tragen. Die Antriebe grollen, das Wasser schäumt auf. Langsam, ganz langsam setzt es sich in Bewegung, dann immer schneller, mit einer gewaltigen Bugwelle. Es steigt auf, durchstößt die Schallmauer, mit einem Knall, der Berge einstürzen läßt . . .«

Wieder das Schweigen.

Nach einer Weile raffte sich Limpkin zu einer Antwort auf. »Ich finde das Ganze so sinnlos.«

»Wir leben in einer sinnlosen Welt.«

»Mein Verstand weigert sich, die Wahnsinnsdimensionen dieses Projekts zu akzeptieren. Aber dann hakt die Fantasie ein, geradezu rachsüchtig. Könnten wir nicht einfach die Legende des Schiffs verbreiten, ohne es tatsächlich zu bauen?«

»Gewiß, das wäre weniger kostspielig — aber es geht nicht. Das Schiff muß gebaut werden. Ein Mann mit Ihrer Bildung läßt sich vielleicht von dem bloßen Gedanken an das Schiff stimulieren. Aber wir stehen vor der Aufgabe, das primitive, abgestumpfte Volk aus seiner Gleichgültigkeit zu rütteln. Bestimmt treibt die Neugier einige der Leute zur Werft. Wir müssen ihnen Gelegenheit geben, den Koloß zu bestaunen, damit sie bei ihrer Rückkehr Freunden und Verwandten die

Größe und den Glanz des Schiffs in leuchtenden Farben schildern. Das Schiff, das Schiff, das Schiff – das muß ihr einziger Gedanke sein, die Idee, der sie alles unterwerfen.«

»Das Schiff könnte leicht zu einem Götzen werden«, murmelte Limpkin.

»Nur, wenn es zu schnell wächst. Nur, wenn es die Fantasie fesselt, anstatt sie zu beflügeln. Es wird die Aufgabe Ihrer Mitarbeiter sein, das rechte Maß zu finden.«

Limpkin studierte noch einmal die Skizze. »Wie wird es heißen?« fragte er, ohne den Blick zu heben.

»*Victory.*«

»*Victory* – der Sieg . . .« Limpkin zuckte die Achseln. »Der Name stammt vermutlich auch von Ihren Psychologen.«

»Ja – wie vieles andere mehr.« Toriman trat an eine Schrankwand und holte aus verschiedenen Schubladen einen Konstruktionsplan, Diagramme und mathematische Formeln in Normal- und Runenschrift. »Das Schiff«, sagte er und deutete auf die Bücherreihen. »In diesem Raum finden Sie alles, was Sie über das Schiff wissen müssen.«

Limpkin spürte, daß die Audienz zu Ende war. Er nahm seinen Mantel und wartete auf ein Zeichen von Toriman.

»Hoffentlich habe ich Sie nicht zu lange aufgehalten, Limpkin.« Der General schlüpfte in eine pelzgefütterte Jacke. »Kommen Sie, ich bringe Sie zum Tor!«

Sie durchquerten den Haupthof zwischen den beiden Festungswällen. Jenseits der Stadt zeigte sich das erste Grau der Morgendämmerung. Eine Kutsche wartete am Portal.

Limpkin kletterte hinein. Im Osten ballten sich die Wolken zu einem neuen Schneesturm zusammen. »Ein düsterer Morgen«, murmelte er.

»Es werden hellere kommen«, erwiderte Toriman. »Und noch eins, Limpkin – es haben viele kluge Menschen an diesem Plan mitgearbeitet. Wir sind nicht allein und werden es nie sein.«

Ein Lakai schloß die Tür, und die Kutsche rollte aus dem Hof, begleitet von einer Reiter-Eskorte.

Etwa eine Meile von der Festung entfernt, als Limpkin sich enger in die Reisedecke hüllte, entdeckte er neben sich auf dem Sitz ein Geschenk des Generals. Es war ein Modell der *Victory* aus schwerem Silber – eine herrliche Arbeit. Limpkin hielt das Schiff in das diffuse Morgenlicht und betrachtete es, bis sie den Stadtwall erreichten. Sieben *Meilen*!

2

In der Woche nach dieser Unterredung häufte sich die Arbeit auf Limpkins Schreibtisch, während die Miniaturausgabe der *Victory* auf tausend Fantasiereisen zu Millionen Welten flog. Und am Ende jeder Reise, wenn das große Sternenschiff in einer türkisblauen Bucht wasserte, ging eine Expedition an Land und entdeckte, daß die neue Welt genau die war, die sie vor langer Zeit verlassen hatten, nur noch schöner und prachtvoller als zuvor.

Am achten Tag fand sich ein Bote vom Wiederaufbau-Ministerium bei Toriman ein. Der General sollte zusammen mit Limpkin vor dem König und dem Thronrat erscheinen und seine Pläne erörtern.

Der Bote kehrte unverrichteter Dinge zurück. Toriman hatte sich eine Virusinfektion zugezogen und hütete auf dringendes Anraten seines Arztes das Bett. Aber er sandte Limpkin achtundzwanzig Wagenladungen Bücher und Karten – die gesamte Literatur über das Schiff – dazu die Schlüssel der Schwarzen Bibliotheken von Dartmoor und Iriam, die man in den letzten tausend Jahren nicht mehr geöffnet hatte, da die jeweiligen Landeskirchen ihren Inhalt übereinstimmend als häretisch bezeichneten.

Trotz Torimans Abwesenheit war die Audienz bei George XXVIII. ein Erfolg. Limpkin besaß zwar nicht die Redegabe des Generals, aber er nahm die Karten und Skizzen zu

Hilfe, um den Ratsmitgliedern das Projekt zu schildern. Als er sich verabschiedete, sah er, daß einige der Männer zum Nachthimmel aufschauten und lautlos die Lippen bewegten.

3

Mit einemmal nahm das Wiederaufbau-Ministerium ein neues Gesicht an. Das Wort ›Sicherheitsrisiko‹ spukte wieder durch die Korridore – nach einer Pause von Jahrtausenden.

Man reduzierte den Mitarbeiterstab und umgab den gefälligen Granitbau aus der Dorier-Zeit mit einem abweisenden Eisengitter. Wachtposten, mit sauberen Uniformen bekleidet und echten Gewehren bewaffnet, standen am Tor und patrouillierten im Park.

Als nächstes schuf man einen Kurierdienst zum Kriegsministerium, da der aufkeimende Krieg in Yuma eine Menge Zusammenarbeit erforderte.

Limpkin fiel auf, daß seine Leute, die über die wahren Hintergründe Bescheid wußten, fast so etwas wie Enthusiasmus entwickelten. Anfangs glaubte er, daß ihr Eifer auf das Neue zurückzuführen war und sich allmählich legen würde. Aber die Zeit verstrich, und nichts änderte sich an ihrem Verhalten.

Ein berittener Bote brachte Woche um Woche eine prall gefüllte Mappe mit handschriftlichen Anweisungen von Toriman; obwohl Limpkin sich manchmal wie eine Marionette vorkam, führte er sie gewissenhaft aus.

Der erste Schritt war der Krieg mit Yuma.

4

Chronisten nannten die Zeit später ›die Ära des Schiffs‹, doch als der Krieg ausbrach, wußten nur eine Handvoll eingeweihter Politiker und Militärs, welche tiefere Bedeutung ihm zukam. Er begann im Süden, in einem winzigen Grenzort namens Canbau, das sich im Schnittpunkt der drei Haupthandelsrouten befand. Das Kaff lebte von legalem und illegalem Straßenraub, von Bars, in denen ein abscheulicher Fusel ausgeschenkt wurde, und von Bordellen. Eine Garnisonseinheit von Caroline entdeckte bei einer Karawane aus Yuma angeblich geschmuggelte Waffen.

Die Republik Caroline behauptete, die Waffen seien für die Revolutionäre in den Bergen ihres Landes bestimmt gewesen. Man verlangte eine offizielle Entschuldigung für diese ›Einmischung in innere Angelegenheiten‹. Das Außenministerium von Yuma fiel prompt darauf herein und erklärte, daß es zum erstenmal von einem Aufstand in der Nachbarrepublik höre. Die Presse prangerte das als Ausrede und unerhörte Arroganz an; zur ›Vergeltung‹ drang eine berittene Truppe nach Yuma ein und überfiel eine Anzahl von Karawanen. Yuma durchschaute das Spiel immer noch nicht. Man verfaßte Protestnoten, und als das nichts half, zerstörte die Armee einen wichtigen Bewässerungsdamm an der Grenze.

Die Empörung in der Republik Caroline war vollkommen. Ein Reiterheer sammelte sich bei Canbau und zog, unterstützt von Artillerie mit sehr alten (und daher sehr guten) Waffen, quer durch das Land.

Es war kein sonderlich blutiger Konflikt, denn in jenen Tagen der flüchtigen Allianzen nahm man es mit der Loyalität nicht so genau. Eine Stadt nach der anderen ergab sich, und vier Monate nach dem ersten Zwischenfall wehte die schwarzsilberne Flagge von Caroline über dem Parlamentsgebäude von Bannon der-Main, der Hauptstadt Yumas. Die einzige richtige Schlacht entwickelte sich im Norden, eine Woche nach dem offiziellen Waffenstillstand. Eine Schar hartnäckiger Patrioten beriefen sich auf Gott und die Konstitution und errichteten eine Barrikade im sogenannten Arsenal. Dort, in den unzugänglichen Gebirgshöhlen über dem Tyne, hielten sie das gesamte Expeditionskorps einen Monat lang in Schach.

Da die Republik Caroline mit Stolz von einem perfekten Krieg mit einem perfekten Sieg sprach, sind die Berichte über die Schlacht am Arsenal lückenhaft. Aber es gibt heute noch Balladen, in denen es heißt, daß der Tyne sich eine Woche lang rot färbte von Blut, und die Bauern dieser Gegend sprechen von einem grauenhaften Kampf zwischen Menschen und Halbgöttern.

Da, wo einst die Eingangshalle des Arsenals stand, befindet sich heute ein Krater, in den sich das Wasser des Tyne ergießt. Und wenn man am Ufer dieses künstlichen kleinen Sees mit dem Fuß ein wenig den Sand aufscharrt, stößt man auf geschwärzte Knochen und rostige Waffen.

Das Zweiundvierzigste Husarenregiment heftete wieder einmal einen Siegwimpel an sein Banner. Toriman schickte den Überlebenden Wein und den Toten Eichensärge.

5

Ein weiterer Monat verging. Limpkin war von einer Siegesparade heimgekehrt und traf Vorbereitungen für die feierliche Öffnung der Schwarzen Bibliotheken, als einer von Torimans Boten kam und ihm eine bestürzende Nachricht überbrachte. Der General war in der vergangenen Nacht unerwartet gestorben. Man hatte seinen letzten Wunsch respektiert und die Bestattung ohne jede Zeremonie vorgenommen.

Limpkin war entsetzt, zum einen über das tragische Ereignis selbst, zum anderen über die, wie es ihm schien, unziemliche Hast, mit der man den Leichnam beiseitegeschafft hatte.

Er erkundigte sich, wer in der letzten Stunde am Bett des Generals gewacht hatte. Der Leibarzt, ein Priester und der Kommandant der Leibgarde, erwiderte der Bote. Sie hätten den Sarg geschlossen, versiegelt und zum Krematorium gebracht. Die Garde von Caltroon hatte ihren letzten Lohn erhalten, und die meisten der Soldaten befanden sich bereits auf dem Weg in ihre Heimat. Die Festung selbst stand leer.

Limpkins erster Impuls war, nach Caltroon zu gehen und selbst Nachforschungen anzustellen. Er brachte seine Absicht dem Boten gegenüber zum Ausdruck.

»Das hätte wenig Sinn, Sir«, erklärte der Mann.

»Weshalb?«

»Der General verfügte kurz vor seinem Tod, daß man seine persönlichen Dinge zum Stammsitz der Torimans nach Mourne schaffen solle. Das ist bereits geschehen.« Der Mann machte eine verlegene Pause. »Wenn Sie mich nun entschuldigen würden, Sir – ich habe eine weite Heimreise . . .«

Limpkin entließ ihn. Mit einemmal spürte er die ganze Last der Verantwortung, die nun allein auf seinen Schultern ruhte.

6

Auch wenn der General nun als treibende Kraft hinter dem Projekt fehlte, fand Limpkin große Unterstützung durch die Notizen, die er hinterlassen hatte. Der Inhalt der Bibliotheken und der Arbeitseifer seiner Leute halfen ihm zusätzlich. Nach dem Sieg über Yuma und der Abreise einer Geheimexpedition zur Werft hielt es Limpkin für vordringlich, den Mythos des Schiffs beim Volk aufzubauen. Zu diesem Zweck gab Lady Limpkin ein Fest, auf dem gewisse ›streng geheime‹ Informationen durchsickerten.

Innerhalb einer Woche hatte der Klatsch die Runde in der High Society von Caroline gemacht. Nach einer weiteren

Woche war genug davon zu den unteren Schichten durchgedrungen; auf den Märkten und in den Schenken gingen die wildesten Gerüchte um. Aus dem Sternenschiff wurde ein Bomber; ein Geschoß, das den angeblich fruchtbaren Boden der Dunklen Mächte im Westen der Welt vernichten sollte; ein Ozeanriese, der die Suche nach dem verlorenen Kontinent Balbec aufnehmen sollte; ein Hirngespinst — der endgültige Beweis dafür, daß George XXVIII. nicht mehr ganz richtig im Kopf war.

Limpkin befolgte die Richtlinien des Generals. Er unternahm nichts gegen die Gerüchte; im Gegenteil, er schürte das Feuer. Schwere Wagen, deren Ladung unter Segeltuch verborgen war, rollten durch die Straßen der Hauptstadt. Ein defekter Lastwagen aus der Ersten Welt, den man in den Gewölben von Caltroon entdeckt hatte, wurde mit Hilfe der technischen Literatur aus den Schwarzen Bibliotheken wieder flott gemacht. Mitten in der Nacht fuhr er in der Stadt umher, in ›geheimer Mission‹, wie es hieß. Damit die Mission nicht zu geheim blieb, hatte man den Auspufftopf entfernt. Auf dem Anhänger befand sich ein mächtiger Transformator, ebenfalls ein Überbleibsel aus der Ersten Welt. Das Innere des Kolosses war zwar längst vom Rost zerfressen, aber eine frische Farbschicht gab ihm ein imposantes Aussehen. Kuriere auf schnellen Pferden jagten durchs Land. Niemand wußte, daß ihre prallgefüllten versiegelten Posttaschen mit leerem Papier gefüllt waren.

Nach Jahrhunderten der Apathie, die nicht einmal der Krieg zu durchdringen vermocht hatte, reagierte die Bevölkerung plötzlich auf die künstlich erzeugte Krisenatmosphäre. Nur eine winzige Elite wußte von dem Betrug. Für achtundneunzig Prozent der Nation wurde das Schiff mehr und mehr zum Symbol einer besseren Zukunft auf einem neuen Planeten.

Im Frühjahr suchten Herolde jede Ortschaft von Caroline und dem neuen Protektorat Yuma auf. Sie brachten Kunde von einer großen Versammlung, die drei Wochen später in der Hauptstadt stattfinden sollte. George XXVIII. hatte eine wichtige Botschaft für sein Volk.

7

Nie zuvor in der Geschichte der Welt – so behaupteten die Chronisten – hatte sich eine solche Menschenmenge an einem einzigen Ort versammelt. Tausende und Abertausende drängten in die Hauptstadt oder kampierten auf dem hügeligen Gelände jenseits des Stadtwalls. Aus allen Teilen des Landes strömten sie herbei. Selbst die Nachbarstaaten hatten Beobachter geschickt.

Limpkin stand am Fenster seines Büros in der George Street und betrachtete das Gewimmel – reiche Bürger und Kaufleute mit eigenen Kutschen, Kavalleristen in schmucken rotgoldenen Uniformen, Fuhrknechte im Sonntagsstaat, primitive Schafhirten aus dem Randau-Tal und die Bergbewohner des Nordens, die in ihren Pelzgewändern schwitzten ...

Prostituierte suchten in dem Gewühl nach Kunden; Betrunkene pöbelten Männer und Frauen an, die ihnen im Weg standen; Straßenhändler boten abgestandenes Wasser und billigen Gin feil. Schade, daß Toriman das alles nicht sehen konnte!

Limpkin wandte sich vom Fenster ab und nahm das Modell der *Victory* in die Hand. Er ging nicht in den Palastpark, um sich die Rede des Monarchen anzuhören; er wußte genau, was George XXVIII. sagen würde. Toriman hatte die Rede geschrieben.

Das Aufbranden der Hochrufe verriet ihm, daß George vor das Volk getreten war; die gespenstische Stille verriet ihm, daß die Geburtsstunde des Schiffs geschlagen hatte.

8

Man akzeptierte das Projekt der *Victory* mit einer Bereitschaft, die über Limpkins kühnste Erwartungen hinausging. In den Zeitungen erschienen glühende Artikel; selbst die Blätter der Opposition ließen sich von der allgemeinen Begeisterung anstecken. Die *Victory*, die *Victory* – ein anderes Thema gab es nicht.

Die Flagge von Caroline trug jetzt einen kleinen silbernen Stern: *Heimstatt*.

9

Einige Tage nach der aufsehenerregenden Rede des Monarchen nahm Limpkin Direktive Nr. 975 von seinem Schreibtisch und las die Worte des verstorbenen Generals:

»Die Lage der Werft bringt ein gewisses Problem mit sich: Zu leicht könnte das Volk durch die große Entfernung das Interesse am Schiff verlieren und sich nach dem Abklingen des ersten Jubels anderen Dingen zuwenden.

Es ist klar, daß man irgendeine Zwischenstation schaffen muß, die hehre Emotionen weckt und das Traditionsbewußtsein stärkt, solange das Schiff selbst noch nicht in ganzer Majestät zum Himmel aufragt. Irgendwo in der Wildnis zwischen Caroline und der Werft müssen wir unser Banner aufpflanzen, am besten im Anschluß an eine gewonnene Schlacht – so will es die menschliche Natur. Das Blut soll in Strömen fließen; je wichtiger der Gegner, desto besser. Je mehr edle Söhne angesehener Familien fallen, desto tiefer wird sich die bittere Erinnerung eingraben.

Unsere Aufgabe bleibt es, einen geeigneten Ort und die geeigneten Gegner zu suchen. Ich habe mir längere Zeit Gedanken darüber gemacht und schlage das Tal der Könige vor; es bietet verabscheuenswürdige Bewohner, eine herrlich trostlose Landschaft und den historischen Hintergrund für echte

Heldentaten. Hinzu kommt, daß der Tyne das Tal durchquert. Es kann nur nützlich sein, wenn wir den Hauptverbindungsweg zur Werft so früh wie möglich von feindlichen Elementen befreien.«

Es folgte eine Liste der Kriegsschiffe, die zum Einsatz kommen sollten. Zum Abschluß riet der General Limpkin noch, die Teilnehmer der Expedition im Gegensatz zu bisherigen Gepflogenheiten öffentlich zu verabschieden.

10

In der Ersten Welt hätte Philip Rome wohl eine glänzende Karriere als Konstruktionsingenieur gemacht.

Schon als Junge hatte er von blitzenden Maschinen und modernen Städten geträumt, aber als er daran ging, seine Träume zu verwirklichen, entdeckte er, daß er zum Scheitern verurteilt war. Kein Mensch kümmerte sich darum, ob ein Gewehr nach fünf oder nach fünftausend Schüssen detonierte. Oder – was nützte der schönste Brückenentwurf, wenn die Arbeiter während des Baus nicht einmal einen Blick darauf warfen? Es schien auf der Welt einen Überfluß an reinem Wissen zu geben, aber niemand besaß die Fähigkeit, es in die Praxis umzusetzen.

So gab Philip Rome auf, und die Arbeiten, die er lieferte, waren der gleiche Pfusch wie die seiner Kollegen. Eine Streitaxt, gegenüber den bisherigen Modellen nur mäßig verbessert, stellte die Krönung seines Schaffens während der letzten fünf Jahre dar.

Aber einige seiner frühen Schöpfungen hatten die Aufmerksamkeit des Wiederaufbau-Ministeriums geweckt; der Mann besaß Vorstellungskraft; der Mythos des Schiffs würde genug Anreiz bieten, um ihn zu jedem nur denkbaren Wagnis zu verleiten. Zudem hatte er sein einstiges Talent längst verloren und war daher entbehrlich. Und er besaß eine weitverzweigte Familie, die gebührend um ihn trauern würde, falls er den Heldentod starb.

»Die Nation und die *Victory* benötigt Ihre Dienste . . .«, hieß es in dem offiziellen Schreiben.

So kam es, daß Rome den Bootskonvoi begleitete, der die Werft von Caroline aus über den Tyne zu erreichen versuchte. Dreißig Galeeren von fünfzehn bis zu fünfzig Meter Länge folgten den Markierungszeichen einiger Späherboote, die zwei Tage vor der Hauptflotte aufgebrochen waren.

Sie hatten den gähnenden Krater am Eingang des Arsenals hinter sich gelassen, sie hatten das sogenannte Schlachtfeld im Westen von Yuma durchquert und drangen nun in das Tal der Könige ein. Diese mehrere hundert Meilen lange Schlucht war bedrückend heiß und dunkel. Kein Grashalm wuchs an den senkrecht aufsteigenden Felsklippen. Man kam sich vor wie in einem dumpfen Verlies.

Die stickige Atmosphäre, die ausgedehnten Sumpfniederungen und die verwirrenden Höhlenlabyrinthe boten einer Reihe ekelerregender Kreaturen Zuflucht. Giftschlangen und Echsen ließen ein erfrischendes Bad im Fluß wenig ratsam erscheinen. Dazu kamen die Halbmenschen. Trotz der grauenhaften Atomkriege, die in der Vergangenheit gewütet hatten, waren Mutanten verhältnismäßig selten. Wenn sie nicht durch irgendeinen Selbstvernichtungsmechanismus zugrundegingen, so konnte man ziemlich sicher sein, daß sie umgebracht oder vertrieben wurden — gewöhnlich ins Tal der Könige. Das galt natürlich nur für die physisch Mißgebildeten; die psychisch Mutierten entgingen sehr oft der Aufmerksamkeit der Behörden und richteten zuweilen bis zu ihrer Entdeckung ungeheuren Schaden an.

Im Laufe der Jahrzehnte kam man dann immer mehr von Atomwaffen und Nervengasen ab; aber sie vernichteten Einzelwesen und nicht die ganze Zukunft.

Eine Zeitlang, die zum Glück weit zurückliegt, wimmelte es im Tal der Könige von jenen grotesken Flüchtlingen, deren zum Teil erschreckende Kräfte durch eine Handvoll psychisch

Mutierter kontrolliert wurden. Einige dieser Geschöpfe konnten fliegen, andere bewegten sich mit Schwimmhäuten fort, wieder andere vermochten kaum zu kriechen. Sie beteten alles an — von ihren eigenen Exkrementen bis zu den Mumien normaler Menschen.

Schließlich wurde das Geschwür, das sich in jener schwer zugänglichen Schlucht gebildet hatte, so gefährlich, daß man es nicht länger ignorieren konnte. In einem seltenen Augenblick der Einigkeit machte sich ein Heer der verschiedensten Nationen unter Führung Miolnors IV. von Mourne auf den Weg, um diese Wucherung auszumerzen. Hunderttausend Menschen, bewaffnet mit Lanzen, Pfeil und Bogen, Kanonen und Flammenwerfern, trafen auf eine Million Verdammte. Nur zweitausend tauchten am anderen Ende des Kanons wieder auf.

So war das Tal der Könige gereinigt, allerdings nicht so gründlich, wie Miolnor es gern gesehen hätte. Im Laufe der nächsten zweihundert Jahre krochen die Überlebenden des Gefechts zurück in ihre alten Behausungen. Aber nun war das Tal nicht mehr der wuchernde grüne Dschungel von einst, sondern eine ausgebrannte Öde, in der weder Pflanzen noch Tiere gediehen. Zum Glück fehlte den Mutanten die Kraft, aus dieser Hölle auszubrechen. Sie vegetierten in der Schlucht dahin, zurückgezogen, feindselig und immer noch gefährlich.

Rome dachte unwillkürlich an die schaurigen Berichte, während er die kahlen Ufer anstarrte. Hier und da sah man noch Spuren des grausamen Kampfes: einen verrosteten Helm, einen eingebeulten Panzer, ein Skelett. Manchmal stiegen Luftblasen aus dem Schlamm auf, und im Schatten der Klippen huschten vage Schemen dahin.

Der Konvoi befand sich etwa drei Meilen von der Blut-Furt entfernt. Rome wollte eine Begegnung mit den Flußmenschen unbedingt vermeiden. Er ließ eine rostzerfressene Kanone zum Bug des Schiffs bringen und festzurren. Auf dem Gefechtsdeck auf ein schwenkbares Stativ montiert stand ein nagelneues Maschinengewehr. Aber Rome wußte, wie wenig diese Waffen taugten, und so atmete er erst erleichtert auf, als sich Schützen mit altmodischen Armbrüsten auf dem Deck postierten.

Allmählich wichen die Ufer zurück. Der Tyne hatte an dieser Stelle eine Breite von einer Meile und war nur knapp einen Meter tief. Die Linie der gelben Markierungszeichen endete abrupt, als sie sich der Furt näherten. Der Lotse suchte das Gebiet mit einem primitiven Fernrohr ab. Rome befand sich auf dem zweiten Boot, und er hörte den Aufschrei des Mannes. Gleich darauf wurde die Botschaft weitergegeben: »Wracks im Süden, Sir!«

Die Männer auf ihren Posten wurden unruhig; Sehnen wurden gespannt; noch einmal wurde der Lauf der Kanone zurechtgerückt. Rome hielt einen Matrosen auf, der an ihm vorbeirannte, und fragte, wohin er wolle. Anstatt zu antworten, drückte ihm der Mann ein zerschlissenes Kettenhemd, einen Lederhelm und ein Schwert in die Hand. Das Schwert stammte wohl noch aus Miolnors Zeiten und war seither nicht mehr geputzt worden. Rome protestierte, als er die rostige Klinge sah. »Davon kriegen die Bastarde eine ordentliche Blutvergiftung«, knurrte der Matrose und hastete weiter.

Sie waren der Furt jetzt sehr nahe. Rome konnte mit bloßem Auge die beiden ausgebrannten Späherboote erkennen.

Die Furt bestand im wesentlichen aus einem breiten Gürtel von Felsbrocken, der von Ufer zu Ufer reichte. Einige behaupten, es handle sich um die Ruine eines gigantischen Staudamms, der einst das gesamte Gebiet im Umkreis von vielen tausend Meilen mit Energie versorgt habe. Dieser Berota-Damm – so hatte man ihn genannt – war von der gleichen Rasse errichtet worden, die auch die Werft angelegt hatte.

Rome schlüpfte in das Kettenhemd und setzte den Helm auf. Er wandte sich an den Kapitän, der das Zielfernrohr des Maschinengewehrs verstellte; es brach mit einem leisen Knirschen ab. »Was haben die anderen?« fragte er. Seine Stimme klang spröde.

»Welche anderen?«

»Die Halbmenschen.«

Der Kapitän zuckte die Achseln und versuchte das Zielfernrohr wieder zu befestigen. »Das Übliche – Keulen, Speere, Pfeil und Bogen ...« Der Mann warf immer wieder unruhige Blicke zu den Klippen hinüber; ein vogelähnliches Geschöpf kreiste westlich des Konvois. »Und dann setzen sie natürlich ihre Körper ein. Zähne, Klauen, Giftstachel – es gibt keine Waffe aus der Tierwelt, mit der nicht irgendeiner von ihnen ausgestattet ist.«

»Sonst noch etwas?« Rome merkte selbst, daß seine Stimme heiser klang, und er räusperte sich verärgert.

Der Kapitän warf einen Blick über das Gefechtsdeck und flüsterte dann: »Diese gottverdammten, psychischen Mutanten, Sir. Sie steuern die anderen. Mein alter Herr sagte immer, daß sie die Dunklen Mächte auf ihrer Seite hätten.«

»Die Dunklen Mächte? Zauberei? Sie erwarten doch nicht im Ernst, daß ich ...«

»Ich erwarte gar nichts, Sir. Sie haben mir eine Frage gestellt, und ich gab mir Mühe, sie ehrlich zu beantworten. Vielleicht steckte früher einmal Wissenschaft hinter dem ganzen Zeug, aber heute ... Mein Ururgroßvater nahm als Trommler an der Schlacht im Tal der Könige teil, und er gehörte zu den zweitausend, die durchkamen. Die Geschichten, die man sich in unserer Familie erzählt, sind gruselig – jawohl, gruselig.«

Rome wollte den Mann eben nach dem Geisteszustand seiner Vorfahren fragen, als vom ersten Boot her ein peitschendes Rattern aufklang.

Sie befanden sich jetzt über der Furt; hin und wieder konnte man die Felsbrocken durch den aufgewühlten Schlamm erkennen. Rome war mit einem Sprung auf dem Steuerborddeck und preßte sich flach gegen die Holzplanken. Er hatte noch nie zuvor ein Maschinengewehr gehört. Das Führungsboot war mit zwei automatischen Waffen ausgerüstet, und ihre Läufe waren jetzt in die Luft gerichtet. Rome schaute auf. Das vogelähnliche Geschöpf, das er schon früher bemerkt hatte, schwebte über dem Schiff. Es war nicht mehr allein.

Der Ingenieur beschattete seine Augen mit beiden Händen. Zuerst fiel ihm nur die ungeheure Größe der Vögel auf; ihre Körper waren etwa einen Meter fünfzig lang, aber die transparenten Membranflügel besaßen eine Spannweite von gut acht Metern. In die gelbliche Haut eingebettet war ein dünnes Knochengerüst. Rome dachte anfangs an Riesenfledermäuse, doch dann erkannte er mit Entsetzen, daß die Kreaturen menschenähnliche Köpfe hatten und ihre Körper durch Panzerhemden schützten. Die Greifklauen umklammerten doppelseitig geschliffene Streitäxte.

Noch während Rome die mißgestalteten Bestien betrachtete, stürzte sich eine von ihnen mit einem ohrenbetäubenden Schrei in die Tiefe. Auf dem Gefechtsdeck eröffnete der Kapitän das Feuer mit dem Maschinengewehr. Die übrigen Boote nahmen den Kampf auf, und bald zerfurchten Rauchspuren den ganzen Himmel. Einen Moment lang gelang es dem Vogel, den Geschossen auszuweichen, doch dann klatschte er schwerfällig in den Fluß, nur wenige Meter von Romes Schiff entfernt.

»Kreischer, verfluchter Kreischer«, zischte ein Mann neben Rome. »Sie eröffnen jeden Kampf mit dem gleichen Ritual – zuerst ein Opfer, und dann schlagen sie los.« Der Mann spannte seine Armbrust.

Ein Schrei klang vom Achterdeck auf. Alle Blicke richteten sich zum Himmel. Wo zuvor nicht mehr als fünf Kreischer ihre Kreise gezogen hatten, kreiste nun ein Heer von über dreihundert. Sie zogen die pergamentdünnen Flügel eng an den Körper und stürzten sich herab.

Kampflärm und Pulverdampf erfüllten die Furt. Die Kanone dröhnte dumpf. Stahl blinkte in der Sonne, und der Mann neben Rome, der die Kreischer verflucht hatte, stürzte getroffen auf das Deck.

Rome sah sich hastig um. Das Boot vor ihnen war in Brand geraten und trieb hilflos dem Ufer entgegen. Das Flaggschiff, eingekeilt in einen Schwarm Kreischer, feuerte eine Signalrakete nach der anderen ab. Die Formation löste sich auf, und einige der Boote, deren Steuerleute den Weg durch die Furt nicht kannten, liefen auf Grund.

Wieder dröhnte die Bug-Kanone; diesmal war ihr Lauf zum Ufer hin gerichtet, wo eine Schar von grotesk verkrüppelten Halbmenschen dabei war, primitive Flöße zu Wasser zu bringen. Rome stockte der Atem, als er diese Zerrbilder der Menschheit sah. Sie schienen einem Alptraum entsprungen.

Aber auf jedem der Floße befand sich eine kleine Gruppe von normal gewachsenen Menschen. Sie waren wie Büßermönche in dunkle Kutten mit Kapuzen gehüllt. Eine der Gestalten hob einen knorrigen Stab und deutete damit auf ein Boot, das zweihundert Meter entfernt auf Grund gelaufen war. Ein bläulicher Feuerball jagte auf den Bug des Schiffes zu.

»Nun, was habe ich gesagt, Sir?« rief der Kapitän Rome triumphierend zu. Dann schwang er mit einer heftigen Bewegung das Maschinengewehr herum. Kugeln durchfurchten das Wasser in der Nähe der Flöße.

Das brennende Schiff detonierte, und die herumfliegenden Teile steckten andere Boote in Brand. Bald war die Furt ein Flammenmeer. Schwerter blitzten durch den Qualm auf, Kanonen dröhnten, und Maschinengewehre ratterten.

Vom Ufer aus wateten immer mehr Halbmenschen ins Wasser. Flüche und Verwünschungen in einem Dutzend verschiedener Sprachen und Dialekte klangen auf. Klauen, Tentakel und Scherenarme hielten die dunklen Flaggen von Nationen hoch, die längst in Schutt und Asche versunken waren. Im Tal der Könige toste die Hölle.

Rome war keine Kämpfernatur; er hatte sein Leben lang Konflikte vermieden. Nun jedoch hieb und stach er wie ein Wahnsinniger auf seine Gegner ein. Sein Denken war ausgeschaltet. Er empfand eine wilde Freude dabei, wenn die Klinge wieder und wieder traf.

Die Kanonen und Maschinengewehre verstummten allmählich. Sie waren verrostet und altersschwach und hatten ihr Soll längst erfüllt. Der Kapitän von Romes Schiff bediente seine Waffe eine volle Minute, bevor er merkte, daß der Mechanismus beschädigt war. Wutentbrannt stieß er mit dem Fuß gegen das Stativ, dann packte er ein glühendes Eisenteil und sprang aufs Vorderdeck, den Kriegsschrei des Enom-Clans auf den Lippen. Ein Drachenmensch, getroffen von seinen wuchtigen Hieben, stürzte in den Tyne. Der Kapitän rannte weiter. Er hatte Schaum vor dem Mund. Ein gefiederter Pfeil drang ihm in die Brust, doch er bemerkte es nicht. Erst als ihn eine bläuliche Feuerkugel von einem der Flöße in eine lebende Fackel verwandelte, brach er zusammen.

Rome stürzte. Er lag reglos auf den Planken, vollkommen erschöpft, während rings um ihn der Kampf weitertobte. Blut und Wasser drangen ihm in den Mund; er übergab sich. Die Ekstase von vorhin war vollkommener Leere gewichen; er spürte nichts außer einer bleiernen Müdigkeit. Und dann dröhnte eine Stimme an sein Ohr: »Hier, mein Junge – du hast dein Schwert verloren!«

Er blickte auf. Ein grauhaariger Haudegen mit narbigem Gesicht beugte sich über ihn und drückte ihm die Waffe in die Hand. Der Mann war ein Hüne. Er trug ein kurzes goldenes Kettenhemd und Beinkleider aus Leder. In die blitzende Klinge seines Breitschwerts waren seltsame Namen und Zeichen eingeritzt; der Griff zeigte eine Ritterfaust und ein geflügeltes Pferd.

»Geht es wieder?« erkundigte sich der Fremde. Seine Stimme übertönte den Kampflärm. Rome sah in die dunklen, tiefliegenden Augen des Mannes und nickte.

Als er sich mühsam aufrichtete, hörte er, daß ein Stöhnen durch die Reihen der Feinde ging. Der Alte hieb wie ein Schnitter mit dem Schwert um sich. Eine breite Gasse blieb hinter ihm zurück. Die Kreischer ergriffen die Flucht, bevor der Hüne sie erreichte. Mit mächtigen Schritten stürmte er auf die Flöße zu.

Die Gestalten in den dunklen Kutten verrieten Unruhe. Sie richteten ihre Stäbe auf den Angreifer. Mächtige Blitze zuckten ihm entgegen. Aber sie zerplatzten wie Seifenblasen an seiner Rüstung. Eine Flammenkugel flog auf ihn zu. Er fing sie mit der Schwertspitze auf und schleuderte sie zurück zu den Floßen.

Die Mutanten sahen das Geschoß kommen, aber so sehr sie die Halbmenschen auch antrieben, es war zu spät zur Flucht. Eine grelle Stichflamme schoß auf. Die Detonation rief eine gewaltige Druckwelle hervor. Holzteile wirbelten umher. Die Männer auf den Booten waren wie gelähmt.

Plötzlich drehte sich der mutige Kämpfer um und rief: »Bringt sie um, die verdammten Bastarde! Denkt an Caroline und das Schiff! Denkt an die *Victory*!«

Rome umklammerte sein Schwert. Mit einemmal durchfloß ihn neue Kraft. Er wußte, was er zu tun hatte. Die Männer um ihn hatten den gleichen entschlossenen Blick wie er. Sie stürzten sich auf die Halbmenschen.

Nach einer Zeit, die ihm wie eine Ewigkeit vorkam, klopfte ihm jemand auf die Schulter. »Es ist genug, Sir!«

Rome sank auf das blutüberströmte Deck.

Der grauhaarige Hüne war nirgends zu sehen. Sehr viel später erfuhr Rome, daß an der Expedition einige Männer teilgenommen hatten, die in den alten Künsten bewandert waren. Sie hatten Miolnor IV. von den Toten auferstehen lassen, damit er noch einmal die furchtbaren Horden des Tales besiegte. Rome nahm diese Version anfangs mit Skepsis auf. Aber hatte er nicht selbst das Wappen von Mourne auf dem Schwert des Fremden gesehen?

Die Regierung feierte den Sieg der Expeditionsflotte mit großem Pomp. In der offiziellen Stellungnahme hörte man kein Wort über Miolnor, aber die Gerüchte hatten sich längst im ganzen Land verbreitet. Der Mann mit dem goldenen Kettenhemd wurde zu einem Gott, der seine Hände schützend über die Republik Caroline hielt.

Die Teilnehmer späterer Expeditionen berichteten, daß die Macht der Mutanten im Tal der Könige gebrochen war. Der

Canyon selbst war immer noch eine Hölle, aber wenigstes gab es keine Teufel mehr darin.

Man errichtete am Südufer der Furt eine Säule aus Stahl und gravierte in den Sockel die Namen der Gefallenen ein. Gewiß, manche der Namen waren gefälscht, um den liederlichen Söhnen mancher angesehenen Familien wenigstens ein ruhmreiches Ende zu bescheinigen oder um das plötzliche Verschwinden unliebsamer politischer Gegner zu erklären – aber im großen und ganzen erwies man den Helden von Caroline die gebührende Ehre.

11

Edmund Moresly und seine Leute waren von Caltroon aufgebrochen, wie es der General befohlen hatte. Ihr Gepäck bestand aus einer Reihe langer schmaler Kisten und einem sonderbaren schwarzen Banner, das neben dem Wappen von Mourne eine Runeninschrift trug. Moresly hatte nur eine recht unbestimmte Vorstellung darüber, was das Banner bedeutete, aber sie schien sich zu bestätigen, als er das Tuch den Bewohnern des Tals zeigte: von einer Sekunde zur nächsten verwandelten sie sich von heulenden Wölfen in sanfte Lämmer.

Man hatte ihn und seine Helfer zu einer großen Höhle gebracht. Von hier aus übten die Psychomutanten ihre Macht über das ganze Tal aus. Moresly verstand ihre wirren Reden nicht, aber das war auch unnötig. Er präsentierte den Herrschern die Flagge und eine Schriftrolle, die ebenfalls Runenzeichen enthielt. Moresly nahm mit Recht an, daß Toriman die Mutanten damit über die bevorstehende Expedition der Menschheit ins Tal der Könige informierte; er zog des weiteren einige Schlüsse über die Absichten seines Vorgesetzten, die sich logisch in das ganze Schema fügten.

Als nächstes schleppten Moreslys Leute die Kisten an Land

und öffneten sie. Die Mienen der Mutanten verrieten Moresly, daß es sich bei den langen Stäben, die sie enthielten, um irgendwelche Waffen handeln mußte.

Moreslys Bewunderung für Toriman erreichte ihren Höhepunkt, als er erkannte, auf welch grandiose Weise der General in den Ablauf der Geschichte eingegriffen hatte.

Bei seiner Rückkehr nach Caroline erfuhr er, daß Toriman nicht mehr unter den Lebenden weilte. Aber vor seinem Tode hatte er noch Moreslys Versetzung in das Wiederaufbau-Ministerium veranlaßt.

So kam es, daß er eines Tages in Limpkins Büro auftauchte.

»Moresly«, begrüßte ihn Limpkin, »Sie wissen, daß Sie auf Empfehlung von General Toriman hier sind. Er hatte eine hohe Meinung von Ihnen.« Moresly verbeugte sich leicht und schwieg. »Sie haben von dem Projekt der *Victory* gehört?«

»Jawohl, Sir. Ich kenne die Version, die Ihr Ministerium in der Öffentlichkeit verbreitet, und der General hat mir den Rest erzählt.«

»Dann sind Ihnen die Details dieses — äh — Komplotts vertraut?«

»Gewiß. Meine besondere Aufgabe bei dem Unternehmen soll es sein, die Arbeit, die in das Schiff gesteckt wird, unauffällig für das Wohl der Republik Caroline einzusetzen. Da das Volk diese Tätigkeit zumindest jetzt noch als Sabotage betrachten würde, muß ich mit meinen Leuten im Hintergrund bleiben. Der General schlug vor, daß wir unter dem Deckmantel ›Beschaffungsamt‹ operieren sollten — ein nichtssagender, nüchterner, langweiliger Name. Haben Sie bis jetzt irgendwelche Einwände?«

Ein wenig verwirrt durch das umfassende Wissen und die arrogante Art des Besuchers, erwiderte Limpkin zögernd: »Nein, bis jetzt nicht. Sie scheinen besser informiert zu sein als ich.«

»Das stimmt, Sir. Deshalb schickte mich der General hierher.«

»Dann gestatten Sie, daß ich einige persönliche Zweifel

vorbringe.« Moresly sah ihn fragend an, und Limpkin fuhr fort: »Offen gestanden mißfällt es mir, daß eine kleine Kaste von Eingeweihten das Handeln der übrigen Menschheit bestimmen soll. Die Männer und Frauen in Ihrem Amt, die Saboteure, wie Sie selbst sagten, und die Techniker, die den Bau des Schiffs unter meiner Aufsicht leiten werden, bilden praktisch eine Priesterschaft. Und all die kindischen Dinge, die Sie und Toriman ersonnen haben, um die Elite vom gemeinen Volk fernzuhalten: Embleme, schwarze Uniformen, eigene Wohnviertel und Schulen und noch mehr Unsinn dieser Art! Ist das alles wirklich notwendig? Ich dachte immer, das Schiff sollte im Volk den gemeinsamen Willen zum Fortschritt wekken. Nun scheint es aber, als hätte der General von Anfang an einen Konflikt eingeplant, dessen Sinn ich nicht durchschaue, der sich jedoch eines Tages zu einem Klassenkampf ausweiten könnte.«

Zum ersten Male wirkte Moresly ein wenig bekümmert. »Ja, diese Befürchtung ist völlig logisch. Ich gestehe, daß sie auch mich hin und wieder überfällt. Aber ich glaube, daß der General recht hatte, als er diese Herrscherkaste einsetzte. Sie gehen davon aus, daß wir in einer Gesellschaft von gleichgestellten Bürgern leben. In Wahrheit jedoch gliedert sich die Republik Caroline in viele soziale, intellektuelle und wirtschaftliche Schichten. Wir konsolidieren all diese Schichten in zwei große emotionelle Klassen. Die Spannung, so sagte der General einmal, ist unvermeidbar, denn Tausende müssen die Wahrheit über das Projekt erfahren, müssen Berichte fälschen und Testergebnisse ändern, um den Apparaten, die in Wirklichkeit nie funktionieren werden, wenigstens den Anstrich der Leistungsfähigkeit zu geben.

Meiner Meinung nach führt dieser Trend im schlimmsten Fall zu einer aufgeklärten, wenn auch zeitweise verhaßten Oligarchie. Und das Volk braucht Führer, zu denen es aufblicken kann.«

Limpkins Miene blieb skeptisch. »Kehren wir zurück auf den Boden der Tatsachen. Da wäre noch ein Punkt zu klären,

Sir. Der General hatte das Arsenal als Standort für das Beschaffungsamt ausgewählt. Ich begreife das nicht. Ein Labyrinth halb eingestürzter Höhlen, obendrein so nahe an der Landesgrenze, daß es Neugierigen bald Anlaß zu Nachforschungen geben wird ...«

Moresly unterbrach ihn. »Aber die Schlacht am Arsenal fand doch nach dem Tod des Generals statt; er konnte nicht ahnen, daß dort eine Bombe detonieren würde.«

»Weshalb verlegen Sie Ihr Amt dann nicht an einen besser geeigneten Ort?«

»Sir, es war der *ausdrückliche Wunsch* des Generals, daß ich ...«

»Ich weiß, aber ich sehe nicht ein, weshalb wir das ganze Projekt durch eine solche Kleinigkeit in Gefahr bringen sollen. Meiner Meinung nach bieten sich die Grauen Felder oder das Land um den Kanonenhügel für Ihre Zwecke geradezu an; eine abgeschiedene Lage, obendrein geschützt durch den Aberglauben des Volkes und viel näher an der Werft als das Arsenal.«

Moresly erhob sich abrupt und wandte sich zum Gehen. Seine Stimme klang eisig. »Sir Henry, wenn ich dieses Amt leiten soll, wie der General es vorsah, dann bestehe ich darauf, daß wir in keinem Punkt vom ursprünglichen Plan abweichen. Meiner Ansicht nach ist das Arsenal auch jetzt noch der beste Standort für das Beschaffungsamt. Falls Sie darin nicht mit mir übereinstimmen, räume ich meinen Platz gern für jemanden, der es mit den Vorschriften des Generals nicht so genau nimmt.«

Limpkin starrte den Mann an. Er wußte nicht recht, was er tun sollte. Dann jedoch rang er sich zu der Erkenntnis durch, daß sie um eine Lappalie stritten. Moresly war offensichtlich ein fähiger Kopf, wie alle Leute, die der General ausgewählt hatte. Limpkin wollte ihn nicht wegen einer Kleinigkeit verlieren. »Schon gut«, meinte er versöhnlich, »wenn Ihnen das Arsenal so viel bedeutet, Moresly, und wenn Sie glauben, daß die Bombenschäden Ihre Arbeit nicht beeinträchtigen, dann sollen Sie es haben.«

Moresly sah immer noch drein, als sei ihm eine ungeheure Ungerechtigkeit widerfahren. »Vielen Dank, Sir Henry. Ich bin überzeugt davon, daß Sie im Sinne des Generals entschieden haben.«

Limpkin erhob sich. Er versuchte, die gleiche arrogante Miene aufzusetzen wie sein Gegenüber, aber das gelang ihm nicht so recht. Er überreichte Moresly ein Ermächtigungsschreiben von George XXVIII., das ihm und seinen Mitarbeitern zugleich Immunität gewährte. Die beiden Männer verab schiedeten sich mit einem Händedruck voneinander.

12

Die *Kestral* machte am Kai fest, und Limpkin betrat die Werft.

Sie hatten am Vortag den Kanonenhügel passiert, und Limpkin war der Ansicht gewesen, daß seine gewaltigen Ausmaße ihn genügend auf die Dimensionen der Werft vorbereitet hätten. Der Hügel hatte am Fuß einen Durchmesser von einer Meile und eine Höhe von siebzig Metern. Limpkin hatte ihn durch ein Teleskop betrachtet; Bäume und Gras überwucherten die Flanken, aber es gelang ihnen nicht, die beiden mächtigen Konstruktionen zu verbergen, die das Gipfelplateau beherrschten. Hydraulische Zylinder mit einem Durchmesser von gut drei Metern trugen die schweren Metallrahmen; geknickte Rohre und Streben in allen nur erdenklichen Formen und Größen ragten in den Himmel. Ein Mitglied der Schiffsbesatzung erzählte, daß diese Lafetten einst schwere Festungskanonen getragen hatten; sie seien ausschlaggebend für die Niederlage der Dunklen Mächte gewesen.

Der Anblick des Kanonenhügels rief in Limpkin die Erinnerung an die Sagen seiner Kindheit wach. Er befand sich in einem Land, das es für die meisten seiner Zeitgenossen gar nicht gab; die Dunklen Mächte, die Erbauer der Werft — das alles gehörte zu einer anderen Schöpfungsgeschichte.

Der Hügel blieb zurück, und vom Ufer des Tyne erstreckte sich eine wellige Grasebene bis zu den fernen Bergen im Westen. Eine unbestimmte Trauer stieg in Limpkin auf; die gleiche Trauer schien auf der Besatzung zu lasten.

Als die Dunklen Mächte vor mehr als tausend Jahren ihre endgültige Niederlage kommen sahen, versammelten sie sich zu einem letzten Gefecht an der Westwache. Es hieß, daß dieser Kampf das Ende der Ersten Welt herbeigeführt hatte. Die Ebene, die sich zu den Bergen im Westen hinzog, war mehr als fünfzig Meilen lang. Unter ihrer Grasdecke lagen die Toten jener Schlacht, Kopf an Kopf, Schulter an Schulter.

Limpkin hatte die Schlacht an der Westwache bisher für einen Mythos gehalten; aber die gewaltigen Anlagen des Kanonenhügels und das Bollwerk waren ebenso real wie der Schmerz, der beim Anblick des ungeheuren Gräberfelds in seinem Innern bohrte.

Sie waren an diesem Abend noch einmal vor Anker gegangen, da der Tyne besonders im Bereich des Mündungsdeltas einige Tücken aufwies. Im Morgengrauen hatten sie dann ihren Weg fortgesetzt und bald darauf die Werft erreicht.

Limpkins Melancholie verflog bei dem Anblick, der sich ihm bot. Er überquerte die altertümliche Kaianlage, und vor ihm erstreckte sich ein schier endloses Feld aus grauem Beton. Ein paar Kräne, von Arbeitstrupps in wochenlanger Arbeit repariert, reckten sich in den Himmel; sie wirkten in der Weite winzig und verloren. Im Südosten erhob sich die Helling, die später den Rumpf der *Victory* aufnehmen sollte; obwohl sie zum Wasser hin abfiel, ragte das nähergelegene Ende doch zwanzig Meter in die Luft, bevor die ersten Stützrippen begannen.

Limpkin schlenderte ein wenig planlos weiter. Bei näherem Hinsehen entdeckte er verschieden große Plattformen aus Metall, die bündig mit der Betonpiste abschlossen; er hielt sie für Lastenaufzüge. Ein Gewirr von Stahlschienen durchzog das Gelände. Da sie nicht einmal einen Anflug von Rost zeigten, untersuchte Limpkin sie näher und stellte fest, daß sie durch eine transparente Kunststoffschicht vor Korrosion geschützt waren.

Langsam ging Limpkin auf das andere Ende der Helling zu, wo eine Vielzahl von Kränen Aktivität verriet. Er dachte nicht daran, daß die Rampe mehr als eine Meile lang war.

Er war etwa fünf Minuten dahinmarschiert, als eine zweispännige Kutsche neben ihm anhielt. Damon Trebbly, der leitende Ingenieur, sprang heraus und begrüßte ihn.

Man hätte kaum einen Mann finden können, der besser geeignet für den Wiederaufbau gewesen wäre als Trebbly. Er hatte nie eine Akademie besucht, hatte kein einziges Lehrbuch studiert und war Titeln gegenüber skeptisch. Dennoch besaß er so viel Wissen, daß er in vier Nationen als Zauberer und in zwei weiteren als Hexenmeister galt. Seine Kindheit hatte er in einem der Nomadenstämme verbracht, die am nordöstlichen Rand des Großen Ödlands lebten; aber anstatt sich um die Greifen und Flügelrösser seines Vaters zu kümmern, hatte er die Ruinen und Bibliotheken der Ersten Welt durchstreift und sich jede Legende eingeprägt, die er von den fahrenden Sängern hörte.

Als er glaubte, genug über die Zauberkünste der Ersten Welt zu wissen, ging er nach Neu-Svald und bot der Regierung an, den Shirka-Fluß zu bändigen. Man erklärte ihn für verrückt und besessen und warf ihm vor, ein Werkzeug der Dunklen Mächte zu sein. Ein ähnlicher Empfang wurde ihm zuteil, als er dem König von Raud vorschlug, die großen Brücken in den Bergen neu zu bauen.

Schließlich zogen ihn die Gerüchte über die *Victory* nach Caroline, und er sprach im Wiederaufbau-Ministerium vor. Limpkin erkannte sofort, daß der hagere Mann mit den gebeugten Schultern und den forschenden Augen wie geschaffen für die noch vakante Stelle war. Er setzte ihn an die Spitze der technischen Elite, die das Schiff errichten sollte.

Eine Eigenschaft an Trebbly erstaunte Limpkin immer wieder: Er war während der Vorbesprechungen oft genug mit dem Mann zusammengekommen, aber er hatte ihn noch nie lächeln gesehen. Trebblys Religion war die technische Größe der Ersten Welt; es bedrückte ihn, daß er in einer Zeit leben mußte, die den Aberglauben an die Stelle der Wissenschaft setzte. Diese Frustration hatte seine Schultern gebeugt – und, wie Limpkin insgeheim vermutete, seinen Verstand angegriffen.

Aber als er nun seinen Vorgesetzten begrüßte, strahlte er über das ganze Gesicht, und seine Stimme drückte Stolz und Selbstvertrauen aus.

Limpkin erkundigte sich, wie die Arbeit voranginge, und der Ingenieur lud ihn zu einer Besichtigungstour ein. Sie bestiegen einen kleinen Kutter, der sie an den Inseln des Flußdeltas vorbei zur Westwache brachte. Limpkin folgte Trebbly auf das künstliche Eiland, das etwa anderthalb Meilen von der Werft, drei Meilen von der See und zwei Meilen vom Westufer des Tyne entfernt war. Sechs Meilen weiter westlich befand sich das Bollwerk.

Limpkin war zugleich erschrocken und gebannt von dem gigantischen Turm, dessen Spitze dreihundert Meter über dem Spiegel des Tyne aufragte. Er erinnerte nicht so sehr an ein Bauwerk, sondern eher an den Stumpf eines vom Blitz gefällten Baums. Und doch war das Bauwerk zweifellos von Menschenhand geschaffen. Limpkin betrat die kleine Pforte zur Linken. Das Innere wurde durch blakende Fackeln beleuchtet. Die beiden Männer durchquerten eine Halle mit gewölbter Decke und Mosaikresten an den Wänden. Sie betraten eine Nische und ein käfigähnliches Ding, das sich schwankend nach oben zu bewegen begann. Limpkin stellte entsetzt fest, daß ein einziges dickes Tau die Plattform trug. Zwei Männer der Kutterbesatzung betätigten eine schwere Eisenkurbel.

»Das beste Stück Hanf in der Welt westlich des Arsenals«, erklärte Trebbly stolz. Limpkin gab keine Antwort.

Nachdem sich der Käfig eine Zeitlang ruckartig nach oben bewegt hatte, tauchte eine ovale kleine Tür auf. Trebbly verließ die Kabine und half Limpkin über die unebene Schwelle. Eisiger Wind schlug ihnen entgegen. Sie standen auf einer ringförmigen Terrasse, die etwa drei Meter über den Rand des Wachturms hinausragte und nur durch ein zerbrechlich wirkendes Geländer gegen den Abgrund geschützt war. Ein Schwindelgefühl überkam Limpkin, und er schloß die Augen. Erst nach einer geraumen Weile folgte er Trebbly an das Geländer.

Der Ingenieur deutete in die Tiefe und schrie ihm ins Ohr: »Die Werft! Ich habe Sie hier heraufgebracht, damit Sie die richtige Vorstellung von der Größe des Komplexes bekommen.« Trebbly grinste wie ein Idiot. »Da — haben Sie je im Leben etwas Gewaltigeres gesehen? Neun Meilen! Und dort drüben, die Helling! Wirkt wie ein schmales Band im Verhältnis zur übrigen Betonfläche!

Mann, ich bin jedesmal wie erschlagen, wenn ich hier oben stehe! Aber das Schönste kommt noch. Unser General hat, mit Verlaub gesagt, das Gelände offenbar nicht besonders gründlich durchforscht. Unterhalb der Betonpiste befinden sich Lagerhallen bis in eine Tiefe von zwei Meilen; und jede ist voll mit Material und allen möglichen Geräten. Verdammt, Sir, wir brauchen die *Victory* nicht zu konstruieren; wir müssen sie lediglich aus den bereits vorhandenen Teilen zusammensetzen.«

»Aber das Zeug ist doch über tausend Jahre alt, Trebbly. Wie steht es mit Korrosion, Metallermüdung und ähnlichem?«

»Sämtliche Metallteile sind mit der Plastikschicht überzogen, die auch die Schienen auf dem Werftgelände schützt.

Wir haben Werkzeugräume entdeckt, riesige Garagen mit startbereiten Lastwagen, Kräne, Lastenaufzüge — alles, was man sich wünschen kann!«

»Ein richtiges Wunderland also«, meinte Limpkin mit feinem Spott. Aber der Ingenieur ließ sich nicht aus der Ruhe bringen. Begeistert fuhr er fort:

»Und die Umgebung – es ist kaum zu fassen! Unter dem Sand befinden sich fertig angelegte Straßen. Wetten, daß sie zu den reichsten Minen unserer Welt führen? Meine Leute haben ein komplettes Stadt-Fundament entdeckt, und unter der Werft warten ganze Fabriken, Gießereien und Walzwerke darauf, in Betrieb genommen zu werden.« Trebbly sah ein wenig verlegen drein. »Ich weiß, es gehört nicht hierher – aber als Kind schwärmte ich immer von der Rasse der Erbauer. Sie sollen Großes vollbracht haben, und doch sind sie ein Nichts gegen die Leute, die uns diese Werft hinterließen. Es ist an alles gedacht – als hätten sie gewußt, daß Caroline einst das Schiff, pardon, den Mythos des Schiffs brauchen würde.«

Limpkin hatte allmählich seinen Schwindel überwunden und ging auf die andere Seite der Terrasse. Trebbly folgte ihm. Sie starrten über die grasbewachsene Ebene zu den grauen Bergen im Westen. Wolken türmten sich am Horizont auf. Die düstere Stimmung schien auf Trebbly abzufärben. Er wirkte wieder sehr ernst.

Nach kurzem Schweigen zupfte er Limpkin am Ärmel und deutete nach Süden. »Das Bollwerk, Sir.« In seiner Stimme schwang Respekt, wenn nicht gar Furcht mit.

»Wird es Ihre Arbeit in irgendeiner Weise behindern, Trebbly?«

»Nicht, daß ich wüßte. Im Gegenteil, beinahe bin ich froh über seine Nähe.«

»Weshalb?«

»Nun, die Dunklen Mächte ...« Er sprach den Satz nicht zu Ende.

»Aber ich bitte Sie! Selbst wenn die Sagen einen wahren Kern enthalten – inzwischen sind mehr als tausend Jahre vergangen ...«

»Ich weiß, aber das Bollwerk steht immer noch. Es hat die

Form eines Hexagons, dessen Seitenlänge genau eine Meile beträgt. Die Stahlbetonmauern sind zwanzig Meter stark und besitzen eine Abdeckung aus glattem, rostfreiem Metall. Wenn die Sonne im richtigen Winkel einfällt, dann scheint die Festung in Flammen zu stehen.

Der gigantische Innenhof ist angefüllt mit Instrumenten und Maschinen, die automatisch arbeiten — auch heute noch. Von Zeit zu Zeit hören wir auf der Werft ein anhaltendes Dröhnen, und dann steigen Rauchwolken in den Himmel. Sehen Sie die Mauer dort im Westen, die parallel zu unserer Blickrichtung verläuft? Sie ist schnurgerade ausgerichtet. Und hier oben« — er deutete zur Spitze des Turms — »haben wir Öffnungen und Nischen entdeckt, in denen man Beobachtungsinstrumente unterbringen könnte.«

»Aber . . .«

»Nun, Sir, der Turm heißt Westwache. Er ist älter als alle anderen Bauwerke in dieser Gegend; weshalb sollten ihn nicht die Bezwinger der Dunklen Mächte benutzt haben? Wenn das Bollwerk dazu diente, die Feinde am Überschreiten der Westberge zu hindern, dann benötigte es Augen.«

Limpkin versuchte, seiner Stimme einen gelangweilten Tonfall zu geben. »Nun, mir genügt Ihre Versicherung, daß es nicht im Wege steht.«

Die beiden Männer blieben noch eine Weile schweigend stehen, dann wandten sie sich zum Gehen. Im gleichen Moment durchdrang ein schrilles Pfeifen das Heulen des Winds. Instinktiv warf Trebbly einen Blick zum Bollwerk hinüber. Er berührte Limpkin leicht am Arm und deutete dorthin.

Eine Rauchsäule stand über dem Innenhof des Bollwerks. An ihrem unteren Ende konnte man einen Flammenkegel erkennen. Das Pfeifen ging in ein Dröhnen über. Die Flammen leuchteten stärker; Limpkin sah, daß sie aus einem dunklen Zylinder kamen, der sich von der Rauchsäule löste und in den Himmel stieg. Kurze Zeit später war er in den Wolken verschwunden.

Limpkin wandte sich Trebbly zu, in der Hoffnung, eine Erklärung für dieses sonderbare Phänomen zu erhalten; aber in den Zügen des Ingenieurs spiegelte sich beinahe etwas wie Andacht.

So äußerte Limpkin nur den Wunsch, zur Werft zurückzukehren, da ein Sturm im Anzug sei. Trebbly nickte, und sie machten sich schweigend an den Abstieg.

An diesem Nachmittag fegte in der Tat ein Unwetter über die Werft, und Limpkin mußte seine Besichtigung unterbrechen. Abends suchte ihn dann Tebbly zu einem kurzen Gespräch auf und bat ihn unter anderem, die Ausstattung der Westwache mit Fernrohren und Radareinrichtungen zu genehmigen.

In den folgenden fünf Tagen wanderte Limpkin wie ein staunendes Kind durch die Werftanlage und ließ sich von Trebbly ihre Schätze zeigen. Allmählich teilte er die Begeisterung des Ingenieurs, auch wenn er die Funktion der meisten Maschinen nicht begriff. (Trebbly gab ihm zwar Erklärungen, doch die verwirrten ihn noch mehr.)

Beim Abschied versprach er Trebbly, bald die ersten Arbeiter zu schicken, dazu Leute, die über den wahren Hintergrund des Unternehmens Bescheid wußten; wenn es nach ihm gegangen wäre, hätte er die gesamte Bevölkerung von Caroline zur Werft gebracht. Aber er wußte, daß man nichts überstürzen durfte.

13

Drei Wochen später, bei seiner Rückkehr, entdeckte Limpkin, daß George XXVIII. sein Wiederaufbau-Ministerium in Marine-Ministerium umbenannt hatte; der schwachsinnige Monarch fand diesen Titel angebrachter. Limpkin hegte den Verdacht, daß er die *Victory* immer noch für ein normales Schiff hielt.

Moresly hatte sich im Arsenal eingerichtet und kam gut zurecht; die Pläne für Trafo-Attrappen und heimlich angezapfte Stromleitungen nahmen Gestalt an.

Der erste große Konvoi mit Werftarbeitern bereitete sich auf die Abreise vor; eine Gruppe von Ingenieuren und Wissenschaftlern, die Trebblys Leute unterstützen sollte, war bereits aufgebrochen.

In dem halben Jahr nach Limpkins Rückkehr fanden zwei bemerkenswerte Ereignisse statt. Ein kleiner Damm, nicht breiter als fünfzehn Meter, aber immerhin ein Damm, wurde fertiggestellt – und die winzige hydroelektrische Anlage, die er betrieb, funktionierte. Als nächstes entstand eine Telegrafenleitung zwischen der Hauptstadt und Kelph, der wichtigsten Verladestation am Tyne.

Man feierte diesen Sieg der Technik mit einem großen Ball im Palastpark – dem ersten seit über hundert Jahren. Limpkin trug mit seinem psychologischen Fingerspitzengefühl viel zum Gelingen des Festes bei. Reden wurden gehalten, ein Feuerwerk brannte ab, und um Mitternacht bestieg George im Kreise seiner Ratgeber eine Plattform und buchstabierte auf einer klapprigen Morsetaste langsam das Wort: ANFANGEN. Meilen entfernt, am Kai von Kelph, entzifferte die Besatzung eines Schnellboots die Punkte und Striche und machte sich auf den Weg zur Werft.

Eine knappe Woche danach erhielt Trebbly den Befehl und gab das Startzeichen zum Bau des Kielteils. Vier Jahre später war der Kiel der *Victory* fertig.

Ein Freudentaumel erfaßte das Imperium (man hatte die Republik abgeschafft), doch über die Feiern fiel ein Schatten, als der seit Jahren geisteskranke Monarch plötzlich starb. Ein paar Tage darauf kam die Hiobsbotschaft, daß auch Sir Henry Limpkin nicht mehr unter den Lebenden weilte. Der Thronrat übernahm die Regentschaft für Clement, den minderjährigen Sohn Georges XXVIII. Der erste offizielle Akt dieser ehrenwerten Männer war die posthume Ernennung Sir Henrys zum Vicomte von der Westwache; seine Witwe zeigte sich gerührt und heiratete kurz darauf einen Kavallerie-Offizier, der zwanzig Jahre jünger war als sie.

Limpkin hatte in seinem Testament einen jungen Mann namens Trensing zum Nachfolger bestimmt. Das wiederum verärgerte Moresly, denn es war General Torimans ausdrücklicher Wunsch gewesen, daß sich das Beschaffungsamt um die Personalfragen des Marine-Ministeriums kümmerte. Aber da Moresly nicht gern an die Öffentlichkeit trat und Limpkin zu diesem Zeitpunkt große Sympathien genoß, unternahm er nichts.

Obwohl Trensings dicke Brille und Armprothese (er hatte als einziger seiner Familie das Fairmont-Massaker überlebt) viele Leute abstieß, konnte doch niemand sein Geschick in Verwaltungsdingen leugnen. Trensing gewann sogar Moreslys Anerkennung, als er die Trauerfeierlichkeiten zu aller Zufriedenheit arrangierte.

An einem hellen Tag im Frühling, als die Bäume und Blumen ihr alljährliches Ringen gegen den sterilen Boden und die verseuchte Luft begannen, brachte man George XXVIII., Herrscher über Caroline, Kommandeur der Streitkräfte, Beschirmer der Künste und Wissenschaften und Erneuerer der Welt, in einer feierlichen Lastwagen-Prozession nach Kelph. Eine kleinere Bahre mit den sterblichen Überresten Sir Henry Limpkins folgte dem Zug. Man verlud die beiden Särge auf eins der Schiffe, welche die Schlacht an der Blut-Furt mitgemacht hatten, und eine Batterie nagelneuer Kanonen feuerte dreißig Salutschüsse ab

Man hatte für George am Nordrand der Werft ein Mausoleum errichtet; in den Stahl des Eingangsportals waren all die Heldentaten eingraviert, die er vollbracht hatte oder die man ihm zumindest zuschrieb. Zu seiner Rechten stand ein kleineres Grabmal aus Stein, in dem Sir Henry ruhte.

Es war alles äußerst wirkungsvoll für das Volk, das sich in der Nähe der Werft niedergelassen hatte.

Das Volk – so nannten die Ingenieure und Wissenschaftler die einfachen Arbeiter, die sich in Fertighäusern rund um das Werftgelände ansiedelten. Sie selbst lebten in Villenvierteln an den Nordosthängen der Berge, welche die Werft vom Großen Ödland abschirmten. *Technos*, so bezeichnete man sie, und sie waren stolz darauf.

Trebbly, der die Trauerzeremonie von der Terrasse seines Heims am Mount Dethmet aus mitverfolgte, lächelte anerkennend. Nun konnte er die Leute noch besser als bisher anspornen. »Los, Leute, arbeitet – gebt euer Letztes! Ihr seid es dem Andenken eures Monarchen schuldig.« Aber dann stutzte er und beugte sich befremdet über das Teleskop. Das Volk scharte sich in einer dichten Traube um das Mausoleum Georges XXVIII., während die Technos in ihren schwarzen Uniformen mit den Silberemblemen am Grabmal von Sir Henry versammelt waren. Gewiß, es gab eine Erklärung dafür: das Volk wußte nichts von der Rolle, die Limpkin bei der Durchsetzung des Projekts gespielt hatte. Trebbly wandte sich nachdenklich ab. Wer trauerte heute noch um General Toriman?

14

Eine ganze Flotte von Booten hatte die blumengeschmückte Barke auf ihrer Fahrt zur Werft begleitet; so war die Hauptstadt verhältnismäßig leer. Einer der wenigen Männer von Rang und Namen, die sich dem Zug nicht angeschlossen hatten, war Philip Rome, jetzt Sir Philip. Seit jener Schlacht an der Blut-Furt übte er – mit unauffälliger Unterstützung der Regierung – einen neuen Beruf aus: Er rekrutierte Leute für die Arbeit an der Werft, wobei ihm seine Popularität sehr zustatten kam. Dabei hatte er sich allerdings mehr und mehr zum Führer der Massen entwickelt, und gewisse Beobachter fanden, daß es zu gefährlich wurde, ihm weiterhin freie Hand zu lassen. Trensing hielt es für das beste, ihn erst einmal aus der Hauptstadt zu entfernen, und so bekam Rome das ehrenvolle Angebot, als Vertreter des Volks an die Werft zu gehen.

Einen Tag, nachdem er eingewilligt hatte, suchte ihn ein militärisch gekleideter Kurier auf und überreichte ihm eine handgeschriebene Notiz, unterzeichnet von einem General Tenn, in der er aufgefordert wurde, unverzüglich nach Caltroon zu kommen; in diesem Moment wurden Tausende von Meilen entfernt George und Sir Limpkin feierlich beigesetzt.

Rome kannte keinen General Tenn, aber er glaubte, sich vage zu entsinnen, daß er den Namen im Zusammenhang mit dem Yuma-Krieg gehört hatte. Jedenfalls bestand das Briefpapier des Mannes aus feinstem Pergament, und das Wappen, eine Ritterfaust und ein geflügeltes Pferd, machte großen Eindruck auf Rome.

Gegen elf Uhr abends holte ihn ein Landauer ab und brachte ihn zum Hauptportal der alten Festung. Auf den verlassenen Wehrgängen wehte das Banner von Caroline, dazu die Flagge mit dem Familienwappen des Generals und irgendeine obskure Militärstandarte. Rome durchquerte den Hof, den inneren Wall und die verwahrlosten Gärten. Blakende Fackeln wiesen ihm den Weg. Ein Diener in Livree erwartete ihn am Eingang zum Bergfried; Rome fühlte sich sehr geschmeichelt. Und nicht nur das – er wurde den Eindruck nicht los, daß man Caltroon eigens für ihn geöffnet hatte. Offensichtlich hielt dieser General viel von ihm.

Der Diener führte Rome durch ein Labyrinth von Korridoren und Sälen zum Arbeitszimmer des Generals. Rome hatte bereits eine ganze Menge von diesem riesigen, kathedralenartigen Raum gehört. Hierher war angeblich Sir Limpkin gekommen, als ihm George XXVIII. die Idee mit dem Schiff auseinandersetzte. Große Dinge hatten sich an diesem Kamin abgespielt. Ein Frösteln überkam Rome.

General Tenn erhob sich, um ihn zu begrüßen. Dem Ingenieur fiel die straffe militärische Haltung seines Gegenübers auf, die Autorität, die ihn wie eine unsichtbare Aura umgab. Ein Gewirr von Runzeln und Narben durchzog sein Gesicht. Das linke Auge war von einer grauen Binde bedeckt. Rome fühlte sich ein wenig eingeschüchtert durch das martialische Auftreten des Generals.

Tenn stellte sich vor und bot seinem Gast einen Stuhl an. Weingläser standen auf einem Tablett bereit. Aber wenn Rome nun mit einer höflichen Plauderei gerechnet hatte, so sah er sich getäuscht. Der General kam sofort zum Thema.

»Sir Philip, meine Pflichten bringen es mit sich, daß ich nur selten auf Caltroon weile. Ich bitte Sie daher, über den verwahrlosten Zustand meiner Festung hinwegzusehen. Mir ist bekannt, daß Sie in den nächsten Tagen zur Werft aufbrechen wollen, und es tut mir leid, daß ich Ihre Reisevorbereitungen unterbrochen habe — aber es geht um äußerst wichtige Dinge.«

Rome lächelte. »Die Werft läuft nicht weg, Sir.«

»Das stimmt.« Der General machte eine kurze Pause. »Rome, selbst ein Blinder sieht, daß Sie für das einfache Volk so etwas wie ein Führer geworden sind.«

»Nun, ich möchte mich nicht selbst loben, aber . . .«

»Seien Sie nicht zu bescheiden! Sie haben das Zeug zu einem großen Politiker, sonst hätte ich Sie nicht hierhergeholt.« Tenn starrte in die Flammen. Ein breiter Siegelring an seiner Hand blitzte im Widerschein des Feuers auf. »Sagen Sie, was halten Sie von der Regierung und den Technos?«

Rome dachte eine Zeitlang über die Frage nach. »Die Regierung hat sehr viel für mich getan, Sir; zudem traf sie meiner Meinung nach eine ebenso weise wie wagemutige Entscheidung, als sie dem Bau des Schiffes zustimmte. Was die Technos betrifft — nun, ich weiß nicht. Das Projekt scheint bei ihnen in guten Händen zu sein. Aber da ich selbst noch nie auf der Werft war, kann ich mir kein Urteil darüber erlauben.«

Tenn öffnete einen Ordner, der neben der Weinkaraffe lag. »Wußten Sie, daß die Technos ausschließlich von der gesellschaftlichen und wirtschaftlichen Elite rekrutiert werden und daß man dabei auch Bewerber berücksichtigt, die nicht über das geringste technische Wissen verfügen?«

Beunruhigt sah Rome den General an. Tenn lächelte schwach und fuhr fort: »Mein statistisches Material stimmt, verlassen Sie sich darauf! Sie selbst sind der beste Beweis dafür, daß ich die Wahrheit sage. Wenn es auf technisches Verständnis und Führungsqualitäten ankäme und nicht auf das Vermögen und den gesellschaftlichen Rang der Familie, dann hätten Sie längst bei den Technos Fuß gefaßt.«

Rome sah den General nachdenklich an, dann nickte er langsam. »Bitte, fahren Sie fort . . .«

»Sie sagen, daß Sie nie auf der Werft waren, Rome. Nun, ich war dort.« Tenn schien seine Worte mit großem Bedacht zu wählen. »Meine Pflichten bringen es mit sich, daß ich bis zum Rande der Zivilisation vorstoße. Ich habe mich gründlich auf der Werft umgesehen, zweimal, bevor George und der Vicomte auch nur auf die Idee mit dem Schiff gekommen waren, und auch danach des öfteren. Offen gestanden, Rome, ich mache mir Sorgen.«

»Das Schiff?«

»O nein, das nicht. Die Arbeit am Schiff geht flott voran, beinahe zu flott.« Tenn nagte an der Unterlippe. »Verstehen Sie mich recht, Rome. Meine Loyalität gilt der Armee, nicht der Regierung oder den Massen oder irgendeiner Oberschicht. Ich vermag die Dinge daher objektiv zu beurteilen. Es kann nur einen Grund für diese künstliche Spaltung in zwei Klassen geben: die Technos streben eine Diktatur an. Und noch etwas . . .« Wieder stockte der General. »Ich habe den Eindruck gewonnen, daß die Technos das Schiff gar nicht vollenden wollen.«

»Aber das würde die Regierung niemals zulassen!«

»Ich weiß. Das sagte ich auch, als ich zum erstenmal Verdacht schöpfte.«

»Ich begreife das alles nicht. Welchen Vorteil hätten sie denn davon?«

»Meine persönlichen Beobachtungen haben ergeben, daß die Technos das Schiff als Teil eines Riesenbetrugs benutzen. Es ist ihr Köder. Sie gaukeln den Massen vor, daß es eine

Fluchtmöglichkeit von diesem verdammten Planeten gäbe, und treiben sie damit zu produktiver Arbeit an. Aber während sich die Ärmsten plagen und abrackern, um ihren Nachkommen zu einer besseren Welt zu verhelfen, zweigen die Technos einen Teil der Früchte ab und stecken sie in das Land selbst. Dabei gehen sie von folgender Theorie aus: Das Volk verbessert, ohne es zu merken, die Lebensbedingungen unserer Welt. Je angenehmer und leichter sich das Dasein gestaltet, desto mehr wird das Interesse am Schiff nachlassen, bis sich eines Tages die Erkenntnis durchsetzt, daß man es nicht mehr nötig hat, von dieser Welt zu fliehen.«

Rome zögerte. »Offen gestanden, das klingt genial . . .«

». . . wenn es funktionierte«, beendete Tenn lächelnd den Satz. »Aber es wird nicht funktionieren. Wir haben es nicht mit einer normalen Welt zu tun, sondern mit einem Zerrbild, einer Parodie, in der die Logik keine Gültigkeit besitzt. Natürlich verleitet uns das Schiff im Moment zu Träumen; es spornt uns sogar zu großen Taten an. Aber es ist nur eine Frage der Zeit, bis diese Welt alles wieder verschlungen hat.

Und noch eins. Wer garantiert uns, daß die Technos später an ihrem hochherzigen Plan festhalten? Was soll sie daran hindern, in erster Linie für sich selbst zu sorgen? Sie üben bereits jetzt die Kontrolle über unser gesamtes Wissen aus. Das bedeutet, daß sich eines Tages die Macht ganz in ihren Händen befinden wird – ob wir nun zu einem fremden Planeten aufbrechen oder nicht.

Darüber hinaus weckt das Schiff viele der alten, schlummernden Greuel unserer Welt. Denken Sie an das Tal der Könige! Jahrhundertelang lag es verhältnismäßig abgeschieden und friedlich da; seine Existenz störte niemanden. Aber dann mußten wir, um den Weg zur Werft freizumachen, die gefährlichen Kreaturen eines Dämonenreichs aus ihrer Ruhe schrecken. Zugegeben, wenn wir das Schiff vollenden, ohne unsere Umgebung mehr als nötig zu verändern, dann bleibt das Risiko gering. Aber wenn wir, wie es die Technos beabsichtigen, all unsere Kräfte in den Wiederaufbau dieses

Planeten stecken, dann werden wir unweigerlich auch in Gebiete vorstoßen, die bis jetzt tabu waren.

Und wozu das führt, wissen wir. Die Erbauer der Werft waren uns so überlegen, daß wir die armseligen Dinge, die sie uns hinterließen, mit einer Ehrfurcht betrachten, die an Götzendienst grenzt. Dennoch gelang es ihnen nicht, jenen Dämonengeschöpfen ihren Willen aufzuzwingen. Sie zähmten den Planeten nicht, sondern flohen in den Raum.« Tenn nahm einen Schluck Wein und seufzte. »Und nun wollen die Technos das besiegen, was die Rasse der Erbauer als unbesiegbar zurückließ.«

Rome starrte schweigend in die Flammen. Hin und wieder musterte er verstohlen den General. Nach einer Weile fragte er: »Kennen die Technos die Gefahren, die Sie eben geschildert haben?«

»Ich nehme es an; sie sind keine Schwachköpfe. Aber vermutlich ließen sie sich von der Größe ihres Unternehmens blenden – oder von der Größe des erhofften Profits. Sie gehen ein bewußtes Risiko ein, doch sie haben den Einsatz unterschätzt. Die Zukunft des ganzen Volkes steht auf dem Spiel.«

»Sir, ich weiß nicht, was ich zu diesen Eröffnungen sagen soll. Natürlich, auch mir kam manches am Verhalten der Technos merkwürdig vor, doch mir fehlten die Daten . . .«

»Man gibt sich größte Mühe, diese Daten zu unterdrükken.«

Rome lächelte wissend. »Das ist verständlich. Armes Volk von Caroline! Aber – was hat das alles mit mir zu tun, Sir?«

»Die Schicht der Unterdrückten, deren Leben und Besitz in Gefahr ist, hört auf Sie. Man verehrt Sie, weil man Ihre Heldentaten kennt. Noch glaubt das einfache Volk der Regierung, aber gewisse unvorhergesehene Ereignisse könnten diesen Glauben erschüttern. Dann müssen Sie vortreten und handeln. Das Volk braucht einen Anwalt seiner Interessen.«

Ein Schwindelgefühl überkam Rome. Ein Mann wie Tenn vertraute ihm soviel Macht an . . .

»Und was soll ich sagen?«

»Vorerst gar nichts. Sie warten ab und behalten das Geheimnis für sich, wie ich es getan habe. Vielleicht geht alles gut. Aber seien Sie wachsam! Wenn die Technos ihre Diktatur ausweiten, wenn sie versuchen, den Bau des Schiffs zu verschleppen, wenn sie die Früchte unserer Arbeit in die eigenen Schatzkammern leiten – dann kommt Ihre Stunde! Dann, Rome, müssen Sie den Verrat aufdecken! Es ist möglich, daß dies nicht zu unseren Lebzeiten geschieht. Auch darauf müssen Sie sich vorbereiten! Suchen Sie Männer, denen man vertrauen kann, und teilen Sie Ihr Wissen mit ihnen! Organisieren Sie alles, und warten Sie ab.

Ich kenne einige Leute, die Ihnen bei Ihrer Arbeit helfen werden. Hier.« Tenn reichte dem Ingenieur ein Blatt Papier. »Vielleicht gelingt es mir, wenigstens den einen oder anderen noch rechtzeitig zu benachrichtigen.« Der General lehnte sich zurück.

»Was meinen Sie mit ›rechtzeitig‹?« fragte Rome unsicher.

»Die Technos mißtrauen mir. Das ist mit einer der Gründe, weshalb ich Ihnen reinen Wein eingeschenkt habe. Als Offizier kann ich mich zwar nicht öffentlich gegen die Regierung stellen, aber die Leute wissen natürlich, daß ich ihnen ungeheuer schade, wenn ich meine Informationen weitergebe. Falls sie von unserer Unterredung erfahren sollten, dann ist mein militärischer Rang und das, was ich für die Nation geleistet habe, wenig wert. Natürlich, wenn ihre Absichten so redlich sind, wie sie uns glauben machen wollen, habe ich nichts zu befürchten; aber wenn meine Schlußfolgerungen stimmen, dann werden sie alles tun, um mich zum Schweigen zu bringen.«

Rome hatte noch eine Menge Fragen, Zweifel und Einwände, aber der General erhob sich abrupt, dankte ihm für sein Kommen und komplimentierte ihn hinaus. Ein Diener brachte ihn zum Hauptportal, wo bereits die Kutsche wartete.

Während der Heimfahrt versuchte er vergeblich zu entscheiden, ob er sich über die Verantwortung, die ihm der General aufgebürdet hatte, freuen oder ängstigen sollte. Für alle Fälle studierte er den traurig-ernsten Gesichtsausdruck großer Politiker ein, die sich ihrer Macht und Ohnmacht bewußt sind.

Dieser Ausdruck hatte sich vertieft, als er eine Woche später endgültig zur Werft aufbrach. Jede Nacht seit seiner Zusammenkunft mit Tenn war er zum Fuß des Mount Royal geritten, um zu sehen, ob die Lichter von Caltroon noch brannten. In der dritten Nacht hatte er das unbestimmte Gefühl, daß ihm jemand folgte. Er kehrte rasch um; doch noch bevor er das Nordtor der Stadt erreichte, jagte eine Reiterschar in den grünen Uniformen der Garde-Kavallerie an ihm vorbei und schlug die Uferstraße nach Caltroon ein. Rome begab sich auf Umwegen zum Mount Royal; zu seiner Erleichterung waren die Fenster des Bergfrieds immer noch erhellt. Aber kurze Zeit später erloschen sie, und der Wind trug undeutlich Schreie und das Rattern von Maschinenpistolen zu ihm herüber. Der Ingenieur floh in die Stadt zurück.

Nachfragen im Kriegsministerium ergaben, daß man dort einen General Tenn nicht kannte. Auch in den Listen des Marine-Ministeriums führte man den Namen nicht. Man gab Rome den Rat, sich an das Beschaffungsamt zu wenden. Dort erklärte ihm eine hagere alte Sekretärin, daß General Tenn im Auftrag des Marine-Ministeriums nach Mourne gereist sei und voraussichtlich zehn Jahre dort verbringen würde. Ob Sir Philip so lange warten wolle?

15

Vennerian war ein fetter kleiner Bursche, der penetrant nach Schweiß roch. Er geriet leicht in Zorn und haderte ständig mit seinem Geschick. Lediglich die Tatsache, daß er zu den Technos zählte, machte ihm das Leben einigermaßen erträglich.

Er saß verdrossen in seinem Büro, einer Holzbaracke am Südwestrand der Werft, als er Besuch von einem gewissen Kort erhielt. Kort war Techno wie er, aber noch etwas niedriger eingestuft. Vennerian fegte einen Bericht zur Seite, über den er sich eben geärgert hatte. »Na, was gibt's?«

Kort entgegnete gedehnt, daß er endlich dazu gekommen sei, die verrückten Instrumente zu überprüfen, die man noch auf Limpkins Wunsch an der Westwache installiert habe.

Einen Monat nach Limpkins Besuch auf der Werft hatte Trebbly die Beobachtungsgeräte persönlich auf die Terrasse der Westwache geschleppt und nach den beiliegenden Verdrahtungsplänen montiert. Die bereits vorhandenen Anschlüsse schienen mit geheimnisvollen Maschinen unterhalb der Werft in Verbindung zu stehen. Jedenfalls begannen die Apparate zu klicken und Lichtzeichen auszusenden, die kein Mensch verstand. In einem Anfall von Ehrgeiz hatte Trebbly eine Studie über das Phänomen in Auftrag gegeben. Das sah so aus: »Betman, fertigen Sie eine Analyse über die Aufklär-Vorrichtungen an der Westwache an!« – »In Ordnung, Chef!« – »Fuller, Sie versuchen mal herauszufinden, was diese Apparate an der Westwache eigentlich beobachten!« – »Wird gemacht.« – »Beam, das Antennenzeug da oben soll untersucht werden.« – »Gut.« – »Vennerian, ich habe eine Arbeit für Sie!« – (Knurr) – »Kort, sehen Sie sich doch mal die komischen Fliegenklatschen da oben an!« Seitdem waren sieben Monate vergangen.

»War auch höchste Zeit, Kort«, brummte Vennerian. »Und haben Sie etwas Weltbewegendes über die Drecksdinger herausgefunden?«

Kort drückte mit großer Geste seine Zigarre auf der blanken Schreibtischplatte aus. »Tja, Boß«, meinte er und starrte ins Leere, »ich habe etwas herausgefunden.«

»Nicht zu fassen!«

»Es handelt sich um Antennen.«

»Also, wenn Sie Idiot gekommen sind, um mir das ...«

»Radar, Sonar – all dieser Plunder aus der Ersten Welt.

Ziemlich unverständlich, obwohl wir uns Mühe gegeben haben.«

Vennerian zog die Augenbrauen hoch. »Eine magere Ausbeute, Kort.«

»Oh, ich bin noch nicht am Ende, Boß. In dem Bericht, den Sie mir gaben, hieß es, daß Trebbly insgesamt sieben Antennen installiert hätte. Mir fiel aber auf, daß es acht waren, und so untersuchte ich die Dinger genauer. Sieben davon sind Empfänger, Boß — aber die achte sieht mir verdammt nach Sender aus.« Kort beugte sich vor. »Was sagen Sie nun?«

»Ich hoffe, Sie quatschen kein Blech.«

»Boß, würde ich Sie anlügen?«

Vennerian erlitt wieder einmal einen Wutanfall. Er stieß einige Flüche aus, die selbst die Dunklen Mächte erschreckt hätten, und warf seinem Untergebenen eine leere Schnapsflasche nach.

Eine Woche nach dieser Unterredung stand ein Wartungstrupp vor der Frage, ob es sich lohnte, den großen Blutfleck zu entfernen, den ein kleiner Techno namens Vennerian hinterlassen hatte, als er von der Terrasse der Westwache stürzte. Es gab immer Tölpel wie ihn, die nicht einmal vor die Hunde gehen konnten, ohne anderen Leuten Scherereien zu machen.

Am gleichen Tag, als eine Putzbrigade mit Eimern und einer Schaufel zum Flußdelta ausrückte, bemerkte ein Kranführer einen sonderbaren Geruch unter dem großen Förderband. Zu seiner Verblüffung entdeckte er zwischen den Laufrollen die Überreste eines gewissen Gordon Kort. Man entfernte das Zeug mit Hilfe von Stahlwolle, und Trebbly mahnte in einem Rundschreiben die Technos zu größerer Rücksichtnahme bei der Wahl ihrer Unfallorte.

16

Trensing hatte bei dem Projekt hervorragende Verwaltungsarbeit geleistet. Aber es war klar, daß ihm mit der Zeit der Papierkram über den Kopf wuchs und er nur noch die wichtigsten Akten selbst lesen konnte. So wurde seine persönliche Unterschrift durch einen Gummistempel ersetzt, den man an seinen engeren Mitarbeiterstab ausgegeben hatte. Eine besonders interessante Anfrage, die von Moresly stammte, bekam Trensing daher niemals zu Gesicht.

Die meisten Leute, die den geheimen Aufgabenbereich des Beschaffungsamts kannten, ließen Moresly und seine Untergebenen mehr oder weniger in Ruhe. Vermutlich hätte sich auch Trensing verpflichtet gefühlt, das Papier zu unterschreiben. Es handelte sich um die bescheidene Bitte, einen Teil der Höhlen im Arsenal zur Produktion moderner Waffen einzurichten. Maresly begründete diesen Wunsch mit dem Hinweis, daß seine Leute oft auf gefährlichen Missionen waren und die Armee von Caroline sie nicht offen unterstützen konnte.

Ein Ausschuß beriet über diesen und andere Anträge — Sachmittel, Personalfragen, Geld, etc. — die vom Arsenal kamen. Diese Leute hatten keine Ahnung von der wahren Natur des Beschaffungsamts, aber da Trensing im letzten Entwicklungsbericht die Verdienste von Moresly hervorgehoben hatte — ohne sie im einzelnen zu nennen — erteilten sie ihre Zustimmung.

17

Ein kleinerer Vorfall verdient vielleicht noch Erwähnung. Er ereignete sich volle fünfundzwanzig Jahre nach Trensings Abdankung zugunsten von Sir Miller Curragh. Clement war zu dieser Zeit längst tot; sein Nachfolger hieß Eduard VI. An der Spitze des Marine-Ministeriums stand Justin Blyn, und die Arbeiten auf der Werft leitete ein Techno namens Ord

Syers, vielleicht einer der unfähigsten Männer, die diesen Posten je innegehabt hatten.

Die Triebwerke, von denen Toriman vor vielen, vielen Jahren gesprochen hatte, befanden sich zu diesem Zeitpunkt auf einem Testgelände außerhalb der Werft. Sie boten einen eindrucksvollen Anblick, aber sie stellten ein Problem dar, da sie nur zu etwa fünfundsiebzig Prozent komplett waren. Die Wissenschaftler von Caroline verstanden zu wenig von den Prinzipien, nach denen sie konstruiert worden waren, und die beigefügten Pläne waren in der Runenschrift der Erbauer abgefaßt. Aber schließlich kam es nicht darauf an, ob die Dinger funktionierten oder nicht. Das Marine-Ministerium befahl, daß man sie aufs Geratewohl fertigstellte und ein paar Testinstrumente baute, die den Schwindel vor dem Volk vertuschen würden.

So fand der Probestart statt. Syers hatte der Zeremonie mit seiner Gattin und einem Beamten vom Marine-Ministerium beigewohnt und zeigte sich äußerst befriedigt von dem, was seine Leute geboten hatten. Die See schäumte, die Erde bebte bis zu den Vorbergen, die Fenster in der Umgebung wurden zerschmettert, und bläulichweiße Flammen zuckten durch die dunklen Rauchwolken. Es war genau das, was man von einem Raumschiffantrieb erwartete.

Der Techno, der das Experiment geleitet hatte, war ein intelligenter junger Mann namens Marlet. Am Abend nach der Demonstration suchte er Syers auf, um ihm Bericht zu erstatten. Der Werftdirektor klopfte ihm jovial auf die Schulter und gratulierte ihm. Erst dann bemerkte er die ernste Miene des Jungen.

»Na, Marlet, was haben Sie auf dem Herzen? Nein, keine Angst, wir wiederholen die Tests nicht. Ich glaube, das Volk ist jetzt überzeugt davon, daß sein kostbares Schiff eines Tages in den Raum starten wird.« Marlet schwieg und zerrte nur nervös an seinen Fingern. »Oder gibt es noch etwas anderes?«

»Sehen Sie, Sir, ich hatte neben dem normalen Testaufbau

eine Parallelschaltung errichtet, um herauszufinden, wie weit die Triebwerke nun wirklich funktionieren. Die Aufzeichnungen sind eindeutig, Sir: Wir besitzen einen voll einsatzfähigen Antrieb.«

Die Männer sahen einander einen Moment lang schweigend an; Syers wußte nicht, wie er sich verhalten sollte.

»Aber das ist doch kein Grund zur Verzweiflung, Marlet«, sagte er schließlich mit gespielter Herzlichkeit. »Wenn die Dinger funktionieren, dann kann uns niemand des Betrugs bezichtigen – zumindest nicht in diesem Punkt. Was quält Sie also?«

»Sie haben wohl recht, Sir.« Marlet hob den Kopf und sah Syers in die Augen. »Aber, bei Gott, Sir, es will mir nicht einleuchten. Wir haben aufs Geratewohl irgend etwas zusammengebastelt, und es läuft, als hätten die Erbauer daran mitgewirkt.« Marlet suchte nach Worten. »Sir, so etwas gibt es einfach nicht.«

»Man soll nie dem Glück mißtrauen, mein Junge«, meinte Syers väterlich.

Marlet beruhigte sich ein wenig. »Der ... der unerwartete Erfolg hat mich wohl ein wenig verwirrt. Schließlich versuchen wir genau das Gegenteil zu erreichen ...«

Syers trat ans Fenster und starrte hinaus. Im Südwesten, mehr als acht Meilen entfernt, lag die Werft. Auf der ehemals nackten Betonfläche wimmelte es von Menschen und Maschinen. Das Schiff wuchs; es überwältigte den Betrachter durch seine Eleganz und unglaubliche Größe. »Die *Victory*, mein Junge, hat uns längst überflügelt; unsere armseligen Fähigkeiten reichen nicht mehr aus, um ihr Wachstum zu steuern. Wenn sich also das Schicksal oder das Glück oder Gott selbst auf unsere Seite stellt, dürfen wir uns nicht dagegen wehren.« Syers hatte den Blick eines frommen alten Weibes, das die Worte der Bibel nachplappert, ohne sie zu verstehen.

»Gewiß«, entgegnete Marlet kühl. Die Sätze stammten von Blyn; er hatte sie in einer Rede an das Volk verwendet. Blyn glaubte nicht an das, was er sagte; aber Syers war vom

Mythos des Schiffs ebenso verblendet wie die unwissenden Massen. Der junge Techno wandte sich mit einem Seufzer ab. Er konnte nichts unternehmen. Syers kontrollierte alle Berichte, die an das Marine-Ministerium hinausgingen, und selbst wenn es Marlet gelungen wäre, irgendeine Botschaft durchzuschmuggeln, so hätten Syers' Gesinnungsgenossen sie in der Hauptstadt abgefangen.

Syers befahl, daß an den Triebwerken keine Veränderung vorgenommen werden durfte, und entließ Marlet. Der junge Mann ging zornbebend.

Er ahnte, daß er einer Sache von ungeheurer Tragweite auf der Spur war, aber es gelang ihm nicht, Genaueres in Erfahrung zu bringen. Seine Kollegen nannten ihn einen Selbstquäler und Spinner, und Syers behandelte seine Bitte um eine wissenschaftliche Untersuchung mit herablassender Arroganz. Eines Nachts, als Marlet seine Wut mit zuviel Alkohol hinuntergespült hatte, holte er aus dem Geräteschuppen eine Thermitfackel und steckte damit das Haus von Syers in Brand.

Orwell Cadin, der neue Werftdirektor, war ein tüchtiger Mann, dem es in kurzer Zeit gelang, die Korruption einzudämmen. Das erleichterte es Marlet, seine Schuldgefühle zu unterdrücken. Man untersuchte zwar die Brandstiftung, aber da Syers es sich mit vielen Technos verdorben hatte, legte man den Fall bald zu den Akten. Marlet war zu keiner Sekunde in Verdacht geraten.

Zwei Monate nach dem Mord erhielt er ein geheimes Schreiben von Dennis Hale, dem Leiter des Arsenals. Man benötigte seine Dienste im Beschaffungsamt. Insgeheim hoffte Marlet, daß man an höherer Stelle von seiner patriotischen Tat gehört hatte und ihn nun belohnte. Aber es ist nicht bekannt, ob sich diese Hoffnung erfüllte, denn von dem Moment an, da der junge Techno in Kelph das Schiff verließ und eine Kutsche bestieg, verloren ihn die Chronisten aus den Augen.

18

Abgesehen von den Triebwerken war das Verwirrendste an dieser Angelegenheit, daß Marlet im Dienst der Regierung so spurlos von der Bildfläche verschwinden konnte. Es stellte sich heraus, daß das Arsenal und das Beschaffungsamt praktisch ohne jede Kontrolle operierten.

Achtzig Jahre zuvor, als der Ableger des damaligen Wiederaufbau-Ministeriums seine Arbeit begann, besaß Sir Henry Limpkin kaum Richtlinien; im Gegenteil, die Anhaltspunkte, die General Toriman ihm gab, verwirrten ihn, da sie nur nebensächliche Dinge wie die Unterbringung betrafen, aber keinen allgemeinen politischen Trend erkennen ließen.

Aus diesem Grund blieb Limpkin keine andere Wahl, als die gesamte Leitung Moresly zu übertragen; der einzige Kontakt zur Regierung war ein vierzehntägiger Bericht über die erzielten Fortschritte und der Jahreshaushaltsplan. Die Öffentlichkeit wußte weder von der Existenz noch von der Funktion des Beschaffungsamts.

Die Bewohner des Arsenals schlossen sich zu einer engen, nach außen hin undurchlässigen Gemeinschaft zusammen, lange bevor die Technos dieses Ziel auf der Werft erreichten. Die örtliche Begrenzung des Höhlensystems begünstigte zudem eine Zentralisierung der Macht; im Marine-Ministerium las man stets die gleichen sieben Unterschriften, und bei offiziellen Anlässen sah man stets die gleichen vier Gesichter (nämlich Moresly, der seine Züge geschickt zu verwandeln wußte).

Die Höhlen, in denen sich das Arsenal befand, hatten früher zu Aberdeen gehört; sie begannen an den Uferklippen des Tyne und erstreckten sich in einem wirren Labyrinth von Gängen, Schächten und Kammern etwa zehn Meilen landeinwärts. Man hatte ursprünglich beabsichtigt, der ständigen Gefahr eines Atomkriegs durch eine große unterirdische Stadt zu begegnen. Innere Machtkämpfe und die Entwicklung neuer Strahlungswaffen beendeten das Projekt jedoch vorzeitig.

Später, als sich Waffen und Diplomatie wieder auf einer primitiveren Stufe befanden, hatte das Arsenal einen unschätzbaren Wert als Festung. Es heißt, daß es bei gut einem Dutzend Kriegen allein um den Besitz des Arsenals ging. Zuletzt war es Yuma gelungen, den Höhlenkomplex durch den gezielten Einsatz von Pestbakterien an sich zu reißen.

Unter den Händen so vieler Eroberer hatte sich das Arsenal zu einem Gebilde ausgeweitet, das sich durchaus mit der Werft und ihren unterirdischen Anlagen messen konnte. Es enthielt Lagerhallen, Werkstätten und Fabriken – und all die widerwärtigen Mordinstrumente, die seinen Namen rechtfertigten.

Noch vor dem Yuma-Krieg hatte man den größten Teil der Waffen aus der Ersten Welt vernichtet oder in abgelegenen Korridoren eingemauert. Der wahre Reichtum des Arsenals war hinter Tonnen von Beton und Felsgestein verborgen. Nur so läßt sich erklären, weshalb Limpkin keine Bedenken hatte, Moresly die seiner Meinung nach wertlosen und halb zerstörten Höhlen zu übergeben.

Das Marine-Ministerium genehmigte übrigens nicht nur den Beschäftigten des Arsenals jede erdenkliche Freiheit; es kümmerte sich ebensowenig um das kleine Büro, das Moresly in Knightsbridge, einem stillen Vorort der Hauptstadt, untergebracht hatte.

Das Verhalten von Moreslys Sonderabteilung ist recht aufschlußreich, wenn man es im Zusammenhang mit den späteren Ereignissen betrachtet. Während man sich einerseits alle Mühe gab, Abstand von der Regierung zu gewinnen, integrierte man laufend Vertreter des Volks in das Beschaffungsamt; diesen Leuten verriet man nichts über die wahren Ziele des *Victory*-Projekts, aber man ermutigte sie zur Kontaktaufnahme mit den Technos – ein Schritt, der von der Regierung scharf kritisiert wurde.

Inzwischen hatte Rome auf der Werft das Volk organisiert, und er hielt es für notwendig, Kontakt zu den Massen in der

Hauptstadt aufzunehmen. Ein gewisser Crownin, der ein Empfehlungsschreiben von General Tenn besaß, erhielt den Auftrag, in der George Street gegenüber dem Marine-Ministerium einen sogenannten Volkspalast einzurichten. Zwei Jahre später ernannte Rome diesen Crownin zum ›Verbindungsoffizier‹ zwischen Volk und Beschaffungsamt. Der Regierung fiel diese sonderbare Neuerung ebensowenig auf wie die Tatsache, daß der ›Volkspalast‹ von der George Street wieder verschwand und in den Räumen einer alten Villa von Knightsbridge untergebracht wurde, gleich neben dem Stadtbüro des Beschaffungsamts. Nun, vielleicht war es gut, daß niemand die richtigen Schlüsse zog; das Beispiel von Vennerian und Kort hatte gezeigt, daß so etwas tödliche Gefahren barg.

19

Es war eine sternhelle Nacht mitten im Frühling. Der Mann und das Mädchen standen auf einem Hügel östlich der Werft; zu ihren Füßen erstreckte sich ein Lichtermeer, denn die Stadt, die vom Ufer des Tyne bis zu den Vorbergen reichte, besaß als einzige in der Welt elektrisches Licht. Seit kurzem besaß sie auch einen Namen: *Gateway,* das Tor zur Zukunft.

Es war das siebenundsechzigste Frühjahr des Schiffs.

Die beiden jungen Leute gehörten der Techno-Klasse an, und sie waren Paradebeispiele dieser Schicht — hochgewachsen, schlank und von aristokratischer Haltung. Wenn man sie längere Zeit betrachtete, schien das Schwarz ihrer Uniformen mit dem Nachthimmel zu verschmelzen, und die silbernen Embleme schimmerten wie ferne Welten. Die Blicke des Mannes ruhten auf der hellerleuchteten Werft, während seine Begleiterin träumerisch zu den Sternen hinaufsah.

Sie standen Seite an Seite, aber sie berührten einander nicht, und wenn sie sprachen, sahen sie einander nicht an. Der Mann schwärmte von der *Victory.*

»Sieben Meilen lang und drei Meilen breit! Mein Gott, muß das ein herrlicher Anblick sein! Da – man erkennt bereits jetzt den Ansatz der Flügel und ...«

»Die *Victory* wird unvollendet bleiben«, murmelte das Mädchen geistesabwesend. »Vergiß das nicht!«

Der Mann senkte den Kopf und seufzte. »Ja, natürlich, du hast recht. Aber wenn ich bedenke, was wir in der kurzen Zeit geleistet haben, dann keimt manchmal das Gefühl in mir auf ...« Er lächelte. »Ich sehe die Kabinendecks vor mir und den Maschinenraum und höre die Triebwerke arbeiten. Der Bug des Schiffs durchbricht die Wolken ...«

»... und wir steuern den Planeten unserer Vorfahren an«, wisperte das Mädchen. »Heimstatt.« Sie deutete zu den Sternen. »Welcher mag es sein? Der dort – oder der?«

»Nun verlierst du dich in Schwärmereien.«

»Möglich. Aber ich weiß, daß es da oben eine Heimstatt gibt. Vielleicht nicht die Welt, die man dem armen Volk vorgaukelt, aber irgendeinen grünen Planeten mit pulsierendem Leben; einen Planeten mit Bergen und weiten Ebenen, wo man den Sonnenuntergang beobachten kann, ohne um sein Leben zu fürchten und ohne das Dröhnen der Dampfhämmer zu hören.« Sie starrte voller Abscheu zur Werft hinunter.

Der Mann musterte sie verstohlen. Er hatte diese Worte in den vergangenen Monaten immer wieder gehört. Als er nun zu sprechen begann, schwang Resignation in seiner Stimme mit. »Ich fürchte, wir leben in zweierlei Welten. Das Schiff – ah, ich brauche das Schiff. Wenn das blanke Metall in der Sonne blitzt, wenn die Instrumente klicken und die Lastenaufzüge kreischen, dann fühle ich mich glücklich. Du dagegen schwärmst von stillen Nächten und einer grünen Wildnis. So verrückt es klingt – dein Traum kann sich erst erfüllen, wenn meiner verwirklicht ist. Aber vielleicht findest du inzwischen jemanden, der deine Sehnsucht teilt und dich besser versteht als ich.« Das Mädchen schwieg. Er nahm ihre Hand und hielt sie einen Moment lang fest. »Leb wohl!«

Der Mann machte sich auf den Weg nach Gateway. Das

Mädchen sah noch eine Weile zu den Sternen auf, dann schlenderte sie zurück zu ihrer Villa in den Vorbergen.

In der gleichen Nacht standen zwei Angehörige des Volks an der Küste, da wo die Helling in die stille See tauchte. Auch sie sprachen von ihren Träumen. Der Mann war Monteur und schwärmte von seiner Arbeit am Schiff; die Frau wünschte sich Kinder und malte sich deshalb aus, wie schön sie es auf dem neuen Planeten haben würden. Die beiden hatten nicht die Zweifel des Technos; für sie gab es nur ›Wenns‹, keine ›Falls‹. Der Mythos des Schiffs war zu einem Teil ihres Lebens geworden.

20

Für das Marine-Ministerium war das Projekt bereits ein uneingeschränkter Erfolg. Obwohl sich nach außen hin kaum etwas verändert hatte, herrschte in ganz Caroline der Geist, den Limpkin zum erstenmal im Palast-Park gespürt hatte. Sorgfältig ausgestreute Legenden und Gerüchte begannen Wurzeln zu schlagen; das Ministerium hatte Schriftsteller damit beauftragt, die Rasse der Erbauer und den Planeten Heimstatt mit einer eigenen Mythologie zu verbrämen.

Aber Amon Macalic, der damalige Werftdirektor, fand manchmal, daß die Sagen und Mythen das Volk zu stark an die *Victory* banden – und es immer mehr von der Regierung und den Technos entfernte. Für viele war das Schiff ein Religionsersatz geworden.

Auch die Werft selbst hatte sich verändert. Im Schatten des riesigen Schiffsrumpfs war ein unglaubliches Gewirr von Rohren, Kabeln und Gleisen entstanden. Krane rosteten vor sich hin, da irgendwelche Gerüste ihre Schienen blockierten. Bauteile, zum Transport hergerichtet, wurden monatelang nicht abgeholt. Die Technos mit ihrem Hang zur Ordnung versuchten anfangs, scharf durchzugreifen; aber sie gaben bald auf. Das Volk fühlte sich wohl in diesem Chaos. Und man mußte zugestehen, daß die Werft trotz dieser kleinen Schönheitsfehler ein Ort war, auf den wohl selbst die Erste Welt stolz gewesen wäre.

Eins allerdings bereitete dem Marine-Ministerium Kummer: Das Projekt *Victory* lief nun seit siebzig Jahren, aber der Staat Caroline unterschied sich in nichts von seinen Nachbarstaaten. Der erhoffte Fortschritt war ausgeblieben. Ein eifriger Beamter wollte eine Anfrage an das Beschaffungsamt in Knightsbridge richten, aber es gab ein paar mißtrauische Seelen, welche die Meinung vertraten, die Untersuchung müsse vom Marine-Ministerium selbst durchgeführt werden.

Zu diesem Zweck bildete man eine neue, leider sehr kurzlebige Dienststelle, die den Namen Extraterritorialer Nachrichtendienst erhielt. Der END sollte nach dem Willen seiner Schöpfer der kühl entschlossene Teil des Marine-Ministeriums sein, der sämtliche Aspekte des Projektes *Victory* überwachte. Leider ging man dabei von der naiven Vorstellung aus, daß überall alles in Ordnung sei, und die einzelnen Abteilungsleiter befürchteten, daß der END gerade bei ihnen ein Haar in der Suppe finden könnte.

Als der END nach langem Hin und Her endlich seine Arbeit aufnahm, hatte er genau fünfzehn Leute, sechs Pferde und ein paar Stöße minderwertigen Schreibmaterials. Die Ironie des Schicksals wollte es, daß er sich in einer ehemaligen Kirche in Knightsbridge einquartierte, nur zwei Straßenzüge vom Beschaffungsamt und dem Volkspalast entfernt. Die Wahl dieses Orts war rein zufällig, und niemand nutzte den Vorteil aus.

Die einzige Mission des END fand im Spätherbst des siebenten Schiffs-Jahrzehnts statt.

Das Marine-Ministerium hatte begonnen, auch in den eigenen Reihen nach Fehlern und Mißständen zu fahnden, und erkannte plötzlich, wie sehr es sich von der übrigen

Nation abgesondert hatte. Es hing nahezu vollständig von den Berichten seiner Kontaktleute ab.

So beschloß man, daß der END für den Anfang zwei Gruppen ausschicken sollte. Die erste hatte den Auftrag, zur Werft zu reisen und sich dort gründlich umzusehen. Drei Männer wurden dafür abkommandiert, und sie brachen einen Tag, nachdem sie ihre Order erhalten hatten, nach Kelph auf. Man hörte nie wieder von ihnen, und es ist anzunehmen, daß sie bei den Tumulten im Tyne-Delta ums Leben kamen.

Die zweite Gruppe bestand aus vier Leuten und hatte die Aufgabe, einen Rechenschaftsbericht vom Arsenal nachzuprüfen. In dem Papier hieß es, man habe die neu installierte Stromzufuhr vom Denligh-Damm zur Werft ›modifiziert‹. Die mehrere hundert Meilen lange Leitung besaß insgesamt drei Umspannstationen. Sie durchschnitt vier Protektorate von Caroline und den südlichen Teil des Großen Ödlands. Daß die Verlegung der acht Kabel – sechs davon angeblich Attrappen – die Werft überhaupt erreicht hatte, war ein kleines Wunder, denn in der Gegend wimmelte es von Gefahren. So erstaunte es um so mehr, daß nach Auskunft des Arsenals bei dem Unternehmen nur drei Menschen ums Leben gekommen waren; bei der ursprünglichen Verlegung hatte man mehr als zweihundert Opfer beklagt. Die Leute des Arsenals benötigten für ihre Mission fünf Monate; die Ingenieure des Kriegsministeriums hatten drei Jahre gebraucht, um die Kabel – die echten und die Attrappen – zu verlegen.

Man erreichte die erste Station, aber ein Ausbesserungstrupp vom Arsenal war dort gerade an der Arbeit. Die einzige Leitung, die an dieser Stelle abzweigte, lag so ungünstig, daß man sie nicht überprüfen konnte, ohne den Verdacht der Arsenal-Leute zu wecken.

Die zweite Station befand sich zweihundert Meilen weiter südlich; selbst in diesen Breiten machten sich allmählich die Winterstürme bemerkbar. Die Station selbst lag in den niedrigen Bergen, die sich von der See her bis zum Südostrand des Großen Ödlands erstreckten. Es war ein bedrückender, ungastlicher Ort, aber er bot Sicherheit, da größere Lebensformen hier nicht existieren konnten. Von dieser Station aus hatten die Angehörigen des Arsenals die drei stärksten Leitungen abgezweigt; zwei führten zu Garnisonsstädten am Ufer des Tyne und die dritte zur Provinzhauptstadt in einem der neuen Protektorate.

Die Kabel waren etwa zwei Jahre zuvor verlegt worden, und obwohl das Marine-Ministerium bisher keinen Bericht aus den betreffenden Städten erhalten hatte, machte man sich keine Gedanken darüber, denn das Programm lief unter strengster Geheimhaltung ab; nicht einmal alle Beamten des Kriegsministeriums wußten Bescheid. In manchen Fällen konnte man, um jeglichen Verdacht zu zerstreuen, die Energie erst nach dem Bau einer Kraftwerk-Attrappe benutzen.

Die Gruppe machte sich rasch an die Arbeit, denn sie wollte die Werft noch vor Ablauf des Monats erreichen. Voruntersuchungen ergaben, daß sämtliche Zweigleitungen tot waren. Die Männer überprüften die Transformatoren; es bestand die Gefahr, daß sie unter der Einwirkung der Sonnenhitze oder eines Sandsturms gelitten hatten. Aber die Geräte funktionierten einwandfrei.

In seiner Ratlosigkeit testete einer der Ingenieure die acht ursprünglichen Kabel und entdeckte, daß sie alle unter Strom standen.

Verwirrt und bedrückt brachen die vier zur letzten Station auf, die hundertsiebzig Meilen südöstlich der Werft lag, in einer Ebene, die den Gebirgswall am Rand des Werftgeländes vom Großen Ödland trennte. Von hier aus sollten zwei Leitungen zurück zur Hauptstadt von Yuma führen.

Die Station befand sich auf einem künstlich geschaffenen Plateau und war von einem Steinwall eingefaßt. Sie bot ein abweisendes Bild in einer abweisenden Landschaft.

Die Männer erreichten die kleine Befestigungsanlage kurz nach Sonnenuntergang. Sie verschlossen in aller Hast das Tor und holten ihre Meßinstrumente aus dem Gepäck. Obwohl das Tageslicht für eine Untersuchung kaum ausreichte, konnten sie ihre Neugier nicht bezähmen. Das Ergebnis ihrer Tests war erschütternd: Die Leitung zur Hauptstadt von Yuma erwies sich als Attrappe. Dagegen führten sämtliche acht Werft-Kabel Strom.

Ihre schlimmsten Befürchtungen hatten sich also bestätigt. Die Männer beschlossen, im ersten Morgengrauen von der Station aufzubrechen und die Regierung von einem Garnisonsstützpunkt aus zu verständigen.

Ein Mann übernahm die Nachtwache. Er hieß Annandale und hatte seine Jugend in der Großen Ebene östlich von Caroline verbracht; er war ein ausgezeichneter Reiter und ertrug die Einsamkeit und Wildnis besser als seine Gefährten. Da er als Waffenkenner galt und sogar mit einem Maschinengewehr umgehen konnte, hatte er den Auftrag, die kleine Gruppe zu schützen. Im Moment allerdings wäre er selbst am liebsten geflohen.

Gegen drei Uhr morgens weckte ihn ein dumpfes Grollen im Osten aus dem Halbschlaf. Ängstlich zog er sich in die entfernteste Ecke des Steinwalls zurück und entsicherte die Waffe. Er dachte, daß sich eine der wilden Bestien aus dem Osten oder Norden hierher verirrt hatte.

Das Grollen kam näher. Nein, das war kein Tier – eher irgendein Fahrzeug. Annandale beschloß, der Sache auf den Grund zu gehen.

Ohne die anderen zu wecken – es konnte ja sein, daß ihm der Wind oder seine Einbildung einen Streich spielten – sattelte er sein Pferd und verließ die Station durch das Westtor.

Annandale ritt im Schutz des Steinwalls etwa eine Viertelmeile nach Westen und schlug dann einen weiten Bogen ein, der ihn in den Rücken des Eindringlings bringen sollte.

Der Weg führte zwischen Felsbrocken und dichtem Gestrüpp hindurch. Nach einer halben Stunde hörte der Reiter gedämpfte Stimmen und ein metallisches Rumpeln. Aber seine Rechnung war nicht aufgegangen; die Geräusche kamen aus Osten, und die Umspannstation befand sich sehr viel näher, als er geglaubt hatte.

Annandale duckte sich. Ein Gegenstand in der Form eines Riesenkrebses hob sich dunkel gegen den schwachen Lichtstreifen am Horizont ab. Schemenhafte Gestalten liefen hin und her; andere machten sich an dem Koloß zu schaffen.

Der junge Mann band sein Pferd an einem Strauch fest und schlich näher. Aus etwa fünfzig Metern Entfernung erkannte er die Umrisse eines Tanks. Er schüttelte verwirrt den Kopf. Die Panzerfahrzeuge, die er kannte, waren entweder rostzerfressene Wracks, die in der grünen Unermeßlichkeit der Großen Ebene kauerten, oder winzige Modelle der Maschinen aus der Ersten Welt.

Der Panzer hier stellte weder das eine noch das andere dar. Er wurde von einem Motor angetrieben; selbst im Leerlauf dröhnte das Ding wie ein aufkommender Sturm. Aber das Metall wies Beulen und Spuren von Korrosion auf; der Rumpf wirkte plump und zusammengeflickt. Scharfe Kanten und rauhe Flächen hatten die einstige Stromlinienform zerstört, und undefinierbare Rohre und Kabel schlängelten sich über die Außenhaut wie Maden über einen Leichnam.

Einige der Männer machten sich an einem Schaltpult dicht hinter dem Geschützturm zu schaffen. Einer kletterte nach unten und kam gleich darauf mit einer Fackel wieder. In ihrem Schein sah Annandale, daß der Geschützturm von Moos und Flechten überzogen war. Rost hatte die Einstiegluke zerfressen, und schwarze Hitzeflecken markierten die Mündungsöffnungen der Maschinengewehre. An der Flanke befand sich ein schwarzes Dreieck mit einem weißen Stern — das Emblem des Beschaffungsamts! Daneben erkannte Annandale eine Ritterfaust und ein geflügeltes Pferd, aber er hatte keine Ahnung, was dieses Wappen darstellte.

Die Männer hatten das Schaltpult festgeschraubt und verschwanden im Innern des Tanks. Der Motor brüllte auf, und schwarze Rauchwolken hüllten den Koloß ein.

Erst als sich das Fahrzeug in Bewegung setzte, sah Annandale, wie groß es war. Es rollte auf die Station zu. Panische Angst ergriff den einsamen Beobachter. Er sprang auf, rannte zu seinem Pferd und warf sich in den Sattel. Dicht über die Mähne des Tieres gebeugt, jagte er dahin. Seine Warnrufe wurden vom Dröhnen des Panzers übertönt.

Ein greller, bläulichweißer Lichtkegel durchzuckte mit einemmal die Ebene, huschte hin und her und entdeckte den Reiter. Von der Station her klangen Schüsse auf; Annandales Gefährten waren erwacht und feuerten ihre armseligen Gewehre auf das Ungeheuer ab. Ein rötlicher Strahl zischte an dem fliehenden Reiter vorbei; er spürte die Hitze und schmiegte sich noch enger an den Hals des Pferdes.

Ein ohrenbetäubender Donner ließ ihn hochfahren. Klatschend schlug das Geschoß in den Steinwall der Station. Eine Stichflamme loderte in den Himmel.

Annandale riß sein Pferd herum und floh. Ein paar Kugeln bohrten sich dicht hinter ihm in den Sand. Offensichtlich war die Panzerbesatzung nicht gewillt, ihre großen Geschütze auf ein so unbedeutendes Ziel zu richten; da Annandale zudem die lange Pelzjacke seines Stammes trug, hielten sie ihn wohl für einen einsamen Nomaden, der zufällig in diese Gegend geraten war.

Obwohl der junge Mann halb wahnsinnig vor Angst war, bewahrte er doch Ruhe und Umsicht. Er ritt in einem weiten Bogen zurück und suchte sich ein Versteck im Norden der Station, von wo aus er den weiteren Verlauf der Ereignisse beobachten konnte.

Die Scheinwerfer des Panzers beleuchteten eine Ruine. Rauch stieg aus den Trümmern auf. Schwerfällig setzte sich der Tank in Bewegung. Er erklomm den Hügel, auf dem die Station gestanden hatte, und walzte die Reste des Gebäudes flach. Noch bevor die Staubwolken sich aufgelöst hatten, sprangen ein paar Männer von dem Fahrzeug. Sie begannen in aller Eile einen Kran zu montieren. Dann wurde die Station wieder aufgebaut.

Von seinen Gefährten sah Annandale keine Spur.

Als Annandale drei Tage später die Garnison am Tyne erreichte, brach das Pferd unter ihm zusammen. Er selbst wirkte um Jahre gealtert.

Der Kommandant empfing ihn und hörte sich seine Geschichte an. »Das kann nicht wahr sein«, murmelte er immer wieder, und dann: »Gott stehe uns bei!«

Schließlich befahl er, die Angelegenheit sofort an die Hauptstadt weiterzuleiten, doch das war leichter gesagt als getan. Seit dem frühen Morgen hatte die Telegrafenleitung einen Defekt, der sich nicht beheben ließ. So blieb dem Kommandanten nichts anderes übrig, als zwei Schnellboote loszuschicken, eins zur Hauptstadt und eins in Richtung Werft.

Annandales Augen hatten jeden Glanz verloren. »Sir, ich fürchte, der Sturm hat bereits begonnen«, sagte er. »Ich bitte Sie nur um ein gutes Pferd und ein paar Vorräte, damit ich ihm eine Weile entfliehen kann.«

»Aber gerade jetzt braucht das Reich Caroline Männer wie Sie!« widersprach der Kommandant. Dann sah er Annandales Blick und zuckte die Achseln. »Wohin wollen Sie gehen?« fragte er.

»Heim«, erwiderte der Reiter.

21

Das Schnellboot, das zur Hauptstadt unterwegs war, wurde an der Blut-Furt abgefangen und in Brand gesteckt. Das andere erreichte sein Ziel einen Tag früher, als man es erwartet hatte. Ein nervöser Techno holte Shan, den Kurier, mit einer Kutsche ab und brachte ihn zu einem großen Verwaltungskomplex am Rande von Gateway.

Shan fielen die schroffen Gegensätze ins Auge: Da waren einmal die niedrigen Häuser und Läden des Volks, bunt durcheinandergewürfelt und in fröhlichen Pastellfarben gestrichen. Doch gleich dahinter ragten die fensterlosen, mit schwarzem Marmor verkleideten Wolkenkratzer der Techno-Zentrale auf. Ein herrlicher Brunnen stand vor dem Hauptgebäude, aber er enthielt keinen Tropfen Wasser. Statt dessen hatte sich Unrat im Becken angesammelt.

Shan hüllte sich enger in seinen Armeemantel; er fröstelte. Auch das Innere des Verwaltungskomplexes wirkte nicht gerade einladend. Die Räumlichkeiten waren zwar im Stil der Ersten Welt gehalten, aber blakende Öllampen gaben ihnen das Aussehen von unterirdischen Verliesen. Auf den elektrischen Anschlüssen lag fingerdick der Staub.

Nach längerem Warten landete Shan in einem verhältnismäßig pompösen Büro. Amon Macalic, der augenblickliche Werftdirektor, empfing ihn an einem vornehmen Metallschreibtisch.

Macalic befand sich ständig in persönlichem Kontakt mit dem Marine-Ministerium und wußte daher Bescheid über die inneren Umschichtungen. Er fragte sich oft, auf welche Weise man ihn absägen würde, wenn herauskam, daß er die Verantwortung für das viel zu schnelle Wachstum der *Victory* trug. Er war sich im klaren darüber, daß dies auf Kosten der Nation geschah, aber er hätte die Aktivität nicht abbremsen können, ohne den Zorn des Volks herauszufordern. Eigentlich nicht seine Schuld, fand er. Man hatte ihn ausdrücklich davor gewarnt, das Projekt offen zu sabotieren, und daran hielt er sich. Das Marine-Ministerium und das Beschaffungsamt konnten auch etwas tun.

Dann war da noch die Sache mit dem Volk selbst. Macalic hatte in zahllosen Berichten seine Bedenken über die wachsende Solidarität des Volks geäußert. Anstatt in den Technos ihr Vorbild zu sehen, rotteten sich die Kerle zusammen und begannen das Schiff wie einen Gott zu verehren. In letzter Zeit trugen sie sogar eine Art Uniform — lose weiße Kittel, die den Gegensatz zu den schwarz und silber gekleideten Technos noch unterstrichen. Dann diese verdammten Volkspaläste — Herrgott, was für ein überheblicher Name!

Macalic befand sich nicht gerade in bester Stimmung, als Shan ihm gegenüber Platz nahm und Bericht erstattete. Er bot seinem Gast ein Glas Brandy an, und dann saßen sie beide schweigend da und dachten über den Betrug in der Welt nach.

Der Brandy erwärmte ihre Gemüter, und allmählich begannen sie wieder Hoffnung zu schöpfen; in diesem Augenblick stürzte ein aufgeregter junger Mann ins Zimmer, legte einen versiegelten Umschlag auf den Schreibtisch und ging wieder. Macalic wartete, bis die Tür ins Schloß gefallen war, dann brach er das Siegel auf und las die kurze handschriftliche Notiz; er las sie ein zweites Mal, und seine Miene wirkte noch düsterer als zuvor. »Ist etwas?« fragte Shan mit hochgezogenen Augenbrauen.

Macalic starrte an ihm vorbei und zuckte die Achseln. »Nun, Shan, es sieht so aus, als sei das liebe Volk nicht mehr mit unserer Verwaltung zufrieden.« Er räusperte sich. »Die Massen stürmen die Hauptstadt.«

»Und die Armee?« flüsterte Shan.

Macalic wies auf die Notiz. »Das Offizierskorps hat sich tapfer gewehrt – zumindest die Leute, welche die Wahrheit über die *Victory* kannten. Alle übrigen – nun, Shan, Sie wissen ebensogut wie ich, daß die meisten Soldaten aus den Reihen des Volks kommen.« Er starrte das Papier an. »Hier heißt es, daß die Regierung die Kontrolle über einen Großteil der Waffenlager besitzt.«

»Gut. Dann besteht noch Hoffnung für sie – für uns«, sagte Shan.

»Täuschen Sie sich nicht! Die technische Revolution hat unsere Hauptstadt noch nicht erreicht. Vermutlich ist das Zeug in den Waffenkammern völlig veraltet.« In seiner Stimme schwang Sarkasmus mit. »Außerdem stürzt das Volk buchstäblich zu den Fahnen. Herrgott, auch wenn wir die Kerle an der Nase herumgeführt haben – etwas mehr Vernunft und Gelassenheit könnte man doch erwarten, oder?« Macalic seufzte. »Andererseits, wenn sie Vernunft besäßen, wäre der Betrug von Anfang an unnötig gewesen.«

Shan nickte. Ein vages Unbehagen hatte ihn erfaßt. Er warf einen verstohlenen Blick auf seine schwarzsilberne Uniform. Auch er gehörte zu der Schicht, die dem Volk mit einemmal so verhaßt war . . .

Macalic drückte auf einen Knopf, und der Adjutant, der das Schreiben gebracht hatte, betrat das Zimmer. Mit ruhiger Stimme erteilte der Werftdirektor seine Befehle. Der junge Mann schrieb hastig mit.

»Waffen ausgeben«, murmelte er, »die Garnisons-Offiziere warnen, Arbeit an der *Victory* einstellen und das Volk heimschicken. Hmm. Frauen und Kinder der Technos ins Hochland evakuieren, die drei Volkspaläste von Gateway besetzen . . .«

»Ist das nicht ein wenig riskant?« warf Shan besorgt ein. »Das Volk wartet nur auf Zündstoff.«

Macalic winkte ab. »Im schlimmsten Fall verlieren wir ein paar Leute – und damit rechne ich ohnehin. Im günstigsten Fall aber stören wir den gesamten Zeitplan des Feindes.«

Der Adjutant verließ das Büro. »Was machen wir nun?« fragte Shan.

»Wir warten hier ab, mein Lieber – und denken über die Fehler nach, die wir gemacht haben.« Macalic schlug sich mit der flachen Hand gegen die Stirn. »Ah, das Wichtigste hätte ich fast vergessen.« Er ließ noch einmal den Adjutanten kommen. »Jennings, wer ist der augenblickliche Führer des Volks?«

»Ein gewisser Coral, Sir.«

»Wie sieht der Mann aus?«

»Ein Hüne, Sir. Graues Haar und ein von Narben entstelltes Gesicht. War früher angeblich in der Armee. Aber darüber weiß ich nichts Genaues. Mir fiel auf, daß er einen sonderbaren Wappenring trägt – mit einer Faust und einer Art Pegasus.«

»Das Emblem von Mourne, wenn ich mich nicht täusche«, warf Shan ein. »Die Heimat von Miolnor . . .«

»Und jenem legendären General Toriman«, fügte Macalic nachdenklich hinzu. »Merkwürdiges Land, Shan, sehr merkwürdig. Liegt im Grenzgebiet der Dunklen Mächte und hat es bisher stets geschafft, sie abzuwehren ...« Jennings hüstelte nervös, und Macalic zuckte zusammen. »Ach ja. Suchen Sie den Mann, und töten Sie ihn! Ein Sonderkommando der Streitkräfte soll Sie dabei unterstützen.«

Jennings wurde kreidebleich. »Sir?« fragte er verwirrt.

»Sie haben recht gehört. Er muß aus dem Wege geräumt werden, so rasch wie möglich. Und nun hinaus!«

Der Adjutant ging, und Macalic holte ein Schachbrett hervor, aber Shan konnte sich nicht auf das Spiel konzentrieren. Er hatte eben die erste Partie verloren, als ein dumpfer Knall ihn zusammenzucken ließ. Macalic öffnete gelassen eine Schreibtischschublade und brachte drei Waffen hervor – zwei Automatiks aus der Esten Welt, mit Ebenholzgriffen und Perlenverzierungen – und einen schäbigen alten Revolver. Shan registrierte verblüfft, daß der Werftdirektor ihm das Halfter mit den beiden Automatiks zuschob und selbst den Revolver behielt. »Kommen Sie, Shan«, sagte Macalic heiser. »Wir wollen das Ende unserer Ära aktiv miterleben.«

Shan lächelte dünn. »Ihr Optimismus ist wohl unbezwingbar.«

Sie hasteten die Treppe hinunter. Der Gebäudekomplex wirkte wie ausgestorben. Erst als sie sich dem Erdgeschoß näherten, vernahmen sie Schüsse und Stimmengewirr. Die beiden Männer durchquerten im Laufschritt den mit Marmorplatten ausgelegten Hof und hielten eine Kutsche auf, die sich eben in Bewegung setzte. Der Fahrer hatte beabsichtigt, ins Hochland zu fliehen, aber ein Wink mit dem Revolver ließ ihn zu der Einsicht kommen, daß auch er jetzt auf der Werft gebraucht wurde.

Sie jagten durch die Stadt. Die Wohnviertel des Volks waren menschenleer. Von den Villen der Technos in den Vorbergen stiegen düstere Rauchwolken auf, auch in der Industriezone wüteten Brände.

Fünf Minuten später hatten sie die Werft erreicht. Shan

hielt den Atem an, als er die *Victory* sah. Das Schiff war so mächtig, daß es zwei Drittel des westlichen Himmels verdeckte. Die Flügelform begann sich bereits abzuzeichnen. Doch dann fiel Shan etwas anderes auf, und das Blut erstarrte ihm in den Adern.

Tote lagen auf der Betonpiste, weiße Gestalten auf grauem Grund. Es waren Hunderte. Selbst zwischen den Baugerüsten hingen sie, leblose, helle Flecke.

Die Kutsche hielt an, und die beiden Männer sprangen ins Freie. Während Shan sich nur langsam von seinem Entsetzen erholte, stellte Macalic bereits Fragen und erteilte Befehle.

Soviel er von den Technos und loyalen Offizieren der Armee erfuhr, hatte das Volk etwa eine halbe Stunde zuvor die Werft verlassen. Allem Anschein nach sammelte sich ein Heer in der Nähe der Berge, um dann geschlossen auf Gateway vorzurücken. Die Rauchsäulen am Horizont verrieten, daß sie die Wohngebiete der Technos bereits erreicht hatten.

Macalic beriet sich mit dem ranghöchsten Offizier und gruppierte einen Teil der Truppen um. Man bildete einen dichten Verteidigungsring um die *Victory*. Auf den Gerüsten wurden Maschinengewehre und Granatwerfer postiert. Männer in schwarzen und braunen Uniformen rannten hin und her. Shan und der Werftdirektor bezogen hinter einer Barriere Stellung. Sie befand sich etwa zwanzig Meter über dem Boden und gestattete einen guten Ausblick auf das Haupttor. Macalic war zuversichtlich. Er glaubte fest, daß seine Leute den Feind zumindest zum Verhandeln zwingen konnten.

Lange Zeit rührte sich nichts. Die Technos überprüften noch einmal ihre Waffen und die Munition.

Dann durchdrang unvermittelt ein Aufschrei die Stille. Shan nahm in der Nähe des Haupttors eine Bewegung wahr. Er entriß Macalic den schäbigen alten Feldstecher und stellte ihn scharf.

Er sah das Volk.

Ein weißer Strom wälzte sich auf die Werft zu, bezwang die Sperrmauer und ergoß sich über die Betonpiste. Viele der Kämpfer kamen offensichtlich von weither. Sie trugen fremdländische Trachten, aber alle in Weiß gehalten, in einem kalkigen, tödlichen Weiß. Ihre Waffen reichten von Flinten über Piken und Hellebarden bis zu Küchenmessern und Holzknüppeln.

Erst nach zwei Stunden ließ die Flut nach. Anderthalb Meilen von der *Victory* entfernt verharrten die Massen. Ihr Murmeln klang für die Verteidiger des Schiffs wie Donnergrollen.

Stille. Dann das Aufheulen schwerer Motoren. Die undurchdringliche weiße Wand teilte sich, und schwerfällige Panzer von der gleichen Art, wie Annandale sie gesehen hatte, rollten in den Vordergrund. Das rostzerfressene Metall stand in einem unheimlichen Kontrast zu dem weißgekleideten Mob. Shan entdeckte das Emblem von Mourne an den Flanken der Kolosse. Dieser Coral stand also an der Spitze der Verschwörung. Er betete, daß Jennings den Mann rechtzeitig gefunden und getötet hatte.

Die Panzer formierten sich zu einem breiten Fächer, und dann hielten auch sie an. Fünf Minuten vergingen.

Macalic bewunderte insgeheim das dramatische Fingerspitzengefühl, das die Anführer dieses Kampfs entwickelten. Der Wind kam von Westen. Er umspielte die Gerüste der *Victory*. Und er brachte einen Hauch von Fäulnis mit sich.

Dann ein Flüstern, das sich zum Kreischen steigerte. Shan richtete den Feldstecher erneut zum Haupttor. Das Volk machte eine breite Gasse frei. Ein gigantischer Tank, dreimal so groß wie die anderen Panzer, schob sich langsam vorwärts. Das Metall war weiß übermalt und mit Goldrändern verziert. Einen Moment lang konnte sich Shan vor Entsetzen nicht rühren. Sämtliche Geschütze des Monstrums schienen sich auf ihn zu richten. Die Motoren klangen selbst aus der Entfernung wie das drohende Grollen eines Erdbebens.

Shan beobachtete den Mann, der am Gefechtsturm stand.

Seine hünenhafte Gestalt paßte zu dem Kampfgefährt. An seiner Rechten blitzte ein großer Siegelring, und in der Linken hielt er ein funkelndes Breitschwert. Coral – er mußte es sein ...

Der Panzer rollte heran, immer näher, bis er sich ein gutes Stück von den Massen entfernt hatte. Der weißgekleidete Mann nahm das Schwert in die Rechte und riß es hoch. Flammen schienen auf dem Stahl zu tanzen. »Nun, mein Volk, kämpft für das Schiff! Vernichtet die elenden Bastarde, die es euch nehmen wollten!«

Trotz der Entfernung konnte man jedes Wort klar verstehen. Der Mob nahm den Ruf auf. »Für das Schiff! Für das Schiff ...!« Panzer rollten an, Kanonen dröhnten. Man hörte das Rauschen der Brandung nicht mehr. »Für das Schiff! Für das Schiff ...!« Technos und Soldaten beugten sich über die Visiere, zählten die Munition, berechneten Entfernung und Schußbahn. »Für das Schiff! Für das Schiff ...!« Eine Welle des Hasses schlug Shan entgegen. Mit einemmal hatte er ein Gewehr in der Hand, legte an, zielte, drückte ab – völlig mechanisch. »Für das Schiff! Für das Schiff ...!«

Shan und Macalic, die *Victory*, das blanke Metall, das in der Nachmittagssonne glänzte – wieder stand die Erste Welt in all ihrer tragischen Macht vor dem Abgrund.

Die Massen stürmten auf die Werft, keuchend und schwitzend, schreiend und blutend, während Shan und die Technos eine kalte Ruhe erfaßte. Das Volk wußte nicht mehr, was es tat – es reagierte aus primitiven, sinnlosen Emotionen. Es verkörperte die Welt, und das war noch das Freundlichste, das man in diesem Zusammenhang sagen konnte.

Die weißgekleideten Horden waren knapp eine Viertelmeile vom Schiff entfernt, als beide Seiten das Feuer eröffneten. Gelbe Blitze zuckten vom Verteidigungsring der Technos auf; tausend Angehörige des Volkes fielen und einige der kleineren Panzer detonierten im Hagel schwerer Granaten. »Das Schiff, das Schiff ...!«

Corals Tank war bis auf hundert Meter herangekommen.

Die schwarzgekleideten Gestalten, die sich ihm in den Weg stellten, hatten keine Chance. Flammen zuckten über den gigantischen Rumpf; sie konnten ihm nichts anhaben.

Gleich zu Beginn des Gefechts war Macalic gefallen. Shan benutzte nur eine der beiden Pistolen. Er hob sie mit beiden Händen hoch und zielte sorgfältig; zehn Schüsse, hart und bellend, nachladen, wieder zehn Schüsse, ein neues Magazin, wieder zehn Schüsse ... Die Munition war zu Ende. Shan fühlte sich elend und ausgebrannt.

Drei Meter links von ihm befand sich ein Maschinengewehr. Zwei Mann lagen tot auf dem schmalen Steg, umgeben von leeren Munitionsschachteln. Der Schütze selbst schien den Verstand verloren zu haben. Schaum stand ihm vor dem Mund, und er stieß ein tierisches Gebrüll aus. Aber sein Körper funktionierte wie eine Maschine. Ein Schuß nach dem anderen traf sein Ziel. Eine Kugel pfiff an Shan vorbei und streifte den Mann am Arm. Er zuckte nicht einmal zusammen.

Shan ging auf den Schützen zu, der ihn mit leerem Blick anstarrte und dann das Gewehr herumschwenkte. Eine Feuergarbe jagte in den Rumpf der *Victory*. Shan spürte einen stechenden Schmerz; er wankte und stürzte vom Gerüst. Der Schütze richtete sich auf. Im gleichen Moment durchsiebten ihn die Kugeln eines Maschinengewehrs aus einem feindlichen Panzer.

Shan hatte das Gefühl, als schwebe er unendlich langsam in die Tiefe. Er war eine blutdurchtränkte dunkle Feder, die sanft auf einen Berg von Weiß, Schwarz, Silber, Braun und Rot sank. Es herrschte mit einemmal vollkommene Stille. Der Kampf ging weiter, aber als Pantomime. Grelle Farben umkreisten ihn, wirbelten immer schneller, bis sie zu einem samtigen Schwarz verschmolzen, das ihn einhüllte.

Als Shan wieder zu sich kam, war die Abenddämmerung hereingebrochen. Die Waffen schwiegen. Er lag inmitten von Toten und war vom Halswirbel abwärts gelähmt. Sein linkes

Bein war unterhalb des Knies zerschmettert – ein Glück, daß er nichts spürte.

Noch hatte man nicht die Zeit gefunden, die Spuren des Kampfes zu beseitigen. Corals weißer Tank stand unversehrt inmitten von ausgebrannten Wracks. Über den Wohngebieten der Technos hing dichter Rauch. Die *Victory* konnte Shan nicht sehen – sie befand sich hinter ihm – aber er war überzeugt davon, daß ihre mächtigen Flanken die Schlacht heil überstanden hatten.

Lastwagen krochen über das Werftgelände. Ihre Besatzungen sammelten mit müden Bewegungen weißgekleidete Leichen ein. Über die Technos und Soldaten in ihren dunklen Uniformen schütteten sie Löschkalk.

Zerfetzte Banner wehten in der schwachen Abendbrise, und ein Schwarm Seemöwen glitt niedrig über die Werft dahin. Shan wußte, daß ihm jetzt Tränen Erleichterung gebracht hätten, aber er vermochte nicht einmal mehr zu blinzeln. Hilflos rutschte er zur Seite, als die Bergungsmannschaften die Toten wegzuschaffen begannen.

In seinem Blickfeld befand sich nun eine Schar Technos, die zusammengedrängt am Rand der Werft standen. Viele Frauen und Kinder waren unter ihnen. Das tröstete Shan ein wenig; er hatte befürchtet, das Volk würde im Hochland ein Massaker veranstalten.

Ein Hüne von einem Mann – Coral vermutlich – stand auf der Ladefläche eines Lasters und sprach durch ein Megaphon.

Shan erriet, was vor sich ging, obwohl er die Worte des Redners nicht verstand. Man stellte die überlebenden Technos vor die Wahl, das Land zu verlassen oder ihre Arbeit an der *Victory* wieder aufzunehmen – unter der Leitung des Volks.

Die Dunkelheit wuchs, und Shan mußte sich anstrengen, um noch etwas zu sehen. Der Anblick seiner ehemaligen Gefährten entsetzte ihn. Viele weinten oder kauerten wie erstarrt auf dem Boden, erfüllt von Schmerz und Trauer. Aber alle schauten zur *Victory* hinüber. Die Welt existierte für sie ebensowenig wie der Abendhimmel mit seinen Sternen.

Offenbar forderte Coral nun die Leute, die sich für das Exil entschieden hatten, zum Verlassen der Werft auf. In der Menge entstand Unruhe, aber niemand trat vor. »*Wie ist das nur möglich?*« dachte der sterbende Techno. Noch wenige Stunden zuvor hatten sie Mut und eiserne Entschlossenheit gezeigt. Doch dann erinnerte er sich an seine eigenen Gefühle und erkannte, daß der Mut nur der Erhaltung des Schiffs gegolten hatte – nicht irgendwelchen hehren Plänen zum Wiederaufbau der Welt.

Doch da trat ein junges Mädchen vor. Die schmutzige, zerrissene Uniform konnte ihre außergewöhnliche Schönheit nicht verbergen. Mit der hellen Haut, den zarten Gesichtszügen und dem langen, goldblonden Haar erinnerte sie an eine Prinzessin aus der Ersten Welt; sie gehörte nicht in diese Ruinen. Das Mädchen war verwirrt; ihre grünen Augen musterten die *Victory* und dann Coral. Dann sah sie zum Nachthimmel auf und begann zu schluchzen.

Shan wollte ihr ein paar aufmunternde Worte zurufen, aber er brachte keinen Ton über die Lippen. Nur ein dünner Blutfaden rann ihm aus dem Mundwinkel.

Coral betrachtete das Mädchen mit einem sonderbaren Lächeln. Er schien froh zu sein, daß sie ging. Eine dunkle, zweispännige Kutsche fuhr vor. Auf Corals Geste hin stieg das Mädchen ein, und das Gefährt verließ die Werft.

Ein untersetzter, weißgekleideter Mann näherte sich den Toten, die an der Verteidigungslinie lagen. Er hatte eine Pistole in der Hand. In einiger Entfernung folgte ihm ein Wagen mit Löschkalk.

Der Mann beugte sich über die reglosen Gestalten und tastete nach den Halsschlagadern. Spürte er nichts, so ging er weiter. Fühlte er, daß der Puls noch schwach flatterte, setzte er dem Verwundeten die Pistole an die Schläfe. Shan sah die Waffe nur zweimal aufblitzen.

Dann stand der Mann vor ihm. Shan sah zwei weiß überpinselte Stiefel. Er wartete auf den Lauf der Pistole, aber statt dessen tauchte das müde, gequälte Gesicht des Mannes auf. Der Fremde drehte Shan so herum, daß er wieder auf den Leichenberg zu liegen kam.

Vor dem Techno ragte nun die *Victory* auf. Sie verdrängte alles andere. Auf ihrem blanken Rumpf spiegelte sich die Konstellation von Eringold.

Shan überlegte, ob er das Schiff hassen oder lieben sollte. Doch noch bevor er eine Antwort darauf fand, kam der Mann zurück. Er wirkte selbstzufrieden in dem Bewußtsein, ein gutes Werk vollbracht zu haben. Mit einem Ausdruck unendlicher Güte hob er die Pistole, bis sie fünfzehn Zentimeter von Shans Schläfe entfernt war. Ein heller Blitz flammte auf und verhüllte das Schiff.

22

In den beiden Jahren nach der Großen Revolution – wie sie ein Chronist bewundernd nannte – arbeitete das Volk auf der Werft rund um die Uhr. Die *Victory* wuchs um zehn Prozent. Das entsprach dem Soll eines Jahrzehnts.

Das junge Mädchen, das als einzige die Werft verlassen hatte, wußte anfangs nicht, wohin sie gehen sollte. Man brachte sie bis zur Grenze von Yuma, doch darüber hinaus bot man ihr keine Hilfe an. Sie wandte sich nach Norden, getrieben von dem Wunsch, Caroline so rasch wie möglich hinter sich zu lassen; schwarzsilberne Uniformen waren dort ein verhaßtes Attribut geworden.

Im dritten Frühling nach der Großen Revolution erreichte sie Duncarin, die Hauptstadt der Dresau-Inseln.

23

Zu jenem Zeitpunkt war Admiral Radlov wohl der mächtigste Mann westlich des Tyne-Deltas. Er stand im Rang eines Flottenkommandeurs, und während der letzten tausend Jahre hatten sich die Dresau-Inseln unter der weißen Herrschaft ihrer Flotten-Kommandeure zu einem blühenden Reich entwickelt, das einen Küstenstreifen von siebenhundert Meilen und dreißig größere Inseln umfaßte. Die Inseln waren zugleich die letzte Oase für die Zivilisation der Ersten Welt.

Kapitän Pendred befehligte die mächtigste Waffe in dieser mächtigsten aller Nationen – den Kreuzer *Havengore*. Zusammen mit den Fregatten *Blackthorne* und *Frostfire* war das Schiff in der übrigen Welt als ›Die Flotte‹ bekannt und gefürchtet.

Es war einer der ersten sonnigen Frühlingstage. Risse durchzogen die Eisdecke an der Talbight-Mündung, und auf Guthrun, der Hauptinsel, stürzten die Schmelzwasser zu Tal. Das Mädchen hatte eben Radlovs Büro verlassen.

Der Admiral ließ Pendred rufen. Obwohl der Kapitän zwanzig Jahre jünger war als er, holte Radlov in wichtigen Fragen gern seine Meinung ein.

Pendred schälte sich im Vorraum aus dem Mantel und betrat das Büro. Der große Eichenschreibtisch, an dem Admiral Radlov saß, war aus Balken der berühmten *Hell Hawk* gezimmert. Er paßte zu dem gebeugten alten Mann, den die Meeresstürme ausgelaugt hatten und der sich selbst als ein ›morsches Stück Treibholz‹ bezeichnete. Pendred wußte, daß er in zwanzig Jahren nicht anders aussehen würde.

Nachdem der Admiral Pendred begrüßt und zu seinem jüngsten Erfolg gegen die Korsaren von Neu-Svald beglückwünscht hatte, kam er auf das Schiff zu sprechen. Die Unterredung mit dem Mädchen war in einem Bericht festgehalten, und so erfuhr Pendred alles über den Mythos des Schiffs, die

Victory selbst, die Große Revolution und die Stimmung in Caroline.

Eine Zeitlang starrte Pendred auf die Kingsgate-Bucht hinunter. Ein grauer Schoner schaukelte auf den Wellen. Er konnte erst mit der Flut wieder auslaufen. »Vorausgesetzt, die junge Frau hat die Wahrheit gesagt«, meinte er dann ruhig, »was sollen wir tun, Sir? Als Waffe ist das Schiff sicher nicht gedacht – denn das Volk könnte mit weniger Mühe fünfzig, ja hundert Flotten bauen. Und wenn es sich unbedingt ins Unglück stürzen will ...«

»Gewiß, Pendred. Wenn das Schiff tatsächlich nur den Zweck haben soll, den Pöbel von dieser Welt fortzuschaffen, dann geht uns die Sache nichts an. Aber ursprünglich war mit dem Bau der *Victory* ein Betrug verbunden. Was ist, wenn das auch jetzt noch gilt – wenn die Bewohner von Caroline als Marionetten in einem Riesenbetrug mißbraucht werden?«

»Dann muß man mit allem rechnen.«

»Genau. Pendred, ich will Ihnen eine alte Seemannsgeschichte erzählen. Einiges davon kennen Sie vielleicht, aber anderes wird Ihnen neu sein, da die Regierung Legenden dieser Art gern unterdrückt.

Vor gut zweitausend Jahren blühte im Zentrum dieser Welt eine Nation auf, die in ihrer Macht und ihren technischen Fähigkeiten angeblich an die Zivilisationen der Ersten Welt heranreichte. Salasar hieß sie, und ihre Hauptstadt war Ashdown. Die Grauen Felder und der Berota-Wall sollen Überreste jener Kultur sein, aber das läßt sich heute natürlich nicht mehr nachprüfen.

Es heißt jedoch, daß Salasar vor dem Niedergang siebzig Prozent der Welt beherrschte. Ganz allmählich führten Macht und Reichtum zu Korruption und Tyrannei. Man verehrte die Maschinen wie Götter und sah in den Menschen, die sie bedienten, Hohepriester. Eine alte Sache.« Radlov seufzte. »Es kam zu den unvermeidlichen Aufständen und Revolten, die brutal niedergeworfen wurden. Im Bergland von Enom und dem heutigen Mourne ließ sich die Glut jedoch nicht mehr ersticken. Kriege zerrissen Salasar, und die Bewohner des Landes griffen zu ›unheiligen‹ Mitteln, wie die Bauern jener Gegend es ausdrückten, um ihre grausame Herrschaft aufrechtzuerhalten.

Die Entscheidung nahm hier auf Guthrun und den Dresau-Inseln ihren Ausgang.« Der Admiral machte eine kleine Pause. »Sämtliche Schiffe und Flugzeuge, die noch aus der Ersten Welt stammten und die Kämpfe gegen Salasar heil überstanden hatten, sammelten sich in unseren Buchten und auf unseren Rollfeldern. Das ist tausend Jahre her, Pendred. Tausend Jahre. Kennen Sie die Legende von Armageddon?«

»Ja«, entgegenete der Kapitän ruhig. »Ein Thema aus der Ersten Welt.«

»Armageddon – so nannten sie das Unternehmen, denn sie zogen aus, um die Kräfte des Bösen, die Dunklen Mächte zu besiegen. Sie wollten, um ihre Seelen zu retten, die Schöpfung vernichten.

Siebentausend Schiffe und fünfzehntausend Flugzeuge, unterstützt von Infanteriedivisionen, die aus dem Osten und Norden kamen, lieferten Salasar auf der Ebene westlich des Tyne-Deltas eine Schlacht.

Die Verluste waren so hoch, daß man die riesige Ebene – fünfzig mal hundert Meilen – in ein Gräberfeld verwandelte. Die Überlebenden jenes grauenhaften Kampfes errichteten das Bollwerk am Tyne zum Schutze gegen die besiegten Dunklen Mächte. Auch die Westwache war ihr Werk. Nur die Werft wird nirgends in den Legenden erwähnt . . .

Die übriggebliebenen Flugzeuge kehrten zu den Grauen Feldern zurück und gerieten in Vergessenheit; die Soldaten verteilten sich in der ganzen Welt und gründeten neue Nationen; die Schiffe – nur noch knapp viertausend – liefen wieder die Dresau-Inseln an. Doch obwohl die Erste Welt den Sieg davongetragen hatte, bedeutete die Schlacht am Tyne ihren Untergang. Die Menschen begannen die Technik mit Haß zu verfolgen, da die Technik auch das Werkzeug der Dunklen Mächte gewesen war. Nach dem Untergang von

Aberdeen blieben wir die einzige Nation mit den alten Maschinen und der alten Mentalität — wenn man das als Vorteil bezeichnen kann.«

»Aber was hat das alles mit der *Victory* zu tun?« warf Pendred vorsichtig ein.

»Verstehen Sie denn nicht?« fragte der Admiral mit unerwarteter Heftigkeit. »Spüren Sie es nicht selbst?«

»Was?«

»Das Eingreifen der Mächte.« Radlov hielt dem Blick des Kapitäns ruhig stand. »Sehen Sie, diese merkwürdige Geschichte beginnt in dem Moment, als ein praktisch unbekannter General diesen Limpkin auf seine Festung holt und ihm ein raffiniertes Theater vorschlägt, das dem Wiederaufbau der Welt dienen soll. Ich darf vielleicht hinzufügen, daß auch der Schauplatz so gut wie unbekannt ist; zumindest taucht die Werft in keiner der alten Legenden auf.« Der Admiral zuckte die Achseln. »Verdammt, Pendred, ich kann Ihnen keine Beweise liefern, nicht einmal konkrete Fakten — aber das Ganze riecht nach einem Komplott von so ungeheurer Bosheit, daß nur die Dunklen Mächte dahinterstecken können.«

Pendred nahm den Bericht des Mädchens in die Hand, aber er kam nicht zum Lesen, denn der Admiral fuhr fort: »Noch etwas, Kapitän, das ich anfangs zu erwähnen vergaß. Sie erinnern sich, daß Coral sämtlichen Technos die Freiheit anbot. Das Mädchen erklärte, daß sie nicht die Absicht hatte, ihr Land zu verlassen; ich vermute, daß sie sich wie die anderen nach einer neuen Welt sehnt.«

»Weshalb . . .«

»Einer von Corals Leuten stand dicht hinter ihr und preßte ihr ein Bajonett in den Rücken. Sie war so verwirrt, daß sie sich nicht zur Wehr setzte, als er sie nach vorn schob. Aber sie erinnerte sich, daß Carol sie mit einem sonderbaren Lächeln musterte. Kurz darauf kam eine Kutsche, in der sich Vorräte für *eine* Person befanden, und sie mußte die Werft verlassen. Als man sie an der Grenze nach Yuma absetzte, gab man ihr zu verstehen, daß Technos in diesem Teil der Welt unerwünscht seien . . .«

»Aber ich begreife immer noch nicht.«

». . . daß sie jedoch auf Guthrun vielleicht eine neue Heimat finden könne. Und wie das ›Glück‹ es wollte, traf sie ein paar Stunden später einen ehemaligen Söldner, der sich bereiterklärte, sie zu den Dresau-Inseln zu bringen. Er verlangte als Lohn lediglich ihre – äh – Gunst. Interessant ist die Beschreibung, die sie von ihm gab: hochgewachsen, in mittleren Jahren, sehr männlich, mit grauem Haar und einem narbigen Gesicht. Er gefiel ihr sogar, aber sie merkte, daß er sich seinen ›Lohn‹ ohne jede Leidenschaft holte, fast, als müsse er eine widerwärtige Pflicht erledigen. Und er trug einen goldenen Siegelring mit einer Ritterfaust und einem geflügelten Pferd.«

»Das Wappen von Mourne«, sagte Pendred nachdenklich.

»Ganz recht. Mourne – die Heimat von General Toriman, dem ›Geist‹ Miolnors und von Coral, dem Befreier des Volks. Geht Ihnen nun ein Licht auf?« In der Stimme des Admirals schwang kalter Zorn mit. »Mourne, einst das Land, das am heftigsten gegen die Dunklen Mächte kämpfte – heute eine Marionette in den Händen des Feindes.«

Pendred nickte. »Dann wurde dieses Mädchen also eigens hier eingeschleust, um uns auf die Vorgänge in Caroline aufmerksam zu machen. Eine ungewöhnliche Taktik . . .«

»So ungewöhnlich auch wieder nicht«, erwiderte Radlov. »Es ist natürlich eine Falle. Oder besser gesagt, eine Aufforderung. Pendred, die Dresau-Inseln sind der einzige Fleck auf der ganzen Welt, der noch an unsere Vorfahren erinnert. Die Erste Welt hätte bei der Apokalypse am Tyne untergehen sollen – aber es gab Überlebende. Ich weiß, ein Prophet, der im Glorienschein über das Meer wandelt, würde besser zu unseren Vorstellungen passen als ein einfaches junges Mädchen – aber ich werde das Gefühl nicht los, daß nun das endgültige Armageddon für die Erste Welt kommt.«

»Und wir müssen den Kampf allein austragen?« fragte Pendred heiser.

»Wir werden eine Botschaft in die Welt hinaussenden. Ich hoffe, daß in der einen oder anderen Nation noch ein Funke vom Glauben an die Erste Welt glimmt. Wenn ja, dann erhalten wir Verstärkung.«

Pendred konnte keinen klaren Gedanken fassen. »Und was geschieht dann?«

»Wir begeben uns zur Werft und versuchen, das Schiff zu vernichten, obwohl wir schon jetzt wissen, daß es uns nicht gelingen wird.«

»Die Erste Welt stirbt – und wir sterben mit ihr«, murmelte Pendred.

Ein schwaches Lächeln umspielte Radlovs Lippen. »Besser ein rascher Tod als dieses langsame Dahinsiechen.« Er deutete auf das Meer hinaus. »Da – in der Kingsgate-Bucht wimmelte es früher von Stahlschiffen. Und was haben wir heute? Eine Handvoll kleiner Segelboote aus Holz und drei altersschwache Dampfschiffe. In hundert Jahren wird es uns Mühe bereiten, einen Schwarm Thunfische zu fangen. Wenn wir die Augen vor diesen Tatsachen verschließen, gleiten wir immer tiefer ab, bis wir das Niveau der übrigen Welt erreicht haben und ihr Los teilen. So weit darf es nicht kommen! Gehen wir zur Werft, und stellen wir uns dem Kampf, auch wenn es uns nicht gelingt, die *Victory* zu zerstören! Wir sind es unserer Ehre und unseren Überlegungen schuldig.«

Pendred nickte müde; dann erhob er sich und ging zur Tür. Der Admiral betrachtete den goldenen Sonnenuntergang in der Kingsgate-Bucht.

»Wie geht es jetzt weiter?« fragte Pendred von der Schwelle her.

»Ich berufe eine Kabinettssitzung ein«, entgegnete der Admiral mit brüchiger Stimme. »Es genügt vorläufig, wenn ich auf die Gefahr aufmerksam mache, die von der *Victory* ausgeht. Ich werde vorschlagen, daß wir unsere Flotte ausbauen und die Flugzeuge, die auf den Grauen Feldern liegen, so gut wie möglich wieder herrichten.« Er machte eine Pause, und Pendred spürte die Resignation, die den alten Mann erfaßt hatte. »Und dann, in achtzig oder hundert Jahren, wenn alles vorbereitet ist, stoßen wir zur Werft vor.«

Pendred schloß leise die Tür hinter sich.

24

Die Sonne hing dicht über dem Horizont, als Pendred den Hafen erreichte; er kam oft hierher, um nachzudenken, meist über die *Havengore,* manchmal auch über eine Frau, die den Tod gefunden hatte, als die *Oberon* vor Kap Hale sank. Es war ein schöner Ort, besonders jetzt, da die leichte Brise von Kyandra den Duft junger Blüten über das Wasser trug. Möwen kreisten über den schlanken hohen Masten der Segelschiffe. Die Schiffe trugen alte Namen: *Defiance, Windmoor, Jewel, Eringold, Vengeance* und *Janette;* sie beschworen die Erinnerung an die mächtigen Stahlriesen der Flotte herauf.

Pendred war so in Gedanken versunken, daß er die junge Frau erst bemerkte, als er dicht vor ihr stand. Es mußte die Fremde sein, die von Caroline gekommen war. Ihre Schönheit überwältigte Pendred. Die Frauen von den Dresau-Inseln waren im allgemeinen herb und kraftvoll – kluge, tüchtige Gefährtinnen der harten Seeleute. Unwillkürlich dachte er an ein Märchen, das er in seiner Kindheit gehört hatte: *die Feenkönigin.*

Die zwei Jahre der Wanderschaft und die rauhe Behandlung durch ihren Begleiter hatten ihr kaum etwas anhaben können. Der leichte Goldton ihrer einst so hellen Haut unterstrich nur ihre großen grünen Augen. Der Wind von Kyandra spielte mit ihrem langen blonden Haar, so daß es wie eine Krone wirkte.

Sie trug ein hochgeschlossenes weißes Kleid, wie es auf Guthrun Mode war; türkisblaue Blüten verzierten den Saum.

Pendred stand da und starrte sie an; erst nach geraumer

Zeit kam ihm der Gedanke, daß er sich vorstellen müßte. Die junge Frau wechselte ein paar höfliche Worte mit ihm, dann sah sie wieder aufs Meer hinaus.

»Hat der Admiral entschieden, was mit der *Victory* geschehen soll?« fragte sie leise.

Sie hing also doch an dem Schiff!

»Er plant einen Feldzug«, entgegnete Pendred offen.

In ihren Augen spiegelte sich Schmerz. Sie warf einen Blick zum Abendhimmel. Die ersten Sterne flimmerten. »Es ist wohl die einzige Möglichkeit, nicht wahr?«

Pendred erläuterte ihr die Gründe, und sie nickte, als hätte sie das alles längst geahnt, aber sich nicht einzugestehen gewagt. Ein Lächeln huschte über ihre Lippen, so kummervoll, daß der Mann sie am liebsten in die Arme genommen und getröstet hätte.

Wieder Stille. Pendred fragte, ob sie die *Havengore* besichtigen wolle. Sie entgegnete, daß sie im Lauf der letzten Jahre genug Mordinstrumente gesehen habe, aber schließlich willigte sie doch ein, ihn zu begleiten.

Eine Barkasse brachte sie an den Segelschiffen vorbei zu einem Kanal, den die Wracks der Flotte flankierten, ausgebrannte, verbeulte, rostige Metallkolosse, die sich in den Heimathafen geschleppt hatten, um hier zu sterben.

Der Kanal verbreiterte sich, und die Barkasse glitt in einen zweiten Hafen — Stormgate, der Ankerplatz für die Dresau-Flotte. Zwei schmale dunkle Formen zeichneten sich schwach im Sternenlicht ab. »Die Fregatten *Blackthorne* und *Frostfire*«, erläuterte Pendred. »Wenn man einen Blick auf die Plaketten mit den Herstellungsdaten wirft, sieht man, daß jede der beiden über vierhundert Jahre alt ist. Aber die Teile wurden inzwischen so oft erneuert, daß wohl kein Stückchen Metall an ihnen mehr aus jener Zeit stammt — außer besagten Plaketten.« Sie fuhren dicht an den beiden Schiffen vorbei; im fahlen Schein der Sterne erinnerten sie an Skulpturen aus Ebenholz mit silbernen Rändern. Das Wasser sah aus wie gehämmertes Metall.

»Wie schön!« flüsterte das Mädchen.

»Wenn Sie wollen, nehme ich Sie einmal auf der *Frostfire* mit«, versprach Pendred. »Sie ist unser schnellstes Schiff. Mit vierzig Knoten durch die kobaltblaue See, wenn der Gischt sprüht und die Wimpel flattern – ein herrlicher Anblick, der Erinnerungen an die Größe und den Glanz alter Zeiten weckt. Und dahinter die *Havengore*, die majestätisch durch die Wogen pflügt ...«

»Der Werft entgegen«, ergänzte das Mädchen. »Um zu zerstören und zerstört zu werden.«

Pendred schwieg.

Nach einiger Zeit zeichnete sich eine weitere Silhouette gegen die Uferhügel ab. Die *Havengore*. Sie war dreimal so lang wie die Fregatten, die sie eben passiert hatten, und Pendred glaubte, die junge Frau würde zumindest eine Spur von Respekt und Scheu zeigen; aber dann fiel ihm ein, daß sie beim Bau eines Schiffs mitgearbeitet hatte, das hundert *Havengores* in seinen Frachträumen aufnehmen konnte.

Die Barkasse steuerte eine Stelle direkt unter der Strickleiter an, und Pendred half dem Mädchen beim Hochklettern. Dann schlenderten sie über das Deck auf die Kommandobrücke zu. »Die *Havengore* wurde vor mehr als fünfhundert Jahren aus den Teilen von sieben noch älteren Schiffen zusammengebaut. Sie ist zweihundertfünfzig Meter lang und macht bis zu fünfunddreißig Knoten. Von den Dresau-Inseln selbst einmal abgesehen, dürfte sie das größte und mächtigste Relikt aus der Ersten Welt sein.« Sie hatten die Brücke erreicht. »Und wie die Inseln ist sie zum Sterben verurteilt.

Gewiß, jetzt im Dunkel sehen Sie ein gigantisches Schiff aus grauem Stahl, dazu bestimmt, Nationen zu besiegen und der Natur zu trotzen. Aber sobald die Sonne scheint, erkennt man die Roststellen; primitive Kanonen ersetzen die früheren Geschütze, und Sextanten sind an die Stelle der Radarschirme getreten.«

»Und damit hoffen Sie, die *Victory* zu vernichten?«

»Nein. Wir werden uns selbst vernichten. Und warum auch

nicht? Was ist so schlimm am Sterben, wenn die Welt, in die man hineingeboren wurde, schon seit zweitausend Jahren tot ist?« Pendred sah, daß sich das Sternenlicht in den Augen des Mädchens spiegelte. Mit einemmal wirkte die brutale, zum Untergang verurteilte Welt wärmer. Worte, die ihn selbst erstaunten, drängten über seine Lippen. »Seit mich Radlov in seine Pläne eingeweiht hat, hege ich nur einen Wunsch – daß mein Enkel an Bord der *Havengore* ist, wenn sie zum letztenmal ausläuft.« Er nahm den Arm des Mädchens und führte sie in seine Kabine.

25

Pendred war wie verzaubert von dem Mädchen. Einen Monat lang fuhren die beiden Nacht für Nacht zur *Havengore* hinaus. Nur die Matrosen, welche die Barkasse steuerten, wußten davon – und auf ihre Verschwiegenheit konnte sich Pendred verlassen.

Der harte Dienst bei der Flotte hatte ihn seine Kindheitsträume vergessen lassen – die Märchen von Feen und Elfen, die mit leisen Stimmen sangen und den Tau des Morgens tranken. Nun kehrten sie alle zurück; Radlovs Armageddon verlor an Bedeutung. Das Mädchen half ihm, die Wirklichkeit zu vergessen.

Aber nach und nach veränderte sich etwas. Das Mädchen sprach immer noch von ihren Träumen, von den fernen Welten, zu denen sie reisen wollte, doch sie schloß Pendred immer mehr davon aus. Wenn sie auf dem Deck standen, starrte sie sehnsüchtig zu einem bestimmten hellen Punkt am Himmel: *Heimstatt*. Pendred begriff, daß sie die *Victory* und das Versprechen, welches das Schiff verkörperte, nicht vergessen konnte. Um sie abzulenken, erzählte er von den üppigen Wäldern Kyandras und dem wilden Bergland auf Guthrun. Aber sie weilte in der Traumwelt, die sie sich geschaffen hatte.

»Ich gebe die Hoffnung auf, daß einer meiner Nachkommen

den Fuß auf die Planken der *Havengore* setzen wird«, sagte er eines Nachts müde.

Sie starrte zum Firmament. »Er wird ein schöneres Schiff betreten«, murmelte sie. Ein Lächeln umspielte ihre Lippen. »Du könntest mit mir kommen.«

Pendred schüttelte den Kopf. »Mir würde es auf deinem Schiff ebensowenig gefallen wie dir auf meinem.« Er strich ihr leicht über das helle Haar. »In drei Tagen läuft ein Schoner von hier aus. Er nimmt dich mit zu den Ozean-Republiken. Von dort aus kannst du nach Enador gelangen und dich einer Karawane anschließen, die über die Donnigol-Route nach Caroline zieht.« Das Mädchen dankte ihm leise; Pendred hörte nur das Dröhnen der Brandung.

26

Fünf Jahre nachdem das Mädchen fortgegangen war, heiratete Pendred. Seine Frau kam aus hochgestellten Kreisen und erinnerte ihn in ihrer Zierlichkeit manchmal an seine erste Liebe. Er verwöhnte sie und später seinen Sohn. Aber wenn er allein auf der Brücke der *Havengore* stand und zum Nachthimmel aufschaute, dachte er an seine Feenkönigin.

Zehn Jahre nachdem das Mädchen fortgegangen war, starb Admiral Radlov, und Pendred nahm seine Stelle ein.

27

Radlov hatte seinem Nachfolger einen Plan für die Mobilisierung sämtlicher Waffen aus der Ersten Welt hinterlassen.

Dieser Plan umfaßte siebenhundert Seiten in enger Maschinenschrift, dazu dreihundert Blätter mit Skizzen, Karten und Tabellen. Als Militärstratege war Pendred von dem ungeheuren Ausmaß des Unternehmens gefesselt. Radlov hatte die Öffnung von mehr als dreißig Schwarzen Bibliotheken gefordert – daß dies für die Inseln eine Reihe von kleineren Kriegen zur Folge haben würde, schien ihn nicht zu stören. Als nächstes stand die Errichtung von Botschaften in all jenen Nationen auf dem Programm, die noch etwas von der Substanz der Ersten Welt in sich hatten. Eine Streitmacht sollte so unauffällig wie möglich die Grauen Felder besetzen; war das geschehen, so konnten Ingenieure die annähernd zehntausend Flugzeugwracks, die man nach der Schlacht am Tyne-Delta auf den Grauen Feldern abgestellt hatte, genauer untersuchen. Einige der Maschinen waren sicher noch zu reparieren.

Angesichts dieses umfassenden Rohmaterials gewann Pendred seinen Optimismus wieder. Er verwarf Radlovs Theorie vom sicheren Untergang der Ersten Welt. Die Dunklen Mächte konnten diesem gewaltigen Ansturm einfach nicht standhalten. Und wenn man sie erst endgültig besiegt hatte, konnte der echte Wiederaufbau beginnen.

28

Sofort nach der Großen Revolution, im Süden auch der Einwöchige Krieg genannt, bestimmte das Volk Coral zum Kanzler von Caroline.

Seine erste Amtshandlung bestand darin, Schritte gegen die Technos zu unternehmen, die den Kampf nicht aufgeben wollten. Davon gab es zwei Gruppen. Die erste hielt die Erzbergwerke im Nordwesten der Werft besetzt. Mit Hilfe der primitiven, aber wirksamen Waffen, welche das Beschaffungsamt an die Volksmiliz verteilt hatte, besiegte Coral die Rebellen in kürzester Zeit. Zwei Wochen nach dem Kampf auf der Werft floß bereits wieder hochwertiges Erz in die Schmelzhütten um Gateway.

Die zweite Gruppe erwies sich als hartnäckiger. Als die

Verteidigungslinie um das Schiff zusammenbrach, hatten eine Reihe von Technos die Geistesgegenwart besessen, alle erreichbaren Waffen einzusammeln und sich im Innern der *Victory* zu verschanzen.

Zweieinhalb Monate lang führten diese Leute einen heldenhaften, wenn auch hoffnungslosen Kampf, angeführt von einem schmächtigen kleinen Burschen namens Christof Khallerhand.

Obwohl noch unfertig, enthielt der Rumpf der *Victory* bereits mehrere Kubikmeilen unterteilten Raums. Khallerhand und seine Leute nutzten das Labyrinth der Gänge, Kabinen und Schächte gut aus. Die Wälder um Blackwood's Bay hätten ihnen nicht mehr Schutz bieten können.

Coral befahl, daß man die Arbeit am Schiff wieder aufnehmen solle, sobald auf der Werft die schlimmsten Spuren des Kampfes beseitigt waren. Aber wie sollte man einen Fortschritt erzielen, wenn hinter jeder Ecke und in jedem Gerüst Khallerhand und seine Partisanen lauerten? Gerade der unfertige Zustand der *Victory* erleichterte das Versteckspiel und machte eine Verfolgung unmöglich.

Khallerhand hatte nur zweihundert Leute bei sich, aber da sie zu den Technos gehörten, kannten sie das Schiffsinnere ganz genau, und Corals Leute vermochten nichts gegen sie auszurichten. Das vordere Drittel der *Victory* befand sich fest in ihrer Hand.

Zu diesem Zeitpunkt fand Coral, daß bereits zu viele tüchtige Arbeiter in diesem ›Dschungelkrieg‹ ihr Leben gelassen hatten; außerdem entstanden die ersten Geschichten über arme Seelen, die durch das Schiff irrten und Erlösung suchten. Ein Spukschiff aber konnte Carol sich nicht leisten.

So riegelte man ganz einfach die Sektion, die sich in der Gewalt der Rebellen befand, hermetisch ab. Stahlplatten wurden vor die Ausgänge geschweißt und erst nach einem Jahr wieder gelöst; nachdem der Verwesungsgeruch verflogen war, nahmen die Leute die Arbeit auch an diesem Teil des Schiffs wieder auf.

Die einzige Erinnerung an diese Episode war eine Ballade, welche die heroischen Taten der Technos schilderte; und zuweilen stieß man in einem staubigen Winkel oder einem abgelegenen Korridor auf ein Skelett.

Khallerhand hatte nicht für irgendwelche große Ideen gekämpft; er wollte seinen Gott, das Schiff, behalten. In diesem Punkt unterschied er sich in nichts von den Technos, die zu Coral übergelaufen waren. Sie alle hatten die *Victory* lange vor der Großen Revolution zu ihrem Gott erhoben. Dennoch, als die Balladen über Khallerhand schließlich in die übrige Welt durchsickerten, gewann man den Eindruck, daß der Techno der erste wahre Feind des Schiffs gewesen sei. Ironie des Schicksals ...

29

Befreit von dem Druck, den das Marine-Ministerium auf sie ausgeübt hatte, widmeten die Technos jetzt ihre ganze Kraft der *Victory*. Mit dem Aufschwung kamen neue Leute, eine Flut von Flüchtlingen aus fremden Nationen, die dem Elend der Welt zu entrinnen versuchten. Gateway dehnte sich aus; die eleganten Gärten und Häuser der Technos wurden rasch durch schäbige Mietshäuser und enge Gassen verdrängt.

Die großen Überlandstrecken, die nach Norden und Osten zu den Bergwerken und Ölfeldern führten, zitterten Tag und Nacht unter dem Gewicht riesiger Lastwagen. Scheinwerfer, in den Gerüsten der *Victory* montiert, sorgten für ausreichendes Licht, so daß auch nachts gearbeitet werden konnte.

Jahre nach der Großen Revolution ließ Coral die ersten Gerüchte über den Neid und die feindlichen Absichten der anderen Nationen ausstreuen. ›Grenzzwischenfälle‹, bis dahin kaum beachtet, wurden in der Presse leidenschaftlich angeprangert. Neben der einzigen vorrevolutionären Zeitung *Herald* gab es jetzt zwei Regierungsorgane, *Die Wahrheit* und *Heimstatt-Echo*.

Die Welt war an und für sich schon furchterregend genug, wenn der Nachtwind über die Berge im Westen strich und die Jagdschreie wilder Tiere herübertrug. Nun jedoch fühlte sich das Volk von Caroline bedroht durch den Haß der Nachbarn. Es hieß, daß sie Armeen ausrüsteten. Raud, Enom, die Dresau-Inseln, Svald, Neu-Svald, die Ozean-Republiken, Karindale waren mit einemmal die ›anderen‹ – die Wahnsinnigen, die Kindermörder, die Feinde des Schiffs. Man begann, Fremde mit scheelen Augen zu betrachten; Wanderer, Wallfahrer, einsame Jäger – sie bekamen die neue Atmosphäre zuerst zu spüren.

Die Stimmung hielt an und vertiefte sich, bis die Volksregierung sieben Jahre nach der Großen Revolution eine Verschwörung aufdeckte, in die ein Drittel der Nachbarstaaten verwickelt waren. Sie hatten angeblich beabsichtigt, das Schiff durch eine Atombombe zu zerstören.

Dieser Vorfall, der das Gespenst eines neuen Strahlenkriegs heraufbeschwor, diente Coral zum Anlaß, sein ›Sicherheitsprogramm‹ zu verkünden. Die erste Phase bestand in einer fieberhaften Jagd nach Landesverrätern. Es gab davon weit mehr, als das Volk vermutet hatte.

Dann gab Coral sein Frühlings-Dekret heraus, das der Armee eine absolute Vormachtstellung garantierte. Sonderbarerweise wurden die Soldaten mit Armbrüsten und Schwertern ausgerüstet und nicht mit den neuen Waffen aus dem Arsenal. Lediglich eine kleine Elitetruppe besaß moderne Gewehre.

Und schließlich hieß es, daß man in einem vergessenen Winkel unter der Werft vollständige Konstruktionspläne für das Schiff gefunden habe. Dies bedeute, daß man die *Victory* innerhalb der nächsten fünfundsiebzig Jahre fertigstellen könne — in einer Spanne also, die etwa die Hälfte des ursprünglich geschätzten Zeitraums betrug.

Coral stand auf dem höchsten Punkt des Schiffsgerüstes, als er seine aufsehenerregende Rede an das Volk hielt. Fahnen wehten, Militärkapellen spielten, und die Menge raste vor Begeisterung. Kaum jemand bemerkte das winzige Geschoß, das in einer Rauchsäule vom Innenhof des Tyne-Bollwerks aufstieg und nach Westen jagte. Coral zuckte zusammen und starrte dem Flammenkegel nach, bis er in den Wolken verschwunden war. Ein merkwürdiger Ausdruck huschte über sein Gesicht. Dann wandte er sich den Umstehenden zu und rief: »Sagt Lebewohl zu diesem Staubball; wir werden ihn nicht mehr lange ertragen müssen.«

31

Zwei Jahre nach Verkündung des Sicherheitsprogramms und des Dekrets begann die neue Armee des Imperiums den Jahrzehnte dauernden Krieg des Volks, in dessen Verlauf eine Reihe von Staaten unterjocht und Caroline einverleibt wurden.

Gewaltige Kanonen aus den Waffen-Werkstätten des Arsenals schützten die neuen Grenzen. Sie bildeten einen ›eisernen Ring‹, wie Coral es ausdrückte. Niemand schien es lächerlich zu finden, daß diese modernen Stellungen von berittenen Soldaten mit Armbrüsten und Schwertern bewacht wurden; im Gegenteil, für die meisten hatte das einen Hauch von Romantik.

32

Die Jahre, die zwischen dem Krieg des Volks und der Vollendung der *Victory* liegen, haben viele Namen. Brennende Zeit, so sagten die Herren von Enom, und das traf den Kern, denn die beiden Feuer, das eine im Osten und das andere im Westen, krochen langsam aufeinander zu.

Zahlenmäßig besaß das Imperium eine leichte Überlegenheit, und wenn Coral stolz erklärte, seine Streitmacht sei einmalig in der Geschichte der Menschheit, so hatte er durchaus recht. Aber der Osten pochte darauf, daß seine Truppen vom Geist der Ersten Welt beseelt seien.

Wo das Imperium eine einheitliche Flut unbarmherziger Volkssoldaten einsetzte, versammelte der Osten ein buntes Gemisch von Nationen: Ihre Uniformen waren schwarz, rot, silbern, golden oder blau; Adler, Drachen, Greife und Sterne glänzten auf ihren Schilden und Bannern. Hinterwäldler aus Raud, in braungrüne Tarnmäntel gehüllt und unsichtbar für den Feind, bis sie ihre blitzenden Schwerter zogen; das Bergvolk von Enom, in Kettenhemden und Pelze gehüllt und mit Morgensternen bewaffnet; die stämmigen Meeresbewohner von Neu-Svald und den Ozeanrepubliken – sie wirkten auf festem Boden irgendwie verloren; hochgewachsene Matrosen und Angehörige der Garderegimenter von den Dresau-Inseln, die stolz auf ihre Waffen und Fahrzeuge aus der Ersten Welt waren.

An die hundert Nationen, an die tausend Stämme, die sich um die Flagge des Ostens geschart hatten – sie wichen dem rasenden Feuer des Volkskriegs aus und schonten ihre Kräfte, so gut es ging; sie warteten, bereiteten sich vor, schmiedeten neue Waffen und ergänzten die alten, bis vierzig Prozent ihres Landes in die Hände des Imperiums gefallen war.

An einem Tag im Frühsommer war das letzte Material auf der Werft verbraucht. Das Volk sah um sich und erkannte, daß das Schiff fertig war.

Vom Innenhof des Bollwerks stieg erneut eine Rakete auf, aber die Menschen, die in Gateway zusammengeströmt waren, hatten nur Augen für das Schiff. Die *Victory* füllte die Werft aus und ließ selbst das Meer armselig klein erscheinen.

Coral stand in der Menge, stolzer als jeder andere. Er hatte ein sagenhaftes Alter erreicht, und man flüsterte sich zu, daß ihn die gleichen Mächte schützten, die auch ihre Hände über den Bau der *Victory* gehalten hatten. Einfachere Gemüter behaupteten gar, er sei ein Gott.

Den ganzen Tag über wich das Volk nicht von der Stelle. Aus einiger Entfernung konnte man die Schweißnähte des Schiffs nicht mehr erkennen; es sah aus, als sei es aus einem einzigen Stück Weißgold geformt. Die Nacht brach herein, und der Mond ging auf. Sein silbernes Licht umspielte die Metallflanken der *Victory*. Jetzt erst kehrten die Menschen heim.

Einigen kam wohl der Gedanke, daß nur die Nachkommen der Technos in der Lage sein würden, das Schiff zu steuern. Als sie Coral danach fragten, lächelte er gütig und meinte, sie sollten auf die Weisheit der Erbauer vertrauen.

Im Osten heimste die Volksarmee neue Erfolge ein; sie wußte nicht, daß das Schiff fertiggestellt war. Abgesehen davon herrschte im Imperium eine Woche lang Ruhe.

Dann, eines frühen Morgens, öffnete sich eine Luke an der Spitze der *Victory*, und im Abstand von sieben Sekunden schossen kleine, pfeilförmige Flugzeuge nach Osten, Süden und Norden. Keiner hatte diese Maschinen eingebaut; sie stammten auch nicht aus den Lagerhallen der Werft. Das Schiff mußte sie selbst produziert haben, und deshalb wußte das Volk, daß alles in Ordnung war.

Zehntausend Pfeile verließen die *Victory* im Laufe dieses

und des nächsten Tages. Einer kreiste über der Werft und Gateway, während die anderen im Sonnenglast verschwanden.

Es herrschte wieder Ruhe, diesmal bis zum Morgen des dritten Tages. Dann dröhnte eine gewaltige Stimme auf die Welt herab; majestätisch war sie und machtvoll, und sie füllte jeden Winkel der Schöpfung mit ihrem Glanz und ihrem Triumph. Die Stimme kam von den Pfeilen, die sich überall verteilt hatten, und sie sagte: »Ich bin das Schiff! Kommt zu mir, ihr Kinder der Trauer und der Mühsal! Ich bin das Schiff! Kommt zu mir, denn das grüne Paradies von Heimstatt wartet auf euch und eure Kinder!«

Viele schauten ihre Frauen an, ihre Kinder oder Nachbarn; sie packten das zusammen, was sie für wertvoll hielten, und machten sich auf den Weg nach Osten, angelockt von der Stimme und den Legenden, die sie gehört hatten. Andere schauten um sich und in sich; sie schlugen die Hände vor die Augen und weinten bitterlich. Und wieder andere holten müde ihre Waffen; sie wußten, daß die Brennende Zeit vorüber war.

Auch die Armee von Caroline hörte die Botschaft. Die Männer steckten freudig ihre Schwerter ein. Sie hatten von der Werft und von Caroline aus eine Straße ins Herz der Welt errichtet; offenbar war das vergebliche Mühe gewesen. So brachen sie ihre Zelte ab.

Vielleicht tauchten nun die Neider auf, von denen Coral gesprochen hatte. Vielleicht versuchten sie, das Schiff jetzt, in seinem schönsten Augenblick, zu vernichten. Aber das Volk lächelte, denn jetzt war es zu spät für solche Dinge.

34

Als der silberne Pfeil über Duncarin auftauchte, stand der Enkel von Flotten-Admiral Pendred im Rang eines Geschütz-Offiziers. Die *Havengore,* auf der er Dienst tat, hatte viel von ihrer ursprünglichen Stärke zurückgewonnen. Die großen Kanonen waren überholt, im Maschinenraum surrten neue Turbinen, und der Rumpf wies keinen Rostfleck auf. Im Gegensatz zu dem kränklichen Weiß des Imperiums hatte man den Kreuzer und die beiden Fregatten in einem glänzenden Schwarz gestrichen.

Ein paar hundert Meter steuerbords schaukelten die *Blackthorne* und die *Frostfire* in der sanften Dünung. Pendred schloß die Augen. Er stellte sich die Flotte seiner Vorfahren aus der Ersten Welt vor. Sie konnte nicht sehr viel anders ausgesehen haben.

Die Stimme. Sirenen schrillten, Winden kreischten, Dampf zischte. Die *Frostfire* lief als erste aus, dann die *Blackthorne* und zum Schluß die *Havengore.* Mit fünfzehn Knoten durchquerten sie den Kanal nach Kingsgate.

Die Kaianlagen und Straßen von Duncarin waren menschenleer; die Armee der Dresau-Inseln war schon vor einem Monat aufgebrochen, um sich ihren Verbündeten vom Westen und Norden anzuschließen. Nur eine Handvoll alter Leute stand am Wasser, verwirrt und ängstlich.

Pendred und seine Gefährten empfanden den Anblick der verlassenen Stadt als bedrückend. Doch sie faßten rasch wieder Mut, als der Wind die Sommerdüfte von Kyandra zu ihnen herübertrug.

Kingsgate blieb zurück. Die Flotte befand sich auf dem Weg zum Tyne-Delta.

35

Garrik, Kriegsfürst von Enom, nahm aus der Hand seines Waffenmeisters eine goldene Lanze und eine automatische Pistole entgegen und flehte die Götter seines Volks um Beistand an.

36

Martin Varnon, Bürger von Svald, schulterte seine Armbrust und steckte den verlassenen Außenposten des Imperiums in Brand; dann stieß er wieder zu seiner Truppe. Sie verfolgten die fliehenden Einheiten der Volksarmee.

37

Gunnar Egginhard hatte sein Heim auf Guthrun vor fünfzehn Jahren verlassen. In seiner Jugend war er einer der besten Ingenieure in der Marine von Dresau gewesen; ein Posten an Bord der *Havengore* stand bereits in Aussicht. Aber dann hatte er von Radlovs Plänen gehört und alles aufgegeben, um zu den Grauen Feldern zu gehen.

Die Grauen Felder. Manche Stämme behaupteten, daß hier die Engel auf die Posaunen des Jüngsten Gerichts warteten. In Wirklichkeit schliefen hier Tausende und Abertausende von alten Flugzeugen, zerschossen, verbeult, rostig, zerschunden in vielen Kämpfen.

Auch Egginhard vernahm die Stimme des Schiffs, und er warf einen stolzen Blick auf sein Lebenswerk: zwanzig Maschinen, startbereit, mit mehr oder weniger gut ausgebildeten Besatzungen. Legenden aus der Ersten Welt . . .

38

Der Mann war weiß gekleidet wie alle Angehörigen des Volks. Aber er trug das blonde Haar der Technos, eine Seltenheit hier auf der Werft. Man hatte sich bemüht, die beiden Klassen zu verschmelzen, doch der Mann hatte an seiner aristokratischen Vergangenheit festgehalten wie vor ihm sein Vater. Er liebte das Schiff und den Traum von einer neuen Welt auf eine ganz besondere Weise, die kaum jemand vom Volk verstand – mit Ausnahme von Coral vielleicht. Coral hatte den Mann für eine besondere Aufgabe ausersehen.

Und nun stand er an der Einstiegsluke der *Victory*, nahezu zweihundert Meter über der Betonpiste der Werft. In der Tiefe wimmelte es von weißgekleideten Gestalten. Hunderttausende warteten darauf, daß sie betäubt und in den winzigen Passagierzellen des Schiffs untergebracht wurden. Es hieß, daß Millionen an Bord der *Victory* Platz finden würden. Vielleicht die ganze Welt.

Der blonde Techno mußte diesen Vorgang überwachen.

39

Kiril hatte länger gelebt, als es für einen Sterblichen gut war, und er betete jeden Tag, daß Gott ihn erlöse. Er war als Mensch auf die Welt gekommen, aber Kriege, Bomben, Gift, Strahlung und die Zauberer von Salasar hatten ihn auf grauenhafte Weise verwandelt. Er floh den Tag, so wie normale Menschen die Nacht fliehen.

Vor vielen Jahren war Kiril im Norden von Enom auf ein Königsgrab gestoßen, älter noch als die Erste Welt und überdeckt von einem künstlichen Hügel. Längst hatte er die Mumie des Königs verzehrt. Er lag nun reglos in dem goldenen Sarg mit dem Granit-Katafalk, und sein aufgedunsener Leib quoll über die Ränder.

Lautlos drehte Kiril die kleine Gebetsmühle, die er noch angefertigt hatte, bevor sich seine Hände veränderten. Zwischen den Gebeten dachte Kiril und empfing Eindrücke von außen. Er bemerkte, daß die Welt, in die er hineingeboren war, brannte.

Er sah ein großes Territorium, ein Imperium, das an Salasar heranreichte. Es erstreckte sich in einem weiten Bogen vom Meer bis ins Herz der Welt. Er sah einen dichten Ring moderner Waffen, einige davon höchst sonderbar, die das Zentrum dieses Imperiums bewachten.

Im Osten befand sich eine große Menschenmasse, teils weiß, teils in allen Farben der Könige.

Die Gebetsmühle drehte sich, und die Welt erzitterte wie in jenen Tagen, als Salasar besiegt wurde. Kiril sah, wie die Grauen Felder zu neuem Leben erwachten, und er sah drei schwarze kleine Schiffe, die Überreste der einst so stolzen Dresau-Flotte, zum Kampf ausziehen.

Einen Moment lang schwelgte Kiril in diesen Eindrücken. Er glaubte, ein neuer Tag sei heraufgezogen; dann aber erkannte er, daß es nur die Nacht war, erhellt durch die lodernden Flammen des Kriegs.

Er weinte in seinem Königsgrab; selbst wenn die Welt unterging, er und der Hügel und die Gebetsmühle würden bleiben.

40

Ein Bote brachte Egginhard die Nachricht, daß der Osten Corals Verteidigungsring ohne Mühe durchbrochen habe; die Truppen des Imperiums befänden sich auf dem Rückzug und kämpften nur, wenn der Gegner sie umzingelte.

Je weiter die beiden Armeen nach Westen vordrangen, desto eiliger hatten sie es. Nur das Ödland trennte sie noch von den niedrigen Bergen, welche die Werft umgaben.

Wenn alles gutgegangen war, warteten die Truppen des

Ostens nun auf den Hügelkämmen, bis die beiden Flotten eintrafen. Ein Adjutant rannte atemlos auf Egginhard zu und überreichte ihm einen schwarzen Steuerknüppel. Egginhard schleuderte das Ding lachend hoch, der Sonne entgegen. »Es geht los, Freunde!«

Mit raschen Schritten ging er auf die größte Maschine zu. Er hoffte, daß er mit der Steuerung zurechtkam; schließlich hatte er den Vogel erst einmal gestartet. Egginhard erklomm die Einstiegluke und nahm in der Kanzel Platz.

Winzige Gestalten rannten durch die Ruinenfelder. Es waren mehr als dreihundert. Sie gingen an Bord der zwanzig Flugzeuge.

Langsam und unbeschreiblich würdevoll rollten die sechs- und achtmotorigen Giganten auf die Startbahn. Dröhnend stieg einer nach dem andern in den Himmel und wandte sich nach Westen.

Die wenigen Nomaden, die in diesem Gebiet lebten und dem Ruf des Schiffs nicht gefolgt waren, erstarrten beim Anblick der Luftflotte, die knappe tausend Fuß über dem Boden in V-Formation dahinjagte. Viele begingen Selbstmord.

Egginhard wußte, daß er bei dem Kampf den Tod finden würde, aber der Gedanke störte ihn nicht; solche Dinge spielten jetzt keine Rolle mehr. Er legte die Hände auf das Schaltpult und genoß die Vibrationen, die seinen Körper durchliefen.

41

Pendred schwenkte das Fernglas auf den Zuruf des Matrosen hin. Im Westen zeichnete sich eine Gebirgskette ab; im Osten ragten vereinzelte Gipfel in die Höhe. Er verstellte die Schärfe und entdeckte zwischen den Kuppen im Osten eine dünne Spitze aus Metall.

Die Flotte beschleunigte auf fünfundzwanzig und dann auf dreißig Knoten. Der Signalgast war bereit.

Garriks Männer standen auf dem höchsten Grat über der Werft und beobachteten staunend das Getümmel. Millionen Menschen, ameisengleich, strebten auf die *Victory* zu. Ein sonderbares Dröhnen erschreckte ihn, und er drehte sich im Sattel um. Am Horizont tauchten schwarze Punkte auf, die rasch näherkamen – Flugzeuge in Kampf-Formation. Sie donnerten über die Berggipfel hinweg. Garrik glaubte, die Hitze ihrer Triebwerke zu spüren.

Wieder ein Dröhnen, diesmal von der See her. Drei schwarze Schiffe, die durch das aufschäumende Wasser pflügten. Auf den Vorderdecks flammten gelbe Blitze auf.

Kiril, Tausende von Meilen entfernt, wimmerte, als die drei Streitmächte sich der Werft näherten.

Garriks Leute strömten von den Hängen und überfluteten Gateway. Ihre Schilde und Rüstungen blitzten in der Sonne. Eins der Flugzeuge war bereits abgestürzt; ein Straßenzug brannte.

Das Reitervolk und die leichte Infanterie stießen kaum auf Widerstand; die Armee des Imperiums hatte ihren Verteidigungsgürtel um das Schiff errichtet, und dort, im Schatten des Kolosses, trafen die beiden Heere aufeinander.

Fünf Meilen von der Küste entfernt drehten die Schiffe nach Backbord ab und feuerten die ersten vollen Breitseiten ab; sieben Tonnen Sprengstoff fielen auf den Rumpf der *Victory*.

Egginhard dirigierte zwölf seiner Maschinen auf die Seite der Imperiumstruppen. Griechisches Feuer floß aus Öffnungen im Rumpf und verwandelte die Männer in lebende Fakkeln.

Wenige konnten das Bollwerk sehen, als es zu Leben erwachte, denn die *Victory* verdeckte es zum größten Teil. Aber die Kämpfenden spürten, wie mit einemmal der Boden unter ihren Füßen erzitterte. Egginhard überflog die *Victory* und bemerkte ein grelles bläuliches Feuer im Innenhof des Bollwerks. Es stieg in einer Rauchsäule auf und verschwand mit einem schrillen Kreischen im Westen.

Egginhard riß die Maschine zum nächsten Angriff herum. Im Cockpit roch es nach Kordit und Schwarzpulver. Doch unvermittelt begann das Flugzeug zu rütteln. Entsetzt drehte sich der Kopilot um und deutete zum Fluß.

Der Kanonenhügel begann ebenfalls den Kampf. Egginhard sah die Geschütze, jedes größer als vier seiner stolzen Bomber. Die Detonationen walzten das Gras im Umkreis von Meilen flach und warfen sein Flugzeug wie eine Feder hin und her.

Garriks Männer drangen mit Streitäxten, Schwertern und Morgensternen auf die Feinde ein. Sie sangen die alten Kampflieder ihrer Heimat, aufgepeitscht von den Trommeln eines Svald-Regiments. Das gewaltige Schiff, das über ihnen aufragte, konnte sie nicht beeindrucken. Sie fühlten sich stärker als je zuvor.

43

Eine Meile vor der Küste drehte die Flotte erneut bei, um ihre Kanonen auszurichten. Pendred stand am Großmars, das Fernglas an den Augen, und rief seinen Leuten die Zielkoordinaten zu.

Die alten Kanonen spien Feuer, aber es prallte harmlos von den Flanken des Raumschiffs ab.

Fyfe, der Kapitän der *Havengore*, musterte die *Victory* mit haßerfüllten Blicken und erteilte einen neuen Befehl. Signalflaggen wurden geschwenkt.

Die Flotte hielt mit vierzig Knoten auf das Land zu. Das Knirschen des Metalls verlor sich im Kanonendonner. Weißer Pulverdampf stieg auf und verhüllte die wehenden Banner der alten Seefahrer-Familien.

In den Drehtürmen A und B verlangte man nach Koordinaten. »Koordinaten?« brüllte Pendred. »Los, ihr Schwachköpfe, schießt einfach! Und wehe, einer von euch verfehlt das Schiff!« Das Deck bäumte sich auf, als die Zwölf-Zentimeter-Türme und dann die Zwanzig- und Vierzig-Millimeter-Kanonen in das Gefecht eingriffen. Alle bis auf die Achterdeck-Batterien beschossen nun die Werft. Pendred hätte nie geglaubt, daß ihm der Kampf so wilde Freude bereiten könnte – aber es war auch eine ganz besondere Begegnung, die man nicht mit normalen Maßstäben beurteilen durfte.

Pendred richtete das Fernglas auf die Heckflosse der *Victory*. Dort stand eine weißgekleidete Gestalt mit wehendem blondem Haar und heller Haut, völlig unberührt von dem Kampfgetümmel ringsum. Ein unerklärlicher Haß erfaßte Pendred; je eingehender er die einsame Gestalt betrachtete, desto mehr erschien es ihm, als müßte der Fremde eigentlich auf der Seite der Ersten Welt kämpfen.

»Drehturm B!« rief Pendred in das Schiffsmegaphon. »Drehturm B, könnt ihr mich hören?«

»Aye, Sir!«

»Ihr steht ab sofort unter meinem Befehl. Kopplung und Feuer auf Fernbedienung umstellen! Und ladet rasch!«

»Aye, Sir!« Pendred verstellte die Zielvorrichtung, und Drehturm B schwenkte gehorsam mit. Er brachte die weiße Gestalt ins Fadenkreuz. Dann drückte er mit einem Schrei auf den Auslöser.

Die Einschläge begannen ein Stück hinter dem Fremden und krochen langsam auf ihn zu; der erste ließ ihn vor Entsetzen erstarren, der zweite brachte ihn durch den Detonationsdruck ins Schwanken, der dritte fegte ihn in die Tiefe.

Pendred kam wieder zur Besinnung. »Drehturm B umschalten!« krächzte er heiser.

Die Flotte schloß auf und jagte den Kanal entlang, der von der Werft ins tiefe Wasser führte. Erst jetzt wandten die Kämpfenden ihre Aufmerksamkeit der Attacke vom Meer zu. Eine Batterie von vier Feldkanonen, die sich in Küstennähe befand, richtete ihre Mündungen auf die *Frostfire*. Lediglich ihre Geschwindigkeit von vierzig Knoten rettete die kleine

Fregatte. Eine Breitseite der *Havengore* ließ die Ufergeschütze verstummen.

Der Kreuzer bildete jetzt die Vorhut; er war keine halbe Meile von der Betonpiste entfernt. Die *Frostfire* scherte etwas nach rechts aus und näherte sich in einem Abstand von einer Meile schräg der Küste. Die *Blackthorne* steuerte die Backbordseite der Helling an; hier tobte der Kampf weniger heftig.

Pendred umklammerte den Mast, als die *Havengore* der Werft entgegenraste. Seiner Schätzung nach hatte das Schiff an die fünfundvierzig Knoten erreicht, eine unglaubliche Geschwindigkeit für das alte Ding. Die Männer im Maschinenraum starrten mit skeptischen Mienen die Kessel an.

Der Kiel der *Havengore* kreischte über Kies und Sand. Risse klafften im Rumpf. Die Männer, die bei dem plötzlichen Ruck über das Deck geschlittert waren, rappelten sich mühsam hoch.

Noch zweimal das metallische Knirschen, als die *Frostfire* und die *Blackthorne* ihre Plätze links und rechts von dem Kreuzer einnahmen. Dann begannen die Kanonen der drei Schiffe zu dröhnen. Sie mähten breite Gassen in das Gewimmel weißer Uniformen.

Nur die Leute an Deck der *Blackthorne* bemerkten den hellen Feuerschein und die Rauchwolken jenseits der westlichen Berge.

44

Immer noch wogte der Kampf um das silberne Schiff. Der Lärm war so groß, daß den Männern die Trommelfelle platzten.

Den Streitkräften des Ostens war es bisher nicht gelungen, die *Victory* zu stürmen. Irgendwann hatten sich automatisch die Einstiegluken geschlossen. An Bord befanden sich, dicht gedrängt, Millionen Menschen, die dem Ruf des Schiffs gefolgt waren.

Die Entschlossenheit der Verteidiger wuchs. Sie wußten, daß sie selbst das Schiff nicht mehr erreichen konnten. Aber ihre Frauen und Kinder sollten die Chance erhalten, auf einem neuen Planeten ein besseres Leben zu führen.

Die *Victory* erzitterte. Irgendwo im Innern des riesigen Labyrinths begann ein Kristallblock die Befehle auszusenden, die man ihm eingegeben hatte.

Etwa zur gleichen Zeit starrten die Männer der *Blackthorne* verwirrt zum Bollwerk hinüber. Am Westufer des Tyne-Deltas erhob sich eine gewaltige dunkle Wolke. Fanfaren schmetterten, Streitäxte blinkten, Kampfgesänge ertönten.

Die Toten der Ersten Welt griffen in die Schlacht ein.

In einem dichten Heer marschierten sie am Bollwerk vorbei auf die Werft zu. Die Soldaten des Ostens nahmen die Hilfe an, ohne Fragen zu stellen. Und Pendred, der einen kurzen Blick auf das Meer hinaus warf, sah, daß die alte Flotte zurückgekehrt war, um die Überlebenden der Ersten Welt zu unterstützen. Nebel lag vor dem Ufer, wo noch kurz zuvor klare Sicht geherrscht hatte, und aus diesem Nebel zuckten die Mündungsblitze schwerer Geschütze.

Egginhard zog die Maschine in einer engen Schleife herum und steuerte erneut die *Victory* an, als er über sich Tausende von blitzenden Kampfgeschwadern erspähte. Sie setzten mit ihm zum Sturzflug auf das Schiff an. Egginhard tat die Erscheinung als Illusion ab. Mit haßverzerrter Miene und Schaum vor dem Mund riß er den Steuerknüppel nach vorn. Doch als er sich dem Schiff näherte, stieg das Dröhnen von Triebwerken zu ihm auf, so unerträglich laut, daß ihm das Blut aus den Ohren drang.

Verbissen hielt er an seinem Kurs fest.

Egginhard starb, von Schrapnellen zerfetzt. Seine Maschine bohrte sich senkrecht in die *Victory* und riß einen dreißig Meter breiten Krater in den Metallrumpf.

Kiril schrie und stöhnte unter den grausamen Visionen, bis sein Verstand zerbrach. Die Gebetsmühle rollte zur Seite. Wenn er auch nicht den Tod gefunden hatte, so war sein Flehen doch erhört worden.

Plötzlich schossen mächtige Stützen waagrecht aus der Helling, und die Gerüste der *Victory* krachten zu Boden, wobei sie Hunderte erschlugen. Die *Victory* setzte sich in Bewegung; eine Flügelspitze stach ins Wasser und schlug der *Frostfire* ein riesiges Leck. Ein Turmgerüst zerschmetterte die *Havengore*.

Der Rumpf der *Victory* glitt über die Schräge der Helling ins Meer; er schob eine riesige Flutwelle vor sich her.

Das Schiff drehte sich, bis sein Heckteil zur Werft hin gerichtet war. Ein Schub der Triebwerke, und eine drei Meilen breite weiße Flammenwand raste über das Gelände, erfaßte Gateway. Am Ostufer des Tyne blieb niemand am Leben. Als die *Victory* eine Meile von der Küste entfernt war, schoben sich mit einemmal große Metallklappen vor die Ausstoßdüsen und lenkten das Feuer der Triebwerke über den Rumpf der *Victory*. Das Metall glühte kirschrot. Das Schiff jagte zurück zur Werft. Die wenigen Menschen, die sich noch in den Bergen aufgehalten hatten und so dem Tod entgangen waren, erlebten mit, wie die *Victory* sich und die Millionen Passagiere in ihrem Innern vernichtete.

Der Kampf war entschieden. Ein ungeheures Flammenmeer hüllte die Werft und Gateway ein.

Jetzt erst rührten sich die Mächte im Westen. Zwei gleißende Feuerkugeln jagten über die Berge auf die Werft zu. Einen Moment lang hatte es den Anschein, als befänden sie sich auf Kollisionskurs. Aber ihre Ziele waren das Bollwerk und der Kanonenhügel.

Man hörte keinen Laut. Weißes Licht zuckte auf und verwandelte sich gleich darauf in schwärzeste Nacht. Die Schockwelle war so gewaltig, daß sie die lodernden Flammen auf der Werft erstickte und die Schiffswracks ins Meer hinausfegte.

Ein verkohlter Stumpf, fünfzehn Meter hoch und mit

Schlacke überzogen, war alles, was von der Westwache übrigblieb.

Der Kanonenhügel war völlig flachgewalzt. Winzige Metallsplitter erinnerten an die Lafetten.

So unglaublich es klang, das Bollwerk überdauerte die Detonation. Gewiß, die Maschinen in seinem Innern waren geschmolzen und die Mauern geschwärzt, aber es hatte seine Hexagon-Form behalten. Ein Monument für die Armeen, die an diesem Ort gefallen waren . . .

45

Drei Monate lang hatten die Ruinen von Gateway und der Werft Zeit, um gründlich abzukühlen. Die Sommer- und Frühherbstwinde verwehten die Asche. Manchmal kamen darunter Skelette zum Vorschein. Und manchmal hielten diese Skelette rostbedeckte Schwerter in den Knochenhänden.

46

Vom Südwesten her näherte sich ein Floß, schwarzgrau und riesengroß, mit allerlei seltsamen Figuren und Symbolen bemalt. Deutlich zu erkennen war das Wappen von Mourne, die Ritterfaust und das geflügelte Pferd. Schleimige grüne Fischmänner zogen das Floß mit Hilfe von Stahlkabeln, die durch ihre Körper führten und mit dem Rückgrat verwachsen waren.

Die widerwärtigen Schwimmer näherten sich dem Tyne-Delta. Sie machten einen Bogen um das Wrack der *Victory*, wichen dem Gewirr von Inseln aus und legten am Kai von Gateway an. Der Mann namens Toriman ging an Land.

Er trug ein Gewand aus schwarzer Metallfolie, abgesetzt

mit goldenen Rändern. In einer Scheide aus getriebenem Silber steckte ein edelsteinverziertes Schwert; seine Klinge war mit Runenzeichen bedeckt.

Der Mann, den Rome General Tenn genannt hatte, schlenderte über die Werft.

Der Mann, der auch Coral hieß, seufzte, als er auch jetzt noch überall Spuren der Apokalypse entdeckte. Sehr viel mehr Menschen, als er vermutet hatte, waren seiner Aufforderung gefolgt. Und sie hatten beinahe den Sieg davongetragen. Doch das spielte keine Rolle, denn ihnen genügte die Selbstbestätigung, und dann starben sie gern. Wehmütig erinnerte sich der Mann an die Tage seiner Jugend, als Leben und Tod noch nicht von metaphysischen Überlegungen belastet waren.

Aber der Sieg, den der Osten davongetragen hatte, war ein sehr persönlicher Sieg. Nun, da er die Blüte der Menschheit ausgerottet hatte, gehörte ihm die Welt.

Der Mann erreichte die Stelle, an der einst das Grabmal von George XXVIII. gestanden hatte. Es war geschmolzen. Rechts davon befand sich eine kleinere Steingruft – die Ruhestätte von Sir Henry Limpkin.

Der Mann betrat das Innere. Es war dunkel, aber er benötigte kein Licht. Mit der Schwertspitze löste er die Deckel der drei Särge, in denen Limpkin ruhte – einer aus Eisen, einer aus Blei und einer aus Sandelholz. Er tastete den Toten ab und fand das Modell der *Victory* zwischen seinen Fingern.

Der Mann trug es hinaus ins Sonnenlicht. Er sah es bewundernd an, wie einst Sir Henry Limpkin. Er zog den rechten Handschuh aus und legte ihn auf einen Stein. Dann nahm er den goldenen Siegelring ab und schob ihn über den Bug des kleinen Modells. Verschlüsse schnappten. Der Mann empfand eine ungeheure Befriedigung. Er schleuderte das Schiff mit mächtigem Schwung in den Himmel.

Die Miniatur-*Victory* stieg auf, immer höher, bis sie nicht mehr zu sehen war. Eine Meile über der Werft detonierte sie.

Sie brannte mit der gleichen Intensität wie die Feuerkugeln, die das Bollwerk und den Kanonenhügel zerstört hatten.

Und über den Westbergen stiegen ähnliche Fackeln auf, zum Zeichen, daß die Nachfolger Salasars bereit waren.

ZWEITES BUCH

DIE RUINENWELT

(OUT OF THE MOUTH OF THE DRAGON)

»Und ich sah aus dem Munde des Drachen und aus dem Munde des Tieres und aus dem Munde des falschen Propheten drei unreine Geister gehen, gleich Fröschen; diese sind Teufelsgeister, die tun Zeichen und gehen aus zu den Königen der ganzen Welt, sie zu versammeln zum Streit auf jenen großen Tag Gottes, des Allmächtigen.

Und er hat sie versammelt an einem Ort, der da heißt auf hebräisch Harmagedon.«

Offenbarung, 16; 13, 14, 16.

»Und ich sah das Tier und die Könige auf Erden und ihre Heere versammelt, Krieg zu führen mit dem, der auf dem Pferde saß, und mit seinem Heer. Und das Tier ward gegriffen und mit ihm der falsche Prophet, der die Zeichen tat vor ihm, durch welche er verführte, die das Malzeichen des Tieres nahmen und die das Bild des Tieres anbeteten. Lebendig wurden diese beide in den feurigen Pfuhl geworfen, der mit Schwefel brannte. Und die anderen wurden erschlagen mit dem Schwert, das aus dem Munde ging des, der auf dem Pferde saß. Und alle Vögel wurden satt von ihrem Fleisch.«

Offenbarung, 19; 19, 20, 21.

»Und sie zogen herauf auf die Breite der Erde und umringten das Heerlager der Heiligen und die geliebte Stadt. Und es fiel Feuer vom Himmel und verzehrte sie.«

Offenbarung, 20; 9.

»Und das Wort, das geschrieben stand, erfüllte sich gemäß seiner Weisheit und Größe: Die Heerführer und ihre Scharen und alle Völker der Erde wurden vom Feuer umzingelt und verzehrt, so daß sie zerfielen in Staub und Asche.

Aber inmitten der Asche und der Berge aus Staub lebten Menschen, die hatten weder dem Mann auf dem Pferd noch dem Tier gehuldigt oder ihnen Treue gelobt. Und es kam die Zeit, da gründeten diese Menschen eigene Stämme auf der Erde und ernannten eigene Führer und begannen Götter zu verehren, jeder nach seiner Art.

Doch es waren Menschen der Asche und Völker der Asche, und wenig gedieh auf dem Land außer Haß und Verzweiflung. So lebten alle in der Hoffnung auf einen zweiten, endgültigen Streit, einen Streit, bei dem das Feuer alle verzehren würde und der Abgrund zwischen den Welten alles teilen und verzehren würde, selbst die Asche.«

Die Überlebenden, 17; 6, 7, 8.

»Doch abermals wurde die Menschheit gespalten und traf sich an dem Ort Harmagedon, wiewohl Tynemorgan genannt von den Männern Salasars, und abermals entbrannte ein Streit, und Licht besiegte das Dunkel, und abermals blieb die Asche und blieben die Menschen der Asche. Und bei ihrem Anblick ertönte jenseits der Sonne großes Wehklagen; Trauer floß aus dem Herzen Gottes in die Seelen der Aschevölker. Abermals jedoch verwandelte die Hoffnung auf eine Entscheidungsschlacht die Asche in Fleisch und Blut.«

Buch Erics, 2; 37.

»Wer sind diese Menschen?« fragte er mich mit angstverzerrter Miene. »Sie kommen in unsere Städte und Häuser, und unsere eigenen Brüder nehmen ihre Art an, klammern sich wie Besessene an Ideen, deren tieferen Sinn ich nicht zu ergründen vermag. Wer sind sie?« fragte er wieder.

»Ich weiß nicht.«

»Mein eigener Bruder!« fuhr er zornig fort. »Wirft einen einzigen Blick auf diesen Bettler und wirkt von da an wie — wie . . . Und dann taucht die Flotte auf, mit all diesen Schiffen, und er geht fort, ohne ein Wort des Abschieds an mich oder seine Familie. Gott, mit solchen Schiffen könnte man Völker beherrschen, jeden Thron der Erde erobern! Aber nein, er und die anderen, die uns verrieten, ziehen einfach in die Fremde.

Menschen, die ich durch und durch zu kennen glaubte – sie wenden sich ab und gehen. Wer sind sie?«

»Ich weiß nicht.«

Moreths Dialoge, Kap. IV.

»Die Kämpfe dauern an und verwandeln das Land in eine Staubwüste; alle Bücher sind vernichtet und mit ihnen viele der Künste, die der Mensch einst beherrschte.

Etwas, eine sonderbare Melancholie, hat von der Welt Besitz ergriffen, und das Streben der Menschheit ist ebenso dürftig und unfruchtbar geworden wie der Boden unter ihren Füßen. Nun geschieht es, daß sich die Heere, ausgesandt, um das Böse zu bekämpfen, auflösen, bevor sie das Schlachtfeld erreichen.

Und das Übel scheint nicht nur in der Erde und in den Herzen der Menschen zu nisten. Das Uhrwerk der Schöpfung steht still; Sternbilder tauchen nicht mehr zur gewohnten Stunde auf; der ewige Lauf der Jahreszeiten ist aus dem Rhythmus geraten; und selbst die Aussicht auf einen qualvollen Tod und Verdammnis verliert im Vergleich zur Perversität der Erde viel von ihrem Schrecken.«

Inschrift an einer Portalruine
der Schwarzen Bibliothek von
Iriam, Zeit unbekannt

1

Das Schiff war bei den Meadows schwer angeschlagen worden; seine Wunden leuchteten fahlgelb und rostrot in der Nachmittagssonne. Ein Jahr zuvor hatte es stolz die Goerlin-Mündung verlassen, inmitten einer Flotte aus Kreuzern, schnellen Zerstörern und einem Flugzeugträger. Achtzig Schlachtschiffe waren insgesamt an jenem Tag ausgezogen. Nun kehrte die *Havengore* allein zurück.

Man hatte noch einmal all den Wohlstand, die verblaßte Macht und die Tradition der Ozean-Republiken aufgeboten, um die Flotte auszurüsten; sämtliche Wappen der einst berühmten Seefahrer-Aristokratie waren vertreten. Sie alle glaubten, die richtige Seite gewählt zu haben, als sie zu den Meadows aufbrachen. Von Rechts wegen hätte keiner zurückkehren dürfen.

So hatten sie den Kampf aufgenommen und sich tapfer geschlagen; und jene leeren Seelen, die daheim geblieben waren, hatten nachts einen rötlichen Schein im Westen erblickt und das leise Vibrieren der Erde gespürt, obwohl die Meadows mehr als zweitausend Meilen entfernt lagen. Wenn es etwas gab, das die Zeit und die Schöpfung beenden konnte, dann mußte es diese Schlacht sein.

Sie, die leeren Geschöpfe, fühlten sich irgendwie getröstet, solange der Horizont von Rot gesäumt war und das Geschirr in den Schränken klapperte. Sie bildeten sich ein, daß sie die Lage unparteiisch beurteilen konnten, frei von dem Fanatismus jener, die dem Kriegsruf gefolgt waren. »Der Plan der Schöpfung«, schrieb Moreth in einem seiner letzten Dialoge (wie glatt ihm solche Phrasen aus der Feder flossen!), »besteht aus Form und Inhalt und einem Ziel, auf das die beiden ersteren Eigenschaften gerichtet sind. Das Ziel steht, so verlangt es die Natur der Sache, über dem Verständnis der Sterblichen. Der Inhalt ist die Geschichte; die Form, das läßt sich aus elementaren Dingen schließen, die Zeit. Die Zeit stellt im Grunde eine endliche Quantität dar, denn wenn man sie von ihren Grenzen loslöst, dann hört sie auf, Zeit zu sein und wird Ewigkeit, ungeachtet der Veränderungen, die sich in ihr abspielen.

Der Anbeginn der Zeit ist nicht festgehalten, da es damals noch keine Beobachter gab; aber nun, am Ende, gibt es Chronisten, Menschen wie mich, die getröstet und voller Ehrfurcht miterleben, wie ein glatter Schlußstrich unter die Schöpfung gezogen wird.

Wir finden Trost darin, daß dieser Schlußstrich unter Zeit und Universum dazu beiträgt, das Wesen des wahren Schöpfers zu erhellen, der jenseits der Zeit und des rein physischen Seins steht. All die brillanten Sophismen unserer klugen Atheisten sind ungültig geworden; die Worte der *Offenbarung*, des Buches *Erics*, und der *Überlebenden* haben sich erfüllt. Gewiß, sie schilderten andere Schlachten, die angeblich der Zeit ein Ende setzen würden, aber man kann dies den Verfassern kaum übelnehmen; Resignation und Weltekel hatten zu einer Fehleinschätzung geführt.

Nun jedoch, das steht fest, hat der Endkampf begonnen, und ich hege die feste Überzeugung, daß jene, die sich auf die Seite des Schöpfers gestellt haben, den Tag des Jüngsten Gerichtes herbeiführen werden.

Ich selbst bin nicht zu den Meadows hinausgezogen. Ich erwarte das Ende lieber in meinem Heim, umgeben von meinen Werken und Gedanken. Es ist sonderbar – obgleich ich die Lage kühl und objektiv abzuschätzen vermag, habe ich es nie fertiggebracht, mich einer Partei anzuschließen; vielleicht wird diese Apathie (ein besseres Wort finde ich nicht) mit ewiger Verdammnis bestraft. Oder könnte es sein, daß mir mein Ältester, der als Geschützoffizier mit der *Eringold* hinausfuhr, Rettung bringt? (Und meine beiden anderen Söhne? Ich fürchte, sie stehen auf der Seite des Feindes. Doch daran darf ich jetzt nicht denken.) Ich habe keine Ahnung, was aus mir oder meiner Seele wird, und im Grunde ist es mir auch gleichgültig. Wie die Verfasser des Buches *Erics* und der *Überlebenden* bin ich müde; ich habe das Gefühl, daß ich schon viel zu lange auf der Erde weile, so wie die Erde schon viel zu lange im Universum weilt.«

Als das einsame Schiff geschlagen in den Heimathafen einlief, stürzte sich Moreth in sein Schwert.

Von den Bewohnern der Stadt waren etwa vierzig Prozent daheimgeblieben, entweder weil sie sich nicht zu einer Entscheidung durchringen konnten oder weil sie ähnlich empfanden wie Moreth. Diejenigen, die nicht den Mut zum Selbstmord hatten, versammelten sich zögernd am Hafen – nicht um das Schiff zu begrüßen, denn sie wußten, was seine Rückkehr bedeutete: Die Zeit hatte immer noch kein Ende gefunden, und die Qualen der vergangenen Epochen gingen weiter.

Acht Monate hatte der übel zugerichtete Kreuzer für die Heimfahrt benötigt. Hin und wieder setzte er eine Handvoll Leute an der Küste ab, hin und wieder ankerte er, damit die Besatzung die schlimmsten Lecks notdürftig flicken konnte. Fünfhundert Menschen befanden sich an Bord – Menschen, die immer noch nicht wußten, ob sie oder ihre Anführer sich falsch verhalten hatten.

Das Schiff glitt mit drei Knoten Geschwindigkeit an der Mole vorbei, und sein verstümmelter Rumpf wühlte das ruhige Wasser auf. Ein Geschützturm fehlte ganz; die Kommandobrücke dahinter war eingestürzt. Im anderen Geschützturm steckte noch der verbogene Flügel eines Sturzbombers, der den Kreuzer gerammt hatte. Drei Lecks zeigten sich oberhalb der Wasserlinie, und der Kran am Steuerborddeck war so geknickt, daß seine Spitze ins Meer hing. Große rußgeschwärzte Flächen zeugten von den Bränden, die an Bord gewütet hatten. Von den insgesamt sieben Flaggen der Ozean-Republiken waren zwei übriggeblieben. Sie hingen schlaff auf Halbmast.

Es war sehr still. Nicht einmal die Möwen hießen die Heimkehrer willkommen. Als die Flotte vor mehr als einem Jahr hinausgezogen war, hatten ganze Schwärme der weißen Vögel sie begleitet. Nun starrten schweigende Menschen dem Schiff entgegen. Sie sahen aus, als hätten sie seit Monaten nicht mehr geschlafen. Das einzige Geräusch kam von den Pumpen, die zu verhindern suchten, daß die *Havengore* noch mehr Schlagseite bekam.

Niemand wußte so recht, was er tun sollte – weinen, Selbstmord begehen oder einen Schuldigen suchen, irgendeinen Schuldigen. Immerhin, die Männer an Bord des Kreuzers hatten nicht aufgegeben. Sie kümmerten sich um das Schiff, ließen nicht zu, daß es sank. Sie steuerten es durch den Hafen zu dem schmalen Wasserarm, der parallel zur Goerlin-Mündung verlief. Die Turbinen schwiegen, der Anker senkte sich rasselnd in die Tiefe. Als der Abend hereinbrach, ruhte die *Havengore* mit einigermaßen geradem Kiel im Sand.

Gegen Mittag des nächsten Tages hatte man die Toten von Bord geschafft. Auch die meisten Lebenden waren gegangen. Lediglich ein Teil der Besatzung wollte bleiben – vorübergehend.

Der Schock, daß die Schlacht auf den Meadows nicht den ersehnten Weltuntergang herbeigeführt hatte, lähmte die Stadt und ihre Bewohner über ein Jahr. Dann, gestützt auf Bibelsprüche oder einfach mit einem resignierten Fluch auf den Lippen, gingen die Menschen an den Wiederaufbau.

Abgesehen von der Landwirtschaft und einem kümmerlichen Handel gab es zwei große Vorhaben, welche die Stadt beschäftigten. Das eine war der Bau einer großen Kathedrale. Es handelte sich um eine logische Entwicklung, auch wenn man sie nicht unbedingt vorhergesehen hatte. Als sich die Leute allmählich wieder an die Welt gewöhnten, in der sie leben mußten, als sie den Wind durch die leeren Häuser und über die einsame Erde heulen hörten, da fanden sie zurück zum alten Glauben. Vielleicht hatten jene, die ausgezogen waren, um die Zeit zu beenden, in Sünde gelebt; vielleicht war ihr Plan daran gescheitert . . .

Zudem, wenn man sein Leben und Streben der Ehre des Schöpfers widmete, dann waren die Gedanken an die Zukunft etwas weniger bitter. Männer, welche die Schlacht auf den Meadows an den Rand des Wahnsinns getrieben hatte, begannen ihre Erlebnisse mit anderen Augen zu sehen. Und je höher die Kathedrale wuchs, desto seltener wurden die Spekulationen um ein mögliches Versagen des Schöpfers.

Die Kirche entstand auf einem Hügel westlich der Stadtmauer. Von ihren Stufen führte ein breiter, marmorgepflasterter Weg durch das Artillerie-Tor zur Sieger-Allee mit ihren Säulen und Denkmälern und weiter zum Hafen hinunter, vorbei an der Mole zum Meer.

Es bürgerte sich ein, daß die Reichen und Vornehmen der Stadt an lauen Sommerabenden diesen Weg entlangschlenderten, über ein buntes Glasfenster von Ihetah-Incalam oder eine besonders schöne Kunstschmiedearbeit von Neu-Svald plauderten und den Fortschritt der Kathedrale bewunderten. Man traf sich hier, weil vom Meer her eine kühle Brise wehte und den Gestank der Innenstadt vertrieb, und man blieb bis zum Einbruch der Dunkelheit, um nicht den verwahrlosten Hafen und die leeren schmutzigen Gassen sehen zu müssen.

Die Menschen gingen nur selten zum Hafen hinaus, und der kurzzeitig aufgeblühte Seehandel schlief rasch wieder ein. Die Stadt kapselte sich noch stärker als zuvor von der übrigen Welt ab; nur gelegentlich zogen Karawanen aus, um die Dinge zu beschaffen, die man nicht selbst herstellen konnte.

Wenn man von der Kathedrale absah, herrschte eigentlich nur am alten Marine-Dock Aktivität. Von dort fuhren regelmäßig Boote und Flöße zum Liegeplatz des alten Schlachtkreuzers hinaus. Es waren vor allem die Kriegsveteranen und die Matrosen, die dem Schiff die Treue hielten. Sie arbeiteten lieber mit Stahl als mit zerbrechlichem Glas und verschnörkelten Eisengittern. Die anderen, die den Weg zu den Meadows nicht angetreten hatten, widmeten sich ganz der neuen Kirche; vielleicht versuchten sie zu beweisen, daß auch sie eine Bindung zum Schöpfer gefunden hatten und deshalb auf Gnade hoffen konnten, wenn es zur *wirklichen* Schlacht von Armageddon kam.

Nach zehn Jahren hatten sie die Grundmauern des Kirchenschiffs aufgerichtet. Die Arbeiten am Kreuzer waren inzwischen so weit gediehen, daß er sich wieder in einem einigermaßen seetüchtigen Zustand befand. Aber das kümmerte kaum jemanden. Gewiß, es war ein heftiger Streit entbrannt, als die Stadtväter plötzlich Besitzanspruch auf den Metallgiganten erhoben. Als die Kriegsveteranen jedoch mit zwei Zwölf-Zentimeter-Geschützen vor der Kathedrale erschienen, gaben die Ratsmitglieder nach. Das einzige Opfer des Zusammenstoßes war ein Zugpferd, das sich den Strapazen nicht gewachsen zeigte.

Die Seefahrer bekundeten ihre Absicht, zu den Meadows zurückzukehren und dort erneut ein Heer zu sammeln. Die Stadt ließ den verrosteten alten Kahn und seine fanatische Besatzung getrost ziehen. Seit der Heimkehr des Kreuzers vor gut elf Jahren war der messianische, alles verzehrende Glaube, der die Menschen ursprünglich zu den Meadows hinausgetrieben hatte, stark verblaßt.

Die Kathedrale milderte nicht nur den Schmerz über das Versagen der Flotte, sonder weckte neue, hehre Gedanken, die beruhigten und einen bequemen Abstand zur rauhen Wirklichkeit schufen.

Es war zu Beginn des Herbstes, als das große Schiff mit qualmenden Schornsteinen an der Mole vorbeizog. Keine Fahnen wehten, und niemand nahm Abschied von den Kämpfern. Man vergaß die *Havengore* schnell; die Stadt setzte ihre Politik der bewußten und unbewußten Abkapselung fort und konzentrierte sich ganz auf den Bau des Gotteshauses.

Die Kathedrale war hundert Jahre später vollendet – zwei Jahrzehnte vor dem berechneten Termin. Natürlich hatten die Ausgaben die ohnehin schon schwache Wirtschaft völlig ruiniert; aber der Glanz des Bauwerks blendete die Betrachter, so daß sie die schäbigen, verfallenen Häuser und den Schlamm im Hafenbecken nicht sahen.

Es gab eine Art Ausgleich. Da die Kathedrale mit Recht als ein Meisterwerk der Architektur und Kunst ihrer Epoche galt, kamen von nah und fern Pilger angereist, um sie zu bewundern. Und eben diese Pilger verhinderten die völlige Isolierung der Stadt.

Nach den Berichten der Fremden hatten im Laufe der letzten hundert Jahre zwei große Schlachten auf den Meadows stattgefunden, die zwar tödlich für alle Beteiligten, nicht aber für die Erde ausgingen. Selbstzufrieden konstatierten die Bewohner der Stadt, daß sie klug genug gewesen waren, sich von diesen Kämpfen fernzuhalten.

Und immer noch gab es einige Unbelehrbare, die an den bevorstehenden Weltuntergang glaubten. Hin und wieder sah man am westlichen Horizont einen orangeroten Schein, und die Votivlampen in der Kathedrale begannen zu schwingen, obwohl kein Luftzug herrschte.

2

Der alte VanRoark hatte sein Leben lang in der Nähe der Kathedrale geweilt, erst als Steinmetzlehrling und -geselle, später dann als Subdiakon. So nahm es nicht wunder, daß er eine gewisse Ähnlichkeit mit dem Bauwerk aufwies – ruhig, unerschütterlich und erfüllt von dem Gedanken an die Ewigkeit. Ihm fiel es nicht schwer, das Gewäsch primitiver Pilger und das Schwingen der Lampen während des Gottesdienstes zu ignorieren. Das Auftauchen von Kriegsveteranen oder neu angeworbenen Kämpfern, die zu den Meadows eilten, der dunkle Rauch von Schiffen, die unsichtbar unterhalb des Horizonts dahinzogen, ja nicht einmal das silbrige Glitzern von Flugzeugen am Himmel vermochten seine Selbstsicherheit zu erschüttern.

Wenn man in Betracht zog, daß seine Gemahlin die gleichen Anlagen aufwies, war es eigentlich ein Rätsel, warum der junge Amon VanRoark nicht in die Fußstapfen seiner Eltern trat. Mochte es der schädliche Einfluß der Pilger sein, die in Scharen die Kathedrale umlagerten, oder einfach eine ungewöhnlich rege Fantasie – der Junge befaßte sich am liebsten mit den Schattenwelten der Vergangenheit und ihren Ruinen. Das alte Marinedock mit seinen eingefallenen Werften, mit seinen modrigen Barkassen und Schleppbooten faszinierte ihn weit mehr als die kühle, majestätische Stille der Kathedrale und der liturgischen Bibliothek. Er trieb sich so oft an der Nordseite des Hafens und bei den Wracks am Ufer des Goerlin-Flusses herum, daß die Leute allmählich über ihn zu tuscheln begannen.

Die immer noch brauchbaren Reste einer hochentwickelten Technik inmitten von Kulturen, die langsam, aber sicher dem Untergang entgegendämmerten, verliehen der Welt, zumindest in VanRoarks Augen, einen Hauch von Surrealismus. Man gewann fast den Eindruck, als sei die Zeit irgendwie ins

Stocken geraten und wüßte nun nicht, ob sie ihren Lauf fortsetzen oder endgültig abbrechen sollte. Wenn Amon an solche Dinge dachte, überkam ihn ein schmerzhaftes Gefühl der Verlassenheit.

Aus diesem Grunde begnügte er sich meist damit, die Ruinen zu durchstreifen, die glatten Stahlwände der Schiffe zu berühren und von den Tagen zu träumen, als die Seefahrer alle Meere der Welt durchquert hatten.

So erreichte Amon VanRoark sein neunzehntes Lebensjahr. Der Frühling hatte verspätet eingesetzt, und das Meer war noch in Winterstimmung. Draußen an der Mole schäumte die Brandung; das bleigraue Wasser wirkte unruhig. Amon, der auf den mächtigen Stufen der Kathedrale stand und durch das Artillerie-Tor zum Hafen hinunterspähte, entdeckte am Horizont eine dünne Rauchsäule.

Eine Zeitlang starrte er den dunklen Qualm an und überlegte, wohin das unsichtbare Schiff wohl ziehen mochte; dann erkannte er, daß sich die Rauchsäule nicht auflöste, sondern näher kam, auf den Hafen zu. VanRoarks Herz klopfte schneller; er hatte noch nie ein seetüchtiges Schiff gesehen, das mit Dampf betrieben wurde. Vor langer Zeit, das wußte er aus den Erzählungen seines Vaters, war ein bewaffneter Trawler von Neu-Svald in den Hafen eingelaufen, übel zugerichtet von Küstenbatterien und Panzerschiffen Enadors. Sein Wrack lag an der gleichen Stelle, an der jener Kreuzer vor mehr als hundert Jahren für kurze Zeit am Marinedock geankert hatte.

Amon rannte in die Kathedrale, um seinem Vater die Neuigkeit zu melden. Aber der alte VanRoark meinte nur: »Kein Grund zur Aufregung, mein Junge! Es ist nicht das erstemal, daß Schiffe unsere Stadt ansteuern, und es wird leider auch nicht das letztemal sein. Wenn das Ding irgendeine Gefahr darstellt, so muß eben unsere Miliz handeln.«

Der junge Mann wies darauf hin, daß der Hafen in seinem augenblicklichen Zustand wohl keine Anziehungskraft auf Kaufleute ausübte und daß die armselige Bürgerwehr machtlos gegen die Waffen eines Schiffes aus der alten Zeit war.

Sein Vater lächelte nur herablassend und entgegnete, er müsse nun die Abendmesse vorbereiten.

Amon versuchte die Rede auf die Meadows-Schlachten zu bringen, aber der Blick des alten VanRoark ließ ihn verstummen. »Nicht an diesem Ort!« sagte der Subdiakon streng.

Amon verließ fluchtartig die Kathedrale und rannte die Stufen zum Artillerie-Tor hinunter, teils weil er befürchtete, einen Frevel begangen zu haben, teils aber auch, um die Ankunft des fremden Schiffes nicht zu versäumen.

Als er den Hafen erreichte, war der Fremdling noch etwa fünf Meilen von der Mole entfernt. Der mächtige graue Bug durchpflügte die schaumgekrönten Wogen. Je näher das Schiff kam, desto besser konnte man die Decksaufbauten erkennen. Ein Doppelgefechtsturm befand sich an der Mittellinie, direkt unter der Kommandobrücke; an den Flanken waren in regelmäßigen Abständen Kanonen postiert.

Eine Meile vom Hafen entfernt drehte das Schiff bei und ging vor Anker. Der Kapitän hatte offensichtlich Bedenken, so kurz vor Einbruch der Abenddämmerung in einen unbekannten Kanal einzufahren. VanRoark schätzte, daß der Kahn früher einmal ein bescheidener Frachter gewesen war; nun jedoch, da seit mehr als einem halben Jahrhundert kein dampfbetriebenes Schiff die Ostküste angelaufen hatte, wirkte er wie ein Gigant. Amon überlegte, woher das Schiff kommen mochte. Von den Dresau-Inseln – oder gar von noch weiter draußen? Es war alt, allem Anschein nach älter als die Kathedrale. Rost- und Ölstreifen zogen sich die Flanken entlang. In den Backbord-Davits hingen keine Rettungsboote; dafür befand sich auf dem Achterdeck eine ziemlich große Barkasse, die am Frachtkran befestigt war. Man hatte sie nachträglich mit Waffen ausgerüstet, deren Umrisse sich deutlich unter der verdreckten Persenning abhoben.

Allerdings ließ sich trotz des Schmutzes und trotz der primitiven Schweißnähte am Außenrumpf die elegante Form des fremden Schiffes nicht verleugnen. Amon bedauerte fast, daß es nicht mit seiner Epoche untergegangen war; es paßte irgendwie nicht in diese Zeit des Verfalls.

Das Abendessen fand in einer gespannten Atmosphäre statt. Amons Eltern hatten – wie übrigens die meisten Bewohner der Stadt – beschlossen, keine Notiz von der Ankunft des Schiffes zu nehmen, obwohl seine Scheinwerfer draußen auf dem Wasser nicht zu übersehen waren. Da keine Gefahr von dem Fremdling auszugehen schien, konnte man ihn ohne weiteres aus den Gedanken verdrängen.

Im Laufe des Abends wuchs Amon VanRoarks Verzweiflung. Bis jetzt hatte er harmlosen Träumereien nachgehangen, wenn er das Marinedock durchstreifte oder die Inschriften auf den Monumenten der Sieger-Allee zu entziffern versuchte. Aber nun konnte er die Augen nicht mehr vor der Wirklichkeit verschließen. Kindheitsmärchen und die Geschichten der Pilger kamen ihm in den Sinn; die Ruinen seiner Welt erschienen ihm nicht mehr so selbstverständlich wie bisher.

Sein Zimmer lag im dritten Stock des VanRoark-Stadthauses (als Kirchenbeamter verfügte sein Vater über ein nicht zu knappes Einkommen). Leider ging das Fenster zur Bucht hinaus, und er sah die ganze Nacht die Scheinwerfer des fremden Schiffes. Der Himmel war von Sternen übersät, doch sie kamen nicht gegen das helle Strahlen des elektrischen Lichts an. Früher einmal, dachte Amon, bevor er einschlief, früher hatte es überall in der Stadt elektrisches Licht gegeben. Aber das war lange her, mindestens hundert Jahre. Wie kalt und hart es brannte, so ganz anders als die rötlich flackernden Talglampen, die man jetzt benutzte ...

Gegen vier Uhr morgens, als der erste Dämmerstreifen am Horizont die Umrisse des Schiffs hervorhob, schloß VanRoark die Augen. Und er spürte eine Bewegung, die von der See und dem Schiff ausging; sie überrollte die Stadt und drängte nach Westen, auf die Meadows zu. Es war keine echte Bewegung, und sie streifte die Stadt nur. Aber sie berührte VanRoarks Innerstes und wühlte es auf, denn sie stellte plötzlich alles in Frage – seine Bildungswerte, sein Gesellschaftssystem, die Kathedrale. Ganz allmählich entstand in ihm ein Zeit- und Geschichtssinn; Begriffe, die zusammen mit den alten Schiffen und dem elektrischen Licht verschwunden waren.

3

Der junge VanRoark arbeitete als Kartograf in einem der letzten Unternehmen dieser Art; eigentlich war es ein Wunder, daß die Firma noch existierte, denn kaum jemand brauchte heutzutage Karten.

Aber hier an seinem alten Schreibtisch, umgeben von moderigen Schriften und Skizzen, hatte Amon VanRoark seine Skepsis gegenüber der Umwelt entwickelt. Es faszinierte ihn, die vergilbten wurmzerfressenen Blätter mit Arbeiten neueren Datums zu vergleichen; kein Wunder, daß die Kartenmacher es aufgegeben hatten, ihre Zeichnungen wirklichkeitsgetreu zu gestalten: Selbst die ältesten und besten Karten wiesen innerhalb weniger Jahrzehnte erschreckende Unstimmigkeiten auf. Mas Magnetfeld der Erde beispielsweise hatte sich in den vorausgegangenen dreihundert Jahren mindestens zweimal völlig verändert. Und auch der Nachthimmel wies andere Konstellationen auf als etwa in der Jugend seines Vaters.

VanRoark war, um den Hafen zu meiden, auf Umwegen zum Büro gelangt. Aber seine Gedanken kreisten unaufhörlich um das fremde Schiff, und gegen Mittag hielt er es nicht länger aus; er verzichtete auf die Lunchpause und schlenderte zum Admiralitätsplatz hinunter.

Vor dem Bau der Kathedrale, als der Seehandel noch eine gewisse Rolle spielte, hatte dieser Platz als Treffpunkt der Stadtbewohner gegolten. Nun jedoch wuchs Unkraut zwischen den Marmorplatten, und blaugrüne Flechten überzogen die hohe Säule, die man zum Gedenken an ertrunkene Seeleute errichtet hatte. Aber trotz des Gestanks, der zur Zeit der Ebbe herrschte und der mit dem Verschlammen des Hafenbeckens von Jahr zu Jahr stärker wurde, kamen auch heute noch viele Menschen hierher – Angehörige der einfachen Schichten, die sich in der strengen Pracht der Kathedralenparks nicht wohl fühlten, aber auch die Nachkommen der alten

Seefahrer-Familien, die vom Glanz der vergangenen Epochen träumten.

VanRoark warf einen kurzen Blick auf das Denkmal mit den vier Meeresdrachen, dann starrte er auf das Wasser hinaus, das fremde Schiff lag immer noch vor Anker. Aber seine Aufmerksamkeit wandte sich rasch wieder dem alten Dock zu, das am Südende des Platzes begann und sich bis zum Geschäftsviertel der Stadt erstreckte. Ein unbekanntes Boot hatte dort angelegt; VanRoark war sicher, daß es sich um die Barkasse handelte, die er am Achterdeck des Schiffs gesehen hatte.

Er trat näher. Ohne Zweifel, die Barkasse kam von dem fremden Schiff. Sie war motorbetrieben, und ihre Linien hatten nicht die geringste Ähnlichkeit mit den ihm bekannten Booten. VanRoarks Erregung wuchs, als er merkte, daß sich die Barkasse in einem ausgezeichneten Zustand befand. Sie wies nirgends Rost auf; an den wenigen Stellen, wo die Farbe abgeschürft war, kam das blanke Metall zum Vorschein. Das Boot führte keine Geschütze mit sich, und nichts deutete darauf hin, daß es je bewaffnet gewesen war. Die ganze geballte Energie des Schiffs steckte in den Motoren. VanRoark sah förmlich, wie der schlanke Bug die Wellen durchschnitt und das Kielwasser aufschäumte.

Doch in diesem Moment riß ihn eine Bewegung auf dem Platz aus seinen Träumereien: Eine Gestalt hatte die Säule mit den vier Meeresdrachen erklommen. Matrosen schlenderten näher, um das Schauspiel zu betrachten.

Es handelte sich um einen hochgewachsenen, hageren Mann in einer losen Kutte. Das Haar hing ihm in langen Strähnen über den Rücken und die Schultern. Doch das alles nahm Amon VanRoark nicht wahr. Er fühlte sich magisch angezogen von den Augen des Fremden, in denen ein glitzerndes, kaltes Feuer brannte. Diese Augen . . .

VanRoark stolperte vorwärts, ohne zu wissen, was er tat. Er sah nicht, daß er sich inmitten einer Menschentraube befand. Er spürte, wie ein neues Gefühl in ihm keimte, so unendlich fremdartig und verwirrend, daß es sich wie in einem

Nebel verlor. Amons Atem ging stoßweise, und ihm schwindelte, als ginge er auf dem dünnen Grat einer Felsklippe, umgeben von Wolken und Wasser.

Vor dem Monument blieb er stehen. Er wußte, wer der Mann war. Timonias. Sein Name schwebte über der Menge. Amons Gesichtsfeld verzerrte sich, besonders an den Rändern. Das Graugrün der Stufen und der Meeresdrachen schien mit dem grellen Weiß von Timonias' Kutte zu verschmelzen. Worte und Gedanken flirrten und kreisten außerhalb VanRoarks plötzlich so verengter Welt; nur eine Stimme und eine Idee und eine Person durchdrangen ihn jetzt. Er klammerte sich an Timonias, an sein Gesicht, seine Hände, seine Augen, Er wußte nicht, wer Timonias war, aber er kannte ihn.

Dann bewegte sich die Hand, weißer als die Kutte, und verharrte in Höhe der glitzernden Augen. VanRoark vernahm eine Stimme, die ohne Worte und ohne jeden Laut auskam.

Staub, und dann, aus Staub geformt, Sterne und Planeten; der Plan der Schöpfung lag ausgebreitet auf dem winzigen Raum zwischen Timonias' Hand und seinen Augen. Dann rollte die Geschichte ab; Dinge, die Amon VanRoark in mühevoller Kleinarbeit zu ordnen versucht hatte, standen mit einemmal im Zusammenhang da, hämmerten auf ihn ein, drängten ihn bis an die Grenzen der Zeit.

Er hörte nichts, dessen war er sich ziemlich sicher; aber wie der Name des Mannes kam das Wissen zu ihm, tauchte aus einer bis dahin unbekannten Schicht und schwebte da, schwer zu fassen und zu umreißen. Man konnte es lediglich aus der Ferne betrachten und versuchen, es an die Erinnerung zu ketten.

Schlachten, große Städte, die Eroberung der Sterne und dann ein Rückzug; wirbelnde Gestalt und unaufhaltsame Tragödien erfüllten einen Moment lang den Admiralitätsplatz, um dann wieder zu versinken. Aufstieg und Fall, Zerstörung und sinnlose Wiedergeburt: All dies zog an ihm vorüber, und er erkannte, daß nicht immer Wracks in den schlammigen Uferniederungen des Goerlin gelegen hatten, daß es auf der Erde nicht immer Ruinen gegeben hatte. *Das* blieb in seinem

Gedächtnis haften; und *deshalb* war ein Weinen in seinem Innern, ein Schmerz, über den er nie mehr hinwegzukommen glaubte.

Timonias sprach weiter; das Weinen verstummte, und Amon verhärtete sich gegen den Schmerz. Nun rollten die Bilder rascher ab, wirkten surrealistisch. Die Worte des Propheten wirbelten und funkelten wie blaue Diamanten und dunkle Opale. Dann kam die Hoffnung, das Versprechen von Frieden und einem Ende, einem triumphalen, beglückenden Ende des Universums.

Eine Sekunde lang löste sich VanRoark, betrachtete mit einer Art perversem Stolz die abgerundete Szene, die herrliche Vollkommenheit, welche Zeit und Geschichte durch die Worte und Gesten des Propheten plötzlich erhalten hatten.

Dann verblaßten die Gedanken und trieben fort wie Sand. Nur ein paar Körner blieben – aber sie genügten.

4

VanRoark kehrte langsam in die Wirklichkeit zurück; sein Gedächtnis suchte und fand die winzigen Fragmente der Begegnung. Timonias war fort, so die Barkasse und die Matrosen. Noch lag das große Schiff draußen vor Anker, aber aus seinen Schloten stieg dunkler Qualm und verriet, daß es bald auslaufen würde.

Amon stand vor dem Monument mit den Meeresdrachen. Der Admiralitätsplatz war wie leergefegt. Über die Marmorplatten fielen lange Schatten; die Sonne hatte den westlichen Horizont erreicht.

Weit entfernt erhoben sich die Türme der Kathedrale mit ihren glitzernden Kreuzen und Sternen. Sie schienen den Sonnenball aufzuspießen. VanRoark überlegte, wie lange er hier schon stehen mochte. Er wußte nicht einmal, ob es der gleiche Tag oder das gleiche Jahr war. In seinem Innern herrschte Chaos; keiner der Eindrücke hatte sich in erkennbarer Form erhalten. Aber sein Herz war noch aufgewühlt von ihrem brutalen Eindringen.

So wanderte er verwirrt durch die toten Straßen und versuchte, aus den Ruinen ein Stück Wahrheit herauszulesen. Die Sonne war untergegangen. Im fahlen Licht der Sterne nahmen die verwitterten Holz- und Steinfassaden einen seltsam metallischen Glanz an. Und dann, als er an den ausgetrockneten Brunnen der Sieger-Allee vorbeikam, stiegen die wirren Gefühle plötzlich an die Oberfläche. Er begann zu zittern und rannte in blinder Angst durch die dunkle Stadt.

5

Einen Tag nach dem Auftauchen des Propheten gelang es Amon VanRoark bereits wieder, über sich selbst zu lächeln. In einem Winkel seines Gehirns gab es wie durch ein Wunder noch Skepsis. Und während VanRoark in seinem Zimmer auf und ab ging und überlegte, was er mitnehmen sollte, wenn er zu den Meadows aufbrach, fragte der winzige Teil in seinem Innern, weshalb es auf den Straßen nicht von Menschen wimmelte, die wie er die Stadt verließen, um sich dem Heer ihrer Wahl anzuschließen.

Aber das Leben in der Stadt nahm seinen normalen Gang – fast zu normal, als bemühten sich die Menschen, die außerordentlichen Geschehnisse des Vortags aus ihrem Gedächtnis zu streichen. Die Apathie, die für gewöhnlich vorherrschte, schien mit einemmal Mühe zu kosten. Die Scharen von Stromern und Gescheiterten, die in den Ruinen um das Artillerie-Tor ihre Schlafplätze hatten, bewegten sich unruhig und kniffen die Augen fest zusammen, als hätten sie Angst, den neuen Tatsachen ins Gesicht zu sehen.

Ein fremder Hauch war durch die Stadt gegangen, daran bestand kein Zweifel, aber VanRoark hörte auch nicht ein Wort über die beiden Schiffe oder den Propheten Timonias. *Vielleicht*, dachte er, *kämpft jetzt jeder seinen eigenen Kampf und versucht sich darüber klarzuwerden, ob er auf der Seite des Guten oder des Bösen steht; in wenigen Tagen wird überall in der Stadt fieberhafte Aktivität herrschen. Gleichgesinnte werden sich finden und gemeinsam losziehen, um ihr Versprechen einzulösen.*

Aus diesen Überlegungen heraus verschob VanRoark seinen Aufbruch nach Neu-Svald erst um ein paar Tage, dann um eine Woche. Aber anstatt etwas zu unternehmen, igelten sich die Bewohner noch stärker ein als sonst und gingen verbissen ihren Alltagsbeschäftigungen nach, bis sie die Gedanken, die in ihnen wühlten, endgültig verdrängt hatten. Zwei Wochen nachdem Timonias die Stadt besucht hatte, lief alles wieder seinen gewohnten Gang. Man hatte das Ding besiegt, das den jungen Mann nicht loslassen wollte, hatte es unterdrückt, bis es sich ins Unterbewußtsein zurückzog und dort ein Schattendasein führte.

Während die Stadt das Wort des Propheten vergaß, klammerte sich VanRoark um so stärker daran. Er begann zu fürchten, daß die Schlacht auf den Meadows irgendwie ohne ihn beginnen könnte. Er hatte versucht, mit seinem Vater über Timonias zu sprechen, aber er stieß auf eine solche Barriere der Unaufmerksamkeit, daß er rasch aufgab. Die Haltung seines Vaters bekümmerte ihn. Feindseligkeit oder ein Zornausbruch – das hätte zumindest bedeutet, daß der alte VanRoark für die eine oder andere Seite Partei ergriff. Aber dieses Nichts: »Hast du ihn gesehen, Vater? Haben dir die Gläubigen von ihm erzählt? Hast du die beiden Schiffe gesehen? Das kleine Schnellboot am Kai und den riesigen Dampfer, der draußen ankerte?« Irgendwie kehrte die Unterhaltung immer zu Themen wie dem bevorstehenden Fest des heiligen Mathiason zurück oder den Plänen des Stadtrats zum Ausbaggern des Hafenbeckens.

Eine kalte Wut stieg in Amon VanRoark hoch. Am liebsten hätte er jedem Vorübergehenden die Worte des Propheten entgegengeschleudert. Doch diese Anwandlung ließ rasch nach, einfach deshalb, weil er zu sehr mit sich selbst beschäftigt war, um auf die Gedanken und Gefühle der anderen zu achten. Außerdem wußte er ganz genau, daß er es niemals fertigbringen würde, seine Erkenntnisse anderen Menschen mitzuteilen; das konnte nur Timonias, und der war fort.

So stand er eines Morgens allein am Artillerie-Tor, umgeben von grauen, feuchten Nebelschwaden. Hinter ihm ragte die gewaltige Kathedrale auf; die Votivlampen pendelten schon seit vielen Jahren nicht mehr. Vor ihm lag die Sieger-Allee. Ihre Ruinen und bröckeligen Monumente versanken im Dunst.

VanRoark hatte erwogen, sich von ein paar Bekannten zu

verabschieden, besonders von einem Mädchen. Sie lebte im Thurber-Bezirk, einem Viertel, in dem einst die Gesandten und Botschafter fremder Nationen ihre Paläste gebaut hatten. Der Distrikt war bekannt für seine exzentrischen, um nicht zu sagen: kauzigen Bewohner, und das Mädchen gehörte zu ihnen. Aber VanRoark wußte, daß er ihr von seinen Plänen erzählen würde, um ihr zu imponieren, und dann konnte es geschehen, daß sie ihn zum Bleiben überredete. Zudem fiel es ihm schwer, über diese Dinge zu sprechen, auch mit ihr.

Seine Eltern waren durch das Mathiason-Fest voll in Anspruch genommen. Sie vermißten ihn ohnehin nicht. Und echte Freunde hatte er kaum. Nur das Mädchen . . .

Wenn er an sie dachte, spürte er einen bohrenden Schmerz. Ob sie auch auf dem Admiralitätsplatz gewesen war und die Worte des Propheten gehört hatte? Und welche Partei mochte sie ergriffen haben?«

Er blieb in der Nähe des Artillerie-Tors, bis sich der Nebel gelichtet hatte. Insgeheim hoffte er, daß die Stadt plötzlich aus ihrer Starre erwachen und sich ihm anschließen würde. Aber nichts geschah. Die feuchtwarme Luft lastete reglos über dem Platz.

Früher einmal, als die Sieger-Allee nicht an den Stufen der Kathedrale geendet hatte, sondern Teil einer mehr als tausend Meilen langen Handelsroute war, die durch die Große Ebene nach Westen führte – damals hatte es einen äußerst fruchtbaren Landstreifen gegeben, der sich von den Ozean-Republiken parallel zur Küste bis an die Talbight-Mündung erstreckte. Jan hatte ihn den Grüngürtel genannt, und hier waren die prächtigsten Blumen, das schönste Getreide und die schnellsten Pferde gediehen. Aber die zahllosen Kriege und Katastrophen hatten den Grüngürtel in eine Wüstenzone verwandelt. Im Winter fror der Boden metallhart; im Sommer gab es nichts außer Staub und zähen Seegrasbüscheln.

Nun war es Frühling, und das Gebiet hatte sich in einen Morast verwandelt. An VanRoarks Stiefeln und Hosenbeinen klebten Erdklumpen, und er kam nur langsam voran. Aber es gab für ihn keinen anderen Weg zu den Meadows.

6

Vier Tagesmärsche von der Stadt entfernt stieß VanRoark auf eine Karawane von Abenteurern aus dem Lande Raud. Die Männer waren unterwegs zu den Sümpfen von Enstrich, um den Paradiesvogel und eine seltene Reptilart zu fangen; die farbenprächtigen Federn und die mit Kristallen durchsetzte Schlangenhaut galten vor allem bei den Kriegsfürsten von Mountjoy und Mourne als Kostbarkeiten. Keiner der Leute hatte von dem Propheten Timonias gehört; ihre Gespräche kreisten stets um die gleichen Themen: Weiber, Saufgelage und die riesigen Gewinne, die sie einstecken wollten.

Manchmal, wenn ihm der Magen knurrte oder wenn er sich nachts schlaflos auf dem harten Lager wälzte und an sein Mädchen dachte, drohte VanRoark der Mut zu verlassen. Dann schnürte ihm ein trockenes Schluchzen die Kehle zu, und die zweifelhafte Sicherheit des Elternhauses erschien ihm begehrenswerter als je zuvor. Aber die Worte des Propheten trieben ihn weiter.

Allmählich verflachten die Bergkuppen, die den westlichen Horizont gesäumt hatten. Bei klarer Luft konnte man hin und wieder in der Ferne die graugrünen Umrisse eines Hochlands erkennen. Die Küstenlinie hingegen blieb zerklüftet, mit schroffen Klippen, die bis zu fünfzig Meter senkrecht ins Meer abfielen.

Der Trextel-Fluß, der im gleichen Seengebiet entsprang wie der wildere Shirka, ergoß sich durch einen eindrucksvollen, nahezu hundert Meilen langen Fjord ins Meer. An seiner eigentlichen Mündung weit landeinwärts hatte einst eine blühende Handelsstadt gelegen. Ihr Name war längst vergessen, aber ihre Ruinen riefen heute noch Bewunderung hervor. Die Festung Charhampton hingegen, die den Eingang der Meeresbucht bewachte, hatte allen Stürmen der Zeit getrotzt. Sie war in die Felsflanken der Nordhänge gesprengt und diente seit vielen Epochen als Garnisonsstützpunkt. Rußgeschwärzte Steine und Bombentrichter zeugten von der Bedeutung, die ihr zukam.

Heute lebten hier eine Handvoll Leute, entweder vom Fischfang oder vom Verkauf des Festungs-Inventars.

Die Karawane legte in Charhampton eine Rast ein. Am nächsten Tag wollte man mit einer Fähre zum Südufer des Trextel übersetzen. Die Echsenjäger verteilten sich für den Rest des Abends auf die diversen Bars und Spielsalons der Stadt oder suchten das einzige Freudenhaus des Ortes auf; sie luden VanRoark zum Mitkommen ein, aber seine puritanische Erziehung hielt ihn zurück. Zudem freute er sich auf einen Streifzug durch die ehemalige Festung, deren Stollen und Kaianlagen dem Ufer entlang bis zum Meer verliefen.

Viele der kleineren Batterien waren demontiert worden und befanden sich nun vermutlich auf irgendwelchen Burgen zwischen Enom und dem Nordkap. Aber es blieben mächtige Maschinen zurück, fest eingegossen in Betonsockel, deren Sinn heute niemand mehr verstand.

Amon sah sich in einem alten U-Boot-Bunker um, etwa eine Viertelmeile östlich der Stadt, als er auf Tapp stieß. Tapp war ziemlich betrunken, ein Zustand, an den VanRoark sich im Laufe der nächsten Monate gewöhnte.

»Guten Abend, Sir!« dröhnte plötzlich eine Stimme durch den riesigen Bunker. »Auf der Suche nach einem neuen Kommando?«

VanRoark fuhr erschrocken zusammen. Dann entdeckte er den schmächtigen Fremden auf einem der Wracks. Tapp hatte den Kommandoturm erklettert und umfaßte mit einer weitausholenden Geste den verbeulten und vielfach geflickten Rumpf.

»Ah, die Mannschaft hat sich bereits eingefunden«, erwidert VanRoark nach einer kleinen Pause.

»Aye, aye, Sir. Aber ich fürchte, wir werden unser Schiff vor der Reise noch gründlich überholen müssen.« Tapp brach in schallendes Gelächter aus.

Fasziniert und eigentlich gegen seinen Willen trat VanRoark

näher; er hatte bisher nichts Gutes über die Geschöpfe gehört, die in den Ruinen der toten Welt lauerten.

»Und wohin soll die Reise gehen, Mannschaft? Zur Blackwoods Bay, nach Duncarin oder auf die Insel Oromund?« VanRoark vermied es, den einen Namen auszusprechen, der ihm am meisten auf der Seele brannte.

Eine Pause, während das Lachen von den Felswänden widerhallte und schließlich durch die gesprengten Metalltüren ins Freie entwich. »Zu den Meadows, wohin sonst, Sir?« kam die leise Antwort. »Zu den Meadows . . .« Wieder klang das verrückte Gelächter auf. Der Fremde schwang einen kurzen Krummsäbel. »Zu den verdammten Meadows, Sir, wie alle meine idiotischen Vorfahren. Mein Urgroßvater und mein Großvater kehrten vom Schlachtfeld zurück. Nur Dad schaffte es, draußen zu sterben, wie es sich gehört.« Er senkte die Waffe und zerrte einen Weinschlauch aus dem Innern des alten Kommandoturms. »Ein Schluck gefällig?« murmelte er. Dann begann er wieder mit dem Säbel zu fuchteln, und sein Lachen scheuchte die Fledermäuse aus den Felsspalten. VanRoark fragte, ob das mit den Meadows ein Scherz sei.

»Scherz, hah! Der einzige verdammte Scherz ist — ist . . .« Er suchte ungeschickt nach Worten. »Der einzige Scherz ist, daß es uns überhaupt noch gibt!« Zufrieden, daß es ihm gelungen war, seinen Gedanken zu Ende zu führen, nahm er einen tiefen Zug aus dem Weinschlauch. »Sie verstehen, junger Mann?« Er hob ruckartig den Kopf. »Wie heißen Sie überhaupt?«

»Amon VanRoark.« Der Junge verbeugte sich leicht. »Und Sie?«

»Leutnant Tapp, Sir, bis vor kurzem Untertan des Königreiches Cynibal, ein treuer Diener Seiner Majestät Bournmouth des Dritten, auch genannt Eroberer der Welten und Stellvertreter des Schöpfers. Seit einiger Zeit auf der Flucht vor einer Anklage des Hochverrats im Zusammenhang mit dem Verschwinden der Fregatte *Toriman* und ihrem späteren Auftauchen unter der Flagge von Enador.« Er rülpste. »Im Augenblick, Sir, ein Wandersmann, ein Freund des Lachens und der

Einsamkeit.« Er gab seiner Stimme einen verträumten Klang, als versuchte er sich selbst einzureden, daß er die Seele eines Dichters besäße. Beeindruckt von der eigenen Gefühlstiefe, verlor er den Faden der Unterhaltung. »Wo war ich stehengeblieben, Sir?« fragte er mit schwerer Zunge.

»Sie sind Tapp, ein ...«

»Ganz recht, Tapp. Das war ich — bin ich. Sehen Sie, ich ziehe umher, ich beobachte alles und nichts. Meine Mutter erzählte mir immer, wie Dad zu den Meadows marschierte, Seite an Seite mit den jungen, tapferen Männern von Cynibal. Und daß er nicht zurückkehrte und daß ich mich darüber freuen sollte — weshalb, das weiß ich auch nicht ...«

Ein Lichtstreifen huschte über sein Gesicht, und VanRoark beugte sich unwillkürlich vor, um ihn näher zu betrachten. Tapp seufzte und fuhr ernst fort: »Und dann, Sir, zehn Jahre ist das her, kam ein Fremder nach Cynibal, ganz in Weiß gekleidet. Er berichtete, daß auf den Meadows eine Schlacht entbrannt sei und daß wir auch hinausziehen und mitkämpfen sollten, um unsere Seelen zu retten. Nun, Sir, ich wußte sehr wohl, daß sich drei meiner Vorfahren auf ein ähnliches Wagnis eingelassen hatten, daß sie vermutlich auf die gleichen falschen Propheten hereingefallen waren. Aber ich hatte nicht geahnt, daß die Macht von Worten so groß sein könnte. Und so folgte ich dem Mann mit dem festen Bewußtsein, daß *dies* die letzte große Geste der Menschheit war.

Ich verzichtete auf meine Karriere — zugegeben, dabei spielten auch andere Dinge eine Rolle — ließ meine verzweifelte Mutter und ein paar gebrochene Herzen zurück und ging mit einer Gruppe gleichfalls Verrückter nach Westen. Ein Jahr später hatten wir die Burn-Ebene erreicht, einen grauenhaften Ort, der bereits Schauplatz einiger Schlachten gewesen war. Der Boden dort ist ausgebrannt und tot, und die Berge sehen ganz glasig aus, als hätte man sie geschmolzen. Neben der Burn-Ebene, Sir, wirkt der Grüngürtel wie ein flammendes Paradies.« Er schüttelte den Kopf und nahm erneut einen Schluck. »Ein flammendes Paradies«, murmelte er.

»Und ich war nicht allein dort. Ein ganzes Heer hatte sich

versammelt — Männer, die wie ich die Absicht hegten, die Zeit und das Böse zu vernichten, auszurotten.« Seine Stimme stockte einen Moment lang. »Und, Sir, als wir von der Burn-Ebene zu den Meadows marschierten, da *spürten* wir — jawohl, wir *spürten* es — daß Gott mit uns war. Zwei Millionen Männer — so ungefähr jedenfalls — und wie mächtig wir uns fühlten! So verdammt gerecht und gut und — ah . . .!« Tapp knirschte mit den Zähnen. »Und doch drangen sie auf uns ein! Plötzlich waren sie da. Die ganze verfluchte Meute! Ich erlebte den Ansturm mit, Sir!« Er schlug sich mit der Faust gegen die Stirn und begann zu stöhnen.

VanRoark wollte gehen; der Fremde flößte ihm Angst ein. Aber nach einer Weile beruhigte sich Tapp, steckte den Säbel in die Scheide zurück und warf den leeren Weinschlauch in das träge Wasser. Er begann schwankend vom Kommandoturm zu klettern. Hin und wieder spuckte er aus; in seinem Speichel war Blut. VanRoark trat neben ihn und stützte ihn, und obgleich er Ekel vor dem Betrunkenen empfand, schleppte er ihn durch die Felsgassen von Charhampton bis zu der Kammer, die der Wirt in weiser Voraussicht für die alkoholumnebelten Mitglieder der Karawane hergerichtet hatte. Irgendwann mitten in der Nacht wurde VanRoark von einem wilden Geschrei geweckt, und er erkannte die Stimme von Tapp. Er wagte es nicht, sein Bett zu verlassen. Später gelang es dann offenbar einem anderen Betrunkenen, den Mann zu beruhigen.

7

Am Tag darauf überquerten sie den Trextel und setzten ihren Weg nach Süden fort. Tapp hatte sich der Karawane angeschlossen.

Es dauerte zwei Monate, bis sie Enador am Südufer der Talbight-Mündung erreicht hatten. Die Reise verlief angenehm – so angenehm es die trostlose Welt eben gestattete. Tapp beteiligte sich selten an der Suche nach Nahrungsmitteln, aber er unterhielt die Karawane mit Erlebnisberichten und Sagen, mit Kriegsgeschichten und mit Zoten aus Kneipen und Bordellen. Seine Reden, begleitet von großen Gesten, übten eine magische Anziehungskraft auf die verlotterten jungen Abenteurer von Raud aus, und so war Tapp selten ohne Alkohol. VanRoark stellte keine Fragen mehr über die Meadows; er merkte, daß Tapp nicht gern an diese Dinge erinnert wurde.

Aber schon die Nähe des schmächtigen Mannes mit der fleckigen Haut und dem stieren Säuferblick trug dazu bei, daß VanRoarks Gedanken und Vorstellungen eine ganz neue Richtung nahmen. Ganz zu Beginn hatte er sich damit begnügt, die Splitter der Vergangenheit wahllos aufzulesen. Als dann Timonias zu ihm sprach, fügte er diese Splitter und Fragmente zu einem verständlichen historischen Bild zusammen. Doch das allein konnte ihn auf die Dauer nicht ausfüllen. Er fing an, gründlich über das Leben nachzudenken.

Zu seiner Linken war immer das Meer, hell, glitzernd, in rastloser Bewegung. Zu seiner Rechten war der Sand und Staub des Grüngürtels, begrenzt von bleigrauen Bergen: tot und starr in alle Ewigkeit. Das Meer enthielt Leben. Wie sonderbar, daß er dies nie zuvor bemerkt hatte! Fischschwärme zogen dahin, Delphine schnellten aus dem Wasser, weiße Brandung donnerte gegen die Felsen. Auf dem kargen Landstreifen sah er dagegen nur Dünengräser und verdorrte Dornsträucher – und einmal eine Wolfsspinne, die ihre Artgenossin verschlang.

Eines Tages hatte die Karawane auf einer Landzunge kampiert, die das Festland mit der Insel Oromund verband, und VanRoark war ein Stück hinausgewandert, um seine Gedanken zu ordnen. Die Abenddämmerung verlieh dem Grüngürtel eine kalte, sterile Schönheit. Plötzlich entdeckte VanRoark zu seinen Füßen ein Insekt, ein heuschreckenähnliches Ding mit grellblauen und türkisblauen Streifen. Da eine solche Farbenpracht bei den Lebewesen der Wüste ungewöhnlich war, bückte sich VanRoark und betrachtete das Tier genauer. Ein Würgen stieg in ihm hoch, und er kehrte bleich und elend zum Lager zurück.

Das Drama der Wolfsspinnen hatte ihn nicht weiter berührt; bei so abstoßenden Geschöpfen rechnete man stets mit dem Schlimmsten. Aber dieses herrlich gefärbte Insekt ...

Die schimmernden Flügel leicht ausgebreitet, hatte es den langen schlanken Hals nach hinten gebogen und fraß den eigenen Rumpf. Gefangen auf dem Land, das ihm keine Nahrung bot, beging das Tier Selbstmord – ein Akt, der entweder das Diktat des Instinkts war oder auf eine primitive Stufe von Intelligenz schließen ließ. Und eben dieser letzte Gedanke trieb VanRoark zurück zum Meer und den dunklen Hügeln Oromunds.

Das Leben im Meer war nicht von Geburt an siech oder strahlenvergiftet. Hier herrschte noch die Ordnung der Natur. Nirgendwo sonst gab es dieses Leben. Und als VanRoark neben dem Wasser dahinwanderte und sah, wie es der Sturm aufwühlte und dem Land zutrieb, da besserte sich seine Stimmung. Das Feuer, welches die Worte des Propheten entfacht hatten, kühlte ab und sank in sich zusammen. VanRoark wanderte weiter, weil er in der Nähe des Meeres bleiben wollte – und weil es keinen Grund zur Umkehr gab.

8

Erst als sie Enador erreichten, fand VanRoark heraus, daß Tapp dem Tod geweiht war. Ein Teil der feindlichen Truppen auf den Meadows hatte Atomwaffen benutzt, und Tapp war von der Strahlung nicht verschont geblieben. Eine Art Krebs zerfraß seinen Körper. Das einzige äußere Zeichen seiner Krankheit war, abgesehen von dem Bluthusten und den Schmerzen, ein nässender Furunkel im Nacken. Es hatte sich kurz nach der Schlacht gebildet und war dann zurückgegangen; seit einiger Zeit jedoch zeigte es sich erneut, eine heftig entzündete Beule, die Blut und Eiter absonderte. Tapp sah darin einen Hinweis, daß seine Stunden gezählt waren — daher der Alkohol und daher die zweite Reise zu den Meadows.

Doch das gestand er nicht ein. Wenn VanRoark den schmächtigen Mann fragte, weshalb er zu den Meadows ging, erhielt er jedesmal eine andere Antwort. Um den Tod seines Vaters zu rächen, erklärte Tapp, um Ruhm zu erlangen, der Beute wegen, um die gerechte Sache zu unterstützen . . .

Sobald dieses Thema angeschnitten wurde, machte er einen nervösen Eindruck und fingerte an seinem Furunkel herum.

Oft genug sprach er vom ›Heiligen Krieg‹, und VanRoark wußte nicht recht, ob sein Zynismus echt oder gespielt war. »Los, Mann«, pflegte er zu sagen, die eine Hand auf Amons Schulter gelegt, die andere am Säbelgriff »kämpfen wir auf der Seite der Propheten! Tausende von Gläubigen werden hinter uns stehen, VanRoark! Ah, ich sehe jetzt schon, wie wir die Gottlosen vor uns hertreiben!«

VanRoark ging auf seinen Tonfall ein. Er wußte, daß Tapp im Grunde Angst vor den eigenen Erinnerungen hatte. So verzichtete er darauf, ihn nach den Kämpfen auszufragen und schwärmte statt dessen von den herrlichen Reichen im Norden, die ihnen in die Hände fallen würden, sobald sie die Meadows erobert hatten.

9

Sie warteten eine Woche lang auf ein Schiff, das sie mit nach Süden nehmen würde. Wenn sie in Läden und Trinkstuben oder bei den Fischern am Strand ihre Fragen stellten, grinsten die Leute vielsagend oder spuckten einfach aus. Aber gerade dieses Benehmen war ein Beweis dafür, daß man hier die Meadows kannte.

Enador gehörte zu den wenigen Nationen der Ostküste, die noch eine Spur der alten Macht und des alten Wohlstands besaßen. Sie verdankte das zum einen ihrer Handelsflotte, deren Schiffe auf sämtlichen Meeren der Welt anzutreffen waren, und zum anderen den Schätzen der benachbarten Dresau-Inseln. Die Zivilisation der ehemals mächtigen Inselgruppe war untergegangen, nachdem man noch einmal alle Kräfte mobilisiert hatte. Aber es blieben viele wertvolle Dinge zurück, und die Bewohner von Enador hatten genügend Schiffe, um sie zu bergen. Die beiden Panzerboote, mit deren Hilfe Enador die Talbight-Mündung bis nach Donnigol überwachte, waren mit Kanonen von den Dresau-Inseln bestückt; ihre Turbinen stammten von ausgeschlachteten Dresau-Schiffen und ihr Treibstoff aus riesigen Tanks, die man in der Nähe von Duncarin entdeckt hatte.

Gewiß, auch Enadors Lage war prekär, vor allem, wenn man bedachte, welch große Land- und Meeresgebiete es unter Kontrolle halten mußte. Immer wieder kämpften die Panzerboote gegen die rebellischen Eingeborenenstämme von Svald oder Lairne, und von den Sümpfen Enstrichs drangen ganze Echsen- und Basiliskenkolonien bis an die Stadtgrenze vor.

Aber man konnte Enador immer noch als den Handelsmittelpunkt der bekannten Welt bezeichnen. Im Hafen drängten sich Schiffe aller Nationen. VanRoark fiel auf, daß die wenigsten Händler Waren aus den eigenen Ländern verkauften. Begehrt waren vor allem Maschinen und Waffen untergegangener Nationen. Kanonen von den Dresau-Inseln oder Stahlplatten von Charhampton und dem Arsenal erzielten die höchsten Preise. Geier, dachte VanRoark, Geier, welche die letzten Fleischfasern von den Skeletten picken. Um noch Beute zu finden, mußten sie immer weitere Reisen unternehmen, zu den Fjorden und Buchten der unbekannten Nordländer oder an Iheta-Incalam vorbei zu den Alten Welten.

VanRoark und Tapp verließen die Karawane und hörten sich nach Schiffen um, die nach Süden unterwegs waren. Bereits nach wenigen Tagen befanden sie sich an Bord der *Garnet*. Der Kapitän des Zweitausendtonners wollte zu den Meadows, weil auch er den Propheten gehört hatte. Ihm ging es allerdings nicht um die ›gerechte Sache‹ – ganz im Gegenteil. Er rechnete damit, daß man bei einer Konzentration militärischer Gruppen eine reiche Ernte an Handfeuerwaffen und Munition machen konnte, bevor den Beteiligten die Sache auffiel. Und falls dieser Plan aus irgendeinem Grund nicht klappen sollte, dann gab es auf den Meadows sicher genug Schrott, um die Reise zu einem gewinnbringenden Unternehmen zu machen.

An Bord befanden sich neben der Mannschaft zwei Passagiere, die nach Tapps Urteil verrückt waren. Yarrow, ein hochgewachsener, ausgemergelter Kerl, der ständig unter Hustenanfällen litt, war ein Fanatiker reinsten Wassers; er prophezeite sich und den drei anderen ein glorreiches Ende und zitierte dazu Sprüche aus einem halben Dutzend Heiliger Schriften. Sein theatralischer Tonfall und die übertriebene Gestik machten ihre Bedeutung völlig zunichte. Sowohl Tapp wie VanRoark wichen dem Manne aus und hörten aus sicherer Entfernung mit an, wie er die Crew mit seinen selbstgerechten Phrasen überschüttete.

Der andere Passagier hieß Gerideau Smythe. Auch er war zu den Meadows unterwegs, und auch er ließ Glaubensbekenntnisse und flammende Reden vom Stapel; aber irgendwie klangen seine Worte nicht echt, und er schien keine ausgeprägten Motive für die Reise zu haben. Er hatte die Schwarze Bibliothek von Krysale Abbey und später die von Iriam verwaltet. (Das bedeutete, daß er in etwa der Hälfte aller Nationen als Kapitalverbrecher verurteilt werden konnte.) Er wußte aus seinen Büchern, daß die Welt früher anders gewesen war, und wenn er auch die Details nicht verstand, so hatte er sich doch nach und nach ein eigenes Bild von der Vergangenheit zurechtgelegt, und es paßte in vielen Dingen zu den alten Landkarten, die VanRoark kannte.

Nachts, wenn Yarrow sich müde geredet hatte und Tapp betrunken auf Deck schnarchte, erzählte Smythe mit leiser Stimme von den Bibliotheksgewölben, in denen er gearbeitet hatte. Er zitierte Fragmente aus naturwissenschaftlichen und historischen Werken, und VanRoark hörte ihm fasziniert zu. Aber nach kurzer Zeit schien den alten Mann jedesmal ein Schuldgefühl zu beschleichen, und er flüchtete sich wieder in fromme Sprüche.

VanRoark liebte die einsamen Stunden. In der Dunkelheit sah man den verwahrlosten Zustand der *Garnet* nicht. Die Matrosen mit ihrem Hang zu Zoten und rauhen Späßen schliefen unter Deck. Es gab nichts als das Meer und die brüchige Stimme des alten Bibliothekars.

VanRoark hörte von Flugzeugen und großen Stahlschiffen, die sich ohne Segel und Ruder fortbewegten; er erfuhr, wie die Städte früher ausgesehen hatten und auf welche Weise sie untergegangen waren – durch Bomben, aber auch durch Hunger und Sittenverfall. Er hörte von den Asphaltstraßen, auf denen Autos dahingerast waren, von Eisenbahnschienen, von Schiffen, die auf den Meeresgrund tauchten, und anderen, welche die Menschheit zu den Sternen trugen.

Natürlich ging Smythe zu den Meadows, weil er hoffte, einen Teil dieser Wunderwelt wiederzufinden; selbst VanRoark erkannte das. Aber irgend jemand hatte dem alten Mann eingeredet, daß die Wissenschaft ein Werkzeug des Bösen sei und daß man nur dann ein reines Herz erlangen könne, wenn man sich von den Errungenschaften der Technik befreite. Aus diesem Grund versuchte Smythe so verzweifelt, Yarrow nachzuäffen. Aber er war ein schlechter Lügner, und die Bibliotheken von Krysale Abbey und Iriam nahmen immer noch einen Großteil seines Denkens ein.

Im Laufe seiner Gespräche mit Smythe nahm VanRoark die eigenen Motive für die Reise zu den Meadows unter die Lupe. Gewiß, die Worte des Propheten waren noch in seinem Innern und drängten nach Erfüllung, aber er mußte sich auch eingestehen, daß er eine Liebe zur Vergangenheit hegte, die mit der gerechten Sache nicht das geringste zu tun hatte. Er sehnte sich nach einer Welt, die frei war von den Dunklen Mächten – und frei von Göttern. Er sehnte sich nach einer normalen Welt, in der man sich zu festen Werten flüchten konnte, wenn die innere Zerrissenheit zu groß wurde; eine Welt, die auf solidem Grund stand und nicht auf dem sturmgepeitschten Gipfel einer steilen Klippe.

Aber dann stürmte Yarrow aufs Deck, gefolgt von einem hysterisch lachenden Tapp, und brabbelte von Hölle und Verdammnis. Oder die Mannschaft machte sich bemerkbar und zerriß den Zauber, der VanRoark und Smythe einhüllte. Dann zog sich der Bibliothekar in sein Schneckenhaus der Bibelsprüche zurück und tat, als habe er nie von Krysale Abbey oder Iriam gehört; er wollte nur noch zu den Meadows gehen und dort sterben wie alle Gerechten. Yarrow schlug ihm auf die Schulter und stimmte ihm begeistert zu.

VanRoark betrachtete den sternenübersäten Himmel und das Meer mit seinen glitzernden Fischschwärmen, und er empfand Ekel vor Yarrow und dem Schiff; aber es war ein anderer Ekel als damals auf dem Grüngürtel. Er glaubte, daß er inzwischen nicht mehr so unreif und selbstgerecht urteilte wie vor drei Monaten. Er betrachtete den Amon VanRoark von ›damals‹ mit dem müden, bittersüßen Zynismus, der allen Jugendlichen eigen ist, wenn sie meinen, die Schwelle des Erwachsenseins überschritten zu haben. Eine neue Welt entstand in seinem Innern, und sie setzte sich aus einem Mosaik von Dogmen, historischen Tatsachen und den Ansichten sterbender Menschen zusammen.

Gerade letzteres hielt ihn davon ab, den Fehler zu begehen, den fast alle Jugendlichen begehen, wenn sie sich ein neues Weltbild schaffen: sie hegen die Überzeugung, daß ihr Empfinden einmalig ist. Sie schwelgen in überheblicher Bitterkeit und tragen die Wunden, die sie sich selbst zufügen, wie die Wunden echter Kriege oder echten Leids. Aber die Sterbenden, jene Männer, die echte Qualen durchgemacht hatten und denen nichts mehr daran lag, ihren Seelenschmerz zu analysieren und zu genießen – sie brachten VanRoark dazu, das neugewonnene Wissen nicht überzubewerten. Sie waren das Ende der Zeit, menschliche Wracks, die sich dem Tod entgegenschleppten; aber sie ließen ein Stück Geschichte zurück, und vielleicht sogar eine oder zwei gute Taten.

Diese Dinge galten für Smythe und Tapp. Yarrow war irgendwie anders. Er blieb stur auf seiner engen Bahn, ohne nach links oder rechts zu blicken, und ließ es nicht zu, daß ihn Dinge, die er mißbilligte, berührten. Für ihn gab es nichts außer dem Klang seiner eigenen Stimme.

VanRoark stellte sich vor, daß ein Schiff wie die *Garnet* nach Norden fuhr, ebenfalls den Meadows entgegen. An Bord befanden sich Menschen wie er und seine Gefährten – Menschen, die er angreifen und töten würde. Bestimmt war ein Yarrow unter ihnen, auch wenn er eine andere Höchste Macht anbetete.

Mit einer Objektivität, die ungewöhnlich für sein Alter war, versuchte VanRoark seinen Platz in dem Schema zu erkennen – und er fand keinen. Ein Racheengel, der Gott und dem Großen Plan diente? Trotz der aufpeitschenden Worte Timonias' fühlte er sich nie so majestätisch, wie es diese Rolle verlangte. Es hatte keinen Sinn, sich das Gehirn zu zermartern. Im Moment war er ein Nichts, das dem Tod entgegenging, ohne den Grund dafür zu kennen. Das Meer vielleicht? Das Meer war sein Verbündeter . . .

Die Kriege auf den Meadows traten wieder in den Hintergrund, und die Reise selbst beanspruchte seine Gedanken. Er begann, die Nähe der Mannschaft zu suchen. Er hatte beschlossen, die Kunst des Segelns zu erlernen.

10

Immer war steuerbords die Küstenlinie, denn es gab kaum ein Schiff, das sich zu weit vom Land weg wagte. Im Süden von Enador ragten schroffe Klippen auf, welche zumeist die Sicht auf das Festland verdeckten. Allmählich aber wurden sie flacher, und eine schmale grüne Linie zeichnete sich am Horizont ab. Die *Garnet* kam in wärmere Breiten. Eine Woche lang segelten sie an den Mangroven- und Zypressenwäldern der Enstrich-Sümpfe vorbei. VanRoark lieh sich den Feldstecher des Kapitäns und beobachtete den dampfenden grünen Wall. Echsen und Riesenschlangen krochen durch das Ästelabyrinth oder lagen wie knorrige alte Baumstämme im Schlamm. Schwärme von rosa und goldenen Vögeln stoben auf, sobald sich das Schiff dem Ufer näherte. Nachts starrten gelbgrüne Augenpaare auf das Wasser hinaus, und die Kristallhäute der Schlangen glitzerten.

Tapp hatte eine Phase der Nüchternheit, als sie die Sümpfe entlangfuhren. Anfangs glaubte VanRoark, das üppige Leben des Tropenwaldes habe ihn aus seiner Weltuntergangsstimmung gerissen. Aber der wahre Grund lag darin, daß Cynibal immer näher rückte. Tapp schwankte zwischen Hoffen und Verzweiflung. Er wußte, daß man ihn hängen würde, wenn er an Land ging. Die Kurie von Bournmouth III. hatte ein gutes Gedächtnis. Andererseits freute er sich darauf, die Heimat wiederzusehen.

Die Sumpfküste wurde von flachen Sandstränden abgelöst. Dünen schienen sich endlos ins Landesinnere zu erstrecken. Hin und wieder unterbrachen Josuabäume und Pappeln die Eintönigkeit der fahlgelben Grasbüschel.

Tapp begann erneut zu trinken, als sie die Blackwoods Bay ansteuerten. Er hatte das Gras saftig und grün in Erinnerung. Ausgebrannte Panzer und verlassene Dörfer tauchten zwischen den Dünen auf; die wenigen kleinen Hafenstädte, in denen noch Leben herrschte, wirkten verwahrlost und ärmlich.

VanRoark hatte von den Pilgern, die auf dem Platz vor der Kathedrale herumlungerten, viel über Cynibal gehört. Hier, so hatte es geheißen, pflegte man noch die alten Künste und Wissenschaften. In der Blackwoods Bay gab es Bohrinseln, deren Pumpen immer noch das kostbare Erdöl förderten. Gigantische Schiffe aus aller Welt legten hier an, um ihre Bunker und Frachträume zu füllen.

Die Wirklichkeit sah anders aus.

VanRoark hätte Tapp gern über diese Dinge ausgefragt, aber als sie in die Bucht einfuhren und das zerstörte Cynibal sahen, war der ehemalige Leutnant so betrunken, daß er seine Umgebung nicht mehr wahrnahm. So mußte sich VanRoark mit den spärlichen Auskünften begnügen, die ihm Smythe gab.

Cynibal hatte sich an der Nordseite der Bucht ausgebreitet. Die Südseite gehörte zu Ihetah-Incalam. Nun ragte am Ufer nur noch ein Wald von geknickten und verbogenen Stahlgerüsten auf, unheimlich beleuchtet von Feuersäulen, die inmitten des Chaos aufstiegen und nach den Worten von Smythe Jahrhunderte brennen würden – bis die Erdgas- und Ölquellen versiegt waren.

VanRoark hatte so lange inmitten von Ruinen gelebt, daß ihm ihr Anblick keinen Schock mehr bereitete; aber das ungeheure Ausmaß der Brände verlieh ihnen etwas Besonderes – fast, als seien sie Geschöpfe, die hier langsam zu Tode gequält wurden. Am schlimmsten sah es bei den Bohrinseln aus. Mitten aus dem Meer erhob sich ein fahlblauer Flammenkegel, den eine Erdgasquelle tief unter der Bucht speiste. Die rußgeschwärzten Wracks von Tankern und kleineren Handelsschiffen lagen an der Kaimauer, umgeben von Ölpfützen, die in allen Regenbogenfarben schillerten.

Yarrow stand am Vorderdeck und erging sich in Betrachtungen über den eitlen Wahn der Menschheit, aber Tapp hörte ihm nicht zu. Von Zeit zu Zeit zog er sich hoch, torkelte an die Reling und spuckte blutigen Schleim aus. Die Mannschaft hatte ihren Spaß mit dem Häufchen von Verrückten, das sich an Bord befand.

Das nächste Ziel der *Garnet* war Mount Soril am Westende der Bucht. Hier wollte man sich mit Vorräten für den ungewissen Weg nach Süden versorgen. Natürlich sah es in Mount Soril kaum besser aus als in Cynibal. Ihetah-Incalam, in dessen Hoheitsgebiet der einst mächtige Hafen lag, hatte offenbar das gleiche Schicksal erlitten wie die Schwesternation. Ein Großteil der Bevölkerung war biologischen Waffen zum Opfer gefallen; die wenigen Überlebenden hatten den Verstand verloren. Sie schlenderten ziellos durch die Gassen und beteten die Sonne an, weil sie die Nacht fürchteten.

VanRoark ging mit einem Teil der Mannschaft an Land, um Vorräte und Wasser zu besorgen; sie waren bewaffnet und hatten eigentlich nichts zu befürchten. Die Stadt übte auf VanRoark den Reiz des Unheimlichen aus. Kaum eines der Bauwerke war dem Krieg zum Opfer gefallen, aber man konnte deutlich erkennen, daß sich seit mehr als einem Jahrzehnt niemand mehr um die Instandhaltung kümmerte. Die Bürger von Mount Soril schlenderten ziellos durch die wuchernden Parks und verfallenen Straßen, völlig allein mit sich und ihrem Elend. Sie besaßen weder Yarrows Selbstgerechtigkeit, noch fanden sie wie Tapp Trost im Alkohol. Für sie war die Zeit zum Stillstand gekommen.

Selbst die Angehörigen der Crew spürten das, obwohl ihre Gefühle selten über das Stadium abergläubischer Furcht hinausgingen. Sie stahlen sich zusammen, was sie brauchten; die Bewohner von Mount Soril bemerkten ihre Anwesenheit kaum. Fragen beantworteten sie unvollständig oder in rätselhaften Gleichnissen. Acht Jahre zuvor war ein Krieg zwischen den beiden Nationen entbrannt, und sie hatten sich gegenseitig ausgerottet. Der einzige Unterschied bestand darin, daß Ihetahs Tote noch durch die Straßen wanderten, während die von Cynibal unter der Erde lagen.

Am letzten Tag war auch Smythe mit an Land gekommen und fragte das Mädchen aus, das VanRoark von dem Krieg erzählt hatte.

»Wie begann das alles?« wollte Smythe wissen.

»Oh, es war ein großartiger Kampf, Sir, ein wunderbarer Kampf, von beiden Seiten mit Mut, Geschick und List geführt.«

»Gewiß, aber wie begann er?«

»Sehen Sie, eine Zeitlang lebten beide Nationen friedlich nebeneinander, aber dann sagten wir uns, wenn schon alles zu Ende gehen müßte, warum nicht durch einen Krieg? Es war ein guter Kampf, Sir.«

»Aber wer löste ihn aus?«

»Was?« fragte sie verwirrt.

»Wer begann den Krieg — euren wunderbaren Krieg!« fauchte Smythe. Gleich darauf tat ihm sein Ausbruch leid.

»Ach so.« Sie zupfte nachdenklich an ihren braunen Locken. »Hm, ich glaube ... ach ja!« Einen Moment lang leuchteten ihre Augen auf, und sie lächelte, als sähe sie die beiden Männer zum erstenmal. »Der Krieg begann ... es war eine Kleinigkeit ... jemand schrieb ein Buch ... und der alte Bournmouth dachte, es richte sich gegen ihn ...« Sie verlor den Faden und begann hysterisch zu lachen. »... Buch! Bei Gott, ein Buch ...« Ihrer Miene nach zu urteilen, fand sie die Sache wirklich komisch. VanRoark sah Smythe an. Er wußte nicht recht, wie er sich verhalten sollte.

Langsam ging das glucksende Lachen in Schluchzen über. Das Mädchen stammelte Flüche. Dann warf sie ihnen einen anklagenden Blick zu, rieb sich das tränenverschmierte Gesicht mit dem Ärmel trocken und schlenderte weiter, als sei nichts geschehen.

»Sollen wir nicht etwas unternehmen — irgend etwas?« fragte VanRoark den alten Bibliothekar.

»Doch, Amon«, entgegnete Smythe. »Verschwinden wir von hier, so rasch wie möglich!« Und er hastete zum Hafengelände, fort von dem Mädchen. Dann blieb er noch einmal abrupt stehen und sah den jungen Mann an. »Prägen Sie sich dieses Bild genau ein, mein Freund! Bald wird die ganze Welt so sein ...«

»Aber – die Meadows«, stammelte VanRoark verwirrt.

»Nicht einmal die Meadows werden den Lauf der Dinge aufhalten können.« Die Stimme von Smythe klang so ruhig und sicher, als spräche er von einem seiner Bücher.

11

VanRoark stellte mit Erleichterung fest, daß Smythe zu seiner gewohnten Art zurückfand, sobald sie die Anker lichteten und die Blackwoods Bay hinter sich ließen. Kap Lane war bald erreicht, und die *Garnet* glitt an der sanften Küste von Ihetah-Incalam vorbei. Stille weiße Sandstrände und verspielte Stuckvillen anstatt der ausgeglühten Stahlgerippe von Cynibal. Hin und wieder wehten an Hafendämmen und Esplanaden noch Flaggenreste. Stumme Gestalten wanderten durch die toten Städte. Wenn sie das Schiff entdeckten, rannten sie zum Hafen und breiteten sehnsüchtig die Arme aus. Eine Weile verharrten sie so, dann wandten sie sich zögernd ab und kehrten heim, von Schluchzen geschüttelt.

Incalam blieb zurück. Man erkannte es daran, daß die Menschen, die sich jetzt am Strand versammelten, drohend ihre Waffen schwangen. Die Architektur und die Atmosphäre der Ruinenstädte nahm etwas Fremdartiges an; nur Smythe schien zu wissen, welches Volk hier gelebt hatte. Aber er lächelte still vor sich hin und verriet nichts. Tapp überlegte laut und wortreich, wie lange der Alkohol noch reichen würde, während Yarrow unermüdlich seine Phrasen vom Weltuntergang drosch.

Das Land war verbrannt, mit welkem Gras und verkrüppelten Bäumen. Nur Skelette wiesen darauf hin, daß hier einst besiedelte Gebiete gewesen waren. Gelegentlich sah man kleinere Horden primitiv bewaffneter Krieger. Die Küstenlinie mit ihren Wüsten, Salzsümpfen und Basaltklippen bedrückte VanRoark. Er zog sich immer mehr von seinen Reisegefährten zurück. Schließlich unterhielt er sich nur noch mit Prager, dem Bootsmann, der ihm die grundlegenden Kenntnisse des Segelns vermittelte.

Prager hatte eine kräftige, gedrungene Gestalt, aber seine Hände waren von Aussatz befallen, und es bereitete ihm allmählich Schwierigkeiten, die dicken Taue zu knoten. Er ging aus einem ganz bestimmten Grund zu den Meadows. »Wo soviel gekämpft wird, fällt sicher eine Pistole für mich ab. Mein Dad hatte so ein Ding, eine hübsche kleine Automatik mit Perlmuttgriff. Lag gut in der Hand ...«

»Und deshalb setzt du dich all den Strapazen aus?« fragte VanRoark ungläubig.

Prager hielt die Rechte hoch, so daß VanRoark die weißgrauen Stellen sah, die sich über den Handrücken und zwei Finger verteilten. »Mein Freund, ich warte auf den Tag, an dem ich einen Knoten schön festziehe – und einer von diesen Fingern bleibt in der Schlinge hängen. Dann brauche ich eine Waffe, um die Bande da drüben in Schach zu halten.« Er deutete auf eine Gruppe von Matrosen, die im Schatten der Jolle lümmelten. »Mit zwei Fingern umklammerst du das Ding, mit dem dritten drückst du ab. Und wenn selbst das nicht mehr klappt, lasse ich mir von Sawdust, unserem Zimmermann, eine Holzprothese verpassen, an der die Pistole festgeschraubt wird. Ich hab' das mal gesehen, drüben in Enador. Man konnte das Ding mit Strippen bewegen – ruckzuck.« Prager lächelte. »Verstehst du, ich gebe nicht auf, und wenn ich beide Pfoten verliere! Keiner außer mir kann diesen alten Kahn hier steuern und über Wasser halten!«

VanRoark fühlte sich abgestoßen. Einen Moment lang sah er Prager als Marionette vor sich, ein Bündel verrottetes Fleisch, das mit Hölzern und Schnüren bewegt wurde.

Je weiter sie in den Süden vordrangen, desto unerträglicher wurde die Hitze. In der wabernden Luft verzerrte sich die Küstenlinie. Flauten zwangen die *Garnet* zu tagelangen Pausen. Hin und wieder, wenn das Schiff reglos im Wasser lag, bereute VanRoark bitter, daß er sich auf dieses Unternehmen eingelassen hatte, und er verfluchte Timonias als verrückten Scharlatan. Auch Tapp und Smythe verloren allmählich ihren Reiz als Sonderlinge. Manchmal fand VanRoark, daß Yarrow der einzige ehrliche Mensch an Bord war; der Sektierer verbarg seine Einfalt nicht und mußte sich deshalb auch nicht schämen, daß er auf diesen absurden Mythos hereingefallen war.

Eines Abends, als sich VanRoark in einer trostlosen Stimmung befand, stahl er eine Flasche von Tapps kostbar gehütetem Fusel und betrank sich.

Eine wohlige Müdigkeit überkam ihn. Er lag auf dem Deck und ließ sich wieder einmal von dem wimmelnden Leben der See einfangen. Sternenlicht glitzerte auf den Schuppen der fliegenden Fische und Barrakudas; die dunklen Umrisse von Seeteufeln huschten vorüber, und Leuchtbakterien ließen das Wasser milchigweiß oder türkisblau schimmern. Alles war schön und friedlich, ganz so, wie es der Schöpfer ersonnen hatte.

Aber dann erreichte ihn vom Ufer her ein langgezogenes Wimmern, und er konnte nicht erkennen, ob der Laut von einem Menschen oder einem Tier stammte. Die Küste war ein schwarzer Schatten, wie die Seeteufel in der Tiefe des Meeres.

Tagsüber sah man niedrige, rostrote Klippen und eine Salzwüste, die nur ein paar Fuß über dem Meeresspiegel lag. Ein paar Betonruinen erhoben sich aus der monotonen Landschaft und die Wracks von Flugbooten, so gründlich ausgeschlachtet, daß nur noch die Stützrippen übriggeblieben waren. Sie erinnerten an die Gräten riesiger toter Fische, die irgendein Sturm an Land gespült hatte.

Smythe war es gewesen, der die Wracks als Flugboote identifizierte; er wußte auch, daß die Wappen an den Heckleitwerken von einer Nation namens Synod stammten. Smythe, dachte VanRoark schläfrig, Smythe – auch ein Wrack, aber nicht halb so schön wie die Flugboote. Er war eine wandelnde Leiche, wie die Menschen von Mount Soril.

Die Toten würden den eigentlichen Kampf auf den Meadows führen. Smythe und Tapp waren tot, auch wenn sie nicht den Mut besaßen, es einzugestehen. Er haßte sie mit einem Mal – den Mann, der tatenlos zugesehen hatte, wie man die Bibliothek von Krysale Abbey in Brand steckte, und den anderen, der um eines zweifelhaften Mythos willen zum Verräter an seinem Heimatland geworden war.

Unsicher tastete er über das Deck; er suchte nach einer Pinne, die er Tapp und Smythe über den Schädel schlagen konnte. Plötzlich berührte er einen weichen, schwammigen Gegenstand; das Ding erinnerte an eine feuchte Zigarette, und VanRoark hob es auf. Im nächsten Moment war er nüchtern – und fühlte sich sterbenselend. Er hatte Pragers kleinen Finger in der Hand.

Als der Bootsmann am nächsten Morgen von der Geschichte hörte, schüttelte er sich vor Lachen und streckte VanRoark den rotweißen Stumpf unter die Nase.

12

VanRoark überwand den Schock, aber er ging jetzt auch Prager aus dem Weg und setzte seine Segel-Lektionen so gut er konnte allein fort.

Sie befanden sich nun seit geraumer Zeit auf See, und die Nahrungsmittel gingen ebenso zur Neige wie das Trinkwasser. Ein Großteil der Matrosen litt unter Skorbut oder Kwaschiokor. Auf dem Vorderdeck herrschte nachts eine gedrückte Stimmung. Die Passagiere befürchteten eine Meuterei, doch der Kapitän versicherte ihnen, daß sie in keinerlei Gefahr schwebten. Er hielt die Wasser- und Zitronenvorräte unter Verschluß, und die Mannschaft, an und für sich schon ein feiges Gesindel, war durch Krankheiten und Todesfälle ziemlich eingeschüchtert.

Zum Glück erreichten sie eine Inselgruppe mit üppiger Vegetation, bevor es zu einer ernsten Krise kam. Landzungen schoben sich weit ins Meer, und die trostlosen roten Klippen verschwanden. Auch der Wind frischte endlich auf.

Es war ein namenloses Gebiet. Nicht einmal Smythe konnte sagen, welche Flaggen einst von den Türmen der Festungsruinen geweht hatten. Tapp allerdings legte ein merkwürdiges Verhalten an den Tag. Der schmächtige Mann kam jetzt oft an Deck und wanderte nervös umher, wobei er immer wieder aufmerksam das Land und den Himmel betrachtete.

Gelegentlich glaubte er eine Gegend von der ersten Reise her wiederzuerkennen, und dann bearbeitete er aufgeregt sein Furunkel, bis es zu bluten anfing. Er rannte zu Smythe oder VanRoark und erzählte, daß er genau diese Stelle vor soundsovielen Jahren passiert hatte – aber er war nie ganz sicher, und die Ruinen glitten so rasch vorüber.

VanRoark begann sich echte Sorgen um Tapp zu machen, als er bemerkte, daß der ehemalige Leutnant zumindest tagsüber keinen Alkohol mehr anrührte. Einmal fragte VanRoark ihn, ob er etwas Bestimmtes suche, einen Markierungspunkt vielleicht, aber Tapp wandte sich ab und gab nur eine ausweichende Antwort.

Nachts, wenn die Küstenlinie mit der Dunkelheit verschmolz, trank er dann wieder; man hörte sein Grölen auf dem ganzen Schiff. VanRoark fiel auf, daß er ein ganz bestimmtes Lied sang, mit holprigen Versen und einer monotonen Melodie:

»Hoch ragen auf die Mauern, und schwarze Banner weh'n,
Am kobaltblauen Himmel die ersten Sterne steh'n.
Die Freunde sind geflohen beim Nah'n der Dunklen Macht,
Old Brampton Hall muß sterben – noch in dieser Nacht.

Doch die Mannen von Brampton Hall geben nicht auf,
Feuerschein blinkt auf der Waffen Lauf.
Sie schlagen zurück das Heer der Hölle,
Und immer noch stehen Brampton Halls Wälle.«

Schließlich überwand sich VanRoark und ging zu Smythe, um Näheres über Brampton Hall zu erfragen. Der Bibliothekar fuhr sich mit der Hand durch das schüttere Haar und meinte, er erinnere sich vage an eine Legende . . .

Nach einer gewaltigen Schlacht, die zum Untergang des berühmten Reiches Salasar führte, errichtete man zu Ehren der Gefallenen ein Monument. Dieses Monument wurde bereits kurze Zeit später zu einem beliebten Ziel für Pilger. Eine Stadt entstand in der Nähe, und schließlich gründete ein Soldat namens Thomas St. Clair Brampton eine Dynastie. Das Land war öde und unwirtlich, aber seine Nachkommen verstanden es, mit Hilfe ihrer Schwerter und ihrer Tapferkeit ein mächtiges Reich zu errichten. Man nannte es Brampton Hall, nach dem Stammsitz der Herrscher.

Die Zeit verstrich, und auf den Meadows wurde wieder einmal gekämpft. Die Bewohner von Brampton Hall zogen nicht mit in die Schlacht, da sie die Propheten und ihre großen Worte nicht ernstnahmen. Doch die Ironie des Schicksals wollte es, daß diesmal die Mächte des Bösen siegten und von den Meadows aufbrachen, um die ganze Welt zu erobern. Sie erreichten Brampton Hall, und die tapferen Krieger des Landes kämpften so lange, bis die übrigen Nationen erneut ein Heer aufgestellt hatten und die Dunklen Mächte zurück zu den Meadows trieben. Aber die Schlacht bedeutete das Ende von Brampton Hall. Die Bewohner, die nicht den Tod gefunden hatten, flohen in Gebiete, die möglichst weit weg von den Meadows lagen.

VanRoark wartete ab, bis Tapp wieder betrunken war, dann gesellte er sich zu ihm und erzählte ihm die Legende.

»Ah, das stimmt«, sagte Tapp mit einem Seufzer. »Ich habe die Festung mit eigenen Augen gesehen. Sie steht auf einem Bergrücken über der Burn-Ebene.« Er nahm einen tiefen Zug und murmelte dann: »Ob die Meadows noch wie früher sind ...« Die Erinnerung schien ihn zu überwältigen; eine Zeitlang saß er da, die Fäuste gegen die Schläfen gepreßt, und schwieg. Dann, als wollte er die Bilder der Vergangenheit verdrängen, fuhr er hastig fort: »Warten Sie, bis wir auf der Burn-Ebene sind, Amon! Brampton Hall wird Ihnen gefallen. Das ist eine Ruine mit Substanz – mit Charakter. Meterdicke Mauern aus Stahl und Beton, und mächtige Stichbalken, jeder einzelne so groß wie unser Schiff ...«

VanRoark sah ihn verwirrt an. »Ich dachte, unser Ziel seien die Meadows.«

Tapp grinste und kratzte an seinem Furunkel. »Das Heer versammelt sich erst einmal auf der Burn-Ebene. Wenn wir einzeln oder in kleinen Gruppen zu den Meadows gingen, hätte der Feind wenig Mühe mit uns.«

»Hm, das stimmt«, gab VanRoark zu. »Und wo treffen sich die Mächte des Bösen?«

Tapp warf ihm einen sonderbaren Blick zu. »Mein Freund, ich fürchte, Sie haben dem Propheten nicht genau genug zugehört.«

VanRoark nickte. »Ich erinnere mich nur noch vage an seine Botschaft.«

»Dafür habe ich sie mir um so besser gemerkt. Als der Bursche vor elf Jahren zu uns kam — ein ausgemergelter Alter, ganz in Weiß gekleidet — erzählte er vom Beginn der Schöpfung, von der Entstehung der Geschichte und ihrem Verlauf. Und er sprach von dem Ende, das ihr unausweichlich bestimmt sei. Er forderte die Menschen auf, zu den Meadows zu gehen und dort die Entscheidung zu erkämpfen — *aber er machte keinen Unterschied zwischen Gut und Böse.*«

»Heißt das etwa, daß Timonias sich auch an die anderen wandte — daß er der Sprecher des Bösen *und* des Guten war?«

»Es scheint so«, entgegnete Tapp ruhig.

»Wenn — wenn aber die Worte für beide Seiten die gleichen waren, dann bedeutet das, daß der Unterschied in *unserem* Charakter liegt?« VanRoarks Stimme hatte einen schrillen Klang angenommen. »Und dann gehören *wir* vielleicht zur Macht des Bösen! Tapp, was geschieht, wenn das stimmt?«

Tapp zuckte die Achseln und nahm einen tiefen Zug aus der Flasche.

VanRoark suchte verzweifelt nach einem Weg aus dem Gefängnis, in das er sich selbst begeben hatte. »Sie waren schon einmal auf den Meadows, Tapp! Was für ein Gefühl hatten Sie?«

»Amon!« Tapp legte dem jungen Mann flüchtig die Hand auf die Schulter. »Als ich damals zu den Meadows ging, geschah es in der festen Absicht, auf der Seite des Guten zu kämpfen. Ich hatte die Worte des Propheten wie jeder andere gehört, und ich verpfändete meine Seele für Gott und das Licht. Die Männer, denen ich mich anschloß, waren wie ich. Wenn sich nun herausstellt, daß der Aufruf auch für die Bösen galt und daß wir das Heer der Nacht wählten, dann taten wir es aufgrund unseres Charakters und können nichts mehr daran ändern. Aber wie gesagt — ich glaube, wir stehen auf der richtigen Seite.«

»Sie glauben ...«, flüsterte VanRoark. »Sicher sind Sie nicht. Mann, weshalb gehen Sie ein zweites Mal zu den Meadows, wenn Sie immer noch nicht wissen, für wen Sie sterben?«

Tapp lächelte weinselig. »Ich sterbe für das, was ich bin,

und damit basta!« Einen Moment lang zögerte er, als wüßte er nicht, wie er sich ausdrücken sollte. »Und ich bin weder gut noch böse. Vielleicht geht es mir wie Brampton Hall; wenn ich wie Brampton Hall sterbe, dann weiß ich, daß die lange Reise nicht vergeblich war.«

VanRoark wartete auf eine Erklärung für diese Worte, aber Tapp setzte schweigend die Flasche an die Lippen. Der junge Mann stöhnte verzweifelt und floh auf die andere Seite des Schiffes.

13

Nun war es VanRoark, der die meiste Zeit in seiner Hängematte verbrachte und nur nachts oder in den frühen Morgenstunden an Deck kam. Alles, was er sich mühsam aufgebaut hatte, war eingestürzt. Nun drangen die Fragen auf ihn ein, die er schon zu Beginn der Reise hätte stellen sollen.

Aber, so seltsam es klang, die Ungewißheit, die Scherben und Fragmente seines zerstörten Weltbilds, führten schließlich zu einer Abstumpfung, einer inneren Leere, die ihn beinahe glücklich machte. Er fragte sich allen Ernstes, ob er je wieder etwas empfinden, je wieder etwas bis in die Tiefen seiner Seele fühlen würde.

14

Als Kind hatte VanRoark oft auf der Hafenmole seiner Heimatstadt gesessen und zugesehen, wie die Habichte Jagd auf Seeschwalben und Möwen machten. Es waren große, braungefiederte Vögel mit weißgesprenkelter Brust und weißen Flügelunterseiten. Unendlich graziös trieben sie mit dem Wind, in weiten Spiralen, bis sie ihre Beute erspähten. Dann kippte der Rumpf in einem steilen Winkel nach unten, die Schwingen preßten sich eng an den Körper, und die Klauen verhakten sich dicht hinter dem Kopf der Möwe. Die lässige, fast müde wirkende Eleganz verwandelte sich mit einemmal in brutale Gewalt.

So ähnlich war der Tag, fand VanRoark später. Sie hatten wieder gemäßigte Breiten erreicht, und die alte *Garnet* kam gut voran. VanRoark führte ein längeres Gespräch mit Smythe. Zu ihrer Erleichterung war Yarrow, der sich nicht wohlfühlte, unter Deck geblieben.

Es war kurz nach dem Mittagessen, als der Posten im Ausguck herunterrief, daß sich am südlichen Horizont ein merkwürdiger Punkt abzeichnete. Niemand beachtete ihn sonderlich. Der Punkt kletterte höher und wurde größer. Nun richteten sich plötzlich alle Blicke nach Süden. Smythe und Tapp erklommen die Strickleitern, um besser zu sehen.

Als VanRoark aufschaute, war der Punkt noch etwa zehn Meilen vom Schiff entfernt; Sekunden später hatte sich der Abstand auf hundert Meter verringert. Das Ding überflog die *Garnet* und verschwand nach Norden.

VanRoark schloß die Augen und versuchte, sich das Flugzeug noch einmal vorzustellen: Deltaflügel, an den Enden leicht nach oben geknickt; eine einzige elegant geschwungene Heckflosse; mattschwarze Unterseite und grünbraune Tarnfarbe auf den übrigen Flächen; dunkle Öffnungen in der Nähe des Flügelansatzes und spitz zulaufende Ausstoßdüsen. Bevor die Maschine den Horizont erreichte, hatte ein heftiger Knall die majestätische Stille zerrissen. Die Segel der *Garnet* begannen zu flattern, und Tapp und Smythe wären um ein Haar ins Meer gestürzt.

»Da, habt ihr gesehen?« Tapps Stimme überschlug sich vor Erregung. »Habt ihr das gesehen?« Mehr brachte er nicht heraus.

Smythe schwieg, nachdem er die schwankende Strickleiter verlassen hatte und wieder auf dem sicheren Deck stand. Erst beim Abendessen erwachte er aus seiner Erstarrung. Die Männer erfuhren, daß es sich bei der Maschine um einen Bomber gehandelt hatte, der es fertigbrachte, die Schallmauer zu durchbrechen (was das bedeutete, begriff VanRoark nicht so recht). Die letzten Flugzeuge dieses Typs waren angeblich vor einem halben Jahrtausend abgestürzt und verbrannt. Smythe hatte Insignien von insgesamt fünf Nationen bemerkt. Drei konnte er aufzählen, die anderen beiden kannte er nicht. An diesem Abend blieb der Bibliothekar entgegen seinen Gewohnheiten lange wach. Prager erzählte VanRoark später, daß sich Yarrow im Morgengrauen zu Smythe gesellt und eine salbungsvolle Rede gegen die ›Teufelsmaschine‹ vom Stapel gelassen hatte; daraufhin verabreichte ihm der gebrechliche alte Mann eine handfeste Tracht Prügel.

VanRoark spürte, wie sich die Zeit um ihn verdichtete, so daß kaum genügend Raum für die großen abstrakten Probleme blieb. Er gelangte zu der Überzeugung, daß er nichts mehr tun konnte; wenn es noch ungeklärte Dinge gab, so hatte ihm das Schicksal die Entscheidung aus der Hand genommen. Die Kämpfe auf den Meadows dauerten an, das wußte er jetzt, und ihm blieb keine andere Wahl, als sich der einen oder anderen Partei anzuschließen. Neue Fragen traten in den Vordergrund. Würde er es fertigbringen, einen Menschen zu töten? Und wenn ja, nur in Notwehr oder auch aus eigenem Impuls? Hatte er das Zeug zu einem Helden?

Auch den Kapitän bewegte das unerwartete Auftauchen des Flugzeugs. Zum einen zeigte er sich enttäuscht darüber, daß die Gottesarmee (selbst Tapp war überzeugt davon, daß der

Bomber für die ›gerechte‹ Seite kämpfte) über so hochwertige Waffen verfügte. Das bedeutete, daß es ihm nicht leichtfallen würde, an ein besseres Schiff heranzukommen oder die Truppen auszuplündern. Zum anderen aber beflügelte die Tatsache, daß es noch einsatzfähige Maschinen dieser Art gab, seine begrenzte Fantasie. Wenn sich schon Flugzeuge auf der Burn-Ebene versammelten, warum nicht auch Stahlschiffe? Es gab an die zwanzig Nationen, die es auf die beiden Panzerschiffe von Enador abgesehen hatten. Dem Mann, der über ein noch besseres Schiff gebieten konnte, lag die ganze Welt zu Füßen.

Im Laufe des Abends nahm der Gedanke, ein Kriegsschiff zu erbeuten, immer deutlichere Gestalt an. Der Kapitän, bis dahin ein kühler Rechner, ließ sich nur noch von seiner Gier nach einem riesigen Stahlschiff leiten. Wenn es gelang, nachts so einen Kahn zu entern und die Mannschaft durch Messer und Drahtschlingen außer Gefecht zu setzen, dann hatten sich die Strapazen tausendfach gelohnt.

VanRoark hatte schließlich genug von dem Geschwätz und begab sich in seine Kabine. Natürlich konnte er nicht einschlafen, aber er wußte, daß es wenig Sinn hatte, nach oben zu gehen; in dieser Nacht gehörte das Deck Tapp und Smythe. So blieb er in seiner Hängematte und träumte vom Dröhnen der Triebwerke und den bunten Insignien am Leitwerk. Kurz vor dem Einschlafen vernahm er einen dumpfen Schlag. Er fragte Prager am Tag darauf nach der Ursache und erfuhr von dem Streit zwischen Smythe und Yarrow.

15

Fünf Tage nachdem sie den Bomber gesichtet hatten, entdeckte Tapp ein Stück unterhalb der Sonne einige glitzernde Tupfen, die dünne weiße Fäden hinter sich herschleppten. Das Dröhnen der Triebwerke drang durch die klare Luft bis zur *Garnet*. Der Kapitän richtete seinen Feldstecher auf die Formation, aber die Maschinen flogen so hoch, daß er nur ein metallisches Gleißen sah.

Die Kondensstreifen blieben eine halbe Stunde am Himmel, dann zerflossen sie. Wieder spürte VanRoark, wie sich die Zeit verdichtete. Das Vorüberziehen von fünf Flugzeugen verwandelte das Morgen in eine winzige Minute und das Ende der Welt in das Morgen.

Einen Tag später durchpflügte das erste Schiff die tiefblaue See, knapp eine Viertelmeile von der *Garnet* entfernt. Vorn und achtern ragten je zwei Geschütztürme auf, und die Kommandobrücke glich einer Festung. Auf grauem Grund stand in schwarzer Schrift die Zahl 2470.

Tapp war außer sich vor Begeisterung. Er kramte in seinen Erinnerungen und verglich sie mit den Informationen, die er von Smythe erhielt. VanRoark sah nur die stolzen Schornsteine und den schnittigen Bug. *Mein Gott*, dachte er, *ein überwältigender Anblick!* Der Kapitän entzifferte den Namen: *W. Lane* (Mann, 'Roark, das Ding macht mindestens dreißig Knoten!). Irgendwie wollte es VanRoark nicht einleuchten, daß ein so schönes Schiff einen derart langweiligen Namen trug. Die Wracks im Hafen seiner Heimatstadt hatten *Amethyst* geheißen oder *Juwel*.

Smythe leierte wie immer die Daten herunter – Bewaffnung, Triebwerke, Durchschnittsgeschwindigkeit, Herkunftsland und ähnliches. Obendrein wußte er zu berichten, wie sich Schiffe dieses Typs in schwerer See und in Kämpfen bewährt hatten. VanRoark hörte kaum zu. Er hatte nur Augen für die eleganten Linien und die bunten Wimpel, die auf den Masten flatterten.

Dann war die *W. Lane* verschwunden. Sie hatte die Signale der *Garnet* nicht beantwortet. Aber das störte niemanden. Smythe, Tapp und VanRoark genügte es zu wissen, daß es solche Schiffe überhaupt noch gab, während der Kapitän und seine Crew ohnehin die Anonymität bevorzugten. Lediglich Yarrow wetterte gegen das ›Blendwerk des Teufels‹, das einen Namen trug, als sei es ein Gottesgeschöpf.

VanRoark war enttäuscht, als sich weder am nächsten noch am übernächsten Tag etwas zeigte. Er überlegte, ob man das gleichzeitige Auftauchen von Kampfflugzeugen und einem alten Panzerschiff als Zufall bezeichnen konnte. Oder waren sie etwa in die Nähe eines Unterwasser-Friedhofs geraten, wo Fliegende Holländer und Geisterflugzeuge ihr Unwesen trieben?

Die Küste verlief jetzt glatt und regelmäßig, und auch die Gefahr von Korallenriffen hatte sich vermindert, seit sie sich wieder in gemäßigten Breiten befanden. Es gab weder Untiefen noch Sandbänke, und so segelte die *Garnet* auch nachts, wenn Mond und Sterne hell genug schienen.

Es war gegen Mitternacht, als Tapps Geschrei auf dem Oberdeck ertönte. Die Männer taumelten schlaftrunken aus ihren Hängematten und griffen nach Messern und Äxten, um den vermeintlichen Überfall abzuwehren. VanRoark rannte mit den anderen nach oben.

Tapp hatte ein Stück der Strickleiter erklommen und deutete aufgeregt zu einer Landzunge, die im Nordosten lag.

»Was gibt es?« rief VanRoark.

»Da, sehen Sie doch – auf dem Bergrücken!« entgegnete Tapp. Seine Stimme überschlug sich.

VanRoark kniff die Augen zusammen, aber er konnte nichts erkennen. Erst als er ein wenig zur Seite trat, um den Blickwinkel zu verändern, entdeckte er die schwarze Ruinensilhouette – unregelmäßige Mauern- und Balkenreste. »Und was ist das?« fragte er skeptisch.

»Brampton Hall!« kreischte Tapp.

»Sagten Sie nicht, daß Brampton Hall sich über der Burn-Ebene erhebt – an dem Ort, wo unser Heer wartet?« VanRoark merkte, daß auch in seiner Stimme eine Spur von Hysterie mitschwang.

»Ja, aber auf der Nordseite! Sobald wir um diese Klippen herumsteuern, sehen wir sie!« Tapp wandte die Blicke erneut der Ruine zu. »Brampton Hall!« murmelte er.

Die Mannschaft lief aufgescheucht über das Deck. Keiner wußte so recht, was er tun sollte. Einige hißten weiße Flaggen, andere liefen an die Kanonen, und wieder andere starrten ungläubig zum Festland hinüber. Smythe kam nach oben, nur halb angezogen, und rieb sich den Schlaf aus den Augen. »Verdammt!« sagte er tonlos, als VanRoark ihm die Umrisse der Festung zeigte.

Zum erstenmal seit Beginn der Reise war Yarrow sprachlos.

VanRoark erinnerte sich an die billigen Romane, die er in seiner Kindheit gelesen hatte, und dachte, daß nun eine bedeutungsvolle Stille eintreten müsse, ein Moment der Ruhe vor dem Losbrechen des großen Sturms. Aber die Nacht war durchsetzt von einem leisen Summen und Dröhnen, das sich verstärkte, je näher sie der Landzunge kamen. Nach einiger Zeit übertönte es das Klatschen der Wellen und machte jede Unterhaltung unmöglich. Kurze, harte Detonationen klangen auf.

Der Bergrücken, auf dem Brampton Hall stand, gehörte zu einem niedrigen Gebirgsstock am nördlichen Horizont. Eingebettet zwischen den Hügeln und der See befand sich die Burn-Ebene, und hier hatte sich das Heer versammelt. Selbst Tapp verschlug es die Stimme. Man hatte den Eindruck, als segelte die *Garnet* geradewegs in ein Gewirr von Sternen, deren Glanz sich auf der ruhigen Fläche des Meeres widerspiegelte. Lichter, mehr als VanRoark je gesehen hatte, erhellten das dunkle Land – vom kalten bläulichen Schein elektrischer Birnen bis zu regenbogenbunten Altar- und Votivlämpchen. Formen und Farben, huschende Schemen, die ineinanderflossen und sich wieder trennten, ein Hin und Her wie das Wogen der See ...

Ein lauter Warnruf vom Ausguck brachte die Männer zurück in die Wirklichkeit. Gebannt von der glitzernden Ebene, hatten sie völlig übersehen, daß es in der Bucht vor ihnen von Schiffen geradezu wimmelte. Mit gerefften Fock- und Großsegeln schob sich die *Garnet* voran. Navigationslichter in Weiß, Orange und Fahlblau strahlten von der Küste her; sie erhellten einen Wald von Masten und Tauen. An die fünfhundert Segelschiffe lagen vor Anker, die meisten ebenso schäbig wie die *Garnet*, einige jedoch auch mit Goldverzierungen und blitzenden Messingkanonen.

Der Kapitän pfiff leise durch die Zähne und befahl, die *Garnet* backbords zu drehen. Hier stiegen die grauen Wälle der Panzerschiffe aus dem Wasser, so hoch, daß die Oberbauten verschwommen wirkten. VanRoark erkannte die *W. Lane* und stellte verblüfft fest, daß sie neben ihren Gefährten winzig aussah.

Dem Kapitän fiel es sichtlich schwer, vor Anker zu gehen. Er hätte am liebsten noch in dieser Nacht das Schiff ausgewählt, das er entern wollte. Aber er kam schließlich zu der Einsicht, daß er das Tageslicht abwarten mußte, bevor er konkrete Pläne schmieden konnte, und so rasselte die Ankerkette der *Garnet* eine halbe Meile vom Ufer entfernt in die Tiefe. Das Schiff lag zwischen einem Viermast-Schoner von der Insel Oromund und einem Zerstörer, der immer noch die Flagge der aufgelösten Nordkap-Föderation trug.

Tapp ließ sich zur Feier des Ereignisses vollaufen und verbrachte den größten Teil der Nacht am Achterdeck, wo er, ans Ruderhaus gelehnt, ›Brampton Hall‹ und andere Balladen grölte. Die Mannschaft hätte ihn gern nach unten geschafft, aber sobald jemand in seine Nähe kam, schwang er den Säbel und sang nur noch lauter.

VanRoark und Smythe erklommen den Großmars und betrachteten stundenlang die lichterfunkelnde Ebene. Halb verdeckt von den großen grauen Stahlschiffen erstreckte sich ein Steinwall, der früher einmal vielleicht als Kaimauer oder Helling gedient hatte. Scheinwerfer huschten über diese Mauer; einige senkten sich aus dem Dunkel und kamen langsam zum

Stillstand; andere jagten die Piste entlang und schossen dann mit einem ohrenbetäubenden Kreischen in die Luft.

Gegen drei, als das erste Dämmerlicht die Bergkämme säumte, kam vom Meer Nebel auf und legte sich über die Bucht. Er dämpfte die Lichter und verwischte die Entfernungen. VanRoark schätzte, daß er bis zum Sonnenaufgang noch zwei Stunden Zeit hatte, und ging unter Deck, um einen Teil des versäumten Schlafes nachzuholen. Tapp lag betrunken neben dem Ruderhaus, in einer Hand den Säbel, in der anderen eine leere Schnapsflasche.

Niemand begegnete in dieser Nacht Yarrow, und am nächsten Morgen war seine Kabine leer. Der Kapitän äußerte die Vermutung, daß er in seiner Besessenheit über Bord geklettert und ans Ufer gerudert sein könnte, während die anderen schliefen. Tapp hielt es nicht für ausgeschlossen, daß ihn jemand von der Crew ermordet hatte; jeder wußte, daß er ein paar alte, juwelengeschmückte Bibeln besaß. VanRoark zuckte nur die Achseln, als er die verschiedenen Versionen hörte. Es war Yarrows Wunsch gewesen, hier zu sterben; es spielte wohl kaum eine Rolle, ob er sich bei den Gläubigen des Diesseits oder des Jenseits befand.

16

Als VanRoark sich am nächsten Morgen herrichtete, hatte er immer noch den Glanz der Lichterebene vor Augen. Er wußte, daß in der ungeschminkten Helligkeit des Tages alles anders aussehen würde, und nahm sich fest vor, keine Enttäuschung zu zeigen.

Nun, in gewisser Hinsicht behielt er recht. Es waren nicht tausend Panzerschiffe, sondern nur neun, und auf der Rollbahn, die sich vom Strand bis zum Horizont erstreckte, standen armselige fünfundzwanzig Flugzeuge der verschiedensten Typen und Größen. Aber einzeln betrachtet, besaß jedes dieser Schiffe und Flugzeuge mehr Kampfkraft als die mächtigste Nation seiner Welt.

Das Beiboot der *Garnet* brachte die Passagiere an Land, zusammen mit zwei Matrosen, die sich entschlossen hatten, für die gerechte Sache zu kämpfen. Währenddessen befand sich der Kapitän an Bord und weihte die übrige Mannschaft in seine Pläne ein.

Kurz vor der Küste passierte das Boot den bewaffneten Handelskreuzer, der den Propheten Timonias in VanRoarks Heimatstadt gebracht hatte. In seiner Nähe befanden sich vier ähnliche Schiffe, alle umgebaut und alle in einem mehr oder weniger verwahrlosten Zustand. Das größte von ihnen, ein schwarzer Tanker mit weißen Deckaufbauten, hatte sämtliche Pumpen und Rohre entfernt; statt dessen verlief eine Doppelreihe schwerer Geschütze vom Bug bis zum Achterdeck. Das Metall war mit einer Schutzschicht versehen, und die Rücklaufmechanismen glänzten vor Fett.

Und dann hatte das Boot die Küste erreicht. VanRoark, Smythe, Tapp und die beiden Deserteure gingen an Land, während die Rudermannschaft in aller Hast zur *Garnet* zurückkehrte.

Vor den Männern breitete sich das Heerlager aus.

Der erste Eindruck war ein Rausch von Farben. Bunte Zelte lagen über die ganze Ebene verstreut, versehen mit Wappen oder Stammeszeichen. Fahnen flatterten im Wind, auf Rüstungen und Schwertern blitzte die Sonne, Helmbüsche wehten, und Pferde mit kunstvoll gewirkten Satteldecken standen bereit zum Morgenritt. VanRoark entdeckte die Embleme von Nationen, die er für tot gehalten hatte: das Delphin-Symbol der Seefahrer-Aristokratie von den Dresau-Inseln; die Ritterfaust und den Pegasus von Mourne, umgeben von einem Kranz schwarzen Eichenlaubs, zur Sühne für irgendein längst vergessenes Unrecht; Löwe, Einhorn und Greif vor den Zelten von Montjoy, Kirkland und Kroonstadt, dazu den Anker und Fischadler von Enador. VanRoark warf einen Blick zur Bucht hinüber, und tatsächlich, da lag eines der berühmten Panzerwachboote. Doch für jedes Emblem, das er erkannte, gab es hundert, die nicht einmal Smythe zu deuten wußte.

Sie schlenderten langsam durch die Zeltgassen. Nicht einmal auf den lärmenden Jahrmärkten Enadors hatte VanRoark soviel Leben und brodelnde Energie gesehen. Man merkte, daß die Menschen nicht resignierten und auf den Tod warteten, sondern daß sie ihr Schicksal in die Hand nahmen.

Der bunte Strom schob die Neuankömmlinge voran. Sie kamen an Ständen vorüber, wo Fischer den Fang der letzten Nacht anboten. Vor einigen besonders grellen Zelten hielten Dirnen nach Kunden Ausschau. Tapp wandte sich fluchend ab, weil er kein Geld bei sich hatte, während Smythe sofort in einem der Zelte verschwand. VanRoark kam zu der Erkenntnis, daß auch die Kämpfer des Lichts ihre menschlichen Schwächen hatten.

Sie folgten dem Küstenstreifen nach Süden, bis sie die Hügel von Brampton Hall erreichten. Gegen Mittag machten sie unterhalb des Kammes Rast. VanRoark hatte in einer der Verkaufsbuden Schwarzbrot und Käse erstanden — zu einem Wucherpreis, wie er feststellen mußte. Auch die anderen Waren, die an den Ständen feilgeboten wurden — Pistolen, Kettenhemden und Zelte — waren praktisch unerschwinglich. Allmählich beschlich VanRoark der Verdacht, daß Enador sein

Panzerboot nicht ausgeschickt hatte, um den Heiligen Krieg zu unterstützen; es war vielmehr gekommen, um den Kaufleuten den Rücken zu stärken. Als Tapp und VanRoark später mit Smythe zusammentrafen und ihre Beobachtungen schilderten, bestätigte er ihre Vermutungen. Nicht nur die Läden, sondern auch die Bordelle befanden sich unter der Kontrolle von Enador; aus diesem Grund hatten sie ihren Standort in Küstennähe.

VanRoark wunderte sich, weshalb ihn diese Erkenntnis so verbitterte. War er nicht ein Wanderer, der allem Irdischen entsagt hatte und nur noch ein ehrenvolles Ende herbeisehnte? Aber die kalte Berechnung, die organisierte Ausbeutung empörte ihn dennoch. Tapp nahm diese Dinge gelassener auf. Jeder, so meinte er, hatte das Recht, den Weltuntergang auf seine Weise vorzubereiten. Und wenn jemand einen Gewinn aus dem Trubel schlug – bitte, warum nicht? VanRoarks Zweifel, daß er beim falschen Heer gelandet war, mehrten sich.

Doch im Moment lagerten sie am Berghang und warfen einen Blick auf das bunte Leben zu ihren Füßen. Am dichtesten standen die Zelte in der Nähe des Strandes. Im Norden und Nordosten waren die Unterkünfte spärlicher und längst nicht so farbenfroh; hier hausten Männer wie VanRoark und Tapp, die keine Lust oder kein Geld hatten, sich von den gierigen Händlern Enadors ausnehmen zu lassen. Das Lager endete abrupt an einem mehrere hundert Meter breiten, völlig freien Landstreifen. Dahinter erkannte VanRoark die klobigen Umrisse von Feldgeschützen und Panzerfahrzeugen; sie gehörten den Rand-Nationen – Menschen, die sich hier niedergelassen hatten, am Rande der Welt und am Rande des Chaos. Tapp behauptete, sie stammten von Brampton Hall und seien eben erst von der langen Flucht heimgekehrt; keineswegs hätten sie die Absicht, auf den Meadows zu kämpfen. Doch dann lachte Tapp, und VanRoark wußte nicht recht, ob er seine Worte im Ernst gemeint hatte.

Am Ostrand des Lagers, wo sich die Berge senkten, um einem Fluß Durchlaß zu gewähren, standen vier langgestreckte Fahrzeuge in graubrauner Tarnfarbe; sie setzten sich aus vielen Einzelabteilen zusammen, die durch Kupplungen miteinander verbunden waren. Tapp nannte sie ›Züge‹ und erklärte, daß die längsten mehr als dreihundert Meter maßen.

Die Reihen der Kanonen und Panzerfahrzeuge wurden in unregelmäßigen Abständen von Kommandozelten und Baracken unterbrochen. Radiomasten und ein Gewirr von Antennen ragten in den Himmel.

Merkwürdig, dachte VanRoark, da war einmal das grelle laute Gewimmel des Heerlagers mit seinen Marktgassen und Freudenhäusern — und dicht daneben eine Gruppe von Menschen, die still und unauffällig ihre eigenen Wege ging, ohne sich von der Hektik ihrer Umgebung anstecken zu lassen.

Die Fahrzeuge und Zelte der Rand-Nationen erstreckten sich nach Westen, bis sie an die Betonpiste stießen, die von der Küste bis zum Horizont führte. Die glatten Metallflächen von ein paar Flugzeugen blitzten in der Sonne. Hin und wieder rollte eine der Maschinen träge und schwerfällig über die Bahn, und ihr Dröhnen übertönte einen Moment lang den Lärm des Heerlagers. Dann verwandelte sich das Dröhnen in ein hohes Kreischen, die Ausstoßdüsen leuchteten fahlgelb, und das Flugzeug löste sich vom Boden, um einem unbekannten Ziel entgegenzujagen. Flaggen dippten, und von provisorischen Gerüsten blinkten Signallichter.

Die Flugzeuge und die Lichter waren das einzige Anzeichen dafür, daß im Lager der Rand-Nationen noch Leben herrschte. Sie sind müde, dachte VanRoark, erschöpft vom langen Umherwandern, und suchen einen Platz zum Ausruhen.

Eine Woche, nachdem sie zur Ruine vom Brampton Hall aufgestiegen waren, schlenderte VanRoark über den Landstreifen, der sich wie ein Trennungsstrich zwischen das Hauptheer und das Lager der Rand-Nationen schob. Er sah sich die Panzer und Kanonen an; es waren längst nicht so viele, wie er vermutet hatte.

Ein hagerer, von der Sonne gebräunter Mann stand mit nacktem Oberkörper neben einer Lafette. Er hatte die Zielvorrichtung zerlegt und die Einzelteile auf einem weißen Tuch am Boden ausgebreitet. Auf seinem linken Unterarm befand sich eine Tätowierung – der Tod auf einem geflügelten Pferd. Darunter stand: *656. Luftgeschwader – Die Teufelskerle.*

Sie plauderten eine Zeitlang über belanglose Dinge: daß die Weiber viel kosteten, daß eine frische Ladung Schwertfisch angekommen war und daß auf dem Kreuzer des Propheten Timonias eine unheimliche Stille herrschte.

VanRoark bemerkte die Tätowierung und erkundigte sich, wo die Maschinen des Geschwaders geblieben seien.

»Abgestürzt, auf dem Wege hierher«, entgegnete der Fremde mit einem Achselzucken. Seine blauen Augen bildeten einen merkwürdigen Kontrast zu der dunklen Haut. »Im Territorium der ehemaligen Nordkap-Föderation. Eine scheußlich kalte Gegend. Wir glaubten nicht, daß wir es bis hierher schaffen würden, denn wir blieben ausgerechnet in den Fjorden hängen. Aber Walker gab nicht auf. Wir haben ihn später bei einer Panne im Großen Ödland verloren.« Er sprach langsam. Seine Aufmerksamkeit galt dem Zielgerät.

»Wie lange ist das her?«

»So an die zehn, elf Jahre«, meinte er geistesabwesend.

VanRoark schluckte. Auch Tapp hatte diese Zeitspanne genannt; vielleicht war dieser Fremde dem gleichen Propheten begegnet wie der ehemalige Leutnant von Cynibal. »Und seitdem seid ihr unterwegs?«

»Nicht ganz. Wir kamen vor vier Monaten hier an. Und dann gab es lange Aufenthalte. Es hat eine Menge Schweiß gekostet, all das Zeug« – er deutete auf die Kanonen – »aus dem Wasser zu fischen und wieder instandzusetzen. Außerdem brauchten wir Treibstoff für unsere Zugmaschinen.« Er lachte. »Eine statteten wir mit einem Dampfkessel aus.«

VanRoark wartete, aber der Mann hatte offenbar nichts mehr zu erzählen, er wickelte vorsichtig eine Feder auf und verhakte das eine Ende im Gehäuse. »Habt ihr eigentlich nur das Zeug da?« fragte VanRoark und deutete auf die Geschützreihen.

Der Mann hob den Kopf. »Wie?«

Jetzt erst merkte VanRoark, daß er ziemlich unhöflich war. Er versuchte die Scharte auszuwetzen. »Nun – ich will nichts gegen die Waffen sagen, aber es gibt doch auch noch andere Dinge. Sehen Sie sich das Heerlager dort drüben an! Da herrscht Leben und Abwechslung! All die Buden und Verkaufsstände, dazu Frauen, Musik, Unterhaltung! Man hat eine richtige Stadt in die Ebene verpflanzt . . .«

»Ach, das meinen Sie«, entgegnete der Mann bedächtig. »Nein, wir besitzen nur unsere Kanonen. Und wissen Sie auch, warum?«

VanRoark schüttelte den Kopf.

»Weil das alles ist, was die uns gelassen haben, Sie Einfaltspinsel!« fauchte er und deutete zum Heer hinüber. »Verdammte Bastarde! Sobald jemand versuchte, etwas Schönes oder Gutes aufzubauen, rissen sie es an sich oder machten es kaputt. Kennen Sie meine Heimat, Mann? Nein, wie sollten Sie auch, es gibt sie längst nicht mehr. Wir versuchten den Untergang zu verhindern, aber sobald wir es wagten, die Grenzen unseres Landes zu überschreiten, weil wir Öl oder Stahl oder auch nur sauberes Wasser brauchten, fielen sie uns an – von vorne, wenn sie Mut hatten, aber meistens von hinten. Schnitten nachts heimlich die Fallschirmgurte durch oder legten Bomben in die Maschinenräume unserer Schiffe.«

Der Mann lehnte sich gegen den brüchigen Reifen der Lafette und preßte eine Hand gegen die Stirn. »Okay, Freund, Sie haben meine Geschichte gehört, und jetzt hauen Sie ab zu Ihrem Heer, bevor Sie mir den Nachmittag ganz verderben.«

VanRoark wandte sich zum Gehen, aber dann drehte er sich noch einmal um. »Weshalb seid ihr hierhergekommen?«

Der andere zuckte die Achseln und beugte sich wieder über seine Arbeit. »Weil es egal ist, wo wir abkratzen!«

»Hat euch der Prophet nicht gesagt, daß sich hier das Heer des Lichts versammelt?«

»Keine Ahnung mehr, was der Idiot sagte! Ich bin hier, weil ich alles satt habe, verstanden?«

»Nicht etwa wegen Brampton Hall?«

»Was ist'n das?«

Eine andere Antwort hatte VanRoark nicht erwartet, seit er selbst durch die Ruinen von Brampton Hall gestreift war. Die

Festung, die sich über mehrere Bergkämme erstreckte, strahlte einen tiefen Frieden aus, und das berührte VanRoark sonderbar, denn man sah überall noch die Spuren des heftigen Kampfes, der sich hier abgespielt hatte. In den Wällen und Türmen gähnten Einschlagskrater, bunte Glasreste hingen in den Bogenfenstern des Großen Saals, und die eisernen Dachstützen hatten sich durch die Hitze der Brände verbogen.

Aber im Innenhof der Ruine wuchs Gras, Flechten überzogen die eingesackten Mauern, und Efeu verdeckte häßliche Narben. Es war wie ein Wunder nach der toten, sterilen Ebene und den Schlackemassen der Berge.

Ein Gefühl des Friedens hatte Tapp und VanRoark auf ihrem Rückweg zum Heerlager begleitet. Und als sie das uralte Zelt aufsuchten, das Tapp ein paar Betrunkenen abgehandelt hatte, stiegen die Schatten aus dem Dunkel, die der Prophet Timonias vor so langer Zeit heraufbeschworen hatte. Doch nun waren sie nicht mehr von Triumph und Siegesgewißheit erfüllt, sondern von unendlicher Müdigkeit und Trauer.

17

Insgesamt blieben sie etwa zwei Wochen auf der Burn-Ebene. Immer noch trafen Nachzügler ein. In der Bucht lagen, dichtgedrängt die Segelboote. Irgendwann hatte ein mächtiger Tender festgemacht, grau und düster wie die Nebelbänke, aus denen er lautlos aufgetaucht war. Er trug das Delphin-Wappen der Dresau-Inseln, aber keine Landesflagge.

Der rostzerfressene Kreuzer des Propheten Timonias hatte immer noch seinen Platz in der Nähe des Ufers, zwischen den Segelschiffen und den großen Zerstörern der Rand-Nationen. VanRoark erspähte keine Menschenseele an Deck; aus den Schloten drang kein Rauch, und die Signale vom Land blieben unbeantwortet. Fragte er jedoch nach Timonias, so versicherte man ihm lächelnd, daß der Prophet an Bord sei.

Ein anderes Schiff dagegen hatte seinen Anker gelichtet — die *Garnet*. VanRoark überlegte kurz, ob die allgemeine Sorglosigkeit im Heerlager die Mannschaft dazu verleitet hatte, auf Raubzüge zu gehen, oder ob der Kapitän sein Schiff näher an die grauen Stahlschiffe der Rand-Nationen heranmanövriert hatte, doch dann vergaß er das Problem.

Noch ein Ereignis fiel in diese Zeit: VanRoark fand Smythe. Er war in dem schmalen Streifen Niemandsland umhergeschlendert, der die Rand-Nationen vom Hauptheer trennte, als er in der Nähe der Betonpiste einen Lastenkran neben einem riesigen Truppentransporter entdeckte. Neugierig trat er hinzu. Der Motorblock des Fahrzeugs war ausgebaut und wurde gerade überholt. Smythe gehörte zu den Mechanikern.

VanRoark, der sich noch allzu deutlich an das Gespräch mit dem Angehörigen der Rand-Nationen erinnerte, wartete schweigend, bis der Motorblock wieder zusammengesetzt war und von dem Kran an seinen Platz gehievt wurde. Smythe wandte sich von dem Fahrzeug ab, Hände und Arme ölverschmiert. Er strahlte, als er VanRoark sah.

18

Die nächsten beiden Tage verbrachte VanRoark mit Smythe und den Männern einer Nation, von der er nie zuvor gehört hatte. Sie beobachteten, wie die Flugzeuge über die Rollbahn donnerten, eine weite Schleife zogen und dann so niedrig hereinschwenkten, daß der Mastenwald vor der Küste in Bewegung geriet. Smythe schwärmte von den gewaltigen Raumschiffen, die in grauer Vorzeit zu den Sternen aufgebrochen waren, und VanRoark hörte ihm begeistert, wenn auch ein wenig skeptisch zu.

Am dritten Tag konnte VanRoark den Bibliothekar nirgends finden. Keiner der Männer, mit denen er gearbeitet hatte, wußte, wo er sich aufhielt. VanRoark blieb bei ihnen und half ihnen, den Drehmechanismus eines Geschützturms zu reinigen.

Gegen sechs Uhr abends waren sie fertig, und VanRoark machte sich auf den Heimweg. Einer der Männer schlug vor, daß er ins Lager der Rand-Nationen ziehen sollte, aber ein anderer meinte lachend: »Die hübschen Zelte am Strand bieten sicher mehr Abwechslung.«

»Schon möglich«, entgegnete sein Kollege, »aber hast du nicht auch das Gefühl, daß die Krieger dort drüben ein wenig nervös und streitsüchtig werden?«

VanRoark fragte erstaunt, was er damit meinte.

»Nun, eure Helden betrachten uns mit argwöhnischen Blicken. Sie glauben, daß unsere Schiffe und Panzer zu den Mächten des Bösen gehören. Und Timonias mit seinen Mönchen hält sich vornehm im Hintergrund, anstatt ein aufklärendes Wort zu sprechen. Es sieht nicht besonders gut für uns aus. Die Übermacht des Hauptheers ist erdrückend – und jede Nacht stehlen sich ein paar Halunken in unser Lager, um Kabel abzuzwicken oder Sand ins Benzin zu schütten. Als ob unsere Maschinen nicht altersschwach genug wären! Vor wenigen Tagen versuchten die Kerle gar, einen unserer Zerstörer zu entern. Nun, das ist ihnen schlecht bekommen.«

»Was geschah mit ihnen?« wollte VanRoark wissen.

»Oh, wir fanden heraus, zu welchem Schiff sie gehörten — ein uralter Kahn von Enador — und zwangen den Kapitän zum Auslaufen. Als unsere Geleitboote in den Hafen zurückkehrten, brauchten sie neue Munition.« Ein kurzes Lachen, dann fauchte der Mann: »Elende Piratenbande!«

Sein Gefährte wandte sich an VanRoark: »Überleg dir die Sache, Freund! Wir haben dich jedenfalls gewarnt.«

VanRoark bedankte sich und kehrte nachdenklich zu seinem Zelt zurück; die grellen Farben des Lagers hatten mit einem Mal etwas Drohendes angenommen. Jetzt, da er darauf achtete, merkte er, daß die Männer ihre Waffen putzten und die Reittiere gründlicher als sonst versorgten. Er glaubte nicht, daß sie bereits jetzt zu den Meadows aufbrechen wollten. Das hätten die Rand-Nationen sicher erfahren. Außerdem wäre der Beginn der Entscheidungsschlacht mit Festen und Ansprachen gewürdigt worden. Nein, hinter diesen heimlichen Vorbereitungen steckte etwas anderes.

Tapp ließ sich in dieser Nacht nicht sehen; VanRoark vermutete, daß er sich auf einer ausgedehnten Zechtour befand. Er selbst konnte nicht einschlafen. Gegen zwei Uhr morgens stand er auf und machte sich auf die Suche nach Tapp. Vielleicht wußte der ehemalige Leutnant mehr über den Konflikt zwischen dem Heer und den Rand-Nationen.

Im Lager herrschte ungewöhnliche Stille. Hin und wieder grölte ein Betrunkener durch die Nacht, aber sonst war alles ruhig. Selbst der Wind, der sonst vom Großen Ödland herüberwehte, schwieg. VanRoark warf einen Blick auf die Ruinen von Brampton Hall. Er rechnete fast damit, Flammen auflodern zu sehen, aber die zerfallene Festung lag in völligem Dunkel. *Nun steigere dich nicht in eine Hysterie, Mann!* dachte VanRoark.

Als er Tapp nirgends entdeckte, beschloß VanRoark, nach Smythe zu sehen. Er überquerte den öden Landstreifen und erreichte die Zelte der Rand-Nationen. Auch hier war es bedrückend still. Nur die schweren Stiefel der Wachtposten knirschten durch den Sand.

Smythe hatte sein Zelt nahe dem Fluß errichtet. Es war zusammengefallen, und als VanRoark näher trat, schlug ihm ein grauenhafter Gestank entgegen.

Der Bibliothekar lag mit durchgeschnittener Kehle in einer großen Blutlache.

VanRoark taumelte zurück. Die Augen des Toten schienen ihn anzustarren. Verzweiflung erfaßte ihn und ein hilfloser Zorn. Er merkte nicht, daß ihm die Tränen über die Wangen strömten. Vage Bilder durchzuckten sein Gehirn, nahmen Form an. Und im Zentrum dieser Bilder stand Yarrow. Warum? Er wußte es nicht. Aber Yarrow war da, mit seinem Bluthusten, seinen Bibelschriften und einem scharfgeschliffenen Dolch, der nach Weihrauch und Olivenöl roch.

Warum Yarrow? fragte sich VanRoark immer wieder. *Warum nicht einer vom Heer oder von den Rand-Nationen? Warum nicht Tapp? Oder Selbstmord?* Er hatte nicht einmal nachgesehen, ob Smythe ein Messer in der Hand hielt.

Irgendwie gelangte er zurück zum Lager. Er stolperte durch die Zeltgassen und versuchte seine Gedanken zu ordnen. Vielleicht hatte Yarrow auf dem Schiff des Propheten Unterschlupf gefunden. Andererseits, wenn er Smythe tatsächlich umgebracht hatte, wenn er sich für die Tracht Prügel an Bord der *Garnet* gerächt hatte, dann bestand die Möglichkeit, daß er hier in der Nähe herumlungerte. Die Hiebe und der Übertritt Smythes zu den Rand-Nationen – einem Fanatiker wie Yarrow genügte dies als Grund, um einen Mord zu begehen.

Aber wo – wo unter all den Millionen verbarg er sich? VanRoark blieb stehen und zwang sich, ruhig und sachlich zu überlegen. Ein sonderbarer Laut drang an sein Ohr, ein Geräusch, das er bisher nicht beachtet hatte und das sich doch im ganzen Lager auszubreiten schien. Es war kalt und hart; es jagte ihm eine Gänsehaut über den Rücken. Und dann erkannte er es: Metallschneiden wurden geschärft. Sie wisperten über Leder, wetzten gegen Stein oder kreischten an Stahl.

VanRoark begriff das alles nicht. Und er wollte nicht darüber nachdenken, denn es lenkte ihn von Yarrow ab. Er beschleunigte seine Schritte, lief ziellos weiter.

Ein Stück weiter vorn klang rauher Gesang auf. Es waren die Verse von Brampton Hall. VanRoark entdeckte den schwankenden Tapp in einer dunklen Zeltgasse und rüttelte ihn an den Schultern. »Haben Sie Yarrow gesehen?« schrie er.

Der schmächtige Mann schien mit dem Namen nichts anfangen zu können. »Warum?« fragte er mit einem breiten Grinsen.

»Weil er Smythe umgebracht hat!« VanRoark merkte, daß Hysterie in seiner Stimme mitschwang; er gab sich keine Mühe, sie zu verbergen.

Tapp sah ihn erstaunt an. Dann dämmerte Verständnis in seinen Zügen. »O nein ...«, sagte er gedehnt und fuhr sich mit der rechten Hand quer über den Hals. »Kchchch ...« Er verdrehte die Augen und streckte die Zunge weit heraus.

Unwillkürlich prustete VanRoark los. Tapps Galgenhumor war unbezahlbar. Er hatte noch nie eine so komische Grimasse gesehen.

Im gleichen Moment fiel ihm Tapp leblos in die Arme; ein klebriger Blutstrom ergoß sich über seine Jacke. VanRoark trat einen Schritt zurück. Er merkte nicht, daß Tapp ihm entglitt und zu Boden stürzte. Er merkte nicht, daß sich der Mann noch einmal aufbäumte und dann starr liegenblieb. Er merkte nicht, daß er schrie.

Er kam erst wieder zu sich, als ein schrilles, gespenstisches Wimmern die Luft erfüllte. Einen Moment lang glaubte er, Tapp habe die Stimme wiedergefunden. Aber dann merkte er, daß die Schiffssirenen heulten.

Um ihn brodelte ein Hexenkessel. Männer mit Schwertern in der Hand schwangen sich auf ihre Pferde. Gewehre wurden geladen. Tausend Fackeln loderten auf.

Er stolperte zum Strand, bis er knietief im Wasser stand, und rannte dann zurück, gestoßen, geschoben, zur Seite gedrängt von einer Horde Verrückter.

Wieder stürzte er. Von den Schornsteinen der grauen

Schiffsriesen stieg Qualm auf. Grelle Scheinwerfer richteten sich auf die Flotte der Segelboote. Kanonen brüllten los.

Einen Moment lang faßte VanRoark einen klaren Gedanken: Das Heer des Lichtes zerfleischte sich selbst; es ermordete die Angehörigen der Rand-Nationen.

Er wirbelte herum: Brampton Hall hob sich drohend schwarz von dem Fackelmeer ab. Maschinengewehre ratterten, Kanonen dröhnten, Detonationen erschütterten die Ebene. Schwerfällig erhoben sich die Flugzeuge von der Betonpiste. Bomben klatschten wie reife Früchte in die Tiefe, Feuerfontänen blühten auf.

VanRoark begann zu laufen. Er rannte vorbei an brennenden Zelten und Baracken. Der Lärm verdichtete sich, drohte ihn zu ersticken. Tote und Verwundete lagen in den Gassen. Er verlor jede Orientierung. Auch die Salven aus den Feldgeschützen der Rand-Nationen waren keine Hilfe, denn sie schienen von überall zu kommen. Irgendwann erspähte er einen der langgestreckten Züge, aber er verschwand sofort wieder hinter einer Feuerwand.

Und dann erfaßte ein Druck seinen Arm unterhalb der Schulter; für den Bruchteil einer Sekunde durchloderte ihn Höllenhitze. VanRoark schrie auf. Einen Moment lang hörte er nur die eigene Stimme. Die Hitze hatte den Knochen erreicht, zerfraß ihn. Dann spürte er nichts mehr.

Die Wunde schmerzt nicht, sagte er sich, *aber meine Haut ist durchlöchert. Der Lärm dringt in mein Inneres und tötet mich. Ich bin verloren.*

Er sah einen Mann, der sich wie eine Marionette bewegte; der Mann trug eine zerfetzte olivgrüne Uniform und schleifte ein Maschinengewehr mit glühendem Lauf hinter sich her. Seine Augen waren leer, aber der zusammengepreßte Mund drückte die ganze Bitterkeit aus, die er empfand.

VanRoark kam mühsam auf die Beine, besessen von dem Gedanken, ein paar Worte mit dem Fremden zu wechseln. Er wollte ihm sagen, daß er einen künstlichen Arm brauchen würde, jetzt, da ihn die Granate getroffen hatte; er wollte fragen, welche Illusionen ihn zu den Meadows getrieben hatten.

VanRoark schaffte es nicht ganz; der Fremde drohte im Kampfgetümmel zu verschwinden. In seiner Verzweiflung packte VanRoark ein Schwert, das im Sand lag, und warf es dem Mann nach, um die Aufmerksamkeit auf sich zu lenken. Der Soldat drehte sich um. Ein Stern detonierte vor VanRoarks Augen.

Wieder brach er zusammen. Er wußte, daß er nun außer dem Arm auch noch das rechte Auge verloren hatte. Eine Möwe landete dicht neben ihm, und irgendwie erheiterte ihn plötzlich der Gedanke, daß der Vogel sein ausgeschossenes Auge finden und damit fortfliegen könnte.

Für kurze Zeit überblickte er die gesamte Ebene mit ihren lodernden Feuern, dazu die Betonpiste und die zerstörten Schiffe in der Bucht. Dann verwischte sich alles. Die Farben begannen zu pulsieren, dehnten sich aus, strömten über den Rand seines Sichtfeldes hinaus. Eine Weile starrte er in den glühenden Kern der Flammen, doch schließlich erfaßte ihn die Nacht.

19

Da waren Schmerzen, heftige Schmerzen und verwischte Lichtstreifen, tiefschwarz im Zentrum, gleißend hell an den Rändern und dann in allen Regenbogenfarben gebrochen, als sie in die leere Augenhöhle eindrangen und von seinen Schädelknochen abprallten.

Er erinnerte sich an die Kulisse, vor der die Lichtstreifen hin und her huschten; sie wechselte im ewig gleichen Rhythmus von Schwarz zu Kobaltblau und Silber. Er erinnerte sich an die spitzen Kristalle der Ebene, die unter seinem Gewicht knirschten und im Feuerschein wie Diamanten funkelten. Dann wurde der Boden feucht und sandig. Niedrige Wellen leckten gegen seinen Körper und weichten das verkrustete Blut auf. Das Salz brannte in den Wunden, aber danach waren sie wenigstens gereinigt.

Er taumelte fort vom Meer, durch die Ruinen des Lagers; die vagen, schemenhaften Eindrücke waren jetzt mit Details von ungewöhnlicher Schärfe durchsetzt. Verkohlte Zeltstangen und angesengte Familienbanner ragten vor ihm auf, die edlen Schnitzereien zerstört, die Wappengestalten unkenntlich.

Ein Stück Seide, bestickt mit Schwertern und Basilisken, fiel ihm ins Auge; es flatterte stolz, geradezu arrogant über dem Chaos.

Reglose Gestalten lagen verkrümmt in den Gassen. Waren sie alle tot? Er hörte keinen Laut, nicht einmal das Kreischen der Möwen, die sich um die Beute stritten. Nichts – außer seinem eigenen harten, rasselnden Atem.

Nachdem die Kulisse einige Male gewechselt hatte, von Schwarz zu Kobaltblau und Silber, verwandelte sie sich plötzlich in ein mattes, eintöniges Grau, das nicht mehr weichen wollte. Zugleich machte sich ein Geräusch in seinem Innern breit, ein leises Surren, ebenso vage und unbestimmt wie die Schemen, die er zuerst gesehen hatte.

Die gähnende Leere in ihm, die das Feuer und dann die Stille aufgesogen hatte, wurde von einer leuchtenden Drahtspirale begrenzt. Nach einer Weile zeigte sich eine gerade Linie, von der weitere Spiralen ausgingen. Sie zogen die Wundränder zusammen. Das surrende Grau verschwand nicht ganz, aber es wurde durch das Drahtgewirr gedämpft und gefiltert.

Eine eigenartige Kälte strahlte von dem Gespinst aus; Farben füllten die Hohlräume zwischen den Drähten und dem surrenden Laut, und ganz allmählich setzten sich Gefühle an den Stellen fest, wo früher sein Arm und sein Auge gewesen waren. Der Schmerz hatte sich gelegt; nur hin und wieder brach er hervor und drängte das Licht zu einem Nichts zusammen. Dann tröstete ihn die Kälte.

20

Das Schwierige an der Orientierung war, daß er immer bei den Drahtgeflechten anfangen mußte. Eine andere Grundlage hatte er nicht. Drahtprofile von Menschen bewegten sich in dem gleichförmigen Grau der Welt. Erst nach und nach nahmen sie dreidimenisonale Formen an.

Als nächstes wanderten die Farben, die er gesehen hatte, als er blind war, nach außen. Sie verschoben sich wie in einem Kaleidoskop, bis sie an den Drahtgeflechten hängen blieben und sie umhüllten.

Er war in einem quadratischen kleinen Raum. Die Wände zeigten das monotone Grau nackten Metalls. In einer Ecke befand sich ein Waschbecken, in der anderen ein Kasten aus Metall, den man zugleich als Schrank und Schreibtisch benutzen konnte. Eine schmale Tür war in die gegenüberliegende Wand eingelassen. Er glaubte, daß sich ein Stück über seinem Bett ein Fenster befand, aber er sah es nicht. An der Tür zitterte ein schmaler Streifen Dämmerlicht auf und ab.

VanRoark hob leicht den Kopf. Ein Gipsverband hüllte seinen rechten Arm ein. Komisch – er wußte genau, daß ihm die Granate den Arm abgerissen hatte. Die leere Augenhöhle wurde von Bandagen verdeckt. Und noch eins fiel VanRoark auf: Sein Bett vibrierte leicht, und gelegentlich begann der ganze Raum zu schwanken. Er hatte den Eindruck, daß irgendwo in der Nähe mächtige Motoren dröhnten.

Unvermutet schwang die Tür auf, und ein hochgewachsener Mann trat ein. Er war ziemlich alt; ein schütterer weißer Haarkranz umrahmte den markanten Kopf. Der braune Kasack und die Hose, die der Fremde trug, schienen Reste einer Uniform zu sein.

Er warf VanRoark einen kurzen prüfenden Blick zu; der junge Mann wollte etwas sagen, aber er brachte keinen Ton hervor. Wortlos öffnete der Besucher den Metallkasten und rollte zwei Kabel aus, deren Enden in Steckerbuchsen an VanRoarks Gipsverband paßten.

Zum erstenmal spürte VanRoark Wärme an der Stelle, wo sich sein Arm befunden hatte; sie strömte nach oben, erfaßte seine Schulter und dann den ganzen Körper.

Die verrückten Drahtprofile lösten sich auf. VanRoark fiel in einen tiefen, sanften Schlaf. Keine Träume quälten ihn, keine Farben bedrängten ihn. Er empfand nur Wärme und Wohlbehagen.

»Sie waren fast drei Monate ohne Bewußtsein.« Der Kahlköpfige hatte eine tiefe Stimme. VanRoark fiel auf, daß sich sein Unterkiefer beim Sprechen nicht bewegte. »Wie fühlen Sie sich?«

»Danke gut.« Mehr als ein heiseres Krächzen brachte VanRoark nicht zustande.

»So sehen Sie aber kaum aus, Freund. Sie wissen, daß Sie beinahe im Jenseits gelandet wären?« VanRoark nickte mühsam.

Verlegenes Schweigen machte sich breit. Der Fremde hüstelte. »Also, mein Name ist Cavandish. Ich würde Ihnen gern die Hand geben, aber das geht im Moment noch nicht.«

»Amon VanRoark, Sir.«

»Freut mich, Amon. Äh – Sie wundern sich vermutlich, wo Sie sind, nicht wahr?«

VanRoark rang sich ein Lächeln ab und nickte.

»Wir fahren mit einem Geländezug nach Osten. Sehen Sie, nachdem sich das Heer aufgelöst hatte ...« Er stockte und preßte beide Hände gegen die Schläfen. »Niemand weiß genau, was geschah. Ein Großteil der Truppen schien plötzlich von der Idee besessen, daß die Rand-Nationen zu den Mächten des Bösen gehörten und daß man sich den Gang zu den Meadows ersparen könnte, wenn man sie gleich hier niedermetzelte.

Ich begreife das alles nicht, Amon. Ich habe zwar gehört, daß die Heere auf den Meadows immer neue Schlachten entfesseln, auch wenn die eine oder andere Partei vorübergehend eine Niederlage erleidet. Aber ich weiß nicht, was ich von dieser — dieser Selbstzerfleischung halten soll. Ein feiger Überfall, mitten in der Nacht ...« Seine Stimme klang ruhig, aber VanRoark fiel auf, daß der Fremde nervös an seinen Fingern zerrte. »Oh, bei Gott, wir haben uns nach besten Kräften gewehrt. Der ganze Quatsch von Gut und Böse, von Dunklen Mächten und dem Heer des Lichts war vergessen. Es machte uns Spaß, es den Kerlen heimzuzahlen, die uns Nacht für Nacht mit ihren Sabotageakten gequält hatten.«

Cavandish seufzte hilflos. »Nun, wir waren so etwa die letzten, denen die Flucht aus der Burn-Ebene gelang. Herrgott, Sie hätten die Toten sehen sollen! Tausende — Millionen ... ich weiß es nicht.

Aber lassen wir das! Unser Geländezug hatte die Schlacht natürlich nicht unversehrt überstanden. Es gelang uns gerade noch, die Berge zu erreichen und uns in einer alten Ruine zu verbergen.«

»Brampton Hall?«

»Möglich, daß sie so heißt. Wir verhielten uns ganz ruhig. Nur hin und wieder, wenn wir das Gefühl hatten, daß von der Ebene her Gefahr drohte, feuerten wir ein paar Warnsalven ab. Am dritten Tag war der Schaden am Zug behoben, und wir wollten eben aufbrechen, als wir Sie entdeckten. Mann, Sie sahen zum Fürchten aus — wie der wandelnde Tod! Maus schlug vor, daß wir Sie erlösen sollten, aber Kenrick, Arzt bis zur letzten Konsequenz, lud Sie in einen der Wagen und flickte Sie zusammen, so gut es ging.«

»Es sind noch andere da?«

»Insgesamt waren es fünf. Maus bekam einen Pfeil aus dem Hinterhalt ab, als wir die Ruinen verließen; das Gift drang zu rasch in den Blutstrom. Lyndir und Zaccaharias starben vor einem Monat an einem rätselhaften Fieber. Kenrick sagte etwas von Vampir-Fledermäusen, aber das ist nur eine Vermutung. Dann überfiel uns ein Reitertrupp von Mountjoy, der sich auf dem Heimweg befand. Corwin erwischte es. Und der arme Kenrick verlor eines Tages einfach den Verstand — stammelte merkwürdige Dinge von einem Mädchen, das er geliebt hatte und so. Er hinterließ einen Zettel mit der Nachricht, daß er heim ginge; das Wort HEIM schrieb er mit Großbuchstaben. Ich wartete ein paar Tage auf ihn, aber er kam nicht zurück.« Cavandish schüttelte traurig den Kopf. »Kenrick hätte Ihnen gefallen, Amon, ganz bestimmt.«

Wieder drohte sich Schweigen auszubreiten. »Waren wir die einzigen, denen die Flucht aus der Ebene glückte?« fragte Amon.

»Nein, das nicht. Ein Teil des Hauptheers kam davon. Ich vermute, daß sich die Kerle aus dem Staub machten, bevor die Schlacht begann. Aber auch bei den Rand-Nationen gab es Überlebende. Ich beobachtete sie, während Maus und Zaccarias den Zug reparierten. Sie zerstreuten sich einfach. Einige kehrten vermutlich in die Heimat zurück; andere flohen aus Furcht. Aber die meisten empfanden einfach Ekel. Amon, ich habe die Züge dieser Männer gesehen. Diese Bitterkeit! Sie wollten nur fort, irgendwohin, wo es kein Blut und keine Toten gab.

Einige allerdings gingen auch nach Norden, zu den Meadows. Sieben Flugzeuge hoben von der Rollbahn ab, und fünf davon verschwanden am nördlichen Horizont. Einige Torpedoboote und ein kleinerer Zerstörer schlugen die gleiche Richtung ein.«

VanRoark sah zu dem alten Mann auf. »Und wir, Cavandish? Gehen wir zu den Meadows?«

»Nein.« Cavandish starrte aus dem Fenster, das VanRoark nicht sehen konnte. »Unser Ziel ist die Blackwoods Bay.«

»Aber Cynibal existiert nicht mehr. Auch dort fand ein furchtbarer Krieg statt.«

»Ich benötige Treibstoff – so viel Treibstoff, daß ich in meine Heimat zurückkehren kann.« Cavandish sah sich langsam im Raum um und richtete den Blick dann wieder auf VanRoark. »Hat Ihnen einer der Männer, mit denen Sie zusammentrafen, gesagt, weshalb er zu den Meadows ging?«

VanRoark dachte zuerst an Yarrow, der die lautesten und verwirrendsten Erklärungen für sein Verhalten abgegeben hatte; dann an Smythe und Tapp, die unsicher zwischen Gott, dem Teufel und Brampton Hall geschwankt hatten. Schließlich erinnerte er sich an den Mechaniker von den Rand-Nationen, mit dem er ein längeres Gespräch geführt hatte. »Sie waren müde«, murmelte er. »Sie hatten alles satt.«

»Genau, Amon. Ich kam zu den Meadows, weil sie irgendwie Frieden versprachen. Pah! Fünf Jahre lang war ich unterwegs, fünf schöne Jahre meines Lebens habe ich geopfert, und wozu? Um mitzuerleben, wie meine besten Freunde starben, wie die letzten Schätze, die meine Nation für die Schlacht von Armageddon zusammengescharrt hatte, vernichtet wurden!

Mein Gott, Amon, wenn die anderen nach all dem, was geschehen ist, noch auf den Meadows kämpfen wollen, dann ziehe ich den Hut vor ihnen, denn sie haben sehr viel mehr Geduld als ich. Im Moment kotzt mich das alles an. Ich möchte nur in meinem Zug sitzen und dahinrollen, ohne Ziel, einfach weiter und weiter.« Cavandish überlegte eine Weile, und dann huschte ein Lächeln über seine Züge. »Ach was, dummes Geschwätz! Verzeihen Sie einem alten Mann, Amon!« Er trat an den Metallkasten und machte sich an den Kabeln zu schaffen. »Morgen dürfen Sie zum erstenmal aufstehen.«

Wieder verschwammen die Farben, und die Formen lösten sich in Drahtprofile auf; der Raum nahm ein fahles Grau an. VanRoark schlief ein.

Als er erwachte, mußte er sich erneut an den Drahtgeflechten orientieren. Aber diesmal fand er rascher in die Wirklichkeit zurück.

Während er auf den alten Mann wartete, dachte er über den Gipsverband nach. Er wußte ganz genau, daß die Granate den Arm vom Körper getrennt hatte. Und auch die Augenhöhle fühlte sich nicht leer an; etwas drückte gegen die Bandagen. Dann war da Cavandish selbst. VanRoark mochte ihn, aber er empfand es als unheimlich, daß sich der Unterkiefer des Mannes beim Sprechen nie bewegte.

Cavandish kam herein, trat lächelnd neben sein Bett und half ihm beim Aufstehen. Einen Moment lang verschwammen die Farben, und die Drahtskelette kehrten zurück. Aber der Anfall ging rasch vorbei.

Der alte Mann führte ihn durch einen schmalen Korridor. Sie passierten insgesamt drei Türen; alle waren fest verschlossen. Am Ende des Gangs tauchte erneut eine Tür auf. Den beiden Männern wehte eine kühle Abendbrise entgegen.

»So«, sagte Cavandish. »Direkt unter der Plattform befindet sich eine Leiter, und von da sind es etwa zehn Fuß bis zum Boden. Glauben Sie, daß Sie das schaffen?« VanRoark schwang sich über das niedrige Geländer und tastete mit den Zehenspitzen nach der ersten Runge. Er war selbst erstaunt, daß er keine Schmerzen spürte.

»Vorsicht, der Gipsverband!« warnte Cavandish ihn, als er in die Tiefe stieg.

»Wie lange war ich ohne Bewußtsein?« rief er dem Alten zu.

»Knappe vier Monate. Im Norden herrscht jetzt Winter.«

Um ein Haar hätte VanRoark das Gleichgewicht verloren. Aber er spürte auch dann keinen Schmerz, als er mit dem Gipsverband gegen die Stahlwand des Waggons stieß.

Er sprang zu Boden und musterte erst einmal den Geländezug. Zu seiner Linken befanden sich drei kastenförmige Waggons; jeder besaß eine Achse mit einem überdimensionalen Räderpaar. Die Kästen waren graugrün übermalt und hatten, zumindest auf dieser Seite, nur Lüftungsschlitze. An der Spitze der drei Passagierabteile stand die wuchtige Steuermaschine. Breite Glasfronten gaben dem Lenker eine gute Übersicht; auf dem abgestuften Dach war, in Persenning gehüllt, ein schweres Geschütz montiert.

Zu VanRoarks Rechten befand sich noch ein Passagierabteil, gefolgt von sechs Kesselwagen. Der Vergleich mit einer Schlange auf Rädern drängte sich geradezu auf.

»Gefällt Ihnen das Ding?« Cavandish war neben ihn getreten.

»Sie bedienen den Zug ganz allein?« fragte VanRoark erstaunt.

»Ja. Bis jetzt gab es keine Schwierigkeiten. Die größten Sorgen haben, offen gestanden, Sie mir bereitet. Aber Kenrick war ein tüchtiger Arzt. Ich werde Ihnen nach dem Abendessen die Verbände abnehmen.«

»Keine Rekonvaleszenz?«

Cavandish lachte. »Sie hatten jetzt vier Monate Zeit, sich gründlich zu erholen. Kenrick meinte, es sei einfacher für mich, wenn Sie unter Drogen stünden, solange der Heilungsprozeß anhielt. Allerdings müssen Sie eine Zeitlang aufpassen; vielleicht sind einige Muskeln durch das lange Liegen geschwächt.«

Allmählich setzte die Dunkelheit ein. Die ersten Sterne zogen herauf. Cavandish entfachte ein kleines Feuer; sie machten Hammelfleisch warm und kochten Kaffee. VanRoark begann mit Heißhunger zu essen, aber schon nach wenigen Bissen war er satt. Er hatte nicht bedacht, daß sein Magen seit Monaten keine feste Nahrung mehr gewohnt war.

Eine Zeitlang saßen sie schweigend da, dann holte Cavandish einen kleinen Lederkoffer ans Feuer und rückte neben VanRoark. »Sie wissen, daß Sie bei dem Kampf – äh – schwer verwundet wurden?« begann er vorsichtig.

Der junge Mann nickte. »Ich verlor einen Arm und das rechte Auge – zumindest dachte ich das.«

»Es war keine Illusion. Aber Sie besitzen jetzt Prothesen, die das gleiche, wenn nicht mehr leisten als Ihre organischen Glieder. Ich sage Ihnen das, bevor ich die Verbände abnehme, da manche Leute einen ziemlichen Schock erleben, wenn sie zum erstenmal einen neuen Arm oder ein neues Bein sehen. Kenrick hat Ihnen nicht irgendeinen Stumpf oder Haken verpaßt, VanRoark! Sie verfügen über einen Arm, der sich in jede Richtung bewegt und die gleichen Empfindungen übermittelt wie Ihr früherer Arm. Der Linsenaufbau, der Ihr rechtes Auge ersetzt, leitet die Bilder direkt an das Gehirn weiter, wie Sie es gewohnt sind. Darüber hinaus aber besitzt er einen weit größeren Spektralbereich als ein natürliches Auge, und Sie können die Schärfe nach Belieben einstellen.«

Cavandish machte eine kleine Pause und fuhr dann fort: »Amon, glauben Sie mir, ich weiß genau, wie Ihnen zumute ist! Ich habe das alles selbst einmal mitgemacht. Da, mein Unterkiefer und der Kehlkopf wurden von einem Granatsplitter weggerissen. Kenrick gab mir ein künstliches Kinn und künstliche Stimmbänder. Sie werden bemerkt haben, daß ich den Unterkiefer kaum bewege – er ist starr am Schädelknochen befestigt.«

»Und dieser Kenrick? Welche künstlichen Organe besaß er? War er überhaupt aus Fleisch und Blut?« VanRoark war erstaunt über die Bitterkeit, die in seiner Stimme mitschwang.

»Ah, Kenrick; bevor wir unser Land verließen, unterzog er sich einer Operation. Man setzte ihm ein mechanisches Herz ein; und wenn ich mich nicht täusche, war außerdem der motorische Teil seines Gehirns mit elektronischen Schaltkreisen ausgestattet.

Aber genug jetzt mit dem Gerede! Ich löse den Verband, dann können Sie selbst sehen, daß alles halb so schlimm ist.« Cavandish nahm ein Messer, das genauso summte wie das graue Nichts in VanRoarks Alpträumen. Er setzte es neben der Schulter an und durchtrennte vorsichtig die Gipsschicht. Sie fiel in großen Brocken zu Boden.

VanRoark starrte die bläuliche Stahlmanschette an, die seinen Armstumpf dicht unter der Schulter einfaßte; die Haut war gespannt und leicht vernarbt – als hätte jemand den gezackten Ring erst locker angepaßt und dann durch Hitzeeinwirkung zum Schrumpfen gebracht. Unterhalb der Manschette befand sich ein Arm, wie man ihn von den Ritterrüstungen aus grauer Vorzeit kannte. Die Finger waren gelenkig und durch einen zusätzlichen Metall-Vorstoß geschützt.

Er hob die Hand dicht an das linke Auge; auf dem Metall waren Jagdszenen eingraviert, Schwerter, Schlangen und fremdartige Runen. In der Handfläche befand sich eine kleine Sonne, umgeben von winzigen Planeten. Nicht einmal die Kontinente und Meere fehlten. Galaxien schmückten die Metallfalten der Finger, dichte Sternhaufen, deren Ausläufer zum Sonnensystem zurückführten. Eine Rakete war zu sehen, schlank und elegant; sie steuerte ferne Welten an. Eine geflügelte Schlange wickelte sich um den Zeigefinger; eine Lanze, deren

Griff aus dem Universum kam, stach bis zur Spitze des Mittelfingers; auf dem Ringfinger und dem kleinen Finger schließlich befanden sich ein Ritter mit einem Kettenhemd und eine Königin, deren langes Haar das Metall zu umfließen schien.

Cavandish beobachtete VanRoark mit einer gewissen Verlegenheit. »Fühlen Sie sich nicht geschmeichelt, Amon«, meinte er und lachte trocken. »Diese Dinge entstanden nicht Ihnen zu Ehren. Der Arm ist so alt wie der Zug, vielleicht noch älter, und er wechselte häufig seine Besitzer. Möglich, daß sich der eine oder andere Künstler unter den Leuten befand . . .«

»Ein Totenarm?« fragte VanRoark geistesabwesend.

»Ja – wenn Sie es unbedingt so morbid ausdrücken wollen.«

VanRoark achtete nicht auf die Antwort. Er vertiefte sich in die Zeichen und Bilder, die den Arm hinaufwanderten. Da gab es Wälder, in denen Einhörner, Flügelrosse, Basilisken und Greife lauerten; da gab es Straßen und Städte und Burgen; da tauchten erneut Galaxien auf.

VanRoark bewegte den Arm unsicher, in der Erwartung, ein Scharnier quietschen oder ein Gelenk knacken zu hören. Nichts dergleichen geschah. Er spürte nur den kühlen Nachtwind, der über das Metall fächelte, und als er die Handfläche am Boden aufstützte, schmerzten die rauhen Sandkörner.

Er tastete die Prothese mit dem unversehrten Arm ab; das Metall war warm wie seine Haut.

Cavandish nickte ihm lächelnd zu. »Und nun das Auge«, sagte er ruhig. Mit geschickten Fingern löste er den Verband. »Vorsicht! Lassen Sie das Lid geschlossen!«

»Warum?«

»Nach der langen Dunkelheit würden Sie selbst den schwachen Feuerschein als grell empfinden«, erklärte Cavandish. VanRoark zuckte die Achseln. Er glaubte nicht, daß er noch ein Lid besaß; zumindest spürte er es nicht.

Der Verband war entfernt, und VanRoark stellte mit einer gewissen Befriedigung fest, daß er nichts sah. »Alles dunkel.«

»Natürlich. Sie haben das Lid zusammengekniffen. Öffnen Sie es jetzt ganz langsam!«

Der junge Mann blinzelte mit dem linken Auge und versuchte, den Muskelreflex auf der rechten Seite zu wiederholen. Wieder zeigten sich Drähte – besser gesagt, Wollfäden, deren Farbe nur in der Mitte fest war und zum Rand hin sich mit der Dunkelheit verfilzte. Nach einer Weile wichen sie, und er konnte das Lagerfeuer erkennen.

»Es wird eine Zeit dauern, bis Sie sich daran gewöhnt haben.«

»Und wer hat dieses Ding vor mir getragen?«

»Niemand. Sie schulden Kenrick nicht nur Dank für das Auge, sondern auch für die unglaubliche Leistung, die er vollbrachte, als er es mit dem Ende Ihres Sehnervs verband. Und das alles bei seiner Verfassung! Er ersetzte den zersplitterten Knochen durch eine kleine Metallplatte. Wundern Sie sich also nicht, wenn die Haut beim Lachen oder Schreien ein wenig spannt! Und berühren Sie die Linse nicht! Sie steht ein wenig vor – da, fühlen Sie es? Man könnte sie leicht verkratzen, besonders mit der rechten Hand.« Cavandish lehnte sich zurück und beobachtete VanRoark; er erwähnte nicht, wie grotesk die Linse wirkte, wenn sie bei den verschiedenen Entfernungen aus der Augenhöhle schnellte und wieder zurückglitt.

»Wodurch wird das Auge gesteuert?«

»Durch Enzyme und die natürlichen Elektro-Impulse Ihres Nervensystems. Kenrick hätte Ihnen mehr darüber sagen können. Er wußte genau, was sich im menschlichen Körper abspielt.«

»Und Sie sind ein vollkommener Laie?«

Cavandish erwiderte gutmütig: »Ein einfacher Navigator, der die Anweisungen eines großen Heilkundigen befolgt.«

»Ah, Navigator.« VanRoark ließ sich leicht ablenken; er merkte bereits jetzt keinen Unterschied mehr zwischen den echten und den natürlichen Gliedern. »Haben Sie immer den Geländezug gesteuert?«

Cavandish überlegte einen Moment und beschloß dann, auf den Themawechsel einzugehen. »Nein, nicht immer.«

»Was taten Sie vorher? Wo lebten Sie?«

»Dort oben.« Cavandish deutete zum Himmel. »Aber ich kann Ihnen nicht einmal das Sternensystem zeigen, von dem ich abstamme. Es hat sich so vieles verändert.«

VanRoark wußte nicht, was er darauf erwidern sollte, und der alte Mann fuhr fort: »Soviel ich weiß, verließen meine Vorfahren die Erde im Ersten Imperium – kurz vor seinem Zusammenbruch. Viele Kolonien wurden damals entlang dieses Arms unserer Galaxis errichtet.«

Er legte lange Pausen zwischen jeden Satz, aber VanRoark unterbrach ihn nicht. Erst als er ganz schwieg, fragte der junge Mann: »Weshalb kam Ihre Familie zurück?«

Cavandish seufzte. »Der Kriege wegen. Sie kamen alle zurück – alle, die sich auf fremden Welten niedergelassen hatten. Auf jedem Planeten, hier früher, dort wieder sehr spät, tauchten die Propheten auf, und Sie wissen selbst, Amon, wie sie redeten, welche Hoffnung sie verbreiteten. Wir kehrten heim und brachten die Wissenschaften und Religionen mit, die sich auf unseren Welten länger erhalten hatten als auf der Erde. Natürlich, als wir landeten, war die Lage bereits aussichtslos.

Dennoch, wir taten unser Bestes. Wir gründeten neue Nationen, in dem Wissen, daß es nur für kurze Dauer sein würde, und wir bauten neue Maschinen, fest entschlossen, unseren Beitrag zu leisten.

Dann brach das System zusammen, so vollständig, daß auch meine Vorfahren nichts dagegen unternehmen konnten. Wir hatten inzwischen unsere Raumschiffe verloren, und es gab keine Möglichkeit, neue zu konstruieren. Die Rand-Nationen zerstreuten sich. Einige kamen wie geplant auf den Meadows um, aber die meisten fielen Kämpfen mit Nachbarstaaten zum Opfer. Wir waren gekommen, um der Menschheit zu helfen, doch die Menschheit machte Jagd auf uns, bis nur noch das klägliche Häufchen übrigblieb, das Sie auf der Burn-Ebene sahen.«

Der alte Mann lehnte sich zurück. »Warum?« fragte VanRoark.

»Warum der Angriff erfolgte? Ich weiß es nicht genau. Sie hatten Angst vor unseren Waffen. Und sie besaßen keine Menschlichkeit mehr. Sie waren wie die blind dahintreibenden Kräfte, die heutzutage das Universum zu steuern scheinen. Was sich ihnen in den Weg stellt, sei es gut oder böse, sie hassen es.« Er machte eine längere Pause. »Die Rand-Nationen versuchten ihnen einen Halt zu geben. Aber sie haßten die Lastwagen und Traktoren, die allein sie vor dem Verhungern bewahren konnten, und sie haßten die Schiffe, die sie von ihrem Umherwandern erlöst hätten.«

Man hörte nichts außer dem Knistern des Feuers und einen sonderbar hellen Laut, der wie boshaftes Kichern klang: Die Steine der Wüste, während des Tages stark erhitzt, kühlten mit dem Hereinbrechen der Nacht zu schnell ab und zersprangen.

»Mein Großvater war Schiffskonstrukteur«, fuhr Cavandish leise fort. »Er reparierte Flugzeugträger ebenso wie Handelsschiffe. Und mein Vater errichtete Brücken — überall auf der Erde. Keine stand länger als ein, zwei Jahre. Die Feinde rissen sie ein oder jagten sie in die Luft, und wir mußten wieder von vorne beginnen.«

»Und Sie?« warf VanRoark ein.

»Ich war bereits ein Kind dieser Welt.« Ein bitterer Unterton schwang in seiner Stimme mit. »Ich saß als Navigator in der Glaskanzel eines Bombers. Eine Zeitlang machte mir die Sache Spaß. Die Sterne rückten so nahe, daß man den Verfall der Erde nicht mehr sah. Damals war ich jung und glaubte, daß der Himmel mir gehörte. Ich schenkte ihn einer Frau, die ich liebte.« Cavandish schloß die Augen und lachte leise.

»Meistens startete eine Formation von vier Maschinen. Sobald wir uns dem Ziel näherten, stießen wir nach unten, durch die Wolkendecke. Statt der Sterne sahen wir dann eine Staubebene oder ein Bergplateau, manchmal auch den Küstenstreifen mit der weißen Brandung. Wir flogen das Ziel von vier verschiedenen Richtungen an, um ganz sicherzugehen . . .«

»Und was wurde bombardiert?«

»Ruinen in der Hauptsache. Sehen Sie, als die Rand-Nationen zurückkehrten, bauten sie ihre eigenen Städte, die sie später verließen oder die von Feinden zerstört wurden. Viele Ruinen jener ersten Zeit – wie etwa die Schwarzen Bibliotheken – enthielten Maschinen und Wissen von unschätzbarem Wert.«

»Und diese Dinge habt ihr vernichtet?« fragte VanRoark entsetzt.

»Uns blieb keine andere Wahl. Wir hatten die Welt nicht mehr unter unserer Kontrolle. Viele der Stützpunkte, die wir errichtet hatten, befanden sich im Feindesland. Ich weiß, was Sie mir jetzt entgegenschleudern werden: daß die Bücher der Vergangenheit vielen armen Teufeln Trost und Mut gespendet hätten. Wir waren uns darüber im klaren, aber wir wußten auch, daß sie alles, was sich nicht für ihre verwerflichen Zwecke eignete, in den Schmutz zerren, zertrampeln, entstellen würden. Diese Erfahrung machte mein Großvater, als die Kerle einen alten Kahn mit Kordit aus dem *Arsenal* beluden und damit in seine Werft steuerten. Und die gleiche Erfahrung machte mein Vater, als sie die Kabel einer neuen Hängebrücke durchschnitten, auf der er gerade stand.

Außer den Kanonen und den Bomben war uns nichts geblieben. An die Bücher, Maschinen und Kunstwerke kamen wir nicht heran. Und deshalb saß ich in der Glaskanzel, dicht über das Fadenkreuz gebeugt, den Finger am Auslöser.

Wir hatten anfangs vierzig Bomber und zwei Dutzend leichtere Flugzeuge. Im Laufe der Zeit begaben sich nicht wenige davon zu den Meadows. Einige landeten beim Schrott, da die Materialermüdung zu riskant wurde. Wieder andere stürzten ab oder wurden vom Feind zerstört. Aber das Hauptproblem war der Treibstoff. Wir holten ihn von der Blackwoods Bay, und mit jedem Jahr gab es weniger. Zudem begannen die Gegner damit, unsere Tanker zu versenken, und obwohl wir Geleitzüge bildeten, konnten wir die Angriffe nicht immer abwehren. Und dann entbrannte der Krieg zwischen Cynibal und Ihetah ...

Immer seltener stiegen die Flugzeuge auf. Herrgott, Sie hätten die Piloten sehen sollen! Hart, schweigsam und verbittert!

Ihre Aufgabe war es, einen Leichnam zu zerstückeln, damit er in einen kleinen Sarg paßte. Ich konnte diese Leute nicht ertragen, entweder, weil ich selbst zu ihnen gehört hatte oder weil ich gefährlich nahe daran gewesen war, wie sie zu werden . . .« Er zuckte die Achseln.

»Eine Zeitlang reiste ich umher. Ich gab mich als Optikingenieur aus, als Schiffsnavigator und Elektriker, bis ich Zaccaharias und Kenrick begegnete und mit ihrem Trupp weiterzog.« Er starrte nachdenklich geradeaus, als habe er etwas vergessen, das er nun irgendwie einflicken mußte. »Ach ja, der Prophet! Nachts dachte ich manchmal über meine neuen Freunde nach und empfand sie als Idiotenpack. Aber dann sprach ein Mann namens Marion zu mir, und als ich meine Gedanken wieder einigermaßen geordnet hatte, überlegte ich mir die Sache noch einmal in aller Ruhe.«

»Und Sie waren besessen – entflammt von dem, was Sie gehört hatten«, fügte VanRoark müde hinzu.

»Eher entflammt *über* das, was ich gehört hatte. Mit einemmal verstand ich nicht nur, was der Prophet zum Ausdruck gebracht hatte, sondern auch, was er selbst ausdrückte.« VanRoark wußte nicht, wie das gemeint war, aber er wollte den Greis nicht unterbrechen. »Er war die Welt, ebenso wie jeder Angehörige des Heeres; er konnte es nicht ändern, das wußten wir. Aber wir erkannten auch, daß es nur eine Chance gab, eine Art Frieden zu erringen: zu den Meadows zu gehen und dort zu sterben. Wir begriffen durch den armseligen kleinen Mann und seine wunderliche Art zu sprechen, daß die Krankheit in die letzten Winkel vorgedrungen war. Das ist das Höllische, Amon: Was der Prophet *sagte,* stellte nur einen Teil der Wahrheit dar. So viele, die ihm zuhörten, vergaßen, über ihn selbst und das Scheitern seiner Vorgänger nachzudenken.«

Er senkte die Stimme wieder. »So kam ich zur Burn-Ebene. Und offensichtlich gehöre ich mehr zu dieser Welt als zu den Rand-Nationen, denn ich konnte den Tod ebensowenig finden wie sie. Ich lebte weiter, entgegen meinem Willen und entgegen allen Plänen. Nun gehe ich heim. Oh, ich weiß, daß es kein richtiges Daheim für mich gibt; es ist nur eine Umschreibung für mein Umherwandern.«

Und dann erzählte VanRoark Cavandish seine Geschichte. Das boshafte Kichern der Steine war verstummt. Die Wüste schwieg, und VanRoarks Stimme klang wie von weit her. In der Stille und Eintönigkeit dachte er einen Moment lang an sein neues Auge. Sofort verwischten sich die Bilder; Drahtgespenster traten an ihre Stelle.

Cavandish schaute auf, als der junge Mann stockte, und sah, daß sich die Linse des künstlichen Auges bewegte. Er erhob sich und brachte VanRoark zurück in den Zug. Dann verband er den künstlichen Arm erneut mit den Kabeln des Metallschranks.

21

Diesmal dauerte es nur fünf Tage, bis VanRoark zu sich kam. Es goß in Strömen, und die Ebene hatte sich in einen Morast verwandelt. Cavandish führte VanRoark durch das Zuginnere, bis sie den Maschinenraum erreichten. Die Vibration war hier sehr viel stärker. Der junge Mann erfuhr, daß sich unterhalb der Bodenplatte vier Turbinen und Dynamos befanden. Der Strom, den sie erzeugten, wurde zu Elektromotoren an den Achsen der Räder weitergeleitet.

Das Steuerpult nahm die vordere Hälfte des Maschinenraums ein. Eine Bank mit einem erhöhten Sitz für den Fahrer befand sich in der Mitte. Cavandish nahm Platz und winkte VanRoark zu sich.

Er machte sich an den Hebeln und Ventilen zu schaffen; VanRoark hörte das gedämpfte Grollen der Turbinen. Auch das Rattern der Räder schien aus weiter Ferne zu kommen. *Seit ich auf der Burn-Ebene war,* dachte er, *kann ich mich nicht mehr auf meine Sinne verlassen. Vielleicht hätte ihm dieser Kenrick ein Ohr aus Kupfer oder Messing einpflanzen sollen ...*

VanRoark zuckte zusammen und bemühte sich krampfhaft, den Worten des alten Mannes zu folgen. Es ging gerade um die Geschichte des Berglands, das weit vor ihnen lag (aber nur, solange VanRoark nicht die Entfernung des rechten Auges verstellte).

Die Hand und das Auge schienen wie Feuer zu brennen. Perverse Vorstellungen stiegen in VanRoark hoch und ließen ihn nicht mehr los. Ob die Metallfinger bei einer Frau Lust zu wecken vermochten? Konnte er sich auf Jahrmärkten zur Schau stellen? Floß sein Blut durch den künstlichen Arm? Oder hatte er Maschinenöl im Körper?

Bereits in der ersten Nacht, die er bei vollem Bewußtsein verbrachte, überfielen ihn diese Gedanken, und er wußte, daß dies der erste Schritt in den Wahnsinn war. Er wußte auch, daß dieser Wahnsinn einen tiefen unbegründeten Haß gegen Cavandish enthielt, aber er schob diesen Gedanken beiseite.

Sie begaben sich nach Osten und von dort in einem weiten Bogen nach Süden; ihr Ziel war einer der zahlreichen Fjorde des Talbight-Systems. Zugleich hofften sie, eine Begegnung mit dem letzten Patrouillenboot Enadors zu vermeiden. Cavandish wußte zu berichten, daß gleich zu Beginn der Schlacht ein Kreuzer das zweite Panzerschiff des Handelsstaates gerammt und versenkt hatte.

Allmählich ging die Wüste in hügeliges Gelände über. Obwohl Cavandish ihm manchmal das Steuerpult überließ, empfand VanRoark die Reise als eintönig, vor allem, da es für die beiden Männer nach der ersten Zeit des Kennenlernens wenig Gesprächsstoff gab. Themen wie die Propheten, die Burn-Ebene, Armageddon oder die Rand-Nationen mieden sie; diese Dinge schmerzten zu sehr.

Aber es gab im Zug eine kleine Bibliothek, eigentlich nicht mehr als ein Stoß liegengebliebener Bücher, die sich im Laufe der Zeit angesammelt hatten – billige Unterhaltungsromane, technische Literatur und Geschichtsbände. Letztere setzten VanRoark in Erstaunen, aber Cavandish wußte eine Erklärung für ihre Existenz: Die Rand-Nationen, die ja von fernen Planeten kamen, hatten sich bei ihrer Ankunft mit Eifer in die Geschichte der Erde vertieft, weil sie hofften, irgendwo in der Vergangenheit ihrer Ursprungswelt den Schlüssel zum Verfall der Gegenwart zu finden.

VanRoark las die zerfledderten alten Bände. Er vergaß den künstlichen Arm und das Auge, das die Seiten manchmal in den rötlichen Tönen des Wärmespektrums zeigte; er vergaß die trostlose Umgebung, die Welt, auf der es vielleicht nur noch diesen Zug gab, und schwelgte in den großen Taten und hehren Gedanken der Vergangenheit. Er entdeckte die Hoffnung und die Größe, von der Smythe gesprochen hatte und die in den Schiffen und Flugzeugen der Rand-Nationen zum Ausdruck kam.

Zum erstenmal in seinem Leben träumte er.

Cavandish warnte ihn. »Amon, hören Sie auf, dieses Zeug zu lesen! Hören Sie auf zu denken, so wie ich es getan habe! Nehmen Sie den Ruhm der Vergangenheit meinetwegen in sich auf, aber lassen Sie sich nicht davon beeinflussen.«

Wieder, wie so oft in den letzten Wochen, verstand VanRoark nicht genau, was der alte Mann zum Ausdruck bringen wollte. So las er und dachte über das Gelesene nach — und schlug die Warnung seines Weggefährten in den Wind.

Je weiter sie in den Südosten vordrangen, desto mehr zogen ihn die Dinge in den Bann, die er auf dem Admiralitätsplatz gespürt hatte, bei seinen nächtlichen Gesprächen mit Smythe an Bord der *Garnet* und später auf der Burn-Ebene. Und eines Nachts, als Cavandish am grünlich beleuchteten Steuerpult saß und den Zug über eine uralte Straße lenkte, erklomm VanRoark das Dach mit seinem niedrigen Geländer und der schweren, in Segeltuch gehüllten Kanone. Es war sehr kalt. Der Mond tauchte die Wolken am Horizont in ein milchiges Weiß. Wind kam auf, ein Wind, der aus den Ruinen herüberwehte und nach Rauch schmeckte.

Alles gehört ihm, der Wind, die Vergangenheit, die Rand-Nationen und die Sterne, um die ihre fernen Planeten kreisten. Der Stahl gehörte ihm, und die Hände, die den Stahl geformt hatten.

Er atmete tief ein, und sein Wind roch nach bitterem Metall, Kordit, Papier und Druckerschwärze.

22

Sie fanden den Bomber, zwei Tage nachdem sie den Talbight überquert hatten. Der Zug durchquerte ein Gebiet mit hohen, halbverkohlten Baumstümpfen. Wenn die Räder über die harten Wurzeln knirschten, mußte VanRoark an die Burn-Ebene denken.

VanRoark steuerte, aber Cavandish entdeckte die Schneise und die tiefe Furche, die das Fahrgestell in den Waldboden gegraben hatte.

VanRoark geriet beinahe in Ekstase, als er die Maschine erblickte; nun war sie ihm nicht mehr fremd, nun gehörte sie zum Erbe der Vergangenheit. Cavandish freute sich auch, aber er ließ es sich nicht anmerken.

Sie traten langsam näher. Es war ein besonders schönes Modell. Der schlanke Rumpf mit den Deltaflügeln lief in eine hochgezogene T-förmige Heckflosse aus. Schwarze Flecken, vermutlich von dem Brand, der beim Absturz ausgebrochen war, zogen sich über die ursprünglich hellgraue Unterseite. Die obere Hälfte des Flugzeugs trug Tarnfarben.

»Unsere Welt«, murmelte Cavandish, als sie vor dem eingedrückten Bug stehenblieben, »unsere Rand-Nationen.«

Dann erst sahen sie die entsetzlich verstümmelten Toten.

VanRoark fühlte sich alt, als sie die Besatzung des Bombers begraben hatten. In seinem Innern entstand ein harter Panzer, den nichts durchbrechen konnte. Cavandish sah ihn während der Arbeit einige Male prüfend an; aber er sagte nichts.

Sie brachen am nächsten Morgen auf, nachdem sie ein paar Leuchtbomben, einen Sauerstoffzylinder mit Maske und die intakten Maschinengewehre samt Munition mitgenommen hatten.

Der Weg führte weiter nach Südosten; Cavandish koppelte einen leeren Kesselwagen ab, beschloß jedoch, die übrigen zu behalten, falls sie in der Blackwoods Bay Treibstoffvorräte fanden. Die beiden Männer wechselten kaum ein Wort miteinander. VanRoark hörte sogar zu lesen auf. Oft sah es so aus, als wollte Cavandish den Panzer durchbrechen; aber er zögerte den Augenblick immer wieder hinaus.

Eines Tages jedoch ließ er sich durch VanRoarks düstere Miene nicht mehr abweisen. »Nun sind Sie wie ich, vielleicht noch schlimmer, denn Sie haben die Vergangenheit nicht selbst erlebt, sondern den Träumen anderer Menschen entnommen. Sie begreifen nicht richtig, daß wir genauso elend und genauso gerecht waren wie das Heer – und genauso rachsüchtig.« Er fuhr sich mit der Hand über das starre Kinn. »Sie können sich, wie ich es tue, mit dieser grotesken Situation irgendwie aussöhnen oder sie ignorieren. Unsere Maschinen sind weder Wunder der Technik noch brutale Vernichtungswerkzeuge; sie stellten unsere letzte Hoffnung dar, die Welt zur Vernunft zu bringen.

Ah, VanRoark, ich könnte bis an mein Lebensende auf Sie einreden, und Sie werden dennoch alles hassen, was mit dem Untergang der Rand-Nationen und ihrer Werke zu tun hatte. Mir ging es jahrelang nicht anders.«

VanRoark nickte und lächelte, denn er erkannte, daß zumindest ein Punkt stimmte: er haßte Cavandish.

Er haßte den Arm, den der tote Kenrick ihm gegeben hatte, und nach einer Weile haßte er das Leben, das mit dem neuen Arm gekommen war. Warum hatten sie ihn nicht auf dem Schlachtfeld sterben lassen? Dann wäre er erlöst von diesem Chaos gewesen.

23

VanRoark hatte natürlich daran gedacht, den alten Mann umzubringen. Aber abgesehen davon, daß es sinnlos war, bezweifelte er, daß er den Mut dazu gefunden hätte.

Er verließ Cavandish. Nach den Worten des Alten waren es nur dreihundert Meilen zum Westende der Blackwoods Bay, und VanRoark wußte, daß in dieser Gegend wenigstens noch eine Spur von Leben herrschte. Zudem hatte sich in diesem Jahr der Winter früher als sonst zurückgezogen; das begünstigte sein Vorhaben.

Der Zug war den ganzen Tag durch das Waldgebiet gefahren, in dem sie den abgestürzten Bomber entdeckt hatten. Früher hatte der Frost vom Südufer des Talbight bis zu den verwischten Grenzen der Alten Nationen gereicht; nun wuchsen Krüppeleichen und niedrige Sträucher zwischen den geschwärzten Stümpfen der Eisenholzbäume. Bei Einbruch der Dunkelheit hielt Cavandish an. Die hohen Räder des Zuges hatten eine Doppelspur durch das Gestrüpp gezogen, die sich in Serpentinen bis zum Horizont erstreckte.

VanRoark konnte den alten Mann einfach niederschlagen und mit dem Zug weiterfahren; in Enador oder Howth bekam er sicher ein Vermögen für das Fahrzeug. Er wußte genau, wie man das Steuerpult bediente; selbst den Kanonenmechanismus hatte Cavandish ihm erklärt. Aber es hatte keinen Sinn; er wollte sich von dem Zug ebenso befreien wie von Cavandish und dem Arm und dem Auge.

Er packte ein paar Dinge zusammen, die ihm der alte Mann geschenkt hatte, dazu Proviant und eine Automatik mit fünf Ladestreifen.

Ein paar Stunden vor Sonnenaufgang schlich sich VanRoark davon. Die Kälte der Nacht umfing ihn, und er wickelte den Mantel enger um sich; es erstaunte ihn noch immer, daß sein rechter Arm die Kälte fühlen konnte.

Mount Soril war ihm in den Sinn gekommen, als er so dahinwanderte, und er wandte sich nach Norden, um der Stadt auszuweichen. Irgend etwas sagte ihm, daß er Enador aufsuchen sollte. Jetzt, da er die schmutzigen Krämerseelen kannte, konnte er ihnen mit Verachtung gegenübertreten. *Ich werde Reichtümer anhäufen,* dachte er, um den Zyniker in seinem Innern abzulenken. *Und wozu?* spottete der Zyniker. *Damit du durch die Welt wandern und die Ruinen der Vergangenheit beweinen kannst?*

Es dauerte zwei Monate, bis er das Territorium des berühmten Stadtstaates erreicht hatte. Endlich war es ihm geglückt, den Spötter in seinem Innern zum Schweigen zu bringen. Er hatte ihn mit seinem Panzer erdrückt.

VanRoark kannte die Ländereien von Enador nicht, aber nach allem, was er über den Wohlstand und die Macht des Staates gehört hatte, war er enttäuscht. Sie unterschieden sich nicht von der übrigen Welt, im Gegenteil, ihre Ruinen wirkten nur um so trostloser, da man ihnen die ehemalige Größe noch ansah. Er wanderte den Talbight entlang. Ein paar armselige Fischerkähne begegneten ihm, sonst nichts.

Er fragte die Menschen, die er in den winzigen, verfallenen Dörfern antraf, ob er sich wirklich in Enador befand. Sie bestätigten es geistesabwesend, gebannt durch den Anblick der stählernen Hand und der kreisenden Linse in seiner rechten Augenhöhle. VanRoark kaufte sich eine braune Augenklappe aus Leder und verbarg den rechten Arm unter dem Mantel.

Er erreichte Enadors Wälle. Niemand hatte ihm unterwegs sagen können, weshalb sich das Land in einem so erbärmlichen Zustand befand. Die Leute zuckten nur hilflos die Achseln. Das Stadttor war unbewacht – höchst ungewöhnlich für eine so reiche Gemeinde. Als VanRoark sah, daß der Wind die Eisengitter hin und her schlug, wußte er, daß Enador tot war. Aber was mochte den Untergang herbeigeführt haben? Ein Krieg? Ausgeschlossen, denn die Feinde hätten die Stadt garantiert geplündert. Die Pest? Er entdeckte nirgends die Reste großer Scheiterhaufen, auf denen man die Opfer im allgemeinen verbrannte. Aus dem Zustand der Bauwerke schloß er, daß sich die Katastrophe etwa ein Jahr vor seiner Ankunft ereignet haben mußte.

Schließlich erfuhr VanRoark, daß die Riesenechsen von Enstrich in Enador eingedrungen waren. Die große Fehde zwischen Cynibal und Ihetah-Incalam hatte ein empfindliches Gleichgewicht zerstört. Abgesehen vom Meer waren die Sümpfe das letzte ökologische System auf der Erde gewesen, das noch funktionierte. VanRoark und Tapp hatten nur den Teil gesehen, der vom Meer am Leben erhalten wurde. Landeinwärts gab es nur noch sterilen Schlamm und sterbende Pflanzen. Ihrer Nahrung beraubt, im Süden zurückgehalten von den strahlenverseuchten Ruinen Cynibals, im Westen von den gleichfalls vergifteten Gebieten der Alten Nationen, blieb den Reptilien keine andere Wahl, als nach Norden auszuweichen.

Enador war heute eine Ansammlung leerer Häuser wie Mount Soril, nur etwas größer vielleicht. VanRoark schlenderte durch die leeren Straßen, vorbei an ausgetrockneten Brunnen und moosüberzogenen Monumenten. Nach einer Weile setzte er sich auf die Stufen eines Tempels und dachte darüber nach, wie es mit ihm weitergehen sollte. Wieder einmal erfaßte ihn Bitterkeit und Verzweiflung. Er war so vertieft in seinen Schmerz, daß er den Drachen nicht aus dem Tempel kommen hörte. Das Tier kroch auf ihn zu, Stufe um Stufe. Die Sonne glitzerte auf seiner Kristallhaut.

Erst als die Echse ihre Fänge in VanRoarks rechten Arm schlug, schrak er hoch. Seine erste Reaktion war, Cavandish zu verfluchen. Warum hatte der Bastard seinen Arm nicht mit außergewöhnlichen Kräften ausgestattet? Das Ding war schließlich eine Maschine, oder?

Aber es half nichts. Im Moment durchzuckten ihn Schmerzen, als sei der Arm aus Fleisch und Blut. VanRoark hieb mit der linken Hand nach der Bestie. Das Tier schnappte kurz nach seinem Gelenk und umklammerte dann wieder den rechten Arm.

An der linken Hand spürte VanRoark nichts, und er betrachtete verwundert das Gelenk. Aus dem Riß, den ihm die Echse zugefügt hatte, quollen Juwelen.

Ein Wunder, dachte VanRoark hysterisch. Ihm fielen die Reliquienschreine auf den Altären seiner Heimat ein, mit den mumifizierten Knochen von Heiligen. Es mußte ein Wunder sein. Wieder streckte er vorsichtig die Hand aus, diesmal, um den flachen, gepanzerten Schädel der Echse zu streicheln.

Diesmal ließ die Echse den rechten Arm nicht los, sondern hieb mit den Vorderpfoten nach seiner Linken. Neue Wunden entstanden, und auch aus ihnen quollen Rubine und Amethyste. Sie perlten zu Boden, und der Boden wies ein buntes kaleidoskopartiges Muster auf. Der rechte Arm vermittelte nur Schmerzen.

Aber vielleicht war das Werk von Cavandish nicht völlig umsonst gewesen; wenn sein normales Auge diese Verzauberung wahrnahm, diesen Farbenrausch, dann sah das rechte Auge vermutlich noch viel, viel mehr.

Er schloß das linke Auge und verstellte die Filter der Linse. Er sah nur eine Eidechse, anderthalb Meter lang, mit einem gezackten Schwanz und einer stumpfgrauen Haut.

Mit einem wütenden Schluchzen sprang er auf. Das Tier, überrumpelt von der plötzlichen Bewegung, gab seinen Arm frei. Er packte es mit beiden Händen im Nacken und schlug seinen Kopf mehrmals gegen die Stufenkante.

Das Reptil blieb mit zerschmettertem Schädel liegen. Ein Krampf erfaßte VanRoarks Magen, und er mußte sich übergeben. Dann rannte er die Tempelstufen hinunter und hetzte durch die leere Stadt. Ihm kam zu Bewußtsein, daß er den Verstand verloren haben mußte, aber er stolperte weiter, bis er vor Erschöpfung zusammenbrach. Erst jetzt sah er sich um. Er war am Hafen. Weit draußen trieb das Panzerboot von Enador, die Geschützbatterien nach Norden und Westen gerichtet.

Seine Arme brannten wie Feuer. Am linken Handgelenk befanden sich tiefe Bißwunden, aus denen Blut drang – echtes

Blut. Der rechte Arm wies nicht einmal einen Kratzer auf, aber der Schmerz, der von ihm ausging, wanderte bis zum Herzen.

»Mein Gott!« stöhnte er und schlug die Hände vors Gesicht. Stahl klickte auf Stahl. VanRoark erlitt einen Tobsuchtsanfall.

24

An diesem Tag begann seine eigentliche Wanderschaft. Zuvor war er immer auf der Flucht gewesen — vor seinem Elternhaus, vor Prager, vor der Burn-Ebene, vor Cavandish und dem fremden Arm. Gewiß, es gab auch jetzt noch genug Abstoßendes, aber es gab keinen VanRoark mehr, der davonlaufen konnte.

Das Scheitern der Armee schien die letzten Stützen der Vernunft auf dieser Welt vernichtet zu haben, und das beschleunigte seinen Verfall. Er hatte sich einmal darum gesorgt, ob er seine Alpträume noch von der Wirklichkeit trennen konnte. Inzwischen war das kein Problem mehr; es gab keinen Unterschied mehr zwischen den beiden.

Die Länge der Tage wechselte willkürlich; die Sonne begann zu pulsieren, und ihre Strahlungsintensität veränderte sich von einer Stunde zur nächsten. Sein künstliches Auge verriet ihm, daß die Verschiebung auch die ultravioletten, infraroten und Radiowellenbereiche des Spektrums erfaßte. Er beobachtete die Strahlungen mit einem Filter, und wenn er vergaß, was die Fluktuationen bedeuteten, fand er sie schön, wie Rauchfahnen, die von Magnetkräften mitgeschleppt wurden. Er hatte Ähnlichkeit mit ihnen, er besaß keinen Willen mehr, sondern ließ sich treiben.

Die Anfälle von Wahnsinn überkamen ihn jetzt häufiger; er kämpfte nicht mehr dagegen an. Im allgemeinen lagen Pausen von zwei, drei Monaten dazwischen, aber es geschah auch, daß er zweimal in einer Woche zusammenbrach. Ein leeres Schneckenhaus, vom Küstenwind zerfressen, so daß man die Wendel im Innern sah, oder ein altes Straßenschild an einer Stelle, wo es keine Straße gab, lösten diese Anfälle aus.

VanRoark wußte von seiner Verwundbarkeit, aber er achtete nicht weiter darauf. Alles war so sinnlos. Der Wahnsinn brachte ihm die gleiche Sicherheit wie seine normalen Tätigkeiten – die tägliche Nahrungssuche und das Grübeln über die wahre Natur des Arms und des Auges. Letzteres gab er allerdings auf, nachdem er bei einem Zusammenbruch geglaubt hatte, er sei das Auge und der Arm und denke über die Natur des Körpers nach, an den sie gekettet waren.

Es dauerte sieben Jahre, bis er nach seiner Flucht von Enador das Meer wiederfand. Die fliegenden Fische und die Möwen, die silbernen Heringsschwärme und die Seeteufel, sie hatten sich durch das Scheitern der Armee nicht verändert. Gewiß, er sah keine Rauchsäulen mehr am Horizont, und er wußte nie genau, ob das Dröhnen und die weißen Kondensstreifen am Himmel Gebilde seines Wahnsinns oder Realität waren. Aber hier zumindest war die Erinnerung an die großen Schiffe und Flugzeuge rein und ungetrübt vom Anblick der Wracks. Die ganze Welt war ein Friedhof für Maschinen und Menschen, aber das Meer machte sich wenigstens die Mühe, die Toten zu begraben.

Da war eine Stadt namens Kilbrittin, am äußersten Rand einer Halbinsel. Sie hatte lange Zeit den Zugang zu den zahllosen Fjorden und Häfen der Nordkap-Föderation bewacht. Wie Charhampton bestand sie in der Hauptsache aus einer Festung – aber hier hatten die Wälle und Kanonen noch einen Sinn. Vielleicht weil die Länder so sehr mit dem Meer verbunden waren, herrschte hier eine Art normales Leben. Einige Nationen der Föderation und die Königreiche Rauds besaßen enge Handelsbeziehungen.

VanRoark fand hier einen seltsamen Frieden. Er wanderte über die Kaianlagen und bewunderte die schlanken Linien der Wasserflugzeuge, ohne sich an die entsetzlichen Reste der Bomberbesatzung zu erinnern, die er mit Cavandish begraben hatte. Er sah zu, wie ein altes Schiff zerlegt wurde und dachte nur flüchtig an die *W. Lane* oder die grauen Ozeanriesen vor der Burn-Ebene.

Er arbeitete in einem Zeichenbüro. Die Menschen von Kilbrittin hatten sich an Invaliden gewöhnt, und seine Prothesen gaben selten Anlaß zu Fragen oder mißtrauischen Blicken. Kilbrittin gehörte nicht zu den Rand-Nationen, aber auch nicht ganz zu dieser Welt. Die Bewohner wußten es. Ihre Stadt war Kilbrittin und sonst nichts.

25

Als im Frühling die ersten Eisschollen ins Meer hinaustrieben, verließ er die Stadt und wanderte der alten verfallenen Küstenstraße entlang nach Süden.

Ihm kam der Gedanke, daß bei all den geographischen Verschiebungen nur die Küstenlinie gleich geblieben war. Er beschäftigte sich erneut mit dem Meer und merkte erstaunt, daß er das wimmelnde Leben in seinen Tiefen plötzlich mit dem gleichen Schmerz betrachtete wie die Stadt Kilbrittin. Das künstliche Auge zeigte ihm die Dinge in einem neuen Bereich: blaßgrüne Algenstämme auf den Flossen der Seeteufel; wenn er die Filter verstellte, verschwammen sie, und die Seeteufel wirkten dunkelrot.

Er war stolz darauf, daß dieser Anblick nicht wieder zu einem Anfall führte. Seit mehr als einem Jahr hatte er keinen Grund mehr gehabt, seinen Sinnen zu mißtrauen. VanRoark führte das darauf zurück, daß er eine Art Waffenstillstand mit seinem Arm und dem Auge geschlossen hatte. Manchmal ertappte er sich dabei, daß er die Gravuren auf dem Arm bewunderte wie damals, als Cavandish den Verband abgenommen hatte.

Auch die Erinnerung an die Rand-Nationen erregte ihn nun nicht mehr. *Ich bin alt geworden,* dachte er.

Da war ein Gebirgszug, der sich ins Meer schob, wie auf der Burn-Ebene. Seine Ausläufer hatten einst die Reede des großen Hafens gebildet. Aber nun war der Fels zerfressen, und das Hafenbecken hatte sich in einen ummauerten ausgetrockneten Park mit Zypressen und Binsen verwandelt. Hier und dort ragte, wie zur Zierde, der Rumpf eines alten Segelschiffs aus dem Boden.

Die Stadt selbst schien sich seit seinem Fortgang kaum verändert zu haben; dennoch kampierte VanRoark in der ersten

Nacht im Freien, weit weg von den stillen Häusern und der Sieger-Allee.

Im Morgengrauen erwachte er, aß den getrockneten Fisch, den er von Kilbrittin mitgebracht hatte, und überprüfte die Pistole; er hatte noch drei Ladestreifen übrig.

VanRoark betrat die Stadt durch das kleine Nordtor; er vermied den Admiralitäts-Platz und den alten Thurber-Distrikt. Sein Elternhaus stand noch, aber man merkte ihm an, daß es seit einigen Jahren nicht mehr bewohnt wurde. Sie waren ruhig ausgezogen, mit viel Umsicht, wie es ihrer Art entsprach; brauchbare Dinge hatten sie nicht zurückgelassen. In seinem Zimmer war eine Fensterscheibe zerbrochen.

VanRoark hatte gehofft, daß er beim Anblick des alten Hauses so etwas wie Trauer empfinden würde; aber er fühlte gar nichts.

Es war noch früh. VanRoark schlenderte durch die Stadtteile, die er gekannt hatte, am Wasser entlang und durch die Wachsziehergasse, die schon vor dem Ausbruch der Kriege menschenleer gewesen war. Schließlich wagte er sich in den Thurber-Distrikt; die protzigen Paläste der Diplomaten hatten durch Wind und Wetter groteske Formen angenommen: Türme und schiefe Minaretts, Miniaturtempel und trotzige Festungen.

Abermals keine Gefühle; er konnte sich nicht einmal an das Gesicht des Mädchens erinnern.

Am Nachmittag hatte VanRoark fast alles besichtigt, was ihn interessierte, ohne irgendeine Regung zu spüren. Er ging langsam durch die Sieger-Allee auf das Artillerie-Tor zu.

Die Kathedrale war etwa eine Viertelmeile vom Tor entfernt; er wollte sie wiedersehen, weil sie ihn an Brampton Hall erinnerte. Zum erstenmal seit Jahren kam ihm Tapps Gesang in den Sinn.

Moos hatte sich in den Ritzen der großen Steinplatten angesiedelt und ließ nur winzige weiße Flächen frei. Vom Straßenrand drängten Grasbüschel und Sträucher herein. Die Vegetation hörte an den Stufen der Kathedrale auf. Bis auf ein paar zerbrochene Fenster schien der mächtige Bau unverändert.

VanRoark erklomm langsam die breite Treppe. Er durchforschte sein Inneres, aber da war nur das ehrfürchtige Staunen, das er immer empfand, wenn er vor einem großen Menschenwerk stand. Die bunten Mosaiken aus Glas und Muscheln schmückten wie eh und je das Portal, und ihre Engel, Heiligen und Büßer glitzerten im Sonnenlicht. Er fragte sich, weshalb die Menschen die Stadt verlassen hatten. Man sah nirgends die Spuren eines Krieges oder einer Plünderung; die Kuppeln des Querschiffs und die Säulen vor ihm waren immer noch mit Blattgold überzogen.

Eine einzelne Statue hatte sich vom Säulendach gelöst und lag in Scherben zu seiner Rechten. Alle anderen, die gütigen Päpste und Erzengel mit ihren erhobenen Stäben und Zeptern, blickten herab, und ihre Finger schienen auf die Figur zu deuten.

Wenigstens eines stieg in VanRoark auf: der Schmerz, den er in Kilbrittin gefühlt hatte.

Er trat in das dämmrige Schweigen, durch das Bronzeportal mit den Geretteten und Verdammten, an das schmiedeeiserne Gitter, das die Vorhalle vom Hauptschiff trennte.

Dann sah er die Schiffe und überlegte, ob er wieder im Banne des Wahnsinns stand. Er hob den Blick zum weiten Kuppeldach der Kathedrale; der gesamte Zyklus von Geburt und Tod, Verdammnis und Erlösung wiederholte sich hier oben noch einmal; die Zwölf Bücher waren abgebildet, die falschen Armageddon-Schlachten, aus denen so viele unfreiwillige Heilige hervorgangen waren. Pferde scheuten beim Anblick des Schlachtfeldes und des Himmels, zerstörte Kriegsmaschinen lagen auf der Seite des Bösen, gemalt von Künstlern, die den Unterschied zwischen Panzern und Flügelrossen, Kanonen und Einhörnern nicht kannten.

Ein Teil der Kuppel war eingebrochen. Sonnenlicht strömte herein, und in seinen Strahlen tanzten unzählige Staubkörnchen. Auf dem Boden, umspielt von den Lichtmustern, standen die Flugzeuge. Es waren drei Reihen schwere Jagdbomber, die farbigen Glasfenster zauberten bunte Flecken auf die graugrün bemalten Flächen. Die Flügel waren hochgeklappt.

Nun erfaßte ihn der Schmerz ohne jeden Wahnsinn. Wieder sah er einen Mißklang – die glatten, fließenden Konturen der Schiffe, und die verschlungenen, heftig bewegten Menschengruppen an der Decke.

Warum? Vielleicht hatten Gläubige sie hierhergebracht, aber das ergab keinen Sinn; die Flugzeuge kamen von den Rand-Nationen und waren daher verhaßt. Vielleicht hatten sie eines Tages auf der steinigen, sommerharten Ebene des Grüngürtels aufgesetzt und waren dann in die Kathedrale gerollt, mit leeren Bombenschächten und ehrfürchtig gefalteten Flügeln, um sich mit Weihwasser zu besprengen und Schutz zu suchen. *Bis wann und wozu?*

Auf keine der Fragen gab es eine Antwort.

Sie ragten vor ihm auf, als er näher trat, und selbst die Kathedrale vermochte sie nicht durch ihre Größe und ihren Glanz zu überwältigen. Er fuhr mit den Fingern über die Flanken, und sie waren warm oder kalt, je nach Einfall des Sonnenlichts.

VanRoark erwartete, daß seine Gedanken dahinrasen würden, aufgepeitscht von diesem Geheimnis; statt dessen erstarrten sie. Er wußte, daß es keinen Sinn hatte, nach einer Bedeutung oder einem Zeichen zu suchen. Das einzige, was er klar erkannte, war, daß er noch sehen und fühlen konnte.

Und als er sah und fühlte, fiel der harte Panzer von ihm ab. Die Erinnerung an die Rand-Nationen tat nicht mehr weh. Mit einemmal war das System nicht mehr so brutal und streng. Es verlor seine triumphierende Bitterkeit.

Die Maschinen standen vom Altar abgekehrt; VanRoark erklomm die schwarzen Stufen zu dem Altarblock aus geschnittenem Kristall. Die Düsen der Flugzeuge gähnten ihm entgegen. Dann ging er weiter, über die Krypta, in der sein Großvater begraben lag, zu den kleinen Nischen an der Nordseite der Kathedrale. Hier hatte er oft als Kind gesessen, umgeben von Steinplatten mit den Namen Verstorbener, und hatte verwundert die Leute beobachtet, die hierherkamen. Sie waren anders als die normalen Gläubigen, denn sie scheuten den Glanz des Hochaltars; manchmal hatte er gedacht, sie beteten zu einem Gott, der weniger mächtig war als der im Hauptschiff.

In einer Nische entdeckte er die erste Spur von Plünderern. Sie hatten ein kleines Fenster entfernt und die Goldverzierungen des Seitenaltars abgebrochen. Der Altar enthielt einen Reliquienschrein: WOLFES HAND stand auf einer Steinplatte. Die Diebe waren wohl um der Reliquie willen hier eingestiegen, denn der Behälter lag leer unter einer Bank.

Wie es sich gehörte, besaß er die Form einer Hand, aber sonst hatte er wenig mit den üblichen kitschüberladenen Reliquienkästchen gemein. VanRoark hob das Ding auf und betrachtete es näher; einen Moment lang dachte er an die Echse und an Enador. Doch dieser Wahnsinn lag weit hinter ihm.

Die Hand schien aus unzähligen feinen Silberfäden gesponnen; vermutlich hatte man sie der echten Hand des Heiligen angepaßt.

VanRoark hielt sie spielerisch an seinen rechten Arm; dann steckte er sie in sein Reisebündel und verließ mit müden Schritten die Kathedrale.

Er wußte nicht recht, wohin er gehen sollte, und so wählte er die alte Küstenstraße nach Süden, auf der er vor so vielen Jahren seine Reise begonnen hatte.

Bei Farnbrough Bay verließ er das Meer. Er hatte kaum einen Menschen angetroffen, nur einmal einen Soldatentrupp von Larine, der in Neu-Svald Tribut eintreiben sollte. Es gab keine jungen Männer mehr, die nach Schlangenhäuten Ausschau hielten.

Zu seinem Erstaunen enthielt der Grüngürtel wieder etwas Leben. Niedrige Obstbäume wuchsen an den Stellen, wo der Regen das verseuchte Erdreich weggeschwemmt hatte. Sie boten ihm Nahrung auf dem Weg landeinwärts. Zum erstenmal half ihm auch das verdrehte Wetter, das jetzt überall auf der Welt herrschte. Ein plötzlicher Frosteinbruch legte eine Eisdecke über den Shirka, und VanRoark gelangte ohne Schwierigkeiten in das Territorium von Svald.

Es hatte sieben Jahre gedauert, bis er das Meer fand, aber es dauerte nur zwei Jahre, bis er den Zug fand.

Er wanderte durch die verlassenen Gebiete der Alten Nationen, in südöstlicher Richtung, auf die Blackwoods Bay zu; Cavandish hatte gesagt, daß er sich dort nach Kraftstoff umsehen wollte.

Es war eine Gegend mit wilden, zerklüfteten Hochebenen und zu grotesken Formen verwitterten Kalksteinbergen. Moospolster bedeckten den Boden, und die wenigen Bäume, die ihre Wurzeln in den bröckeligen Untergrund krallten, wurden von heftigen Winden geschüttelt und zerzaust.

Der Zug stand im Schutze eines Felsüberhangs. VanRoark bemerkte ihn anfangs gar nicht, denn die verwaschenen Tarnfarben verschmolzen fast völlig mit dem graugrünen Fels. Cavandish hatte hier sein Lager aufgeschlagen: Eine Plane aus Segeltuch war von der linken Seite des ersten Passagierabteils bis zum Boden gespannt. Ein oder zwei Stricke hatten im Laufe der Zeit nachgegeben, und die Plane knatterte im Wind. An einem der hohen Räder lehnte der Klappstuhl. Cavandish saß noch immer darin. Die wenigen Vögel und Insekten der Umgebung hatten das Gerippe blank gefressen. Er unterschied sich nur in einem von den tausend Skeletten, denen VanRoark begegnet war – durch den Kehlkopf und den Kiefer aus Metall. Die Konstruktion bestand aus einem schmalen Steg, der am Hals begann und sich dann tulpenförmig erweiterte, ein ovales Gitter aus Kupferfäden bedeckte die Mundöffnung. Das Ganze war flach an die Schädelknochen genietet – eine chirurgische Meisterleistung.

Als VanRoark sich dem Skelett näherte, hörte er ein Murmeln. Später entdeckte er, daß die Einheiten, welche das Sprechzentrum steuerten, auf unerklärliche Weise immer noch funktionierten. Da jedoch keine gezielten Signale vom Gehirn ausgingen, stammelte es zumeist unverständliche Brocken vor sich hin, gelegentlich auch einen zusammenhängenden Satz.

VanRoark schüttelte den Kopf. »Selbst aus dem Grab

klagst du mir noch dein Leid«, meinte er lachend. Die Antwort verstand er nicht.

Dann jedoch zuckte er zusammen. Er erinnerte sich, wie komisch er Tapps Tod auf der Burn-Ebene gefunden hatte; und er erinnerte sich an die ersten Wahnsinnsanfälle, die nach diesem Erlebnis aufgetreten waren. Ängstlich wich er zurück, ohne den Toten aus den Augen zu lassen.

Nichts geschah; natürlich war er aufgeregt, denn die Entdeckung des Zuges bedeutete, daß er sich etwas eingestehen mußte, das er bisher immer wieder in den Hintergrund geschoben hatte: er wollte zurück auf die Burn-Ebene, und dann zu den Meadows.

Er kehrte zum Lager zurück und untersuchte das Gerippe genauer. »Hier kann ich dich nicht begraben, Cavandish«, sagte er und deutete auf den harten Felsboden. Cavandish schwieg. »Nun komm schon, ich will dich hier nicht sitzen lassen.«

VanRoark erhob sich. Er überlegte, wie weit er mit diesem Spiel gehen konnte, bevor es gefährlich wurde. Der Tote murmelte etwas, und er glaubte das Wort »Burn« zu verstehen. »Also gut – wenn du meinst!«

Er trug das Skelett vorsichtig ins Innere des Zuges, in die Kabine, die Cavandish gehört hatte. Ein Strom sinnloser Laute folgte ihm, als er die Tür hinter sich schloß.

26

Cavandish hatte die Zugmaschine für eine lange Wartezeit präpariert. Die Bedienungsanleitung lag neben dem Fahrersitz, dazu eine handgeschriebene Liste mit Dingen, auf die man besonders achten mußte.

VanRoark brauchte fast eine Woche, bis er sich wieder mit der Maschine vertraut gemacht hatte. Er koppelte die beiden leeren Kraftstofftanks ab, entfernte das Schutzfett von kritischen Teilen und tat, was er konnte, um das Gefährt wieder in Schwung zu bringen. Er entfernte sogar die Segeltuchhülle von der Kanone und feuerte einen Schuß auf einen Felsvorsprung am Nordende des Tals ab; dröhnend polterte das Gestein in die Tiefe. VanRoarks Hände zitterten so sehr, daß er nicht mehr zielen konnte. Zum erstenmal seit fast einem Jahr hatte er wieder das Gefühl, am Rande des Wahnsinns zu stehen. Er zog hastig die Plane über das Geschütz und floh in den Maschinenraum.

Die einzige Einrichtung, die er nicht in Gang zu setzen vermochte, war das Navigationsgerät. Den Magnetkompaß zu reparieren, hatte wenig Sinn, da sich die sonderbaren Schwankungen im Sonnensystem vermutlich auch auf das Magnetfeld der Erde auswirkten, und die übrige Ausrüstung ging über sein technisches Verständnis hinaus.

Er fuhr ein Jahr lang stets nach Westen. Der Zug fraß gewaltige Entfernungen. In der Ebene schaffte VanRoark bis zu zwanzig Meilen in der Stunde, aber als er die verkohlten Wälder erreichte, in denen sie vor langer Zeit die Besatzung des Bombers begraben hatte, drosselte er das Tempo auf fünf Meilen.

Er mied bewohnte Gebiete, denn er wußte genau, daß man ihm keinen freundlichen Empfang bereiten würde. Schon bevor er dem Ruf des Propheten gefolgt war, hatte man die Maschinen der Ersten Welt und der Rand-Nationen gehaßt.

Auch die Anfälle stellten sich wieder ein. Anfangs achtete er nicht darauf, da er sie für Hypnose hielt wenn der Zug unentwegt mit monotonem Rattern der Räder dahinrollte. Allmählich jedoch kam ihm die wahre Natur seiner Visionen zu Bewußtsein, vage, gleich winzigen Kristallen, die in einen Teich glitten: das Licht brach sich in ihren zahllosen Facetten, sie sanken und ließen ein paar Ringe auf dem Wasser zurück.

Aber anstatt sich heftig davon loszureißen, genoß VanRoark den leichten Schwindel, wenn die Welle ihn erfaßte und über ihm zusammenschlug. Dann sah er die weißen Kondensstreifen von Flugzeugen, die in großer Höhe gen Westen jagten.

Das Schlimme an der Sache war, daß hin und wieder tatsächlich ein Flugzeug am Himmel erschien. Sein rechtes Auge ließ sich nicht narren, es kannte den Unterschied zwischen Vision und Wirklichkeit.

Als die ersten fünf Monate vergangen waren und die Burn-Ebene kein Stückchen näherrückte, begann VanRoark Cavandish in den Maschinenraum zu schleppen, um sich mit ihm zu unterhalten. Er wußte, daß es eine morbide Geste war, aber schließlich redete der Tote in der Tat, und VanRoark fand sogar, daß er viel von seiner früheren Redegabe wiedergewonnen hatte. Die Sätze klangen nun zusammenhängend, und hatten Sinn, wenn man nur genau genug zuhörte.

VanRoark erkannte, daß er Cavandish unrecht getan hatte, als er ihn mit seinem Haß verfolgte, und er sagte ihm das auch, immer wieder, bis er merkte, daß der Tote keinen Groll mehr gegen ihn hegte.

Sie saßen nebeneinander wie zwei alte Freunde und betrachteten die weißen Streifen am Horizont, die sich im Licht der untergehenden Sonne allmählich rosa färbten. Und plötzlich begann Cavandish zu sprechen, mit einer sehr viel dunkleren Stimme als zuvor, und er erzählte von den Rand-Nationen, von den fremden Sternen, die er gesehen hatte, und von der Frau, die ihm einen Himmel wert gewesen war.

27

Er wußte, daß sie das Bergland erreicht hatten, das die Burn-Ebene umgab, denn manchmal roch er das Meer und sein nasses, üppiges Leben.

Sie schlugen ihr Lager auf, etwa zwei Meilen von einer Anhöhe entfernt; VanRoark glaubte, daß sich die Ebene unter ihm ausbreiten würde, wenn er den Gipfel erklomm. Aber er fühlte sich elend; Schmerzen und Furcht schüttelten ihn. Er trug Cavandish zurück in seine Kabine und erklomm das Dach des Führerstands. Gegen den Lauf der Kanone gelehnt, betrachtete er den Sternenhimmel. Er hatte das Gefühl, daß er hoch in der Luft schwebte und auf die zahllosen Lichter des Heeres herunterschaute; wenn er die Linse des rechten Auges verstellte, konnte er die bunten Banner erkennen, Wimpel, bestickt mit Greifen und Sonnen, durchwebt von Silberfäden wie die Reliquienhand, die er in seinem Gepäck hatte.

Er ging in seine Kabine, holte die Hand und kehrte damit auf das Dach der Zugmaschine zurück. Vorsichtig löste er den Metallvorstoß seines künstlichen Arms, entfernte die Hand und steckte statt dessen den Reliquienbehälter auf das Gelenk.

Die Kälte des Silbers durchdrang die Isolierschicht seines Handgelenks. Er betrachtete die Hand, sie war eine schöne Arbeit, fein und ätherisch, nicht so plump und stumpf wie die Totenhand, die er von Kenrick erhalten hatte.

Wenn er die Hand hob, fing sich der ganze Sternenhimmel in dem Netzwerk gesponnener Silberfäden. Ein unendlich tiefer Schmerz erfaßte ihn, ein Schmerz, den er sich nicht erklären konnte.

Er weinte, weil ihn der Schmerz dazu trieb, aber auch, weil er den Ursprung des Schmerzes nicht erfassen konnte. *Das reinste, schönste Ding der Welt, seit du jenes Mädchen im Thurber-Distrikt verlassen hast, und du weinst! Idiot!*

VanRoark schlief ein, an die Kanone gelehnt, das linke Auge von den Tränen verschwollen, das rechte unverändert.

Er wachte erst gegen Mittag des nächsten Tages auf, und dann lenkte er den Zug sofort den Hang hinauf. Er war gespannt und ängstlich zugleich, was er auf der anderen Seite vorfinden würde.

Zu seinen Füßen lag die weite, flache Schale der Burn-Ebene; der Sand, den der Wind im Laufe der Jahre hierhergetragen hatte, war geriffelt; er bedeckte unzählige Tote.

Der Zug bewegte sich langsam vorwärts. Metall und Gebeine knirschten unter seinen Rädern. VanRoark spürte, wie der Schmerz der vergangenen Nacht zurückkehrte, nicht so heftig diesmal, aber vermischt mit dem Gefühl, daß er etwas für immer verloren hatte.

VanRoark überquerte die Ebene und stellte den Zug im Schatten eines riesigen Truppentransporters ab, der zusammengesunken auf der Betonpiste kauerte.

Man hörte nur den Wind und das leise Klatschen der Brandung. VanRoark trat vorsichtig auf, als könnte ein falscher Schritt das Geisterheer wieder zum Leben erwecken.

Eine Weile wanderte er am Strand entlang und betrachtete die rostigen Wracks von zwei Zerstörern, einem Schlachtkreuzer und dem umgebauten Tanker; die Feldgeschütze auf dem Deck des Tankers standen immer noch in Reih und Glied — nur ein Stück des Bugs fehlte.

Außer dem Truppentransporter lagen noch die Reste von zehn Flugzeugen auf der Rollbahn. Die meisten waren noch vor dem Start detoniert.

VanRoark schlenderte zum Lager des Heeres hinüber. Von den Buden und Zelten und Verkaufsständen war nichts übriggeblieben. Brampton Hall erhob sich immer noch über den Gräbern der Armee und der Rand-Nationen. Hin und wieder stieß er auf eine Regimentsstandarte oder ein Familienwappen, das den heißen Wüstenwind und die Stürme vom Meer her überdauert hatte.

Am Spätnachmittag kehrte er zu seinem Gefährt zurück; die Burn-Ebene deprimierte ihn. Es war, als läge nur ein dünnes Tuch über dem Chaos. Jede unachtsame Bewegung konnte ein Schwert oder einen Totenschädel aufdecken.

VanRoark aß eine Kleinigkeit und trank ein Glas Wein aus einem Faß, das einst Zaccaharias gehört hatte.

Gegen Abend fühlte er sich wieder besser. Er beschloß, gleich am nächsten Tag zu den Meadows aufzubrechen. Aber zuvor wollte er ein Abschiedsfest geben, wie es sich gehörte, wenn man in den Krieg zog.

VanRoark trank noch ein Glas Wein, dann begann er mit den Festvorbereitungen. Aus einer großen, unregelmäßig geformten Aluminiumplatte und ein paar Ölfässern, die er bei den Flugzeugen entdeckt hatte, schuf er einen provisorischen Tisch und Sitzplätze. Nun brauchte er nur noch Gefährten — Kameraden, mit denen er trinken und die alten Kampflieder singen konnte. Er sah sich ratlos um; die einzigen Lebewesen gab es im Meer. Aber er konnte nicht gut Delphine und Schwertfische zu Tisch bitten. Was wußten sie schon von den Menschen? Hatten sie je Angst erlebt? Waren ihre fragilen, schillernden Panzer je von den Pfeilen der Erzengel durchbohrt worden?

Halt, keine Bitterkeit! ermahnte sich VanRoark. Dann kam ihm Cavandish in den Sinn. Der mußte an dem Gelage teilnehmen! Cavandish hatte soviel erlebt, er kannte die Ängste und Nöte der Welt. Der alte Bastard sollte ihn zu den Meadows begleiten, vielleicht fanden dann seine ausgetrockneten Knochen und das Bronzekinn endlich Frieden.

VanRoark ging zuerst in seine eigene Kabine. Er zog ein sauberes Hemd an, schnallte die Automatik um und streifte nach kurzem Zögern die Silberhand über das Gelenk.

Das alles kostete ihn viel Mühe. Schließlich schleppte er Cavandish ins Freie und setzte ihn auf das Ölfaß zu seiner Rechten. Der Schaft einer alten Standarte stützte ihn, und VanRoark hängte ihm einen Patronengurt und ein halbautomatisches Gewehr um, das er im Waffenschrank der Zugmaschine gefunden hatte.

Der Tisch wirkte immer noch ziemlich leer. Cavandish sagte

VanRoark, er solle sich endlich setzen, aber der Wein hatte ihn unruhig gemacht.

Kurze Zeit später saßen elf weitere Skelette um den Tisch, geschmückt mit Panzerwesten, Pistolengurten und Bajonetten. Wie martialisch sie aussahen!

Die Dunkelheit war hereingebrochen. VanRoark tränkte ein paar Lappen mit Öl, stopfte sie in Blechdosen und zündete sie an. Dann verteilte er Brot und Wein.

»So sollte es immer sein«, flüsterte er Cavandish zu und seufzte. »Die Männer des Heeres und der Rand-Nationen an einem Tisch . . .«

Er wartete auf Antwort, aber es kam keine.

Drei Stunden später war VanRoark ziemlich betrunken. Er stolperte über die Worte der alten Lieder, und das belustigte ihn. Auch seine Gefährten wirkten nicht mehr nüchtern. Sie lehnten schief auf ihren Sitzen oder beugten sich über die Tischplatte.

Eine weitere Stunde später entdeckte er im Spiegel seiner Silberhand Fregatten und schlanke Klipper, Reiter und Fußsoldaten, die den Meadows zustrebten. Als er die Hand bewegte, sah er Sturmwolken. Sie standen über dem nördlichen Horizont, und ihre Ränder loderten wie im Licht greller Blitze.

VanRoark kam schwankend auf die Beine. Die Wolkendecke am Horizont zog höher. Bläulichweiße, grüne und gelbrote Strahlen zuckten am Rand der Welt.

»Unsere Kriege«, wisperte jemand im flackernden Halbdunkel hinter ihm. »Unsere Kriege«, wiederholte ein anderer.

Er verstellte das rechte Auge, aber es übermittelte nur verzerrte, wirre Bilder; er war überzeugt davon, daß seine benebelten Sinne übertrieben. Die Echos der Detonationen drangen kaum bis auf die Ebene, aber sie schienen seinen Schädel zu sprengen.

»Sie gehen weiter, Cavandish!« schrie er dem Alten zu. »Sie gehen für uns weiter! Die Schiffe, die ich sah – sie waren keine Illusionen!« Er wandte sich der Gruppe zu. »Sollen wir heute noch aufbrechen?«

»Zu den Kriegen?« fragte Cavandish kühl; die übrigen schwiegen.

»Was sonst, Alter?« entgegnete VanRoark heftig. Der Wein machte ihm zu schaffen. Als er herumwirbelte, um die Lichter am Horizont zu betrachten, kam der Boden auf ihn zu, und er sah, wie die einzelnen Sandkörner erzitterten.

Er blieb liegen.

Am Tisch erhob sich eine neue Stimme; sie gehörte keinem der Soldaten, aber irgendwie kannte er sie.

»Sie gehen weiter«, sagte die Stimme. »Unsere Kriege!« Das klang, als hätte der Sprecher eben erst das Schauspiel am Horizont bemerkt.

»Unsere Kriege!« kreischte die Stimme plötzlich. *»Unsere blutigen, dreckigen, verdammten, stinkenden Kriege!«*

VanRoark erkannte jetzt, zu wem sie gehörte. Und es war gar keine richtige Stimme. Natürlich, sie hing von Worten ab, von Lauten, die er selbst formen konnte, aber dahinter ragten Formen und Gestalten auf, groß, entsetzlich. Er hatte sie einst gekannt, doch nun sah er sie verzerrt und zerschmettert.

Es war die Stimme von Timonias.

Aber das kann nicht sein. Ich habe zuviel getrunken. Bald wird die Stimme fortgehen, und dann brechen wir zu den Meadows auf!

Die Stimme ging nicht fort; sie sprach weiter, kühler jetzt.

»Siehst du sie, VanRoark? Sie gehen immer noch zu den Meadows. Erinnerst du dich an die Kondensstreifen am Himmel? Wenn wir auf der Küstenstraße geblieben wären, hätten wir die rauchenden Schlote von Schiffen gesehen. Sie gehen immer noch zu den Meadows. Und weißt du, was das bedeutet?« Ein Schluchzen schwang in der Stimme mit. »Es bedeutet, daß auch diesmal nicht das Ende kommt! Daß die Hoffnungen der Welt wieder einmal betrogen wurden!

Irgendein armer Teufel, der heil zurückkehrt, muß ein neues Buch der Überlebenden schreiben. Herrgott, VanRoark, hast du eine Ahnung, was sich dort abspielt . . . was sich abspielen muß?«

VanRoark versuchte zu nicken.

»Ah, du erkennst es? Wie hast du das geschafft, bei all den Märchen, die Idioten und Besessene dir erzählten? Bei deiner eigenen kindischen Fantasie, die sich von schimmeligen Büchern angezogen fühlte? Große Schiffe und Helden, das siehst du — selbst jetzt noch, nachdem du die Schlacht auf der Burn-Ebene miterlebtest!

Ha, ich weiß genau, wie du dir die Engel vorstellst! Als Menschen in lichtumflossenen Gewändern, flammende Schwerter in der Hand! Sie schweben unberührt, unverwundet über dem Gemetzel der göttlichen Vorsehung.«

Falsch, dachte VanRoark. *Früher habe ich sie so gesehen, aber dann betrat ich die Kathedrale ...*

»Ich glaube, sie haben große Ähnlichkeit mit den Menschen«, fuhr die Stimme fort. »Arme, erschöpfte Clowns, die nie den versprochenen Frieden des Paradieses erhalten. Ich frage mich, wie sie mit gebrochenen Flügeln aussehen mögen; ich frage mich, ob sie bluten, wenn die Bomben oder Schwerter der Teufel sie treffen. Ich frage mich, ob sie Schmerzen spüren und die ewige Hoffnungslosigkeit.«

Die Wolken kamen näher; sie bedeckten jetzt die Hälfte des Himmels.

In der Stimme schwang jetzt Staunen mit — Staunen darüber, daß sie Dinge sagte, die sie seit tausend Jahren wußte, aber nie zugegeben hatte. »Und weißt du, was das bedeutet, VanRoark? Es bedeutet, daß jenes Wesen, welches die Welt geschaffen hat, welches ihr Leben gegeben hat — daß dieses Wesen der gleiche armselige, hilflose Idiot ist wie wir alle!

Ah, denk darüber nach! Die Grundlage für eine Million Jahre Theologie und Philosophie — ein Scheißhaufen! Männer und Frauen mit edler Gesinnung, die sich im Namen dieses Wesens foltern und umbringen ließen! Kriege, Inquisition, Schmerzen und nochmals Schmerzen — weil sie ein Teil des Göttlichen Plans waren, so voll von ewiger Weisheit, daß ich kotzen könnte!

Den herrlichen Dünkel, den es anfangs gehabt haben muß! Den Stolz, die Allmacht, die Allwissenheit! Und dann, als das Ende nahte, die erste Unsicherheit, das erste Ahnen, daß es seine Geschöpfe nicht mehr beherrschte. Die Zeit – dieses beharrlich tickende Ding – wollte der Ewigkeit den Platz nicht räumen. Sie wurde unberechenbar, wie die Jahreszeiten, die Luft, die Sterne . . .«

Das Schluchzen durchbrach immer häufiger die Worte. »O Gott, VanRoark! Weißt du, warum wir weiterkämpfen? Weil nur der Schmerz uns sagt, daß wir noch am Leben sind! Bald werden wir auch den Schmerz nicht mehr haben, und dann bleibt uns nur der Wahnsinn. Wir werden leben und nicht wissen, daß wir leben! Oder, wenn wir diesen Gedanken ausbauen: wir werden leben und nicht wissen, wann wir sterben.«

VanRoark lag eine Weile ganz still da und starrte zum flackernden Horizont hinüber. Er wagte es nicht, die Augen zu schließen. Dann fragte er leise:

»Timonias? Bist du da?«

»Ja.« Es war die Stimme von Cavandish.

VanRoark rätselte eine Weile darüber nach. »Cavandish, bist du auch da?«

»Ja.« Die gleiche Stimme. »Ich war Timonias.«

Oh, Gekreuzigter, sind die Kriege und ein toter Prophet nicht genug für einen Abend?

Die Stimme sprach weiter: »Amon, der Cavandish, der mit dem Geländezug auf die Burn-Ebene gekommen war, starb zusammen mit seinem Freund Zaccaharias, fünf Tage, nachdem wir das Heer verlassen hatten.« Er machte eine kurze, verlegene Pause. »Meine Geschichte, die Dinge, die ich dir über die Rand-Nationen erzählte, meine Arbeit als Navigator – das alles stimmt, aber es ereignete sich sechzig Jahre früher.

Mein Volk begann, wie ich dir schon schilderte, sich langsam aufzulösen. Ich trug dazu bei, denn während ich weiter meine Einsätze flog, empfing ich . . . empfing ich . . .« Timonias stockte; er fand nicht die rechten Worte. ». . . du *weißt* es, Amon. Ich fühlte mich so wie du damals, als du mir zuhörtest . . .

Man gab mir diese Stimme und die Visionen. Man zeigte mir Dinge, oh, so herrliche Dinge, daß mir elend wird, wenn ich daran denke. Man füllte mich auf wie ein leeres Glas, mit

Wissen und mit Bildern. Dreißig Jahre lang wanderte ich einfach durch die Welt, und nichts berührte mich, weder von außen noch von innen. Dann war ich so – so erfüllt von der Macht, daß ich sie ausströmen mußte, in die Seelen anderer Menschen, so wie es mir geschehen war.

Ich erkannte die Wirkung meiner Worte, und das verstärkte meinen Eifer, so daß ich nur noch die Erfüllung meiner Mission sah.

Und dann kam ich hierher. Ich verließ mein Schiff und wanderte durch die Ebene ...« Wieder machte er eine Pause. »Mit meinem weißen Gewand schlenderte ich durch das Dunkel, und ich hörte, wie Metall gegen Leder und Stein wetzte. Der Kampf brach los. Mein Heer, mein wunderbares Heer griff die Rand-Nationen an, zerfleischte die Männer, die mit mir von den Sternen gekommen waren.

Ich rannte durch das Lager, Amon, aber keine Menschenseele bemerkte mich. Ich hatte sie hierhergeholt, ich, Timonias! Aber ich brachte jetzt kein Wort heraus. In dem Augenblick, in dem meine Stimme und mein Wissen verzweifelt gebraucht wurde, um den Selbstmord der Armee zu verhindern – in dem Augenblick war ich stumm.

Ich hatte versagt. Die Worte verließen mich wie die Visionen. Ob ich zur Strafe dafür Kehlkopf und Mund verlor? Gegen Ende der Schlacht erwischte mich der Splitter einer Phosphorgranate am Kinn. Ich wäre verblutet, wenn Cavandish und seine Leute mich nicht gefunden hätten.

Großartige Menschen, Amon – es ist schade, daß du sie nicht kennengelernt hast. Sie wußten, wer ich war, sie *wußten* es, und sie sahen, was ich angerichtet hatte, und dennoch flickten sie mich zusammen. Später lasen sie dich auf und einen Mann namens Johanner, aber ihn hatte es zu schlimm erwischt; er starb eine Woche nach der Schlacht.

Sie gaben dir den Arm und das Auge und mir eine neue Stimme. Ich verwünschte sie anfangs, weil diese Stimme nicht mehr die Macht von früher besaß, aber dann gewöhnte ich mich daran.« Er lachte, und es klang wie statisches Knistern.

»So wie ich mich daran gewöhnte, daß ich als Toter immer noch sprechen konnte.«

Wieder erschütterten die Echos von Detonationen die Ebene. VanRoark hob den Kopf. »Kommst du morgen mit mir?«

»Nein.«

»Aber warum nicht?«

»Weshalb gehst du hin? In wessen Namen?«

»In meinem eigenen Namen.«

»Nun, ich habe keinen mehr.«

»Und um zu sterben . . .«

»VanRoark, ich bin tot! Ich war in dem Moment tot, als ich die Stimme der Schöpfung erhielt — so wie du tot warst, als du sie vernahmst. Aber geh ruhig! Vielleicht erfüllst du deinen winzigen Teil der Schöpfung. Es gibt schlimmere Dinge.«

VanRoark seufzte schwer. Das Rattern der Maschinengewehre klang wie Regentropfen, die gegen Fensterscheiben trommelten. »Gibt es einen Weg, das alles zu beenden, Cavandish?«

»Ich weiß nicht.« Die Stimme war alt und sehr müde.

Verzweiflung und Zorn schnürte ihm die Kehle zusammen, brannte in seinem Körper. »Dann sag mir eines, Timonias! Wie kann ich diesen Schmerz beenden?« Er kam schwankend auf die Beine; um ihn drehte sich alles, die Skelette, die Aluminiumplatte, der Feuerrand des Horizonts. *»Timonias, sag etwas! Wie kann der Schmerz beendet werden?«*

Schweigen und Dunkelheit, sonst nichts.

VanRoark brach zusammen. Jede Hoffnung war von ihm gegangen. Er schlief auf den harten Kristallen der Ebene ein. Flüchtig empfand er Dankbarkeit, daß er zu erschöpft zum Träumen war.

28

Im Morgengrauen erwachte VanRoark. Noch bevor er die Augen öffnete, wußte er, daß er sich verändert hatte. Er kauerte in sich selbst und betrachtete seine verstümmelten, zerrissenen Erinnerungen. Sie waren nur erträglich durch den Abstand, den er zwischen sie und das Bewußtsein gelegt hatte.

Eine Stunde lang rührte er sich nicht, bis er das Dröhnen spürte, an dem sich die Erinnerungen festklammerten. Das Dröhnen war der Schmerz, und er kam von der See.

Die See war der Schmerz. In der See ging das Leben weiter. Von der See, dem letzten und mächtigsten Bollwerk Gottes, strömte alles Leben und alle Energie der Schöpfung aus. Er öffnete die Augen, und das Wasser glitzerte rein und klar. Die Brandung war weiß wie immer; sie wusch den Strand vom Gift des Landes rein.

VanRoark stand auf und drehte sich langsam um. Er sah das große, zerstörte Flugzeug, und wieder drang der Schmerz auf ihn ein, verkürzte den Abstand zwischen Bewußtsein und Erinnerung.

Er verdrängte die Gedanken, aber das Dröhnen der See umgab ihn immer noch. Die Skelette lagen neben den Ölfässern und der Aluminiumplatte. Nur Cavandish fehlte. VanRoark suchte ihn den ganzen Vormittag und fand ihn schließlich, überspült von der Brandung, in der Nähe der Betonpiste. Er beugte sich über das Skelett und wollte es zurück zum Zug tragen, aber der künstliche Kehlkopf stieß immer noch murmelnde Laute aus. Ob der Prophet das Meer bat, ihm seine Stimme wiederzugeben?

VanRoark rannte zurück. Er bestieg den Maschinenraum und setzte den Zug in Bewegung. Das Gefährt rollte über die Betonpiste nach Westen. Er wußte, daß er eigentlich nach Norden fahren sollte, zu den Meadows. Aber das konnte er nicht.

Die Piste war sechzig Meter breit und erhob sich fünfzehn

Meter über der Wasserfläche. Sie stand auf gewaltigen Steinpfeilern.

Früher, bevor er die Burn-Ebene gesehen hatte, wäre er von den gigantischen Ausmaßen der Piste überwältigt gewesen; nun gab es sie einfach. Es hatte sie immer gegeben, wie das Meer.

Nach einer oder zwei Stunden verschwanden die Berge und Brampton Hall; er starrte das glitzernde Wasser an und die endlose graue Bahn. Die Zeit blieb stehen; alles verwischte sich.

VanRoark döste in der Sommerhitze vor sich hin, ohne auf Wegzeichen oder Markierungen zu achten. Nur sein Auge und Arm aus Metall und Kupferdraht blieben wach, um ihn und den Zug nach Westen zu bringen. Er war immer auf der Brücke gewesen, immer; Sekunden wurden Tage, während die Sonne wie festgenagelt am Zenit hing. Nur die See mit ihren wimmelnden Leben bewegte sich am Rande seines Sichtfelds.

Es war vielleicht Mittag, als er den Horizont sah, das Grasland über der See. Er erreichte eine wellige Prärie, durchsetzt von Obstgärten. Die Straße führte nach Osten weiter. (Wie konnte man die Himmelsrichtung erkennen, wenn die Sonne am höchsten Punkt ihrer Bahn stand?)

Die Stadt kam allmählich auf ihn zu. Sie begann mit einem Park und verstreuten kleinen Villen. Dann weitete sich die Straße zu einem Boulevard aus, mit Alabastersäulen und Springbrunnen. Gigantische Bauwerke ragten auf, aus Gold und Silber, Jade und Ebenholz. Der graue, verbeulte Zug paßte nicht zu dieser Pracht.

Und doch, als VanRoark genauer hinsah, entdeckte er Risse in den Mauern, unreine Stellen in den Edelsteinen, Schmutz in den Nischen. Er wollte anhalten und die Dinge in Ordnung bringen, aber der Zug fuhr weiter.

Die Straße wurde wieder schmaler. Bäume säumten sie und stattliche Landhäuser. Gegen Mittag erreichte er das Ende. Flache Stufen führten in einen Park, und dahinter sah Van Roark die weiße Linie der Brandung.

Auch hier zeigten sich die Makel der Stadt: die Grasflächen

wiesen gelbe, kränkliche Stellen auf, und die Blüten der Holzapfelbäume erinnerten an billiges Porzellan.

Doch das Meer dahinter war anders. Wie überall wimmelte es von Leben. Delphine und Schwertfische durchschnitten das Wasser, Möwen kreisten über den Wellen, und fliegende Fische schnellten in die Luft.

VanRoark steuerte den Zug an den Stufen vorbei, durch den Park zur See hinunter. Ein schmaler Strandstreifen verlief zwischen dem Gras und dem Wasser, und hier ließ er das Gefährt stehen.

Die Trauer, die ihn erfaßte, war nahezu unerträglich. Sie umklammerte seinen Verstand, drohte ihn zu ersticken. Aber er wußte, daß er noch nicht sterben durfte. Etwas gab es noch zu tun. Er öffnete den Waffenschrank und holte ein langes Gewehr heraus; es war das klassische Modell der Gewehre, mit denen die Menschen einander seit Jahrtausenden umbrachten. VanRoark befestigte das Bajonett daran.

Die Welt um ihn versank. Er sah nur noch die schimmernde See und die scharfe silberne Spitze des Bajonetts. Mit langsamen Schritten ging er zum Wasser, erfüllt von Schmerz. Er wartete, bis sich die Brandung zurückgezogen hatte, dann stieß er das Bajonett in den feuchten Sand.

Eine Woge glitt heran; die Metallklinge zerschnitt sie.

VanRoark sah zu, wie sich die Dunkelheit ausbreitete, von der Stelle, wo das Wasser die Waffe berührt hatte. Die Brandung starb, und das Meer wurde wie Obsidian. Die Fische und Vögel waren mit einemmal verschwunden; der Wind schwieg.

Die Trauer löste sich auf. VanRoark wußte, daß die Kriege nun vorbei waren. Die Schöpfung lag im Sterben.

Nur er selbst lebte noch. Er warf einen Blick zur Sonne, die bereits merklich schwächer schien. Wenn sie erlosch, hatte er noch das Licht der Sterne, und danach würde ihm das rechte Auge den Weg weisen. Und selbst wenn die Wärme verging und mit ihr das infrarote Licht, dann konnte er vielleicht eine Art Echogerät an seinem rechten Arm befestigen, um den Weg zu finden . . .

Drittes Buch

DER STERN DER HOFFNUNG

(THE DAY STAR)

1

Es hieß, daß von allen Städten der Erde Ferrin die schönste war. Sie lag am Delta des Mittagsflusses, ausgebreitet auf zweihundert Inseln. Gläserne Brücken, von Gitterornamenten durchzogen, spannten sich über das Wasser. Taxiboote und bauchige Fähren mit aufgemalten bunten Drachenköpfen am Bug glitten durch das Labyrinth der Kanäle; auf dem Firnis der Mahagoni- und Teakholzplanken schimmerten die Tropfen wie geschmolzenes Blei. Vom großen Hafen starteten Gleiter und Flugboote, in einen dünnen, silbrigen Nebel getaucht. Sie schnellten in die metallfrische Luft, und das Kreischen ihrer Triebwerke zerriß den Dunst in tausend flatternde Bänder.

Auf manchen der Inseln standen vornehme Landhäuser, eingebettet in weite Parks mit blaugrünem Gras, Magnoliensträuchern und Apfelbäumen. Hütten aus Eisenholz und Kiefer verteilten sich auf dem welligen Präriegelände nördlich und südlich des Flußdeltas. Aber es gab auch mächtige Bauwerke: Labors mit trotzig aufragenden Mauern, welche den Zweck hatten, empfindliche Instrumente zu schützen oder die tobenden Gewalten zu bändigen, die hier untersucht wurden; Museen, in denen sich großartige Beispiele für das Schaffen der Menschheit befanden; Fabrikhallen mit fluchenden, schwitzenden Arbeitern, welche die atemberaubende Vitalität widerspiegelten, die ganz Ferrin durchdrang. Die Universitäten fielen durch die Farben ihrer Gebäude ins Auge: stahlgrau und teakholzbraun für Maschinenbau, Architektur und Physik; weißgekalkt und mit Efeu überzogen für die Gelehrten, die sich über dicke Bücher und raschelnde Manuskripte beugten.

Eindrucksvolle Observatorien ruhten auf Pfeilern und Plattformen aus einer schimmernden Silberlegierung. Ihre Teleskoprohre erinnerten an Salutkanonen, die bereitstanden, einen mächtigen Herrscher zu begrüßen. Peilscheiben wippten und kreiselten aufgeregt, wenn sie sich in Spektralbereiche vortasteten, die für das menschliche Auge unzugänglich waren. Von diesen Kuppeln und Türmen verfolgten die Bewohner Ferrins den Lauf der Sterne und Kometen, betrachteten sie die funkelnden Bögen der Galaxien.

Ferrin war eine Stadt von unendlichem Liebreiz. Üppiger Klee wuchs zwischen den Marmorwegen, und Blumengärten begrenzten das Landefeld des Flugplatzes. Pfauen und Leoparden bewegten sich frei auf den großen Werftanlagen, wo die Handels- und Kriegsflotten Ferrins gebaut und ausgerüstet wurden. Dorthin zu den Docks kamen die Männer und Frauen von Ferrin, um die Wunder ihrer Welt zu bestaunen und zu genießen.

Denn mehr als jede andere Stadt besaß Ferrin ein enges Verhältnis zum Meer. Ihre Schiffe trotzten jedem Sturm, und selbst wenn sie schlammverkrustet und rostbedeckt von langen Reisen zurückkehrten, wirkten sie noch kühn und elegant. An ihren Masten flatterten dann die Wimpel der Reiche, welche sie entdeckt hatten.

Immer wenn ein Schiff an der Reede des Mittags festmachte, strömten die Bewohner Ferrins über die Brücken und die Straßen aus gelbgeädertem Marmor zum Pier hinunter. Gelehrte, Kartenzeichner und Astronomen trafen mit den Seeleuten zusammen und versuchten so viel wie möglich über die neuentdeckten Gebiete zu erfahren.

Es hieß, daß von allen Städten der Erde Ferrin die

schönste war. Aber die gleichen Leute, die das sagten, fügten hinzu, daß Ferrin ein Traum war, einst in der Vorstellung seiner Bewohner und heute für uns. Und in der Tat, die Stadt muß ein Traum gewesen sein, ein Gebilde der Nacht, denn unsere Sonne ist viel zu grell und hart, um solche Anmut unberührt zu lassen. Ihre Hitze hätte die Brücken aus gesponnenem Glas geschmolzen und die Kanäle ausgetrocknet, so daß die Schiffe auf Grund gelaufen wären. Ihr Licht hätte grausam Dinge enthüllt, an denen die Männer und Frauen von Ferrin verzweifelt wären.

Das ist natürlich eine Lüge – oder zumindest eine Verzerrung durch die Legende.

Denn noch Epochen nach Ferrins Untergang und dem Tod seiner Bewohner tat man die Stadt nicht so einfach als Produkt der kindlichen Fantasie ab. Im Gegenteil, man schmähte und haßte sie. Nur die unauslöschliche Erinnerung an ihre Schönheit milderte die Bitterkeit ein wenig. Die Menschen gestanden sich ein, daß sie die Existenz der Stadt und das, was sie bedeutet hatte, nicht so ohne weiteres leugnen konnten. So ließen sie es zu, daß sie ihren festen Platz im Rassengedächtnis fand – wenn auch nur als Wust von wirren Legenden, als Spitze eines Eisbergs.

Ferrins Verbrechen, wenn man es so nennen kann, war vielleicht durch seine Stellung im Plan der Urschöpfung vorherbestimmt – etwa in der gleichen Weise, wie die Raipur-Schule den Platz unserer Welt in der Schöpfung als Grund für die tausend Verbrechen nennt, die tagtäglich geschehen.

Die Verbannung Ferrins in den Sagenbereich läßt sich nur dann ertragen, wenn man davon überzeugt ist, daß es keine andere Welt außer der unseren gibt. Solange wir uns mit einer Schöpfung befassen, deren Grenzen der unmittelbaren, rationalen Wahrnehmung unterliegen, dürfen wir darauf vertrauen, daß Ferrin niemals existiert haben konnte und daher auch niemals existierte – denn stellt unsere Welt nicht die Gesamtheit der Schöpfung dar? Das Risiko, andere Welten jenseits der unseren anzunehmen, gehen heutzutage nur sehr wenige Philosophen ein, da ein derartiges Eingeständnis zwangsläufig zu der Folgerung führen würde, daß unsere Welt nur ein Punkt auf einer Linie mit unzähligen Punkten ist. Haben wir erst einmal dieser Versuchung nachgegeben, dann beschwört die perverse menschliche Fantasie eine Verbindung zwischen den einzelnen Punkten herauf, stellt sich Planeten mit Kontinenten und Nationen vor, einen immer noch herrlicher als den anderen, bis sie letzten Endes den Glanz Ferrins erreicht.

Gehen wir noch einen Schritt weiter: Der Konflikt zwischen der linearen Aufeinanderfolge der Welten und dem Konzept des kreisförmigen Universums, das die fortschrittlichsten unter unseren Physikern vertreten, ließe sich durch die Einführung des Spiral-Universums lösen.

Ferrin stellte den Endpunkt dieses Spiral-Universums dar, während unser Planet und die Sonne, die ihn so gnadenlos beleuchtet, den Anfang bilden. Die Sonne ist der Geburtblitz des Schöpfers, und von ihr gehen noch heute gewaltige Zeit- und Energieströme aus, welche die Spirale entlangrasen, von einer Welt zur nächsten, bis sie die ausgedehnten Gefilde der Nacht erreicht haben.

Die abgeteilten Kammern der Nautilusmuschel veranschaulichen das Weltengebilde vielleicht noch besser als eine flache Spirale. Wäre das Universum wirklich nur eine zweidimensionale Scheibe, dann hätte der Zeitsturm uns längst erfaßt und fortgeweht wie dürre Blätter aus unserer taghellen Welt in stillere, dunkle Reiche. Dies ist nicht geschehen, weil die einzelnen Planeten dreidimensionale Grenzen besitzen; schmale

Korridore, so angelegt, daß sie stets zur nächstgrößten und nächstschöneren Welt führen, verbinden sie.

Das ist die doppelte Gefahr, in die man sich begibt, wenn man in Ferrin mehr als eine Legende sieht. Zum einen erkennt man, daß man die Zeit in ihrer häßlichsten und zersetzendsten Form zum Feind hat. Zum anderen muß man sich eingestehen, daß die eigene Welt, da sie nun einmal den Anfang darstellt, von einem ungeübten Gott geschaffen wurde. Hier versuchte er zuerst, die Elemente des Chaos zu ordnen, und hier sind seine unvollkommenen Bemühungen der furchtbaren Zeit-Erosion schon am längsten ausgesetzt.

Bei den nachfolgenden Versuchen entstanden immer bessere Welten. Viele Menschen warfen ihr Leben weg, wie auch ich es um ein Haar getan hätte, um nach den Korridoren zu suchen, die unsere Welt mit den übrigen Welten der Spirale verbinden, und einen Blick auf jene Reiche zu werfen, welche die wilde Gewalt des Zeitsturms auffangen und abschwächen. Aus unerklärlichen Gründen blieb es nur den Bewohnern unseres Planeten versagt, die Tore zu finden und zu öffnen.

Der Tag markiert den Beginn der Spirale; nach und nach, wenn die eingeengten Zeitstürme frei werden und immer größere Bereiche in wilder Wut angreifen, weicht er dem Dunkel. Und am Ende der Nacht, an den fernsten Grenzen von Ferrins Welt, sammeln sich die Stürme noch einmal, um mit geballter Kraft durch einen Ausgang zu jagen, den noch kein Mensch betreten hatte, weil seine genaue Lage unbekannt war.

Die Bewohner von Ferrin hatten es sich zur Aufgabe gemacht, diesen Ausgang zu finden. Selbst hier, am Ende der Spirale, spürten sie nämlich den Zeitsturm. Kein Instrument zeigte ihn an, aber da war ein Druck, eine bleierne Schwüle in ihren Gehirnen, wenn er geisterhaft vorüberhuschte und sich seinen Weg aus der Nautilusmuschel ins Freie bahnte. Daher die Antennen und Teleskope, die den Himmel absuchten; daher die Schiffe, die bis ans Ende der Welt vordrangen; daher die vielen Wissenschaftler und Gelehrten, die das Geheimnis zu ergründen suchten . . .

Endlich fanden die Männer und Frauen von Ferrin das Tor und erspähten die Gefilde, die dahinterlagen. Sie beluden den Zeitsturm mit Robotersonden; Instrumente zeichneten seinen Weg auf, als er durch den Ausgang jagte, mit einem Seufzer der Erleichterung, wie es schien, und dann schwieg.

Und die Bewohner von Ferrin setzten es sich zum Ziel, diese Gefilde zu betreten, da sie in ihnen die Ewigkeit vermuteten. Über Epochen hinweg, wenn man den Zeitmaßstab unserer Welt anlegt, wuchsen von den Inseln des Flußdeltas Metallpfeiler in die Höhe. Flugzeuge durchschnitten das Dunkel und woben dicke abgeschirmte Kabel zwischen den Pfeilern und den festungsähnlichen Labors. Denn wenn es außerhalb der Nautilusmuschel keine Zeit und keine Sterblichkeit gab, dann mußte man wenigstens durch Hilfsmittel dafür sorgen, daß die Menschen nicht ganz ohne Richtung und Dimensionen waren.

Einige der klugen Leute von Ferrin kamen zu dem Schluß, daß die Ewigkeit, was immer sie darstellen mochte, auch die Funktion hatte, die Nautilusmuschel zu schützen und im Gleichgewicht zu halten. Nun sind sich aber die klassischen Legenden aller Welten darin einig, daß unser Universum aus dem Chaos entstand. Wenn dieses Chaos außerhalb des Universums noch existierte und irgendwie Einlaß in das Gehäuse der Muschel fand, dann konnte es jegliches intelligente Leben auslöschen, das je dem Zeitsturm getrotzt hatte. Aber solche Spekulationen schob man rasch beiseite. Die Verlockung, den Tod zu besiegen, der Vergänglichkeit Einhalt zu gebieten, war stärker.

Das System, das die Bewohner von Ferrin beim Betreten der unbekannten Gefilde leiten sollte, erhielt den Namen Tagstern, und alle Hoffnungen der Menschen dieser Welt knüpften sich daran. Keine einzige Legende schildert, wie es sich zusammensetzte oder wie es funktionierte. Es ist fraglich, ob überhaupt jemand – von den Erbauern einmal abgesehen – seine Konstruktion verstand. Wohl aber berichten die Sagen, daß jene mächtigen Pfeiler irgendwann zu schimmern begannen und daß die Luft in ihrer Umgebung knisterte und fluoreszierte, als sie den Zeitsturm einfingen und festhielten. Funkelnde Kraftfelder gingen von den Säulen aus, schwankten wie Tautropfen an Spinnenfäden, bis sie zusammenflossen und zum Scheinzenit des Himmels aufloderten.

Als der Fluß der Zeit gestaut war, zusammengedrängt und in feste Bahnen gelenkt, da breitete sich der Tagstern entlang der Kraftlinien aus, entfaltete sich wie eine Robe aus Silber- und Goldbrokat, bis die halbe Welt in seinem königlichen Licht erstrahlte. Er erinnerte an eine Folie aus blankem Metall, geschmückt mit Diamanten und Edelsteinen, die sich über den Rand des westlichen Himmels wölbte und sanft über den Wolken und Bergketten des neuen Landes Ewigkeit schimmerte. Der Stern verblaßte manchmal und schien dann wieder heller, um die Menschen zu noch größeren Leistungen anzuspornen – aber sein Licht war nie so grell, daß er den zeitlosen Traum der Ewigkeit zerbrach oder die Träumer weckte.

Im Glanze des Tagsterns ragten die Minarette von Ferrin noch höher auf, wölbten sich die gläsernen Brücken noch kühner, drangen die Schiffe noch weiter in die unerforschten Bereiche der Meere vor. Fürwahr, ein Traumzeitalter! Bis nach Torish im Westen, bis zu den fernen Gipfeln der Starwall Mountains im Norden und der Ruinenstadt Ith tief unten im Süden breitete sich der Ruhm Ferrins aus wie das fließende Banner des Tagsterns, unsterblich und grenzenlos. Eine Weile schien es, als sei die Menschheit der Geißel von Zeit und Tod entronnen, so wie sich der Zeitstrom selbst, jenes blinde, quälende Ordnungswerkzeug, in den Gefilden der Ewigkeit verlor.

Aber der Tagstern war nicht so vollkommen wie das Reich, das er für Ferrin zu gewinnen suchte. Er wurde starr und spröde; Risse zeigten sich in seinem Gewebe, und das Chaos, der Urstoff der Schöpfung, sickerte aus verborgenen Abgründen durch das brüchige Material des Sterns; es jagte durch die üppigen Wälder und Kristallgebirge der Ewigkeit und zwängte sich ins Innere der Nautilusmuschel.

Die Menschen ergriffen die Flucht vor dem peinigenden Dunkel. In jenen furchtbaren Tagen entstanden die Alpträume, und die Männer und Frauen konnten keinen klaren Gedanken fassen, als sie verängstigt und erfüllt von Bitterkeit durch die Weltenspirale hetzten. Sie rannten gegen den Zeitstrom an. Sie spürten, wie Körper und Geist alterten, immer rascher, aber die Angst vor dem Dunkel trieb sie voran. Die Welten schrumpften, wurden häßlich. Das Chaos, begleitet von geifernden, wahnsinnigen Ungeheuern, rückte immer näher.

Endlich erreichten die Flüchtlinge die letzte und kleinste Welt der Spirale. Hier war der Zeitsturm besonders heftig, denn hier drang er – woher, das wußte niemand – in den Schoß der Schöpfung ein. Aber gerade seine Heftigkeit machte die Welt unzugänglich für das Chaos. Er stemmte sich dagegen an, zersetzte es und trieb es zurück an den Rand des Universums. Die Menschen, die von Ferrin und den größeren Welten der Spirale hierhergeflüchtet waren, sahen einander an und erkannten, daß der Zeitsturm sie erodierte wie Sandsteinklippen; aber sie fühlten sich geborgen auf dieser Welt. Nur nachts, in der eisigen Schwärze, die ihre Vorfahren einst durchwandert hatten, um Ferrin und den Tagstern zu errichten, da barsten die vergrabenen Trümmer der Dunkelheit in ihrem Innern und verwandelten ihre Träume in Alpdrücken.

Das also war Ferrins Verbrechen. Zur Strafe wappneten sich seine Nachfahren mit einem eng begrenzten geistigen Horizont. Sie akzeptierten nur das, was sich im Licht der heil- und verderbenbringenden Sonne darbot. Nach und nach zerbrachen die gläsernen Brücken von Ferrin und stürzten lautlos in den Fluß. Die Stadt starb, aber nur die Träume berichteten von ihrem Tod. Dann begannen Menschen im Schlaf zu schreien und sich umherzuwälzen, und wenn sie erwachten, zeigten sie sich erleichtert, daß es ihnen gelungen war, den grauenhaften Bildern zu entrinnen.

So viel zu unserer Welt. Es kamen noch viele nach ihr. Staaten, Nationen, Reiche, Könige, Präsidenten, Armeen, berühmte und unbedeutende Männer – all das blühte auf und verging, schmolz wie Schnee unter dem brutalen Licht der Sonne, wurde vom Zeitsturm durch die leeren Kammern der Nautilusmuschel geweht oder, wenn die Krankheiten der Nacht erneut auflebten, eingefangen und festgehalten.

2

Unterdessen kamen und gingen auf der Erde viele Völker; allein in dem Land, von dem ich spreche, wechselten die Flaggen an die dreihundertmal. Die letzte davon wehte für eine kleine Nation, die sich in der Hauptsache vom Fischfang ernährte. Ihre Herrscher errichteten zahlreiche Städte an den Buchten entlang der Küste und benannten sie nach den Buchstaben des Alphabets, so daß die eine K hieß und die andere M oder vielleicht G. Dies zeugte zwar nicht gerade von einer lebhaften Fantasie, aber immerhin von dem Willen zu einer vereinfachten Verwaltung – ein Zug, der den meisten Regierungen fremd ist.

Das Reich Howth hielt sich einige hundert Jahre, dann ging es unter, bedrängt von streitenden Nachbarstaaten. Die großen Ideen und Gefühle verglühten unter der unerbittlichen Sonne zu Asche, die Menschen verstreuten sich, und die Städte am Meer fielen in Isolation. Der schlimmste Feind jener Zeit war die Nacht; sie erfüllte die Wachenden und die Schläfer mit Grauen. In der Nacht spürten die Menschen, wie die Dunkelheit ihre Herzen einhüllte und die Fenstersimse ihrer Häuser umlauerte. Gewiß, es gab wie eh und je die Träume, aber sie trösteten nur die Kinder und Narren. Besser vertraut waren den Nachkommen des Reiches Howth die Schreckgespenster der Vergangenheit, die in ihren Schlaf eindrangen und sie quälten. Nachts, wenn das ordnende Licht der Sonne fehlte, schlichen die Monster des Chaos durch die Menschenwelten und harrten geduldig, sie in ihren Griff zu bekommen, so wie einst die Bewohner von Ferrin geduldig gewartet hatten, die Ewigkeit zu besiegen. Und wenn sich die Männer in den Tavernen trafen und auf die alten Märchen und Legenden zu sprechen kamen, dann tauchte oft die Frage auf, ob wohl das tote Ferrin immer noch das Tor zur Ewigkeit offenhielt.

Daß in jenen Tagen Monster ihr Unwesen trieben, läßt sich nicht abstreiten, und es ist durchaus möglich, daß sie aus einzelnen Nestern des Todes und der Vernichtung kamen, die das Chaos, bedrängt vom Zeitsturm, aufgegeben hatte. Sie strichen durch die öde Küstenebene, erfüllten die Nacht mit ihrem hungrigen Wimmern und ließen im Morgengrauen die Kadaver von gerissenen Schafen zurück. Die Menschen errichteten Wälle gegen den Spuk der Finsternis, so wie sie in ihrem Innern Wälle gegen den vermeintlichen Verrat Ferrins errichtet hatten. Aber die Ungeheuer ließen sich nicht abschrecken, und im Licht der grellen Sonne wirkte die Erde mit jedem Tag trostloser und häßlicher.

Sobald es hell war, begaben sich die Menschen zu den Docks oder auf die Felder, um dem Meer und dem Boden seine kärglichen Früchte abzuringen. Die Stadt, in der unsere Geschichte spielt, sah aus wie viele, aber nennen wir sie einmal R. Sie befand sich an einem Flußdelta wie einst Ferrin; nur hatte der Fluß keinen Namen. Die gläsernen Brücken und die Pfeiler aus Gold und Bronze fehlten ebenso wie die schnittigen Schiffe, die im Hafen für neue Expeditionen ausgerüstet wurden. Es gab nur den graublauen Fluß und die fahlbraune Erde der Delta-Inseln.

So wirkte die Stadt trist und melancholisch, wenn ihre Bewohner nach der harten Arbeit abends heimkehrten. Das Sonnenlicht schien alle Farben ausgebleicht zu haben. Im Osten, jenseits der verwaschenen Delta-Inseln, lag das graue Meer. Selbst die Brandung hatte das gelbliche Weiß billigen Porzellans, und der Wind keuchte wie ein lungenkranker Greis. Nach Westen hin erstreckten sich die Felder von R, begrenzt von den grauen, zerfurchten Crofton-Bergen.

Das Land im Norden und Süden, das parallel zur Küste verlief, war ebenso flach und monoton wie die Felder, die es umgaben. Da zwischen den einzelnen Städten praktisch keine Handelsbeziehungen bestanden, durchquerten nur wenige Straßen das Gebiet. Es hieß, daß die Brut der Finsternis sie angelegt hätte, und der Gestank, der ihnen anhaftete, schien diese Theorie zu bestätigen. Orte wie R waren entlang der Küste aufgereiht, in Buchten, die schon Fischerdörfer beherbergt hatten, bevor die Könige von Howth das

Land eroberten. Andere Siedlungen duckten sich ängstlich an die Hänge der Crofton-Berge, und ihre Bewohner waren fest davon überzeugt, daß jenseits der Gipfel die heulenden Monster des Chaos hausten. Wälder gab es keine mehr; lediglich an Quellen und in der Nähe der trägen kleinen Flußläufe wuchsen Weiden und Pappeln.

Aber wenn man zu bestimmten Zeiten von sehr hoch oben über das Land schaute, dann erkannte man eine vielfach unterbrochene Linie aus reinstem Weiß, die vom südlichen Horizont heraufkroch. Sie stieß ans Südufer des namenlosen Flusses, und wenn das schlammige Wasser für eine Weile klar wurde, sah man in der Tiefe die Reste einer gewaltigen Brücke. Am Nordufer setzte sich die Linie fort und führte in einem leichten Bogen zu den Klippen an der Küste.

Eine eindrucksvolle Ruine, vielleicht die Überreste eines Leuchtturms, stand am höchsten Punkt jener Steilfelsen. Die weiße Linie kehrte von dieser Stelle aus zum Tiefland zurück und folgte dem Meer nach Norden, bis sie den Blicken entschwand.

Die Linie war einst eine Straße gewesen, und die gleichen Leute, welche die Schönheit des untergegangenen Ferrin rühmten, wußten zu berichten, daß die Bewohner jenes fernen Planeten eine Verbindungsstrecke geschaffen hatten, um die gesamte Menschheit bei einem Großen Weltentreffen zu vereinen. Man wollte die Vollendung des Tagsterns und den Sieg über Zeit und Tod feiern; das Zeltlager, das man zu diesem Anlaß errichtet hatte, reichte hundert Meilen und mehr über das Delta des Mittag hinaus. Aber die Dunkelheit zerriß den Tagstern und ergoß sich in die Nautilusmuschel, bevor das Fest abgehalten wurde. Die Straße legte Zeugnis ab für den langen, elenden Fluchtweg der Menschheit, die sich auf immer erbärmlichere Welten zurückzog, bis sie die Erde und die Sonne fand. Und die Straße trug den Namen Continental Highway.

Sie war jetzt alt und kaum breiter als ein Pfad, aber an manchen Stellen sah man noch die mächtigen, vom Wind blankgescheuerten Marmorplatten, die einst die ganze Oberfläche bedeckt hatten. Wohin der Continental Highway führte, hatten auch die Herrscher von Howth nicht in Erfahrung gebracht. Er war bereits zerfallen, als sie das Küstengebiet eroberten.

Mit Ausnahme der ungeheuren Dimensionen deutete nichts darauf hin, daß die Straße einst einen gewaltigen Verkehrsstrom bewältigt hatte. Gelegentlich fand man Zaumzeug und schön ziselierte Steigbügel in den Feldern neben den geborstenen Randsteinen. Verbeulte, vom Rost zerfressene Blechteile, umgeben von einem tragischen Hauch, lagen am Wegrand. Aber da niemand wußte, was sie darstellten, kümmerte man sich nicht weiter um sie.

Die Bewohner von R haßten den Highway und die rätselhafte Ruine an den Klippen der Nordküste, da sie entweder kindische Träume und Sehnsüchte nach dem Glanz der Vergangenheit weckten oder quälende Fragen auslösten, die niemand zu beantworten vermochte. Gewiß, man führte ein armseliges Leben, aber solange man annehmen konnte, daß das Universum immer so ausgesehen hatte, erschien die Welt, die sich im Licht der Sonne zeigte, einigermaßen erträglich. Der Kampf um das tägliche Brot war hart genug – man brauchte ein paar Illusionen, um ihn zu erleichtern. Wenn man es jedoch zuließ, daß der Highway diese Träume zerstörte, dann füllte die Nacht die entstandene Leere in den Herzen mit der furchtbaren Ahnung, woher die Menschheit ursprünglich stammte und weshalb sie von Ferrin geflohen war.

So mied man den Highway und die Crofton-Berge, und die Fischer wagten sich nie so weit aufs Meer hinaus, daß sie die Küste aus den Augen verloren. Bei Einbruch der Dämmerung versperrte man die Stadttore, und Wachtposten starrten von den Türmen ängstlich in die Nacht hinaus, während die Schläfer mit ihren Alpträumen rangen.

Nun lebte in R ein Junge namens Thel. Sein Vater ging auf Fischfang, und seine Mutter betrieb in der Nähe des Flußtores eine Bäckerei. Es waren brave Leute, nicht besser und bestimmt nicht schlechter als die übrigen Bürger der Stadt. Wie alle anderen vermieden sie es, ihre Welt genauer zu betrachten, aus Furcht, Träume heraufzubeschwören oder das Gefühl der Unruhe, das sie manchmal erfaßte, zu verstärken. Gelegentlich wunderten sie sich, weshalb sie solche Angst empfanden; die engen Straßen und die Stadtwälle, die von Bergen und dem Meer begrenzte Küstenebene – sie boten eigentlich Schutz genug vor den Bestien des Dunkels. Dennoch fühlten sie sich allein, verhöhnt von dem leeren grauen Land und einem Gott, der sie geschaffen und dann im Stich gelassen hatte.

Aber nicht alle Angehörigen des Jungen fanden sich so ohne weiteres mit der Sinnlosigkeit des Daseins ab. Zu jener Zeit, als die Menschheit noch die größeren Kammern der Nautilusmuschel bewohnte, hatte es eine Stadt namens Normangaye gegeben. Ein Vorfahr von Thel war dort geboren. Er hatte als Navigator gearbeitet, anfangs in den Landzügen, die sich durch das weite Grasland der Rand-Nationen schlängelten, und später an Bord der schnittigen Klipper, die Ferrins Stolz waren. Er hatte das erste Aufleuchten des Tagsterns miterlebt; er hatte seinen Beitrag beim Vermessen des Highways geleistet; sein größter Wunsch war es gewesen, am Großen Weltentreffen teilzunehmen. Doch dann brach das Chaos durch und jagte über die Welten der Schöpfung. Sein Schiff sank, und er trat den langen Rückzug an, wehrte sich gegen den heftigen Zeitsturm, bis nichts mehr von ihm übrig war als eine silbrig flimmernde Silhouette, die nur Thel sah. Ein Blick in die Augen des Jungen hätte gezeigt, daß sich der Schatten auf seiner Retina widerspiegelte, aber die Bewohner von R waren es nicht gewohnt, ihre Mitmenschen genau zu betrachten.

Lange Zeit kämpfte Thel gegen den alten Mann an. Er tat seine Gegenwart als Erscheinung der Nacht und seine Worte als Zufallsgeräusche ab. Aber der Greis hatte nichts mit den widerwärtigen Dämonen des Dunkels gemein. Er war breitschultrig und trug einen buschigen Schnurrbart, den sich Thel immer brandrot vorstellte, obwohl er die Farbe von Kalkstaub hatte. Die Hände waren außergewöhnlich lang und schmal; sie paßten nicht so recht zu der kräftigen, untersetzten Statur des alten Mannes. Nur seine Augen deuteten an, daß er dem Tod nahe war, so wie Thels Augen eine hartnäckige Liebe zum Leben verrieten.

Die Begegnung mit dem Geist seines Vorfahren veränderte den Jungen. Er dachte über Probleme nach, die den übrigen Bewohnern von R gleichgültig waren, und sehnte sich nach Dingen, von denen sie keine Ahnung hatten. So begann man Thel zu hassen, nicht leidenschaftlich, aber doch mit der schroffen Herablassung von Erwachsenen, die eine unangenehme Tatsache zu leugnen versuchen, oder mit dem hämischen Verschwörertum von Kindern, die sich gegen einen Außenseiter zusammenrotten. Selbst seine Eltern fürchteten ihn mehr als sie ihn liebten.

Die Einsamkeit führte dazu, daß Thel sich mehr und mehr dem Navigator anschloß. Er fühlte sich geschmeichelt, daß der Alte ihn wie einen Erwachsenen behandelte. Und da sein Vorfahr immer noch Sehnsucht nach Ferrin und der guten alten Zeit hatte, erfuhr der Junge viel über die Vergangenheit. Einmal erklärte ihm der Geist, daß er seine Substanz während der langen

Flucht durch die Nautilusspirale auf den verschiedenen Welten verstreut habe, um die Plätze besser wiederzufinden, wenn er einmal zurückkehrte. Der Navigator nahm die größte Dichte an, wenn er von jenen Tagen sprach; die Erinnerung schien gleichsam einen Teil seiner Substanz zurückzuholen. Übrigens bezeichnete er selbst sich niemals als Geist. Auf Thels Fragen meinte er, die Sandkörner, die ihm der Zeitsturm entgegengetrieben habe, hätten ihn ›abgeschliffen wie Schmirgelpapier‹.

Der alte Mann war ein geduldiger Lehrer. Und so befand sich Thel in der verrückten Lage, daß er als einziger Mensch seiner Epoche wußte, wie ein Flugzeug aussah und wie sich die Kälte der Stratosphäre in einen Aluminiumrumpf fraß. Die anderen behaupteten nämlich, der Himmel sei eine Glaskuppel, über die Sonne und Sterne hinwegrollten wie feurige Murmeln. Er hingegen wußte, daß die Gestirne im Nichts hingen und Energie ausstrahlten, die man als Licht sehen und als Wärme fühlen konnte.

Thel lebte nicht mehr in der engen Welt seiner Eltern und Bekannten. Der Navigator führte ihn zu fremden Planeten und Völkern, und seine Silhouette schien schwach zu leuchten, wenn er vom Leben in den anderen Kammern der Nautilusmuschel erzählte. Ein Fischerkahn, der gegen die abendliche Brise ankämpfte, entlockte ihm Geschichten über Schlachtschiffe mit doppelten Geschütztürmen und hohen Kommandobrücken, deren seidene Wimpel im Wind wehten, bestickt mit Emblemen, die längst niemand mehr kannte. Die Silhouette eines Habichts beschwor Bilder von Flugzeuggeschwadern herauf; der Junge glaubte das Dröhnen ihrer Triebwerke zu vernehmen, wenn sie über die Stadt hinwegfegten und die Häuser in jenes besondere Dunkel hüllten, das heller war als das Licht des Tages.

Wenn Thel mit dem Navigator sprach, wirkte sein Blick starr und leer. Seine Eltern beobachteten ihn mit Besorgnis; ihnen war der Schatten auf seiner Retina nicht entgangen, und das verwischte Bild des alten Mannes jagte ihnen Furcht ein.

Dabei hatten sie keinen Grund, sich vor dem Navigator zu fürchten. Der Greis wollte niemanden erschrecken. Einmal hatte Thel im Spaß gefragt, ob es nicht seine Pflicht sei, hin und wieder etwas Spuk zu treiben, anstatt einem jungen Burschen von versunkenen Schiffen und großen Völkern zu erzählen. Sein Vorfahr entgegnete mit einem müden Lächeln: »Ich bin kein Gespenst, sondern ein Lebewesen wie du, auch wenn der lange Weg hierher so an meiner Substanz gezehrt hat, daß mich der Zeitsturm nicht mehr auszuhöhlen vermag. Und selbst für Gespenster gibt es, soviel ich weiß, keine festen Verhaltensregeln. Ich spreche mit dir über mein früheres Leben, weil mir die Erinnerung Freude bereitet und dir, wie ich hoffe, ein wenig Wissen vermittelt.«

»Aber du bist tot!« Thel sprach jedes Wort mit besonderem Nachdruck aus. Er hielt es für seine Pflicht, den armen Alten von der verrückten Vorstellung zu befreien, daß er noch unter den Lebenden weile.

»Unsinn!« Die Stimme des Navigators verriet ein wenig Ungeduld. »Ich hatte keine Gelegenheit, mich irgendwann hinzusetzen und einfach umzukippen. Ich lebe immer noch, vielleicht in einer höheren Daseinsform als du, denn meine Substanz ist so reduziert, daß mich der Tod vermutlich nicht mehr treffen kann. Der Zeitsturm durchdringt meine Silhouette, ohne mir etwas anzuhaben.« Thel mußte zugeben, daß in den Worten seines Vorfahren Logik steckte. »Es ist durchaus möglich, daß ich unsterblich bin.« Überwältigt von diesem tiefgreifenden Schluß, schwieg der Alte eine Weile. Dann kehrte er zu ihrem anfänglichen Thema zurück. »Aber, sieh mal, selbst wenn du recht hättest, so glaube ich nicht, daß der Tod für mich oder irgend jemand sonst als Ausrede für schlechtes Benehmen dienen darf.« Er zog tadelnd eine Augenbraue hoch, und Thel machte sich Vorwürfe, daß er den Navigator gekränkt hatte.

Wieder schwiegen sie, Thel nun ein wenig verlegen, während der Alte darüber nachdachte, ob es richtig war, den Jungen so zu verkohlen. Nach einiger Zeit stand er mit einem Ruck auf. »Vielleicht ist dein Gedanke gar nicht so dumm, kleiner Thel«, meinte er gönnerhaft. »Ich werde so handeln, wie es die Welt von mir erwartet.« In diesem Moment fand der Junge, daß sein Vorfahr, auch wenn er die Geschichten von tausend verlorenen Planeten kannte, ein reichlich arroganter Bursche war. »Heute nacht spuke ich bei deinen Eltern!«

Damit hatte Thel nicht gerechnet. »Aber warum?« fragte er erschrocken. »Sie haben dir nichts getan.«

Der Navigator merkte, daß er ein Stück zu weit gegangen war, aber die Idee mit dem Spuk hatte es ihm plötzlich angetan. Um seine Äußerung abzuschwächen, nahm er die Miene eines leidgeprüften Lehrers an, der einen besonders begriffsstutzigen Zögling vor sich hat. »Ich werde ihnen kein Haar krümmen. Vielleicht stöhne ich ein wenig oder jage ihnen eine Gänsehaut über den Rücken, indem ich plötzlich vor ihnen stehe – aber ich verspreche dir, daß ich sie nicht einmal mit einem Alptraum quäle. Leider sind sie die einzigen Leute in der Stadt, die ich kenne. Schließlich kann ich nicht irgendwelchen wildfremden Menschen erscheinen.« Thel lachte. Er fand es komisch, daß der Alte selbst bei solchen Dingen Manieren zeigte.

Aber dann fiel ihm etwas ein. »Wie dringst du in den Schlaf anderer Menschen ein, wenn du kein Gespenst bist?«

»Ich dringe nicht in ihren Schlaf, sondern in ihre Träume ein.« Thel warf ihm einen verwirrten Blick zu. Der Navigator zog mit dem Finger ein paar Muster durch die Luft und fuhr fort: »Schlaf ist Schlaf, und sonst nichts – verstehst du? Aber mit Hilfe von Träumen kann man in Welten schauen, die genauso echt sind wie dein Zimmer hier. Ich gelangte auch durch Träume hierher, in deine Welt – zumindest glaube ich das. Nun habe ich in vielen Welten unserer Schöpfung Fragmente und Splitter meiner Substanz hinterlassen. Wenn deine Eltern von einer dieser Welten träumen, muß ich nur dafür sorgen, daß sich das entsprechende Teil richtig verhält.« Der Navigator war nicht ganz zufrieden mit seiner Logik, aber er konnte dem Jungen nicht erklären, wie der Zeitsturm Stück um Stück des Bewußtseins mit sich riß und in die Reiche trug, die der Mensch für Traumgebilde hielt, höchstens für Vergangenes, längst Gestorbenes. Die Gleichnisse, die er dazu benötigt hätte, wären zu schmerzhaft gewesen.

Thel schauderte. Er befaßte sich zum erstenmal mit den verschwommenen Schattenwelten, aus denen die Schreckensbilder der Nacht kamen. »Dann sind unsere Träume, die schönen wie die häßlichen, nichts als ein Blick in andere Welten? In Welten, die ebenso real sind wie du und ich?«

Ohne es zu merken, gestand Thel mit seinem letzten Satz ein, daß der Navigator aus dem gleichen Lebensstoff gemacht war wie er. Der Alte hätte ihn gern darauf hingewiesen, aber dann fiel ihm ein, daß sein Nachkomme das Spiel nicht mehr mitmachte. »Ja und nein«, entgegnete er. »Das hängt in erster Linie vom Träumenden ab.« Er sprach mit großer Überzeugung, denn er wußte, daß seine Worte Lüge waren. »Wenn man weiß, wohin man schauen muß . . .«

Das Gespräch wurde dem Navigator peinlich. Er wollte nicht, daß der Junge ihn immer mehr in die

Enge trieb. So rückte er seinen Schattenmantel zurecht, warf einen mißbilligenden Blick in den Spiegel, der sich weigerte, sein Bild wiederzugeben, und trat durch die Wand ins Freie. Thel sah dem Alten mit einem Seufzer nach. Aber er fühlte sich auch ein wenig erleichtert, denn er hatte den Worten seines Vorfahren entnommen, daß ein Spuk nur dann möglich war, wenn seine Eltern von einer Welt träumten, in der sich ein Fragment des Navigators befand. Thel selbst sah in dieser Nacht die fernen Starwall Mountains; auf den Hängen glitzerte der erste Schnee, und die Schafherden zogen von den hochgelegenen Weiden in die Täler.

3

Als er im Morgengrauen erwachte, stellte er verwundert fest, daß der alte Mann an seinem gewohnten Platz neben dem Fenster saß und in die Ferne starrte. Der Navigator wirkte noch bleicher und durchsichtiger als sonst; gelegentlich fuhr er sich mit der Hand über die Augen.

»Ah, siehst du«, meinte Thel triumphierend, »ich war von Anfang an gegen diesen Spuk!« Er glaubte, der Greis habe Gewissensbisse wegen seines kindischen Plans vom Vorabend.

Die Antwort des Navigators klang jedoch weder zerknirscht noch verlegen. Er tat, als habe er nur die vordergründige Bedeutung von Thels Worten erfaßt. »Du hattest recht, kleiner Thel! Ich weiß nicht, was mich auf den Gedanken brachte, ich könnte deine Eltern erschrecken.«

»Dann hast du es gar nicht versucht?«

»Nein. Ich ging von hier fort und dachte an all die Dinge, die mich früher, als ich noch mehr Substanz besaß, geängstigt hatten. Als ich dann sah, daß deine Eltern tatsächlich von einem Ort träumten, an dem ich einst gewesen war ...« Der Alte schüttelte den Kopf, als stünde er vor einem unlösbaren Rätsel. »Ich fand nur Greuel. Abscheuliche Schreckensgestalten kauerten im Dunkel, als hätten sie nie etwas anderes getan. Sie zeigten nicht den geringsten Respekt vor meinem hohen Alter und meinen gepflegten Manieren.« Der Navigator lächelte schwach. So sehr er sich auch dagegen sträubte, er lenkte die Fantasie des Jungen immer wieder auf die Scheußlichkeiten, welche die Welten des Tages und der Nacht bevölkerten.

»War es auch so, als du ein Stück deiner Substanz – was immer das bedeuten mag – auf jener Welt ließest?« Thel sprach in einem müden, gequälten Tonfall. Seine Reife verwirrte den Navigator ein wenig.

»Nein.« Diesmal täuschte die Lüge niemanden. Der Alte starrte aus dem Fenster. »Ich hatte sie anders in Erinnerung. Ich glaube, es gelang mir, einige zu vertreiben. Danach weckte ich deine Eltern, so sanft ich es vermochte.«

»Danke. Glaubst du, daß sie wiederkehren?«

»Wiederkehren? Das ist der falsche Ausdruck. Ihnen gehört diese Welt.« Der Navigator zuckte die Achseln. »Ob sie sich allerdings zeigen, liegt im großen und ganzen an deinen Eltern. Soviel hängt davon ab, in welche Richtung man schaut.«

Da der Navigator vor den Träumen der Bewohner von R ebensoviel Angst hatte wie die Schläfer selbst, war Thel der einzige, der ihm den Weg zu den schöneren Orten der Nautilusmuschel wies. Er kennt die Richtung, dachte der Alte mit einem Gemisch aus Familienstolz und allgemeiner Verzagtheit. Er nimmt das Risiko auf sich, daß die Bilder der Nacht die Qual des Tages vervielfältigen ...

Einmal jedoch, als sie durch die Straße der Spiele schlenderten, drang Thels Vorfahr zufällig in die Träume eines anderen Menschen ein, und er entdeckte Dinge, an die er seit Jahren nicht mehr gedacht hatte.

So machte Thel auf die Bitten des Navigators hin Marnes Bekanntschaft.

Kein Mensch wußte, woher Marne gekommen war. Man kümmerte sich nicht um ihn, denn er trug nichts dazu bei, den harten Alltag der Stadtbewohner zu erleichtern. Anfangs hatte man ihn mit Mißtrauen beobachtet, aber als die Sonne weiterhin zur gewohnten Stunde aufging und das Dunkel verscheuchte, ließ man von ihm ab und behandelte ihn mit spöttischer Nachsicht. Der hochgewachsene, hagere Mann mit den groben Gesichtszügen und der langen, spitzen Nase saß die meiste Zeit in seinem Laden und bastelte an Dingen herum, für die niemand Verwendung hatte.

Die wenigen Leute, die ins Gespräch mit ihm kamen, erfuhren, daß er Instrumente entwarf, mit deren Hilfe man sich im Dunkel zurechtfand. Er behauptete auch, daß er Schiffsmodelle baute, aber die Dinger, die er vorwies, hatten wenig Ähnlichkeit mit den Segelbooten und Fischerkähnen von R. Die Stadtbewohner ärgerten sich über Marne und seine Spielereien, denn während sie auf den Feldern schufteten, schien er ein geruhsames und dabei durchaus nicht karges Leben zu führen. Einige beteten insgeheim zu ihm, wenn die Greuel der Nacht an den Stadttoren lauerten.

Thels Eltern hatten ihrem Sohn den Umgang mit Marne verboten. Als sie dann jedoch bemerkten, daß er immer häufiger den kleinen Laden in der Straße der Spiele aufsuchte, hatten sie bereits die Kontrolle über ihn verloren. Zudem fürchteten sie den alten Sonderling, und so taten sie nichts, um die Begegnungen zu unterbinden.

Mit vierzehn, als seine Altersgenossen längst auf

den Äckern vor der Stadt arbeiteten oder die schwarzgrau gesprenkelten Fische aus dem Meeresschlamm holten, war Thel nahezu täglich bei Marne. Der Navigator hatte sich mehrmals in die Träume seiner Eltern geschlichen und ihnen Marnes Geschichte erzählt. Aber während Thel sich immer stärker zu dem unwirschen Alten hingezogen fühlte, wünschten seine Eltern aus ganzem Herzen, Marne möge aus der Stadt verschwinden – so wie sie die Nacht fortwünschten, um nicht an die Dunkelheit denken zu müssen.

Marne fand in Thel einen aufmerksamen Zuhörer; der Navigator hatte dem Jungen ein umfangreiches Wissen vermittelt, und so verstand er besser als die übrigen Bewohner von R, wovon der alte Mann sprach. Die verschwommenen Erinnerungen des Navigators nahmen durch Marne Gestalt und Farbe an: Die *Havengore* stampfte durch das aufgewühlte Meer, gesteuert von Matterion Jones, einem tüchtigen Kapitän; ein Raumschiff landete auf fremden Welten; es trug den Namen *Beleraphon* – wie der Stern, den seine Besatzung zwanzig Jahre lang gesucht hatte; über den Continental Highway zogen Truppen von den Andaman-Inseln und der Nordkap-Föderation.

Trotz aller Zuneigung hatte Thel jedoch das Gefühl, daß ihn eine unsichtbare Barriere von Marne trennte. Er schien wie der Navigator aus Fragmenten zu bestehen, zerbrochen und zersetzt von Kräften, die über das Verständnis des Jungen hinausgingen. Vielleicht existierte der alte Mann in Wirklichkeit an einem anderen Ort und erschien den Bewohnern von R nur als eine Art Traumbild, stark genug, um das Licht des Tages zu ertragen, aber zu schwach, um ein echter Mensch zu werden und an die Gefühle eines echten Menschen zu rühren. Marne sprach mit Thel über die gesamte Schöpfung – aber niemals über Marne selbst. Wenn Thel einmal Mut faßte und nach der Herkunft des Alten fragte, zuckten die welken, schmalen Lippen, und Marne wandte den Blick ab. Merkwürdig war, daß der Navigator keinen Kommentar zu diesem seltsamen Verhalten abgab.

Sobald die Sonne hinter den Crofton-Bergen versunken war, verriegelte Marne wie alle Bewohner von R die Türen und Fenster seines Hauses. Thel aber wußte, daß spät nachts, wenn die Bürger der Stadt sich unruhig im Schlaf wälzten oder ihren Alpträumen zu entrinnen suchten, in der Kammer über dem Laden eine dampfbetriebene Drehbank summte und winzige Hämmer pochten.

Thel hatte nie den Versuch gemacht, sich nachts mit Marne zu treffen, da er spürte, daß der Alte zu dieser Zeit lieber allein war. Statt dessen streifte er mit dem Navigator durch die Straßen der Stadt, geführt vom schwachen Licht des Mondes. Es gab nur wenige Lampen in R.

Manchmal zwängten sie sich auch durch einen ausgetrockneten Entwässerungsgraben, der unter der Stadtmauer verlief, und wanderten über das öde, verlassene Land. Thel hatte keine Angst vor den Bestien der Dunkelheit; er war ihnen noch nie begegnet. Sie überquerten die Felder, auf denen Tag für Tag die Männer und Frauen der Stadt gruben und hackten und jäteten. Der Mond war magnesiumweiß, und die Sterne schimmerten am dunklen Himmel wie kostbare Steine auf Samt. Die Geschichten des alten Marne und seines Vorfahren begleiteten Thel; sie schienen aus dem Schwarz der Nacht und dem Türkisblau des Meeres gewoben. Flotten und Luftgeschwader versunkener Nationen zogen dahin, Türme und Schlösser ragten auf, und der Boden erzitterte unter dem Gewicht von Panzern und Lastwagen.

Mit fünfzehn erforschte Thel an der Seite seines

Vorfahren die Hochebene im Norden, die das Flußdelta in einem weiten Bogen umschloß. Von hier oben betrachteten sie das schwarze Land und das noch schwärzere Viereck der Stadt. Trübe Fackeln beleuchteten schwach die Wälle, und der Fluß erinnerte an ein schmutziges Hanfseil, das jemand achtlos hingeworfen hatte. Sie sahen den grauen Strand, hörten das Rauschen der Brandung und spürten den Wind, der vom Meer her wehte; er brachte Grüße von Geister-Navigatoren, Geister-Kapitänen, Geister-Piloten und -Astronomen. Gewiß, es gab noch andere Botschaften, aber Thel hatte noch nicht gelernt, sie zu entziffern, und sein Vorfahr hielt es für besser, über diese Dinge zu schweigen.

4

Der Wind, für gewöhnlich kraftlos wie die übrigen Elemente, frischte in dieser Nacht auf. Die Wolken segelten wie zerzauste Wattebausche über den Himmel. Thel und sein Vorfahr waren wach geblieben; gegen Mitternacht wanderten sie zur Hochebene hinaus.

Sie erreichten den Felsvorsprung mit der rätselhaften Ruine, einer stufenförmig angeordneten Terrasse aus zerbröckeltem Beton, an deren Ecken meterdicke Stahlstäbe und T-Träger aufragten. Das Metall war verbogen und geknickt und endete etwa fünfzehn Meter über der höchsten Terrassenstufe im Nichts. Man konnte jetzt noch erkennen, daß hier vor langer Zeit eine gewaltige Detonation erfolgt war. Im Mittelpunkt der Beton-Plattform stand Marne, eingehüllt in einen dunklen Umhang, an dem der Wind zerrte.

Thel erklomm die hohen Stufen und ging ein paar Schritte nach Norden, bis er Marne gegenüberstand. Zu seiner Linken war das Meer, rechts erstreckte sich das schwarze Land. Der Sturm zerbrach die Wellen zu kleinen blauen Glassplittern und peitschte sie auf in weiße Gischt, die bis zum Horizont reichte und die Sterne im Osten blank zu waschen schien.

Vor Marne ragte eine sonderbare Konstruktion auf. Vier straff gespannte, vielfach verknotete Metallkabel waren im Beton verankert. Sie dienten als Stützen für eine etwa zwei Meter hohe Säule, die aus dem gleichen silbrigen Metall zu bestehen schien. Ganz offensichtlich war die Säule aus einem Stück gemacht, aber sie enthielt so viele Vertiefungen, Ausläufer und Knicke, daß Thel sich nicht vorstellen konnte, auf welche Weise der Alte sie geformt hatte.

»Was ist das, Marne?« fragte er leise und räusperte sich nervös.

»Auch wieder ein Modell«, erwiderte Marne, als wüßte er seit geraumer Zeit, daß der Junge ihn beobachtete. »Früher einmal, vor langer Zeit, stand das Original an dieser Stelle. Es war fast siebenhundert Meter hoch.« Marne trat einen Schritt zurück und betrachtete sein Werk mit zusammengekniffenen Augen. »Gefällt es dir?«

Thel hatte eigentlich einen unfreundlichen Empfang erwartet, weil er den Alten bei einer, wie es schien, heimlichen Tätigkeit störte. Aber die Worte klangen ruhig und freundlich wie immer, wenn Marne ihm eine seiner Spielereien zeigte.

Der Navigator dachte einen Moment lang nicht daran, daß er für den alten Mann unsichtbar war. »Gut, Marne«, erwiderte er höflich, obwohl der Anblick der Säule eine rätselhafte Niedergeschlagenheit bei ihm auslöste. »Wirklich sehr gut.« Dann fiel ihm ein, daß er nur für Thel Substanz hatte. »Ich möchte wissen, was das Ding darstellt«, murmelte er.

Marne trat wieder an die Säule und begann eine Vertiefung mit einem Stück Stahlwolle zu polieren.

»Eine Art Leuchtturm«, sagte er ruhig. »Große Schiffe brauchen nachts eine Navigationshilfe, und wenn mein Modell auch längst nicht an das Original herankommt, so ist es doch besser als nichts.«

Thel schaute erstaunt auf. Der Navigator vergaß die bittere Bemerkung, die ihm auf der Zunge gelegen hatte, als er erkannte, daß Marne seine ätherische Gegenwart akzeptierte.

»Aber du hast mir selbst erzählt, daß seit Jahrhunderten nachts keine Schiffe mehr über das Meer segeln«, erinnerte Thel den Alten. Er trat ein paar Schritte zur Seite, um die Säule besser betrachten zu können. Ihm war nicht aufgefallen, daß Marne mit dem Navigator gesprochen hatte.

»Damit meinte ich ganz bestimmte Schiffe. Sie gehören der Vergangenheit an – wie der Leuchtturm, der vor langer Zeit zerstört wurde. Aber es gibt noch Schiffe, die nachts über das Wasser gleiten, und ihnen nützt mein Modell vielleicht.«

Der Navigator schaute dem alten Mann in die Augen. Marne nickte, als wolle er jemanden grüßen, dem er täglich begegnete. *Warum staunst du?* fragte sein Blick. *Du bist schließlich oft genug in meine Träume eingedrungen. Glaubst du, ich hätte das nicht bemerkt?* Der Navigator wandte sich ab, entschlossen, dieses Geheimnis im Licht des Tages zu lösen. Seine Resignation hatte auch damit zu tun, daß er ein flaues Gefühl in seinem seit Äonen leeren Magen hatte, aber das wollte er nicht zugeben.

Er trat neben Thel und betrachtete aufmerksam die scheinbar glatten und ungegliederten Flächen, die sich dann plötzlich in Muster und Symmetrien auflösten. Der Wind strich über winzige Rillen; er spielte eine Melodie, die dem Navigator bekannt vorkam.

»Und wo sind deine Schiffe, Alter?« fragte der Navigator. Er hatte sich damit abgefunden, daß Marne ihn erkennen konnte. Aber seine Stimme schwankte; er war es nicht mehr gewohnt, seine Aufmerksamkeit unter mehreren Personen aufzuteilen.

Marne starrte über das Wasser. Auch Thel hatte jetzt begriffen, daß sein Vorfahr und der Alte miteinander sprachen. Ihn erstaunte diese Tatsache allerdings längst nicht so wie den Navigator, denn er hatte sich an Marnes scharfe Beobachtungsgabe gewöhnt. Im Gegenteil, er fragte sich, weshalb der Alte die Nähe seines Vorfahren nicht eher bemerkt hatte, denn sehen konnte er ihn ganz bestimmt; kamen sie nicht beide aus der Nacht und ihren Traumwelten?

Marne hob einen Arm und deutete. Keiner der beiden nächtlichen Besucher sah es. Sie waren zu sehr damit beschäftigt, ihre Gedanken zu ordnen. Der metallische Gesang der Säule gab dem Jungen neue Impulse. Der Navigator dagegen sah staubbedeckte Formen aus den Welten aufsteigen, die er verlassen hatte; er wußte im Moment noch nicht, ob er sie willkommen heißen oder ihre Rückkehr fürchten sollte.

Als ihre Blicke endlich dem ausgestreckten Arm Marnes folgten, überkam sie ein merkwürdiges Gefühl – als habe sich die Zeit verlangsamt oder als koste es eine ungeheure Anstrengung, das Meer zu erfassen. An den Grenzen ihres Gesichtsfelds wurde das Gewebe der Nacht dichter, bis es wie der glänzendschwarze Umhang von Marne erschien.

Der Wind wanderte über die Metallsäule; er entlockte ihr Gesänge von der schimmernden Schönheit der Nacht und den zauberumwobenen Dingen, die im Innern der Beobachter geboren wurden und sich langsam ordneten. Helle kleine Lichter tanzten auf dem Metall. Thel fragte sich, ob die Säule das Bild der Nacht widerspiegelte oder ob das Firmament im Glanz der Säule erstrahlte. Der Navigator überlegte, ob sie schliefen und in den Traum jenes Wesens eingedrungen waren, das die Nautilusmuschel erschaffen hatte.

Das Meer jenseits der Terrassenstufen war ebenso verzaubert wie die Nacht. Der Wasserspiegel erzitterte und bäumte sich auf, als bewegten sich in der Tiefe gigantische Geschöpfe.

Die beiden Schiffe waren etwa eine Meile vom Strand entfernt. Ihre Segel erinnerten an helle Muschelschalen, und sie zogen eine Gischtspur durch das kobaltblaue Wasser. Sterne blinkten kurz auf den Wellen bevor sie zerbrachen.

Sie hatten fließende, sanft geschwungene Linien, nicht die scharfen Ecken und Kanten wie die Trawler von R. Ein Wald von Masten ragte auf, und die Segel blähten sich prall im Wind. Keines der Schiffe war beleuchtet. Statt dessen sogen sie vom Land und vom Meer das Licht des Mondes auf, bis sie durchdrungen waren von seinem Perlmuttschein.

Sie segelten nach Norden, parallel zur Küste, durcheilten die Nacht wie zwei stolze Prinzen, die große Aufgaben zu lösen hatten und deshalb den Schmutz und das Blut der Welt gar nicht sahen.

Thel und der Navigator beobachteten die Schiffe, bis sie ihren Blicken entschwanden. Der Junge überlegte, ob ein Ruf die Aufmerksamkeit der Mannschaft wecken würde oder ob dann nur der Bann brach und die Schiffe mit der Nacht und dem Meer verschmolzen. Der Navigator musterte den rissigen Beton und entdeckte auf der rauhen Fläche seinen Schatten. Nun besaß er nachts meistens mehr Substanz als am Tage, aber in dieser Dichte hatte er sie noch nie bemerkt. Er schaute genauer hin, und er glaubte Dinge zu erkennen, die seit langer Zeit vergraben und vergessen waren. Mit der Erinnerung, mit den Ereignissen, die aus zerstörten Welten in die Gegenwart eindrangen, kam die Furcht. Zu viele Enttäuschungen, dachte der Navigator, als er die Blicke von der See abwandte, zu viele neue Eindrücke.

Er schüttelte den Kopf, als erwachte er aus einem Traum, und fragte Marne: »Was waren das für Schiffe?« Er klammerte sich an den einzigen festen Punkt in seiner wild aufgewühlten Fantasie.

Marne kniete neben der Säule und packte sein Werkzeug in einen flachen Behälter aus Leder. Die Lichter und Reflexe an den Metallflächen waren verschwunden.

»Das weißt du nicht? Ich dachte, du kennst sie.« Verwunderung schwang in der Stimme des alten Mannes mit.

»Dann muß ich sie vergessen haben!« Der Navigator hatte die Absicht, eine gewisse Schärfe in seine Worte zu legen. Er wollte dem Alten weh tun, weil er ihm die Schiffe gezeigt und längst verheilte Wunden aufgerissen hatte. Aber sobald er sie aussprach, klangen sie wie eine Entschuldigung.

Marne erhob sich und verstaute den Werkzeugbehälter unter seinem Umhang. Dabei trafen sich die Blicke der beiden Männer. Eine Zeitlang verharrten sie regungslos.

Thel trat näher, angestachelt von Eifersucht. Bis jetzt hatte der Geist, wie er seinen Vorfahren immer noch nannte, ihm ganz allein gehört. Es störte ihn, daß Marne den Navigator ebenfalls sehen konnte und sogar Gespräche mit ihm führte.

»Nicht ganz«, entgegnete Marne. »Du hast immerhin erkannt, was sie darstellen.«

Thels Blicke gingen zwischen den beiden Alten hin und her. Obwohl der Navigator bereits seit Äonen zu einem Schatten reduziert war, erkannte er Marne als seinen Lehrmeister an. Seine langen, schmalen Hände zuckten und verkrampften sich wie bei einem Kind, das wegen seiner Zerstreutheit gescholten wird.

»Du bist einst mit diesen Schiffen auf Fahrt gegangen, nicht wahr?« Marnes Stimme klang ungeduldig, aber seine Miene war entspannt und ausdruckslos.

»Ja – das wißt ihr doch beide!« Der Geist betrachtete immer noch die dichten rötlichen Nebelflecken, die seine Körperumrisse ausfüllten. »Ich nehme an, daß der Erinnerung manche Dinge verlorengehen, vor allem, wenn man sie nicht ständig bereithält. Man kann von ihnen sprechen, sie beschreiben – und doch erkennt man sie nicht wieder, wenn man ihnen begegnet.«

Auch Thel war die ungewöhnliche Dichte des Navigators aufgefallen, aber er hielt sie für eine Sinnestäuschung; er wußte nicht, daß der Geist mehr sein konnte als eine schemenhafte Silhouette. Er begriff allerdings nicht, weshalb die Miene seines Vorfahren so schmerzerfüllt wirkte, wenn er seinen Schatten auf der Betonfläche ansah.

Nach einer Weile löste sich die Substanz auf, und der Navigator war wieder nur ein verwischter, silbriggrauer Umriß. Er entfernte sich von dem Modell des Leuchtturms, nickte Thel und Marne zum Abschied zu und verließ die Plattform. Sternenlicht sickerte durch seinen transparenten Körper.

Thels Unsicherheit wuchs. Zuerst hatte Marne seinen Vorfahren wie einen Menschen mit Substanz behandelt – und dann tat der Navigator selbst so, als sei er ein normaler Sterblicher. Dazu kam die Reaktion beim Anblick der Schiffe: Der Navigator hatte mit Thel oft genug über solche Dinge gesprochen und sie ihm im Traum gezeigt; dabei hatte er stets so getan, als seien sie etwas Alltägliches. Nun war er wortlos gegangen, ganz ohne seine gewohnte Überheblichkeit – eher wie Thels Vater, wenn er von der harten Arbeit des Tages heimkehrte.

Achselzuckend wandte sich der Junge Marne zu, der

immer noch auf der Plattform stand. Ihm konnte er schließlich auch seine Fragen stellen.

»Warst du schon einmal auf so einem Schiff?« Unbewußt nahm Thel den Gesprächsfaden der beiden Erwachsenen auf.

Der alte Mann ließ sich mit der Antwort Zeit. Er starrte auf einen Punkt am Continental Highway, und einen Moment lang glaubte Thel die Umrisse des Navigators zu erkennen.

»Ja«, sagte er dann, »aber das ist sehr, sehr lange her. Ich war damals kaum älter als du.«

Er verließ mit entschlossenen Schritten die Stufenterrasse. Der Junge mußte sich anstrengen, um ihm auf den Fersen zu bleiben. Schweigend legten sie den Weg zur Stadt zurück. Erst nach geraumer Zeit fiel Thel die nächste Frage ein. Seine Gedanken wirbelten im Kreis; er hatte in dieser Nacht zu viele unerklärliche Dinge erlebt und wußte nicht, wie er sie beurteilen sollte. Marne kannte zumindest einen Teil der Antworten, ebenso wie der Navigator; aber sein Vorfahr hatte sich einem Gespräch entzogen, und Marne vermied es strikt, von seiner eigenen Vergangenheit zu erzählen. Das Geständnis, daß er früher mit einem Segelschiff auf Fahrt gegangen war, hatte er sich förmlich abgerungen.

»Marne«, begann Thel, ohne recht zu überlegen, was er sagte, »bist du ein Geist?«

Der Alte blieb einen Moment lang stehen und setzte dann langsam seinen Weg fort. »Nein, Thel, viel weniger als das.« Schmerz huschte über seine Züge, doch dann entspannte er sich und lächelte. »Dein Vorfahr erlangte seine jetzige Form, weil er sich Qualen aussetzte, die ich niemals ertragen hätte. Sprach er übrigens davon, daß es jenseits unseres Planeten noch mehr Welten geben könnte?«

Der Junge nickte unsicher.

»Vielleicht erzählte er auch, daß er von einer Welt stammt, auf der es Segelschiffe gab, und daß er auf der Flucht von dieser Welt von einem Planeten zum anderen wanderte.« (Nein, das nicht, wollte Thel entgegnen, doch er schwieg, um den Redefluß des Alten nicht zu unterbrechen.) »Ah, das ist viele Jahre her. Stets kämpfte er gegen den Zeitwind, der Schicht um Schicht von seinem Wesen abtrug, bis nur noch feine Umrisse aus Kalkstaub blieben. Ein wenig starb er in jeder dieser Welten, die er durchquerte und in denen er seine Fragmente zurückließ. Ich gewann heute den Eindruck, er hatte selbst vergessen, daß er noch am Leben war.« Ein sonderbares Lächeln umspielte seine Lippen. »Armer alter Mann!«

Sie hatten die Stadtmauer erreicht und unterhielten sich im Flüsterton, um nicht den Argwohn der Wachtposten zu wecken. »Ich hingegen kam mit einem Segelschiff hierher. In meiner Heimatwelt glitt die Zeit so langsam dahin, daß ein Menschenleben Jahrtausende überdauerte. Auch an Bord waren wir mehr oder weniger vor dem Altern geschützt – bis eines Tages das Schiff sank. Mich verschlug es in diese Stadt. Thel, ich bin ebenso sterblich wie du. Wir beide existieren nur auf der Erde – und hin und wieder vielleicht in Welten, in die unsere Gedanken wandern, wenn der Schlaf sie von ihren Fesseln befreit und sie den Traumströmungen folgen. Dein Vorfahr jedoch lebte und lebt in vielen Welten zugleich, an Orten, so grauenvoll und so schön, daß wir keine Vorstellung davon besitzen.«

Marne hatte die dürren Zweige beiseite geräumt, die den Einlaß zum Entwässerungsgraben verbargen. Während Thel auf allen vieren durch den Tunnel kroch und aufgescheuchte Feldmäuse über seine Hände huschten, sah er mit einemmal den Navigator vor sich, mit gesträubtem roten Schnurrbart, die schmalen

Geisterhände in einen unsichtbaren Gürtel gehakt. Aber es war kein dreidimensionales Bild, eher ein Flachrelief, gefolgt von einer schier endlosen Kette ähnlicher Gestalten. Sie alle stellten den Navigator dar, ob sie nun zerlumpte Seemannskleidung oder Brokatgewänder trugen.

Und dann schoben sich die Bilder ineinander wie Spielkarten. Thels Vorfahr hatte die Substanz eines normalen Lebewesens angenommen; er verbeugte sich lächelnd und eilte fort.

»Marne«, fragte Thel, als sie den Graben verlassen hatten, »weshalb bleibt er eigentlich hier?«

Zum erstenmal wirkte Marne ein wenig verwirrt. Er schüttelte den Kopf, aber er schwieg. Kurz danach trennten sich ihre Wege.

5

Thel erreichte die Bäckerei und ging leise auf sein Zimmer. Die Vorsicht war unnötig, denn seine Eltern hörten ihn nicht heimkommen. Sie schliefen fest, wie alle Bewohner von R. Und selbst wenn sie wachlagen, wagten sie es nicht, die Augen zu öffnen, sondern betäubten ihre Gedanken, bis sich nichts mehr in ihrem Innern regte. Dieser Zustand kam dem Schlaf sehr nahe; manche Leute behaupteten sogar, er sei besser als der Schlaf, denn er hielt nicht nur die Furcht, sondern auch die Alpträume fern.

Thel schlief anders. Auch er fühlte sich erschöpft und wie betäubt, aber das kam von den zahllosen Fragen, die im Laufe dieses Abends auf ihn eingeströmt waren und auf die er keine Antwort wußte. Er fiel in einen Traum, durch den die vielfältigen Gestalten des Navigators geisterten. Obwohl tiefe Finsternis herrschte und er weder den Himmel noch die Erde erkennen konnte, hatte er nicht das Gefühl, daß er träumte. Alles erschien echt und glaubhaft; er erinnerte sich sogar, daß er mit den beiden Alten auf den Klippen draußen gestanden hatte. War *das* vielleicht der Traum?

Der Junge befaßte sich mit den Abbildern des Navigators, die in einer langen Reihe an ihm vorüberzogen. Einige erkannte er aus früheren Schilderungen, aber andere waren fremd – verwundete, ausgezehrte Gestalten, die nur noch ein paar Fetzen am Leibe trugen; Helden in Kampfuniform; zu Tode erschöpfte Kämpfer in blutdurchtränkten Overalls.

Sobald der Navigator ihm verriet, wo sich die Passagen zwischen den Kammern der Nautilusmuschel verbargen, begann Thel die Nacht auf eigene Faust zu erforschen. Er erschloß sich neue Welten, erst eine, dann die nächste. Noch hatten sie Ähnlichkeit mit seinem Heimatplaneten, aber sie wirkten bereits sanfter und nicht so trostlos wie R. Sie lagen da wie Perlen, auf die schimmernde Schnur des Continental Highway gereiht, geschützt vom dunklen Tuch der Nacht. Das Leben nahm einen anderen Rhythmus an; es war mehr als nur eine Vorstufe des Todes – die Menschen genossen es.

Leider sah sich Thel gezwungen, seine Ausflüge auf den Zeitraum einer Nacht zu beschränken. Im Morgengrauen kehrte er stets in die Enge der Stadt zurück. Aber die Welten, die er fand, nahmen eine stärkere Realität für ihn an als die eigene, denn sie waren vielschichtiger. Die Sicherheit, daß hinter jeder neuentdeckten Welt noch eine und noch eine wartete, verlieh der Gegenwart eine Tiefe und Vielfalt der Möglichkeiten, die R mit seinen normalen drei Dimensionen völlig fehlte. Die Stadt an einer Fassade aus Pappkarton inmitten eines leeren Sandkastens – beleuchtet von einer einsamen Fackel.

Manchmal begleitete Marne den Jungen auf seinen Wanderungen durch die Nacht, aber das geschah nicht oft. Vielleicht befürchtete er, daß ein zu häufiger Kontakt sein bisheriges Leben in Verwirrung bringen könnte, vor allem jetzt, da Thel und der Navigator seine Herkunft kannten und die Maske schwerer aufrechtzuerhalten war als in all den vergangenen Jahren. Er ähnelte einem glitzernden Faden in einer Stickerei, der für lange Abschnitte im Stoff verschwand und dann unvermittelt auftauchte, um einem besonders raffinierten Muster die Vollendung zu geben. Marne schien sich auf dem Highway nie so richtig wohl zu fühlen. Er blieb auch stumm, wenn Thel und der Geist mit den Fremden, denen sie unterwegs begegneten, ins Gespräch kamen. So angenehm die beiden seine Nähe und seine lehrreichen Hinweise empfanden, es fiel ihnen nicht besonders auf, wenn er fehlte. Merkwürdigerweise aber vermittelte der Alte Thel den Eindruck, daß er die neuen Welten mit sehr viel mehr Berechtigung betrat als jeder andere.

Der Navigator hingegen gab während der Wanderungen sein jovial polterndes Benehmen auf und errichtete eine Art Schranke zwischen sich und dem Jungen. Thel war gekränkt, auch wenn er es nicht zeigte. Er verstand noch nicht, daß sein Vorfahr ihn allmählich als Erwachsenen betrachtete und daß Beziehungen zwischen Erwachsenen, die von echtem Leid oder echter Freude getragen werden, eine gewisse Verschlossenheit voraussetzen.

In der Welt von R blieb der Geist überheblich und patriarchalisch. Er bespöttelte das Versagen von Thels Zeitgenossen und schimpfte über die Beschränktheit seiner Eltern. Nur nachts, wenn sie über den Highway schlenderten und die Welten der Träume eroberten, begann er sich zu isolieren. In dieser Zeit kehrten die Fragmente zurück, die er entlang der Spirale verstreut hatte, und verliehen ihm Substanz, während sich Thel unerträglich einsam fühlte.

Der Navigator sah Thels Entwicklung genau umgekehrt, und die Trauer, die er dabei empfand, war zum großen Teil gerechtfertigt. Er merkte, wie der Zeitsturm das Leben des Jungen zersetzte und die Fragmente über die Welten des Highway hinwegblies. Der Geist war sich im klaren darüber, daß das Leben in R den Jungen noch viel brutaler zugerichtet hätte; aber das bloße Wissen, daß der Zeitwind gegen sie ankämpfte, wenn sie von ihren nächtlichen Ausflügen zurückkehrten, machte ihm den Zerfallprozeß schmerzhaft bewußt.

Ihm selbst konnte der Zeitsturm nicht viel anhaben; die Böen entrissen ihm lediglich wieder die Fragmente, die er unterwegs aufgelesen hatte – und er wehrte sich nicht dagegen, denn er hatte ein wenig Angst vor den Erinnerungen, die sie mitbrachten. Aber er sah, wie die Falten um Thels Augen schärfer wurden, wenn sich der Junge dem Sturm entgegenstemmte, der die Menschen in Geister verwandelte, wenn sie weitergingen, und in Staub, wenn sie stillstanden.

Wenn der Navigator bei der Heimkehr die ernsten Züge und die grimmig zusammengepreßten Lippen des Jungen bemerkte, überlegte er oft, ob die Ausflüge das wert waren. Aber im hellen Licht des Tages vergaß er seine Grübeleien; er dachte daran, wie ungewöhnlich dicht seine Hand am Vorabend gewesen war und wie gern er damit Dinge der Vergangenheit berührt hätte – einen Messing-Theodoliten, einen Weinkelch, die sanft geschwungene Nackenlinie einer Frau. Die Nacht schenkte ihm einen Reichtum an Eindrücken, die er nicht unbedingt an den Jungen weitergeben wollte;

leichter war es, das reine, unkomplizierte Geschöpf kindlicher Fantasie zu bleiben.

Thel seinerseits verlor tagsüber die Furcht, daß der Geist sich von ihm abwenden könnte. Er hörte einfach nicht hin, wenn sein Vorfahr eine Geschichte unvollendet ließ. Auch das Schweigen und die Zerstreutheit überging er. Thel dachte an die Fremden, denen er auf dem Highway begegnet war. Obwohl ihn nichts mit diesen Menschen verband, spürte er, daß sie bei seinem Anblick von Bedauern und einer unerklärlichen Melancholie befallen wurden. Sie empfanden das gleiche wie sein Vorfahr, wenn sie ihn gegen den Zeitsturm ankämpfen sahen. Aber Thel fühlte das alles zu vage, um den Hintergrund zu verstehen, und Fragen stellen mochte er nicht.

Trotz der kleinen Zweifel und Mißverständnisse waren die beiden Nacht für Nacht unterwegs, entweder auf dem Continental Highway oder in der Hochebene, wo Marnes kleines Leuchtturm-Modell über den Klippen aufragte.

Im Frühherbst jagte ein Sturm über die Küstenebene, ein gewaltiges Unwetter, das die Bewohner von R vor Furcht lähmte. Jenseits der Stadtmauern loderten Blitze und erhellten die Schleife des Continental Highway. Es regnete in Strömen; weiße Gischt umtobte den Strand und die Inseln vor dem Flußdelta. Von den Steilklippen lösten sich Felsbrocken und polterten in die Tiefe. Die Äcker hatten sich in einen zähen Morast verwandelt.

In den Kneipen rückten die Männer enger zusammen. Sie tranken Rum, und ein paar Schwätzer kramten die alten Geschichten von Ferrin und dem Tagstern hervor. Die Frauen saßen an ihren Webstühlen, klagten über die Katastrophe, die das Land heimsuchte, und trösteten einander mit Bibelsprüchen.

Die Regentropfen fielen hart und rein wie Kristallsplitter. Wenn sich der Wind in den Klippen verfing, klang ein langgezogenes Wimmern auf, das an Hilferufe Schiffbrüchiger erinnerte. Dann tranken die Männer noch mehr Rum, und die Frauen blätterten hastig in der Heiligen Schrift.

Gegen Abend wanderte das Unwetter nach Südosten weiter, aber es blieb stürmisch, und um die Gipfel der Crofton-Berge hingen graue Wolkenfetzen. Die Stadt und die Delta-Inseln waren blankgewaschen. Böen fegten über die Straßen und weckten die Furcht vor der Finsternis.

Die Bewohner von R verkrochen sich in ihre Betten, und vor dem Einschlafen dachten sie an die zerstörten Fischerboote und verwüsteten Felder. Es dauerte lange, bis sie Ruhe fanden.

Nur Thel und der Navigator sehnten die Dunkelheit herbei. Sobald alles schlief, schlichen sie aus dem Haus, wanderten über das feuchte Pflaster und verließen die Stadt durch den Abzugsgraben, der an diesem Abend halb überflutet war.

Kurz nach Mitternacht erreichten sie die Stufenterrasse auf den Klippen. Der Wind warf sich mit wilden Gesängen gegen Marnes Säule. Die Wolken hatten sich aufgelöst, und am mondlosen Himmel glitzerten kalt die Sterne.

Thels Blicke wanderten über das Wasser, doch die Nacht schien selbst für Traumschiffe zu stürmisch zu sein. Eben wollte er sich umdrehen und die Plattform wieder verlassen, da hob der Geist den Arm und deutete über die Felskante zum Strand hinunter.

Ein großes weißes Segelschiff war an Land getrieben worden. Thel sah sofort, daß es nicht aus dieser Welt stammte – so elegante, schnittige Formen gab es nur auf den Planeten der Dunkelheit. Der Kiel war gebrochen, und im Rumpf klaffte ein breiter Riß. Fock- und

Großmast hatten dem Sturm nicht standgehalten; ein Gewirr von Tauen und Segeln lag auf dem Vorderdeck. Der Kreuzmast war unbeschädigt, aber von den Spieren hingen nur noch Fetzen. Wellenbrecher überspülten das Achterdeck und rissen lange Holzplanken mit sich.

Der Navigator stand ein paar Schritte hinter Thel und beobachtete das Wrack. Eine Flut von Erinnerungen drang auf ihn ein. Seine Umrisse leuchteten auf, und die Substanz seiner Arme und seines Oberkörpers wurde dicht wie nie zuvor. Der traurige Glanz erlosch so rasch, wie er aufgeflammt war, und so bemerkte Thel nichts Ungewöhnliches, als er sich umdrehte und den Alten bat, mit ihm zum Strand hinunterzugehen. Die Brandung zerrte an dem Wrack; der Junge wußte, daß am nächsten Morgen außer ein paar Tauen und Holzsplittern nichts an das nächtliche Zwischenspiel erinnern würde.

Der Geist versuchte mühsam sein Gleichgewicht wiederzufinden. Der Zeitsturm ergriff die eben erst zurückgekehrten Fragmente seiner Persönlichkeit und schleuderte sie wieder hinunter zum Strand, wo der Navigator vor langer Zeit gestanden und ein anderes Wrack betrachtet hatte.

Thel starrte atemlos in die Tiefe. Einen Moment lang konnte er sich genau vorstellen, wie das Schiff am Morgen aussehen würde – ein Umriß, wo der Rumpf im Schlick versunken war, und dicht daneben die Silhouette eines Menschen, der mit dem Gesicht nach unten im Sand lag. Der Wind trug den Sand fort und grub in die Tiefe, bis er an das Holz und das Fleisch gelangte. Nach kurzer Zeit sah man nur noch den Kiel und ein paar Rückenwirbel.

Der Junge schüttelte sich, um die unheimliche Vision loszuwerden, und schob sich näher an den Klippenrand heran. Der Navigator folgte ihm. Jeder überlegte, ob er seine Gedanken dem anderen mitteilen sollte, doch sie kamen rasch davon ab. Das Schiff nahm ihre Aufmerksamkeit ganz in Anspruch, und dafür waren sie dankbar.

Es schien unmöglich, das Wrack von den Klippen aus zu erreichen, bis der Navigator eine schmale Felsrinne entdeckte, die schräg über den Felshang in die Tiefe führte. Der Steig sah glitschig aus und war an manchen Stellen nicht breiter als einen halben Meter, aber keiner von ihnen wollte auf der Leuchtturm-Terrasse bleiben, wo die Visionen mit besonderer Heftigkeit auf sie eindrangen.

So preßten sie sich gegen die Steilwand und begannen den gefährlichen Abstieg. Der Boden war zum Glück nicht so glatt, wie der Navigator befürchtet hatte; der Wind hatte die Nässe längst vertrieben. Aber die Böen selbst stellten ein Problem dar. Sie kamen vom Nordwesten, beinahe parallel zu den Klippen und versuchten, die beiden Kletterer von ihrem unsicheren Halt abzudrängen. Geröll gab unter ihren Füßen nach, so daß sie ins Stolpern gerieten. Als sie die Hälfte des Weges zurückgelegt hatten, mußten sie zudem gegen glitschige Moospolster ankämpfen, die in den Nischen wuchsen und die Feuchtigkeit speicherten.

Dennoch erreichten sie, von zerschundenen Knöcheln abgesehen, unversehrt den Küstenstreifen. Thel zitterten die Knie, doch sein Vorfahr hatte mehr Sorgen ausgestanden als er. Der Navigator wußte, daß ihm selbst ein Sturz von den Klippen kaum schaden konnte; er war seit Jahrhunderten nicht viel mehr als eine philosophische Abstraktion. Aber er wußte ebensogut, daß er dem Jungen nicht helfen konnte, falls er ausglitt und den Halt verlor. Bei besonders heftigen Böen hatte er ein paarmal die Hand ausgestreckt, um Thel zu stützen; aber seine Finger fanden keinen Halt an der Materie des Jungen und griffen durch ihn hindurch.

Thel hatte sich von seiner Angst erholt. Das verkrampfte Gefühl in der Magengegend ließ nach, als er sich dem fremden Schiff zuwandte. Er trat näher. Unter seinen Sohlen rollten die glattgeschliffenen Kiesel wie Glasmurmeln. Aber dann stand er vor dem Wrack, schaute staunend zu dem elegant geschwungenen Bug hinauf und wünschte sich nur, daß Marne hier wäre, um seine tausend Fragen zu beantworten.

Die Galionsfigur stellte ein junges Mädchen dar, mit einem sanften Gesicht und einem sanften, schmiegsamen Körper. Die Smaragdaugen spähten immer noch in die Nacht hinaus, aber nun waren sie den Klippen zugewandt und nicht mehr dem Ozean.

Ein schmerzhaftes Verlangen, dieses Mädchen zu besitzen, stieg in Thel auf, doch er verdrängte das Gefühl rasch, weil er seinen Ursprung nicht verstand.

Der Navigator war neben ihn getreten. Im Windschatten des Schiffes drangen sie an die Stelle vor, wo der Rumpf vom Kiel bis zur Reling geborsten war. Thel hob den Kopf und betrachtete einen Moment lang den Sternenhimmel. Dann zwängte er sich durch den Spalt ins Schiffsinnere.

Die Einrichtung war zersplittert und durcheinandergeworfen. Mächtige Windstöße seufzten durch den Rumpf; sie wirbelten Papier und leichtere Holzteile hoch. Die Ängste vieler Welten huschten an Thel vorüber. Da, wo das Oberdeck fortgerissen war, sickerte Sternenlicht ins Schiff.

Thel und sein Begleiter stolperten durch düstere Korridore, über Niedergangstreppen und in enge Kabinen. Sie ertasteten die grob gehobelten Tische des Mannschafts-Speiseraums und die Samt- und Brokatpolster der Offiziersmesse. Als sie sich dem Heck näherten, stießen sie auf eine dunkle Holztür mit Messingbeschlägen und reichen Schnitzereien. Der Navigator meinte, daß sich dahinter die Kapitänskajüte und wohl auch das Logbuch befand. Er war ziemlich wortkarg, denn seit sie sich ihren Weg durch das Schiff bahnten, wurde er wieder von Erinnerungen gequält, die einen Moment verweilten, seine Konturen verdichteten oder sein Inneres mit halbverstandenen Visionen füllten und dann wieder im Dunkel verschwanden, fortgerissen vom Zeitwind. So erleichterte es ihn, daß der Anblick der Tür nicht mehr in ihm weckte als eine flüchtige Bewunderung für den Künstler, der sie geschaffen hatte.

Die Tür besaß kein Schloß. Thel packte den schweren Griff, der die Farm eines Habichtkopfes hatte, und drückte ihn herunter. Da das Schiff schräg stand, erforderte es seine ganze Kraft, die Tür einen Spalt aufzustemmen. Kaum hatte er sich durchgezwängt, da fiel sie bereits krachend wieder zu.

Die Kajüte war ein Trümmerfeld. In der Heckwand klaffte ein riesiges Loch. Ein Windstoß hatte die verstreuten Karten und Diagramme, Stoffetzen und vergoldete Holzsplitter erfaßt und wirbelte sie durch den Raum. Die Schränke und der Kartentisch waren gegen die Steuerbordwand gekippt. Im schwachen Sternenlicht, das sich auf den Meereswogen widerspiegelte, erkannten sie, daß nur ein Gegenstand an seinem gewohnten Platz stand: eine schwere Eisentruhe, die ans Deck geschraubt war.

Thel und der Navigator kauerten neben der Truhe nieder. Einen Moment lang durchzuckten alte Märchen von Piratenschätzen das Gehirn des Jungen. Der Geist starrte unterdessen die Kiste an und überlegte verzweifelt, ob ihr Inhalt ihn in einem Ansturm von Sterblichkeit und Erinnerungen erdrücken würde.

Je länger Thel die Truhe betrachtete, desto mehr wuchs seine Enttäuschung. Sie war zu klein, um das

Lösegeld eines einzigen armseligen Fürsten, geschweige denn eines Königs zu enthalten. Ein Edelsteinkästchen vielleicht? Er strich mit den Fingern geistesabwesend über das glatte, kalte Metall.

Dabei hatte er wohl versehentlich einen Auslöser berührt. Ein Summen ertönte, Zahnräder schnappten, und drei gut geölte Metallriegel schoben sich zwischen Truhenwand und -deckel. Aus dem Spalt quoll ein bläulichweißer Schimmer.

Thel zögerte, dann schlug er vorsichtig den Deckel zurück. Der Navigator beugte sich vor, und gemeinsam spähten sie ins Innere. Sie konnten nicht fassen, was sie sahen.

Obwohl die Truhe vom oberen Rand bis zum Boden nicht mehr als einen halben Meter maß, starrten sie in ein Dunkel, das aus den tiefsten Regionen der Nacht kam. Die Finsternis wurde unterstrichen durch den einzelnen Stern, der in ihrem Zentrum brannte, hunderttausend Meilen entfernt. Thel fragte sich, ob die Truhe vielleicht keinen Boden hatte – ob sie in Wirklichkeit der Eingang zu den Bereichen der Nacht darstellte. Der Geist zeigte sich anfangs erleichtert, daß der Anblick keine Erinnerungen weckte, doch die Erleichterung wich bald einem Gefühl der Hilflosigkeit: Da war er nach all den Jahrhunderten auf etwas Neues gestoßen – und konnte nichts damit anfangen.

Thel griff ins Innere der Truhe, weil er wissen wollte, ob sie wirklich keinen Boden hatte. Er spürte die Metallplatte genau da, wo sie sein mußte. Als der Navigator nähertrat, sah er, daß der Stern durch den Ärmel des Jungen schimmerte. Er bat Thel, die Hand ein wenig zu senken. Thel schätzte die Entfernung falsch ein und berührte den Stern. Wie ein Stück Treibholz prallte der helle Funken von seiner Hand ab und schwebte zur Truhenwand. Dann kehrte er langsam an seinen Platz zurück. Thel fühlte sich an eine Balletttänzerin erinnert, die in vollkommener Stille ihr Solo vortrug. Die eingefangene Nacht und der Stern verschluckten das Wimmern des Sturms und das Knistern der Papiere, die in der Kajüte umherwirbelten.

»Was ist das?« fragte Thel laut.

Der Navigator entgegnete verwirrt: »Wie sieht es aus?«

»Wie ein Stern.« Der Geist schwieg, und so fügte Thel noch einmal mit Nachdruck an: »Jawohl, wie ein Stern.« Er stieß gegen den kleinen Lichtpunkt und sah zu, wie er durch das Dunkel glitt und wieder an seinen Platz zurückkehrte.

»Es kann nichts anderes sein«, murmelte der Navigator, »auch wenn ich mir einen Stern immer größer vorgestellt habe. Aber welcher von meinen Lehrern hat je einen echten Stern gesehen?« Endlich stand er vor einem Rätsel, das weder Furcht in ihm weckte noch Bewußtseinsfragmente von anderen Welten herbeiholte. Er genoß die Wirkung, und einen Moment lang hatte er die verrückte Vision, daß er mit dem Stern in der Hand vor seine ehemaligen Lehrer trat und sie aufforderte, ihm die physikalischen Gesetze dieser Miniatur zu erläutern. Er wollte nach dem Funken greifen, doch dann fiel ihm ein, daß er Dinge von Substanz längst nicht mehr festhalten konnte. Wenn er aber die Fragmente einsammelte, die er auf der Weltenspirale verstreut hatte, dann konnte es geschehen, daß der Zeitsturm sie ihm wieder entriß und den kleinen Stern zerstörte oder mitnahm. So wandte er sich an den Jungen und sagte: »Nimm ihn heraus, Thel!«

Der Junge griff in die Truhe und schloß die Rechte locker um den Stern. Er erwartete, daß die Hitze ihn versengen würde, aber nichts dergleichen geschah. Eine milde Wärme erfaßte seine Hand, und da, wo er die Finger nicht völlig zur Faust geschlossen hatte, quollen saphirblaue Strahlen hervor. Im Zentrum dieser Wärme war eine weiche, schwer faßliche Substanz; sie erinnerte an die Spinnwebflocken, die ihm der Geist manchmal ins Gesicht stupste, um ihn zu wecken.

Thel richtete sich auf und öffnete vorsichtig die Faust. Der Stern ruhte nicht richtig auf seiner Handfläche, sondern schwebte ein paar Millimeter darüber, wie getragen von seinem eigenen Licht.

Eine schwere Woge klatschte gegen den Rumpf, das Wrack geriet in Bewegung, und schwarzes Meereswasser ergoß sich in die Kajüte. Thel und der Navigator wurden aus ihren Betrachtungen geschreckt. Der Junge hatte mit einemmal Angst, daß die Nässe das Feuer des Sterns irgendwie zum Erlöschen bringen könnte. Er vergrub das Juwel tief in seiner Hosentasche.

Sein Begleiter wandte sich zum Gehen. »Komm! Viel Zeit bleibt uns nicht mehr.« Erneut schlug eine Woge an den Rumpf, diesmal näher am Heck; der Schwall Meerwasser, der hereinbrach, wirkte bedrohlich.

Sie hasteten durch die schrägen Korridore, ohne auf die verstreuten Geräte und Einrichtungsgegenstände zu achten. Das Schaukeln des Wracks verstärkte sich. Die Lichttümpel, welche das durchs eingesackte Oberdeck dringende Sternenlicht auf den Boden zeichneten, wanderten hin und her. Endlich erreichten die beiden Fliehenden den Riß im Schiffsrumpf und zwängten sich ins Freie.

Der Wind hatte umgeschlagen. Er peitschte die Brandung auf, so daß die Umrisse des Wracks in einen feinen Sprühnebel gehüllt waren. Die Holzbohlen knarrten und knirschten. Dann glitt das Schiff etwa drei Meter zurück in die See. Die Wellenbrecher dröhnten wie Kanonenschüsse gegen das Heck.

Thel und der Navigator rannten auf die Klippen zu. Der Sturm trieb jetzt die Wellen weit auf den Strand hinaus, und es bestand die Gefahr, daß sie mit dem Schiff ins tiefe Wasser gerissen wurden.

Endlich fanden sie die Felsrinne. Sie kämpften sich über die glitschigen Flechten und das Geröll nach oben. Der Aufstieg erforderte ihre ganze Konzentration, und so warfen sie kaum einen Blick zum Küstenstreifen hinunter. Als sie die Betonterrasse mit dem Leuchtturm-Modell erreicht hatten, waren von dem Wrack nur noch ein paar Holzplanken und die Reste der Takelage zu sehen. Thel suchte neben den Trümmern nach den Umrissen eines Toten, bis ihm einfiel, daß dies nur ein Teil seiner grotesken Vision gewesen war.

Sie kehrten schweigend in die Stadt zurück. Der Navigator wünschte dem Jungen nicht einmal eine gute Nacht, als sie sich am Flußtor trennten. Thel ging heim und warf sich völlig erschöpft auf sein Bett. Der Wind hatte nachgelassen und strich nur noch schlaff durch die Gassen. Er wirbelte eine Handvoll Staubkörner und ein paar Erinnerungsfetzen durch die Welt. Ein paar sturmgezauste Möwen flogen über die Dächer der Stadt hinweg und schrien.

In dieser Nacht träumte Thel nicht.

6

Thel schrak hoch, als seine Mutter in der Backstube unter seinem Zimmer mit einem Besenstiel wütend an die Decke klopfte. Mit einem Satz war er bei seinen Kleidern und durchwühlte die Hosentaschen. Nichts. Einen Moment lang glaubte er einen Hauch von Wärme zu spüren, aber das verflog rasch. In den Taschen fanden sich nur die Dinge, die jeder Junge seines Alters herumschleppte. Er rief leise nach dem Navigator, doch er bekam keine Antwort. Achselzuckend gab Thel die Suche auf und begann sich anzuziehen. Er gelangte zu der Überzeugung, daß sein nächtliches Abenteuer mit dem Wrack ein Traum gewesen war wie so viele Szenen auf dem Continental Highway.

Eine Stunde später kam es in der Backstube zu einer unerfreulichen Auseinandersetzung. Seine Mutter warf ihm vor, daß er faul im Bett läge und nur herumlungerte, anstatt einen ordentlichen Beruf zu erlernen oder ihr wenigstens bei der Arbeit zu helfen.

Der Streit flammte erneut auf, als sein Vater abends vom Fischfang heimkehrte. Der Sturm hatte das Meer tief aufgewühlt, und so war die Ausbeute gering geblieben. Sie alle waren müde, Thel von der vergangenen Nacht, seine Mutter, weil sie die Arbeit in der Backstube allein bewältigt hatte, und sein Vater von dem trostlosen Tag auf dem Meer. So erhitzten sich die Gemüter, und die Erwachsenen brachten alles vor, was sie sonst unter den drückenden Sorgen und der Angst vor dem Dunkel verbargen. Ihr Sohn war ein Taugenichts, während die Söhne und Töchter anderer Eltern die Schule besuchten oder ein vernünftiges Handwerk erlernten. Die Nachbarn tuschelten, weil er sich ständig bei diesem gräßlichen Marne herumtrieb. Der Sturm hatte das Ruderboot beschädigt, und es war nicht mehr genug Mehl und Öl im Haus, um Brot und Fleischpasteten zu backen.

Thel zog sich auf sein Zimmer zurück. Er wartete, bis die Eltern ihn vergessen hatten und sich gegenseitig anschrien. Dann schlich er ins Freie und schlenderte ziellos durch die dämmerigen Gassen. Als die Sonne sank, stand er unschlüssig in der Straße der Spiele. Wenn Marne in seinem Laden war, konnte er ihm vielleicht von dem Wrack erzählen.

Es dauerte eine Viertelstunde, bis er Marnes Haus erreicht hatte. Im Obergeschoß brannte Licht, und so klopfte er. Schlurfende Schritte kamen die Treppe herunter, dann schob Marne den Riegel der Haustür zurück und ließ ihn ein.

Der Alte hatte eine Serviette umgebunden und hielt in der linken Hand einen gebratenen Hühnerschenkel. Mit zusammengekniffenen Augen musterte er den Jungen. »Na, Thel, gönnst du mir meine Abendmahlzeit nicht mehr?« Seine Stimme klang schleppend und undeutlich, aber er schien dem Besucher nicht böse zu sein.

Thel entschuldigte sich für sein spätes Eindringen und berichtete, weshalb er an diesem Abend nicht gern daheim blieb. »Der Familienkrach scheint außerdem den Navigator vertrieben zu haben«, fuhr er fort. »Ich kann mit keiner Menschenseele sprechen – und dabei hatte ich letzte Nacht ein ganz sonderbares Erlebnis.«

Marne starrte einen Moment über den Kopf des Jungen hinweg, als suchte er die silbrige Silhouette des Navigators. Dann winkte er Thel herein und schloß die Tür hinter ihm ab. Sie durchquerten den Laden, in dem es kaum ordentlicher aussah als im Innern des gestrandeten Schiffes. Eine Wendeltreppe führte ins Obergeschoß, das aus einem einzigen Raum bestand – etwas größer als der Laden, denn es hatte zur Straße hin einen geräumigen Erker. Dieser Wohnraum war ebenfalls vollgestopft mit Modellen und Konstruktionen aus Holz und Metall. Thel bewegte sich mit äußerster Vorsicht durch das staubige Gewirr. An den schmuddeligen Wänden hingen Konstruktionspläne und technische Zeichnungen neben unbeholfenen Aquarellen, die ländliche Idyllen darstellten.

Marne rückte einen zweiten Stuhl an den Tisch im Erker und stellte einen Teller mit Brot vor Thel. »Du kannst gern etwas von dem Huhn haben, wenn du willst, aber rühr mir den Alkohol nicht an! Das verdammte Zeug verträgt nur jemand, der so alt und verrückt ist wie ich.« Jetzt erst bemerkte Thel die beiden Flaschen auf dem Tisch; eine war ganz, die andere zur Hälfte geleert. Und der Junge verstand, was die Kleckse und Löcher an den Wänden bedeuteten: wenn Marne betrunken war, warf er offensichtlich alles, was ihm in die Finger kam, durch das Zimmer.

Das zerfurchte Gesicht des Alten entspannte sich, und er lächelte. »Na, verrückt bist du ohnehin ein bißchen«, meinte er und schob Thel einen Becher mit einer bernsteinfarbenen Flüssigkeit zu. Der Junge wußte nicht recht, wie er sich verhalten sollte, aber dann fiel ihm ein, daß er an diesem Tag kaum etwas gegessen hatte, und er verzehrte mit Heißhunger den Hühnerflügel, den Marne ihm auf den Teller gelegt hatte.

Das Getränk schmeckte anfangs bitter, aber sobald er ein paar Schluck zu sich genommen hatte, breitete sich wohlige Wärme in seinem Innern aus. Seine Wangen wurden rot und erhitzt, und es dauerte nicht lange, bis er dem Alten von dem Schiff erzählte, das in der vergangenen Nacht unter den Klippen auf Grund gelaufen war. Marnes Miene verdüsterte sich, aber er aß ruhig weiter.

»Schade«, meinte er schmatzend und nahm einen tiefen Zug aus der Flasche. »Ich wäre gern dabei gewesen.« Er zuckte die Achseln. »Oder nein – lieber doch nicht. Ich hätte mich nur geärgert. Mein kleiner Leuchtturm scheint irgendwie versagt zu haben.« Er machte eine Pause und drehte einen Hühnerknochen zwischen den ledrigen Fingern hin und her. »Außerdem braucht ein alter Mann seinen Schlaf.«

Danach erkundigte sich Marne nach der Reaktion des Navigators, aber Thel mußte gestehen, daß er dem Geist nicht sehr viel Aufmerksamkeit geschenkt hatte. »Ich sah ihn nur einmal an – als ich neben dem Schiff einen Toten zu erkennen glaubte. Dabei hatte ich den

Zwischendurch: [redacted] Ein geheimnisvolles Schiffswrack am Strand, Märchen von Piratenschätzen im Kopf, ein funkelnder Stern in der Hosentasche – da kann man schon mal vergessen, daß einem der Magen knurrt, weil man den ganzen Tag kaum etwas gegessen hat. [redacted] Anders als vor undenklichen Zeiten, ist es heute ein Kinderspiel, zwischendurch den kleinen Appetit zu stillen. Man braucht nur heißes Wasser, fünf Minuten Geduld, einen Löffel und ... [redacted]

Eindruck, daß er sehr verwirrt war, beinahe starr vor Staunen. Das wiederholte sich, als wir später in der Kapitänskajüte den Stern fanden.«

»Stern?« Marne setzte die Flasche ab und warf Thel einen forschenden Blick zu. »Hast du diesen – hm – Stern bei dir?«

Der Junge hob die Schultern. »Ich war fest davon überzeugt, daß ich ihn in die rechte Hosentasche gesteckt hatte. Aber als ich heute morgen nachschaute, fand ich ihn nicht mehr. Ich muß ihn wohl irgendwo bei der Kletterei in den Klippen verloren haben – wenn nicht die ganze Episode nur ein Traum war.«

»Oh, vielleicht hast du ihn heute morgen nur nicht bemerkt, weil es hell war. Diese winzigen Dinger müssen sich vor dem grellen Sonnenlicht verbergen, sonst zerschellen sie. Im Dunkel kehren sie dann zurück. Sieh dich gründlich in deinem Zimmer um, mein Junge! Wenn dein Stern das ist, wofür ich ihn halte, findest du ihn sicher.« Marne biß sich auf die Lippen. Er hatte das Problem reichlich vereinfacht, und er hoffte nur, daß der Junge nun nicht mit Fragen in ihn drang.

Thel schöpfte aus Marnes Antwort neue Hoffnung, doch dann fiel ihm siedendheiß ein, daß es draußen längst dunkel war. Was geschah, wenn seine Eltern zufällig das Zimmer betraten und den Stern entdeckten? Er sprang auf, verabschiedete sich hastig von dem alten Mann, stolperte die Wendeltreppe hinunter und rannte auf die Straße. Nach einer Weile trottete Marne müde nach unten, um den Riegel vorzuschieben.

Im Hause des Jungen herrschte tiefes Schweigen. Ein Zettel an seiner Zimmertür besagte, daß er in Zukunft seine Schlamperei gefälligst selbst aufräumen solle. Jemand, der seinen Eltern nicht half, habe auch kein Recht darauf, daß man ihm die Arbeit erleichterte.

Thel atmete erleichtert auf und öffnete die Tür. Der Navigator saß an seinem gewohnten Platz neben dem Fenster. Über dem Zeigefinger seiner rechten Hand schwebte der Stern. »Ich dachte schon, du kämst überhaupt nicht mehr«, meinte er und richtete den Blick auf den winzigen Lichtpunkt. »Wahrscheinlich bist du zu Marne gelaufen, um seinen Rat einzuholen. *Ich* habe inzwischen ganz allein die richtige Lösung gefunden.« Thel war so erleichtert über die Wiederkehr des Sterns, daß er die Überheblichkeit seines Vorfahren ignorierte. »Schön, ich gebe zu, daß ich erst nach Einbruch der Dunkelheit hierherkam. Aber es war fraglos meine hohe Intelligenz, die sofort erfaßte, was sich zugetragen hatte.« Er zog die Augenbrauen hoch. »Merkwürdig, ich hätte nie geglaubt, daß sich das kleine Ding tatsächlich wie ein Stern verhalten würde.«

»Mit anderen Worten – du bist hereingekommen und über den Stern gestolpert!«

»Mein lieber Thel, wie oft übersieht man hier in R gerade das Naheliegende! Ich bin das beste Beispiel dafür.« Der Navigator ließ keinen Blick von dem hellen Funken. Nach einer Weile lächelte er. »Ist das nicht wie ein Wunder?« sagte er atemlos. »Seit ich mich in diesem erbärmlichen Zustand befinde, den du fälschlicherweise Tod nennst, kann ich, von Spinnweben und Regentropfen einmal abgesehen, keine Dinge von Substanz mehr aufnehmen. Ein Wunder – ein richtiges Wunder . . .«

Der Geist faltete beide Hände um das kleine Licht; dann öffnete er sie wieder und bewegte sie wie einen Fächer, so daß der Stern ins Kreiseln kam. Thel beteiligte sich an dem Spiel. Sie sahen zu, wie der zitternde Lichtpunkt durch das Zimmer tanzte, gegen Wände und Möbel prallte und wieder zu ihnen zurückkehrte. Eine Zeitlang überlegte der Junge, ob sein Stern vielleicht von mikroskopisch kleinen Planeten umgeben war, doch dann ließ er das Problem wieder fallen.

Gegen Mitternacht spürte Thel dann, daß sein Vorfahr wieder die Barriere errichtete, hinter der er auf den gemeinsamen Wanderungen durch fremde Welten seine wahren Gefühle verbarg. Der Junge beobachtete ihn scharf, und er glaubte eine gewisse Trauer zu erkennen, aber er war sich seiner Sache nicht sicher.

Die Skelettfinger des Alten umschlossen wieder den Stern. »Ich finde, wir sollten dieses kleine Juwel zu einem sicheren Versteck bringen, Thel«, meinte er. »Am besten gehe ich damit zu Marne.«

Thel konnte dem Geist nicht gut widersprechen. Es war ein reiner Zufall, daß seine Eltern den Stern noch nicht entdeckt hatten. »Gut – ich begleite dich.«

»Nein, Thel. Für dich ist es wieder einmal zu spät geworden. Außerdem hast du den alten Marne heute schon genug belästigt. Ich gehe allein!« Das klang so gebieterisch, daß Thel sich gekränkt zurückzog. Bis zu diesem Zeitpunkt hatte ihm der Geist niemals einen Befehl erteilt oder ein Verbot ausgesprochen; Einwände brachte er stets als Bitten oder Vorschläge vor. Nun aber nahm der Navigator einfach den Stern und verschwand in der Nacht.

Wieder einmal war Thel mehr tot als lebendig, als er ins Bett taumelte. Sein Trotz wich einem Gefühl der Erschöpfung, und er schlief sofort ein.

Wenigstens schaffte er es, am nächsten Morgen rechtzeitig aus den Federn zu kriechen. Der Geist war im Laufe der Nacht nicht mehr zurückgekehrt und tauchte auch tagsüber nicht auf. Erst als Thel nach Einbruch der Dunkelheit die Stadt verließ und zur Hochebene hinauswanderte, entdeckte er ihn und Marne draußen bei dem kleinen Leuchtturm. Ein Gefühl der Eifersucht erfaßte ihn wie meist, wenn die beiden ›Alten‹ ihn von ihren Gesprächen ausschlossen.

Doch dann sah er den Stern über Marnes Schulter schweben, und sein Ärger verflog. Der Modellbauer schien damit beschäftigt, einen winzigen Mechanismus im Innern der Säule zu reparieren, während der Navigator beharrlich auf ihn einredete und nur hin und wieder zum Meer hinunter oder auf den Leuchtturm deutete. Marnes Antworten wirkten mürrisch.

Thel räusperte sich, als die beiden keine Notiz von ihm nahmen.

»Ah, mein junger Nachkomme!« rief der Geist. Er griff über Marnes Schulter und schob den Stern in die Richtung des Jungen. Marne murmelte etwas Unverständliches, ohne von seiner Arbeit aufzuschauen.

Das winzige helle Licht pendelte ein Stück über Thels Kopf hin und her. In seinem Schein bemerkte der Junge, daß Marnes Züge wutverzerrt waren. Der Navigator trat näher und sagte ruhig: »Thel, mein Junge, ich hatte ein langes Gespräch mit Marne, in dessen Verlauf ich erstaunliche Dinge über unsere kleine Sonne erfuhr.«

Marne knallte wütend die Abdeckung eines Schaltpults zu. Der Geist schien das nicht zu bemerken, denn er fuhr lebhaft fort: »Stell dir vor, er soll ein Splitter des Tagsterns sein!« Die Stimme des Navigators senkte sich zu einem ehrfürchtigen Wispern. »Das Fragment einer Schöpfung, die ich für zerstört, für längst verloren hielt! Mit seiner Hilfe werden wir die Welten entlang der Spirale leichter finden als bisher.« Der Geist starrte gedankenverloren den schwebenden Lichtfleck an. Er schien seine Umwelt vergessen zu haben, bis Marne sein Werkzeug unter heftigem Geklirr in der Ledertasche verstaute.

Der Navigator schaute auf. »Ich weiß nicht mehr, was ich dir über den Tagstern und Ferrin erzählt habe – vermutlich nur die alten Legenden und die Dinge, die für unsere Ausflüge auf den Continental Highway wichtig waren. Egal. In Zukunft hörst du sicher mehr als genug von den Ereignissen jener Zeit.«

»Du willst ihm alles erklären?« Marne war neben den Navigator getreten.

»Natürlich.« Der Geist lachte leise.

»Dann mußt du selbst aber noch eine Menge lernen!« Verachtung war ein seltenes Gefühl in R, denn es setzte eine gewisse moralische oder physische Stärke voraus. Das Elend, das überall in der Stadt herrschte, beschränkte seine Anwendung auf ein Minimum, aber diesmal schwang es deutlich in Marnes Worten mit. »Im Moment weißt du nämlich selbst nichts mehr über den Tagstern und Ferrin, auch wenn du an diesem Ort geboren bist.« Marne wandte sich dem Jungen zu. »So wie dein Vorfahr jetzt vor dir steht, ein Schatten, der die Last der sterblichen Substanz nicht tragen kann oder will, besitzt er höchstens Spuren von fundiertem Wissen. Ah, hübsche Geschichten, große Namen, ein Gefühl für Vergangenheit und Schönheit und ähnliche Abstraktionen – das gestehe ich ihm zu. Aber diese Dinge gehören ihm nicht richtig, sie sind nicht *in* ihm. Schillernde Legenden spuken ihm im Kopf herum, und ihnen jagt er nach. Vermutlich wird er dich überreden, ihn auf seinem Weg zu begleiten.«

Der Navigator nickte zu den letzten Worten des Alten, und Thel überlegte, ob Marne ihm indirekt seine Wißbegier und seine Vorliebe für die Sagen der Vergangenheit vorwarf. Es war so mühsam, die Abstraktionen zu durchschauen.

Marnes Zorn wich müder Resignation, als er fortfuhr: »Dein Vorfahr beabsichtigt, nach Ferrin zurückzukehren – und wenn ihm der Stern den Weg weist, schafft er es auch.«

Thels Herz klopfte schneller. Er achtete nicht auf Marnes Niedergeschlagenheit. Der Navigator hatte ihr Bündnis also nicht vergessen. Der Highway lockte. Sie würden in immer schönere Welten vordringen und die verhaßte Monotonie von R weit hinter sich lassen. Wenn die Wunder, denen sie bei ihren zaghaften Expeditionen begegnet waren, nur Vorboten dessen darstellten, was sie erwartete ... Die Fantasie des Jungen malte das Abenteuer in leuchtenden Farben aus. Ein Gefühl der Macht und der Weite durchdrang sein Bewußtsein.

Marnes harte Stimme unterbrach seine Gedankengänge. »Ich weiß, daß es dir schwerfallen wird, dem Vorschlag zu widerstehen. Aber ich brauche den Stern hier.«

»Unsinn, Marne. Du hast gesagt ...«

»Ich habe gesagt, daß ich versuchen will, den Mechanismus zu verbessern. Aber es ist durchaus möglich, daß er beim nächsten Sturm erneut versagt.« Marne verließ mit langsamen Schritten die Plattform. Der Navigator folgte ihm und redete heftig auf ihn ein. Der Traum, nach Ferrin heimzukehren, hatte Besitz von ihm ergriffen.

Thel fing den Stern ein und schlenderte hinter den beiden Alten drein. »Wovon redet ihr?« fragte er, als er den Navigator eingeholt hatte.

»Ich benötige euren Stern als Lichtquelle für meinen Turm«, entgegnete Marne, obwohl die Frage nicht an ihn gerichtet war. In seiner Stimme schwang ein flehender Unterton mit, der nicht recht zu seinem Charakter paßte. »Als ich die Säule errichtete, glaubte ich, daß eine normale Stromquelle ausreichen würde, um die Schiffe, die nachts hier vorüberziehen, zu warnen. Bei einem starken Unwetter versagen jedoch die Schaltkreise, und die Reichweite der Scheinwerfer ist so gering, daß sie höchstens die Möwen davor bewahren, gegen die Steilhänge zu fliegen. Der Stern hier ist nur der Splitter von einem sehr viel größeren Mechanismus, aber er enthält eine Menge Energie. Und die

Schiffe, die ihr nachts auf dem Meer draußen seht, suchen nach den Fragmenten des Tagsterns; ihre Detektoren werden den kleinen Lichtpunkt an der Spitze meines Leuchtturms aufspüren.« Marne sah den Navigator an, und seine Stimme klang wieder hart. »Aber dein Vorfahr hat etwas anderes damit im Sinn.«

Der Navigator nahm Thel den Stern vorsichtig aus der Hand. »Gib zu, daß du an unserer Stelle ebenso handeln würdest!«

»Mag sein«, knurrte Marne widerwillig. »Aber ohne das Licht des Sterns werden hier in den Klippen immer wieder Schiffe zerschellen.«

Der Geist tat den Einwand mit einer überlegenen Handbewegung ab. »Das steht nicht fest. Ich hingegen weiß ganz genau, daß mich dieses Fragment nach Ferrin führen wird.« Er trat vor Marne hin und legte ihm seine Spinnwebenhand auf die Schulter. »Marne, begreifst du denn nicht, was das für mich bedeutet?«

Der Alte streifte unwirsch die geisterhafte Hand ab. »Du hast die Durchgänge zu zwei oder drei Welten gefunden. Das beweist doch, daß das Risiko tragbar ist – daß du auch ohne den Stern ans Ziel gelangst!«

»Weißt du, welche Opfer es gekostet hat, diese Welten zu entdecken? Ich mußte einen Fehlschlag nach dem anderen hinnehmen, und immer bestand die Gefahr, daß mich der Zeitsturm bei der Rückkehr vernichtete.« Die Stimme des Navigators war ganz leise. »Ich sitze jetzt seit Jahrtausenden auf diesem gottverlassenen Planeten fest – ein Schatten, mehr nicht. Habe ich noch nicht genug verloren? Wieviel verlangst du eigentlich von mir?«

»Du hast länger gelebt als die meisten von uns!« fauchte Marne. »Und von selbst wärst du nie auf den Highway zurückgekehrt. Erst der Junge brachte dich dazu.«

Der Navigator suchte verkrampft nach neuen Argumenten. »Der Junge! Möchtest du, daß er so aussieht wie ich, bevor er den Weg in eine bessere Welt gefunden hat? Der Wunsch, diesem Elendsplaneten zu entrinnen, rechtfertigt jede Tat.«

»Er soll seine Wahl allein treffen, und im Moment kennt er die Zusammenhänge zu schlecht, um es zu tun«, entgegnete Marne kühl. Er schob sich kurzerhand durch die Silhouette des Navigators und verschwand im Dunkel.

Thel rief nach ihm, aber Marne gab keine Antwort.

Der Geist setzte sich mit gekreuzten Beinen auf den feuchten Boden. Ein Stück über seinen Knien schwebte der Stern.

»Unmöglich«, murmelte er, »einfach unmöglich.«

Nach einer Weile stand er auf und verschmolz mit den Schatten seiner Umgebung.

Thel hatte keine Ahnung, was er von all diesen Dingen halten sollte, und so versuchte er erst einmal, die Neuigkeiten logisch zu verarbeiten. Es gab also Streit darüber, wie man den Stern am besten einsetzte. Irgendwie schien es möglich, der Welt von R für immer zu entrinnen, aber Marnes Feindseligkeit und die Besessenheit des Navigators beunruhigten ihn. Thel spürte im Hintergrund vage Antworten, die er jetzt noch nicht wissen wollte. So wich er auf den vertrauten Highway aus und schwelgte von den Wundern, die ihm der Pfad durch das Dunkel bereits offenbart hatte.

In dieser Nacht träumte er, daß er mit dem Geist durch eine der Straßen von R schlenderte. Es war dunkel, und nur gelegentlich quoll ein Lichtstreifen unter einer Jalousie oder einer Türschwelle hervor. Thel öffnete die Faust, die den Stern festhielt, und beobachtete, wie der silberblaue Schein in die Nacht hinaussickerte. Er richtete den Stern auf eine Hauswand, aber zu seiner Enttäuschung löste sie sich nicht auf.

Das Licht zeigte ihnen nichts Neues, auch wenn es

sie einige Male vor dem Stolpern bewahrte. Aber nach einiger Zeit erwähnte der Geist, daß am Rande der Helligkeit merkwürdige Dinge auftauchten. Thel blieb stehen und konzentrierte sich auf die verschwommenen Zonen des Halbdunkels. Einen Moment lang glaubte auch er Farben und Formen wahrzunehmen, doch er redete sich ein, daß ihm die Fantasie einen Streich spielte.

Sie gingen weiter. Wenn er den zitternden Lichtstrahl auf das leere, öde Dunkel richtete, hatte er immer häufiger den Eindruck, daß der Himmel mit Sternen- und Kometensplittern übersät war. Ein Gewirk aus Silber und Schwarz bedeckte das Firmament. Die fahle Linie des Continental Highway war bevölkert wie nie zuvor. Schiffe ohne Segel durchschnitten den tiefblauen Ozean. Ihre Wimpel flatterten im Wind, und das Metall ihrer Rumpfplatten schimmerte spiegelblank.

Ein Tor hatte sich vor ihnen geöffnet, und all die Wunder, die sie bisher erblickt hatten, verblaßten. Der Navigator starrte den Pfad entlang und machte sich bereit, die Erinnerungen aufzunehmen, nach denen er sich seit ganzen Zeitaltern gesehnt hatte.

Das einzig störende an dem Traum war die allgegenwärtige Gestalt von Marne, der sie aus weiter Ferne beobachtete. Er wirkte kalt und abweisend, aber in seinen Blicken lag eine Verwirrung, die sich der Junge nicht erklären konnte. Die endlose Kette von Welten schien ihn ebenso zu fesseln wie Thel und den Geist, aber zugleich verriet er Unsicherheit. Der Navigator kam zu dem Schluß, daß Marne nie die Gewalt des Zeitsturms gespürt hatte. Er war immer ein Bürger von Ferrin gewesen oder Matrose auf einem der Zauberschiffe, die nach Sternsplittern suchten. Und obwohl Thel fühlte, daß dies wichtig war, konnte er es nicht logisch auswerten.

7

Sie brachen im Sommer auf. Ihr Weg führte über die knochentrockenen Felder von R zum Highway und von dort durch die drei Welten, die sie bereits erforscht hatten. Dann, als sie den nächsten Planeten betraten, verlangsamten sie ihre Schritte. Gewiß, die Pracht und die Größe blendete sie ein wenig, aber der wahre Grund für ihr Zögern lag anderswo.

Bei Thel war die Sache einfach: Er litt vor allem an einer Übersättigung der Fantasie. Der Navigator und Marne hatten ihn gut vorbereitet, aber als er erkennen mußte, daß all die Dinge, die er bisher gesehen und erlebt hatte, nur ein Vorspiel darstellten, weigerte sich sein Verstand, das Neue zu akzeptieren. Er wurde immer stiller und hing die meiste Zeit unausgesprochenen Gedanken nach.

Dann, als sich eine gewisse Gewöhnung bemerkbar machte, begann er zaghaft, das Leben zu genießen. Sie kamen durch Welten, in denen man nicht ständig um das tägliche Brot schuften mußte. Vielleicht läßt es sich so ausdrücken: Nachdem er das Wunder seiner Existenz innerlich verarbeitet hatte, begann er diese Existenz zu lieben. Aber der Hauptanteil der Liebe ist Vertrauen, und es gelang ihm nicht ohne weiteres, die Abwehrhaltung aufzugeben, die sein Leben in R geprägt hatte. Thel hatte die feste Absicht, die Wanderung über den Highway voll auszukosten. Statt dessen wuchs seine Niedergeschlagenheit und Einsamkeit, wenn er vor dem perlenbestickten Handschuh eines reichen jungen Fuhrmanns zurückschreckte oder wenn die sanfte Stimme eines Mädchens sein Herz betäubte und ihn an die Schrecken von R erinnerte.

Der Navigator hingegen hatte andere Gründe für sein Verweilen. Immer wieder hielt er an, um mit diesem oder jenem Weggefährten zu plaudern. Er stellte

Fragen und erfuhr, daß viele seiner alten Freunde dem Zeitsturm getrotzt hatten. Und wenn er sie in den Städten entlang des Highway besuchte, dann drehte sich das Gespräch immer um die Zeit, da Ferrin am Gipfel des Ruhms stand.

Im früh einbrechenden Winter jedoch geschah etwas, das die beiden Wanderer aus ihren Träumen riß: Das Licht des Sterns wurde zusehends schwächer. Thel hatte das Fragment in einem antiken Kristallkrug verstaut, den er am Gürtel oder in der Hand trug. Zu Beginn der Reise erhellte sein Schein die gesamte Breite des Highway; nun zeigte sich in dem zitternden Kegel nur noch ein winziger, schneebedeckter Pfad, der oft genug ganz mit dem Dunkel verschmolz.

Beunruhigt suchten sie nach einem Mittel, den Stern am Leben zu erhalten; sie kannten sich in den Welten der Nacht nicht so gut aus, daß sie die Übergänge von einer Kammer der Nautilusmuschel in die andere sofort fanden. Zum Glück fiel dem Navigator ein, daß für den Sternsplitter von Ferrin stets die Analogie mit einem echten Himmelskörper gegolten hatte. Konnte es sein, daß er seinen Lichtschein den Jahreszeiten entsprechend veränderte? Thels Vorfahr begann sorgfältig zu rechnen, und es wunderte eigentlich niemanden, als sich herausstellte, daß die Bahn des Sterns parallel zum Highway verlief.

Thel und der Navigator hatten natürlich die Möglichkeit, den Kristallkrug abzustellen und zu warten, bis das Licht wieder heller strahlte; aber nach langem Überlegen beschlossen sie, die Sicherheit der bisherigen Welten aufzugeben und dem Stern zu folgen.

Die Stadt R verblaßte allmählich in ihrer Erinnerung, und der Gedanke an sein Elternhaus entlockte Thel höchstens einen Seufzer. Selbst die Gestalt von Marne, die anfangs immer wieder drohend im Bewußtsein der beiden Wanderer aufgetaucht war, zerfloß zu einem grauen Nebel. Die sternübersäte Kuppel des Nachthimmels ersetzte ihnen die Sonne. Je weiter sie vordrangen, desto mehr gewann der Navigator von seiner früheren Substanz zurück, und der Zeitwind war hier nicht scharf genug, um sie ihm zu entreißen. Ein Zechgelage in einer Stadt namens Doriana gab ihm sein herzhaftes Lachen wieder; nach einem Ausflug in die Wälder von New Lanier war sein Bart flammendrot. Sein Herz und seine Lenden fand er bei einer Frau, die er seit mehr als tausend Jahren nicht mehr gesehen hatte und die ihn nur ungern weiterziehen ließ.

Sie folgten dem kühlen Nachtwind über den Highway, umgeben von buntem, vielfältigem Leben, das den Jungen stets aufs neue erstaunte. Fürsten und Könige, Soldaten und Kaufleute, Künstler und schöne Frauen begleiteten sie. Sie wechselten ein paar Worte mit den Truppen des Königs von Kurriahl, machten eine Kutsche wieder flott, die den Kurierdienst zwischen Sarthe und Fleetstone versah, und fuhren ein Stück auf einem Lastwagen mit, der Motoren von den Gießereien Kriedlers zum Flughafen von Midthorn brachte. Ein paar Wissenschaftler erklärten Thel die Grundbegriffe der Mathematik; sie waren mit Präzisionsinstrumenten nach Gateway im Tyne-Delta unterwegs. Es ging das Gerücht, daß am Ufer des Tyne seit mehr als hundert Jahren an einem gigantischen Sternenschiff gebaut wurde.

Der Navigator verlor sein Herz und seine Lippen an eine Frau von Dragonrun, die ihm beibrachte, Szenen des Highway mit Leuchtfarben und den magischen Pinseln von Everywhen auf die Leinwand zu bannen.

Ein Mann aus Jasper erzählte vom Start der Achten Flotte, und ein anderer berichtete, er wolle nach Lemon Hill, um die Botschaft des Propheten Timonias zu hören. Eine Expedition, die von den Starwall Mountains zurückkam, zeigte ihnen Skizzen des Seidenfell-Pegasus, den man in dieser Gegend entdeckt hatte. Ein Reiterheer von der Southern Plains Union überholte sie; der Kommandant hielt an und führte ein langes Gespräch mit dem Navigator. Die beiden waren sich einst als Feinde gegenübergestanden. Später hörten sie geduldig einem trunksüchtigen Gelehrten zu, der alles Übel der Schöpfung darauf zurückführte, daß es zu viele Juristen gab.

Am dunklen Himmel tauchten die Leuchtspuren von Flugzeugen auf. Der Navigator hatte eine Schwäche für die schweren Düsenriesen; wenn sie über den Highway hinwegdröhnten, zitterten die spitzen Hüte der Zauberer und die Helmbüsche der Ritter. Er träumte davon, daß sie in die vollkommene Schwärze eindrangen, die hinter dem zerrissenen Gewebe des Tagsterns lauerte.

Thel dagegen liebte die schlanken delphinähnlichen Maschinen mit ihren eleganten Flügeln und Leitwerken. Oft flogen sie nicht höher als fünfzig Fuß; dann hatte es den Anschein, als schleuderten die Rotoren das Sternenlicht im Kreis. Irgendwie erinnerten diese Flugzeuge an Elfenkinder, die schwerelos durch die Nacht schwebten.

Der Highway hatte vor geraumer Zeit die Küste verlassen, doch nun kehrte er in einem weiten Bogen zum Meer zurück. Eine gute Meile vom Strand entfernt lag ein dunkler Koloß, den sie anfangs für eine abstrakte Skulptur hielten; eine Gruppe verrückter Künstler hatte es sich zur Angewohnheit gemacht, die Landschaft mit ihren gigantischen Werken zu verunzieren.

Als sie sich jedoch dem Wasser näherten, erkannten sie, daß es das Wrack eines stählernen Kriegsschiffs war. »Ein Kreuzer, wenn ich mich nicht täusche«, murmelte der Navigator.

Sie verließen den Highway und durchquerten das wellige Grasland, das zum Strand hinunterführte. Männer und Frauen, die das Wrack bereits besichtigt hatten, kamen ihnen entgegen. Ihre düsteren Mienen weckten die Erinnerung an Marne.

Das Land fiel zur Küste hin gleichmäßig ab und wies auch keine Felsformationen auf. Das Schiff konnte unmöglich auf ein Riff gelaufen sein. Man gewann eher den Eindruck, daß die Strömung es abgetrieben hatte. Taue spannten sich von den verkohlten Decks zu Eisenpflöcken, die tief in den Sand gerammt worden waren. Da, wo sich die Farbe abgewetzt hatte, schaute das blanke Metall heraus. Der Navigator glaubte am Heck dünne Rauchfäden aufsteigen zu sehen. Abgesehen vom Klatschen der Wellen war es am Strand unheimlich still.

»Lange liegt das Ding noch nicht hier«, meinte der Navigator und betrachtete das Wrack im hellen Sternenlicht. Dann spürte er einen Schmerz am rechten Bein. Er entdeckte einen Fuß, der in einem Lederstiefel steckte. Zum erstenmal beunruhigte ihn die Rückkehr seiner Substanz. Der Stiefel war rissig und abgewetzt, und der Fuß selbst brannte wie Feuer. Der Geist erinnerte sich an einen verzweifelten Marsch, der irgendwie mit einem Schiffswrack zu tun hatte.

»Da, Thel!« sagte er und deutete. »Siehst du die Treffer? Hier – entlang der Wasserlinie, und noch einer unterhalb der Brücke!« Er zuckte zusammen; eine lange Narbe erschien zusammen mit einem Stück Unterarm. Ein Laserstrahl hatte ihn damals getroffen.

Thel nickte stumm. Er warf einen Blick auf den verbeulten, ausgebrannten Metallrumpf und wandte die Aufmerksamkeit dann wieder seinem Vorfahren zu. Der Navigator sah aus wie ein unvollendetes Puzzle – ein Fuß und das untere Ende einer dunkelgrünen Hose, eine Lücke, darüber die Hüften, wieder ein paar fehlende Teile im Oberkörper und an den Schultern, der linke Unterarm und die linke Hand ohne die beiden letzten Finger, dann die rechte Hand, die in der Nähe des Gürtels völlig in der Luft hing.

Thel fühlte sich zu seinem Erstaunen von diesem Sammelsurium an Körperteilen nicht abgestoßen. Im Gegenteil, er schätzte den Navigator mehr als je zuvor. So wie der Geist des Alten sein früheres Leben Stück für Stück wieder einfing, baute der Junge, der an der Schwelle der Erwachsenenwelt stand, seine Persönlichkeit auf. Vielleicht spürte er zum erstenmal, daß er dem alten Mann ebenbürtig war.

Die Gedanken des Jungen kreisten verständlicherweise mehr um den Navigator als um das Schiff. Er hatte noch nie zuvor einen Schlachtkreuzer gesehen und tat das Wrack mehr oder weniger als eine der vielen Kuriositäten entlang der Nautilusspirale ab.

Der Navigator kehrte mit gesenktem Kopf zum Highway zurück, gefolgt von Thel. Er hatte sich so an den träge dahinfächelnden Zeitwind gewöhnt, daß er die Konfrontation mit der Sterblichkeit nur schwer ertrug. Und er wußte nun auch, weshalb die Bewohner von Ferrin versucht hatten, diesem schwachen Wispern ganz zu entkommen – weil selbst die riesige Zeitspanne, die ihnen zugeteilt war, nicht ausreichte, um das Geheimnis zu enthüllen, das im Tod lag.

Sie setzten ihren Weg schweigend fort, ohne zu bemerken, daß die Menschen um sie nicht mehr so fröhlich wirkten wie zuvor. Viele der Wanderer streiften mit angsterfüllten Blicken die Küste, obwohl das Wrack längst nicht mehr zu sehen war. Andere beobachteten unsicher den Himmel. Der Navigator stieß den Jungen an und deutete auf einen Geländezug, der neben dem Highway dahinrollte. Ein gläserner Geschützturm schwenkte seine beiden Kanonenläufe hin und her; erst als die Visiere kein lohnendes Ziel fanden, senkten sich die Waffen. In diesem Moment konnte weder das anachronistische Beiwerk noch die ungeheure Größe des Zuges Thel beeindrucken. Er sah nichts als die grimmige Drohung, die von den Kanonen ausging.

Je weiter sich die beiden Wanderer von dem gestrandeten Schiff entfernten, desto mehr ließ die Angst und Anspannung nach. Die Kaufleute breiteten wieder ihre Waren aus, an den Tauschbuden entlang der Straße blühte das Geschäft, und die Menschen lächelten und winkten einander zu.

Der Highway wandte sich abermals vom Meer ab und kletterte hinauf in die Welten des Berglands. Er führte über breite Felsterrassen; wo es keine Pässe gab, durchstießen Tunnel die Bergflanken. Ein kühler smaragdgrüner und saphirblauer Schimmer, der von Leuchtbakterien ausging, verwandelte die Felsgrotten in Eispaläste.

Zwischen den Bergketten breiteten sich üppige Täler aus. Flugzeuge glitten auf Deltaschwingen zwischen den aufragenden Wänden dahin und spielten mit den geflügelten Pferden und Einhörnern, denen die Gipfel gehörten. Wasserfälle stürzten aus Höhlen im Gestein und zerstoben zu einem feinen Sprühnebel, bevor sie das Tal erreichten. Städte schmiegten sich an den Fels. Aus der Ferne wirkten die geometrisch angelegten Gebäudekomplexe und Straßenzüge wie zarte Häkelmuster. Nichts deutete darauf hin, daß unvollkommene Menschen die Ordnung und Schönheit dieser Anlagen störten. Der Navigator, von Neugier erfaßt, lieh sich von einem vorbeiziehenden Kondottiere das Fernglas und spähte in die Tiefe.

Die Stadt lag in Schutt und Asche da. Sie war nur noch Umriß, leer und ohne Substanz, über dem noch die Bilder des Lebens schwebten. Der Geist hatte sich selbst nie in einem Spiegel betrachtet, aber er konnte sich vorstellen, daß er ähnlich aussah. Er ließ Thel einen Blick durch das Fernglas werfen, dann gingen sie stumm weiter. Während ihres langen Weges nach Ferrin erwähnten sie kein einziges Mal die Staubruinen in den Bergen.

Später entdeckte der Navigator, daß eine runzelige Hautschicht die Stelle der linken Hand bedeckte, an der die beiden letzten Finger fehlten. Er hatte sie in einer der grauen Städte verloren.

8

Die gestrandeten Schiffe und die Ruinenstädte blieben Ausnahmen. Gewiß, man konnte über diese Ansicht streiten und die alte Weisheit ins Feld führen, daß auf dem Highway nur die Dinge lagen, die man wirklich suchte. Aber im großen und ganzen präsentierte der Weg die herrlichsten Schöpfungen, welche die Menschheit hervorgebracht hatte. Philosophien und Gefühle von verblüffender Einzigartigkeit und doch so einleuchtend, wenn man sie erst einmal verstanden hatte, breiteten sich vor ihnen aus wie die Leckerbissen auf einer Festtafel. Sie wiesen einige zurück, kosteten andere, und wieder andere genossen sie in vollen Zügen.

Am schwersten verständlich war natürlich das Konzept der Liebe.

Der Navigator war dieser sonderbaren Leidenschaft oft und auf vielen Ebenen begegnet, und nicht immer schien ihn die Erinnerung daran zu erfreuen. Thel hingegen war in diesem Punkte bisher passiver Beobachter geblieben.

Sie verließen die Berge mit einem Lastwagen-Konvoi, der Seidenballen, Porzellan und medizinische Geräte von Hobbs-Major zu den reichen Stadtstaaten

Frankenbourge und Sarthe brachte. Unter den Mitreisenden war auch ein junges Mädchen, das Thel an die Galionsfigur des gestrandeten Segelschiffs erinnerte. Sie war groß für ihr Alter, hatte kastanienbraunes Haar, und die Farbe ihrer Augen wechselte je nach Lichteinfall: grün im Sternenschein, dunkelbraun beim Schimmer der Lampe und goldgefleckt, wenn man dicht vor ihr stand. Das Farbenspiel faszinierte ihn, aber er wußte nicht, ob es sich dabei um etwas Außergewöhnliches handelte; bis jetzt hatte er es vermieden, Frauen aus der Nähe zu betrachten.

Thel hatte R als Fünfzehnjähriger verlassen, und obwohl er für seine Eltern seit mehr als drei Jahren verschollen galt, war er auf seiner Wanderung mit dem Zeitwind im Rücken kaum gealtert. Das Mädchen war vielleicht zwei oder drei Jahre älter als er, aber sie lebte auf den Welten entlang des Highway schon eine Zeitspanne, die in R Jahrhunderte bedeutet hätte.

Ihr wahres Alter spielte daher keine Rolle, denn der Highway war ein unglaublicher Lehrmeister – auch wenn die Lektionen in diesem Fall etwas einseitig ausfielen. Das Mädchen hatte schon mehrere enge Freundschaften zu jungen Männern unterhalten, aber das erhöhte nur die Gefühle, die sie für Thel empfand. In ihren Armen verlor Thel seine letzte Scheu vor dem Highway. Er gab die Abwehrhaltung auf und genoß es, einfach dazuliegen und die tanzenden Farben in den Augen des Mädchens ganz aus der Nähe zu beobachten.

Thel dachte in diesen Tagen kaum an den Navigator. Der alte Mann wußte das; es erfüllte ihn mit Befriedigung, daß sein Nachkomme nicht das alberne Gehabe an den Tag legte, das seine Altersgenossen in ähnlichen Situationen kennzeichnete. Thel wurde eher still und nachdenklich; sein Bewußtsein weitete sich aus.

Der Winter neigte sich dem Ende zu, als der Konvoi das Hochland verließ. Knospen brachen auf, Grashalme schoben sich aus der Erde, und auf dem Highway wimmelte es von Leben. Die Nächte wurden wieder wärmer. Dem Navigator fiel ein Flugzeuggeschwader ins Auge, das in großer Höhe dahinzog. Erst sehr viel später kam ihm der Gedanke, daß er bis zu diesem Zeitpunkt immer nur einzelne Maschinen gesehen hatte. Die Überlegung rief ihm wieder die Bilder des Kreuzers und der zu Staub zerfallenen Gebirgsstadt ins Gedächtnis. Einzelheiten, zugegeben, die sich in der Perfektion des Highway verloren, aber wie der Traum von Marne ließen sie sich nur schwer unterdrücken.

Im Laufe der nächsten Stunden dröhnten weitere Geschwader über den Highway hinweg. Sie flogen jetzt niedriger, so daß der Navigator die Bomben und Raketen erkennen konnte, die an den Unterseiten der Flügel befestigt waren. Die Maschinen vermittelten den Eindruck, als versuchten sie die ungewohnte Last so rasch wie möglich loszuwerden.

Der Navigator wartete. Er zählte insgesamt fünf Geschwader. Dann herrschte wieder Stille. Eine Herde gescheckter Flügelrosse zog über dem Weg ihre Kreise. Der Lärm der Maschinen hatte die Tiere aufgescheucht.

Der Konvoi passierte die Stelle, an der die Flugzeuge den Highway überquert hatten. Kurz danach hielt die Gruppe an und errichtete am Wegrand ein Lager für die Nacht. Dem Navigator fiel auf, daß weit draußen über dem Meer dunkle Wolkenmassen dahintrieben, welche die Sterne verdeckten. Eine halbe Stunde später klang das erste Donnergrollen auf.

Auch Thel bemerkte die drohende Wolkenwand am Horizont. Er war mit dem Mädchen durch die Wiesen am Rande des Highway geschlendert und hatte auf die

Nacht gewartet. Nun keimte in ihm der Verdacht auf, daß er der Macht von R doch nicht entronnen war, daß seine ersten scheuen Gefühle völlig fehl am Platz waren; man hatte sein Vertrauen getäuscht, und seine Welt, die einzige echte Welt, holte ihn zurück. Er warf dem Mädchen einen verzweifelten Blick zu, aber sie schien von dem Unwetter ebenso überrascht wie er. Marne kann es vielleicht erklären, dachte er, und dann fiel ihm ein, daß Marne in R war und sich damit der Kreis von selbst schloß: Marne trug an allem die Schuld. Er hatte gewartet, bis Thels Abwehr nachließ, und nun stieß er in seine Psyche vor, um sie zu zerstückeln.

Der Navigator mußte ihm helfen. Thel wandte sich wortlos von dem Mädchen ab und rannte zum Highway zurück. Er keuchte vor Anstrengung, als er seinen Vorfahren endlich erreichte.

»Offenbar ein Sturm«, meinte der Alte mit einem gleichgültigen Achselzucken. Er erwähnte mit keiner Silbe den Abgrund, der sich in seinem Innern auftat, wie um den Sturm und die grellen Blitze einzufangen.

Einer der Lastwagenfahrer kam vorbei und sah nach, ob die Anhängerplanen richtig festgezurrt waren. »Könnten wir nicht – äh – ausweichen?« fragte der Geist. Er merkte selbst, daß sein Tonfall gezwungen wirkte.

»Unmöglich.« Der Mann umfaßte mit einer weiten Geste den dunklen Horizont. »Weder dem Sturm noch dem Ding in seinem Innern!«

Thel und der Navigator sahen sich erschrocken an. »Und – was ist in seinem Innern?« fragte der Geist gepreßt.

Der Mann sah ihn verwundert an. Dann fiel ihm ein, daß die beiden noch nicht lange auf den Welten des Highway weilten. »Nun, das Dunkel«, entgegnete er leise. Ein plötzlicher Windstoß trug seine Worte davon. »Das Dunkel«, wiederholte er. »Das da draußen ist kein richtiger Sturm . . .«

Der Wind frischte auf. Er brachte einen Hauch von Verderben mit. Instinktiv, aus den Tiefen seines Rassenbewußtseins, spürte der Navigator, daß sich nichts diesem Sturm widersetzen konnte. Ein trockener, erstickender Staub trieb ihnen entgegen – Asche.

Sie sahen zu, wie sich die Wolken immer höher auftürmten, durchsetzt von grellroten und orangegelben Lichtwischern, die keine Ähnlichkeit mit echten Blitzen hatten. Dann fielen die ersten Regentropfen – warm und ätzend.

Thels schlimmste Befürchtung hatte sich bewahrheitet: das Versprechen des Highway war eine Lüge gewesen. Nun riß der Sturm das unselige Land an sich und holte es zurück in die Gewalt von R. Oder das Grollen des Donners weckte ihn aus einem langen, seltsamen Traum. Mit einemmal fühlte er sich ganz ruhig; die Wunder, denen er begegnet war, verblaßten ebenso wie das Bild des Mädchens, das ihn für kurze Zeit im Bann gehalten hatte.

Der Navigator jedoch suchte verzweifelt in seinen Erinnerungen; es gab eine Erklärung für die Dinge, die sich hier abspielten – er kannte sie, aber sie entschlüpfte ihm immer wieder. Der Regen wurde stärker. Geduckt lief der Geist zum Führerhaus des Lastwagens. Er zerrte Thel mit sich.

Die enge Kabine erzitterte unter den Sturmböen. Eine dunkle, stinkende Brühe rann über die Windschutzscheibe, und jemand meinte spöttisch, der Himmel entleere seine Jauchegruben.

Thel lachte nervös mit den anderen über diesen kleinen Scherz. Einen Moment lang erwachte er aus seiner Starre und dachte, selbst wenn er in die Wirklichkeit zurückkehrte, würden die anderen weiterträumen. Das Mädchen befand sich noch im Freien. Thels Verstand spielte mit der Frage, ob er nicht selbst die Träume verraten hatte, bevor sie sich gegen ihn wandten – und dann erfaßte ihn plötzlich die Panik. Er riß die Tür auf und rannte hinaus in den giftigen Regen. Seine Augen und seine Haut brannten sofort wie Feuer. Er hatte das Gefühl, daß er feinen Talkumpuder einatmete, der ihm die Nasenlöcher verstopfte.

Tränen wuschen ihm das ätzende Zeug aus den Augen, so daß er wieder sehen konnte. Die Bergwiese hatte sich bereits in einen rauchenden Pfuhl verwandelt. Dünne gelbe Rinnsale durchzogen sie. Als Thel wieder atmen konnte, drang ihm der Gestank von Moder und Verwesung in die Nase. Er stolperte, fiel auf die Knie und übergab sich.

Nach einer Weile richtete er sich mühsam auf und humpelte an die Stelle, wo er das Mädchen verlassen hatte. Tiefhängende Wolken verdeckten die Sterne. Zuckende schwefelgelbe Strahlen ersetzten ihr kaltes reines Licht.

Thel glaubte die Umrisse des Mädchens ein Stück weiter vorn in der Dunkelheit zu erkennen und rannte los. Aber nach den ersten Schritten riß ihn jemand an der Schulter zurück.

»Verdammt, was hast du vor!« schrie ihn der Navigator an. Der Bart des Alten bestand nur noch aus ein paar verfilzten Strähnen, und auf seiner Haut hatten sich hellrote und weißliche Blasen gebildet. Thel wußte, daß er selbst ähnlich aussehen mußte.

Er deutete in die Richtung des Mädchens. »Da ist sie! Ich kann sie nicht im Stich lassen!« Seine Zunge war geschwollen. Er spürte, wie der Regen tief in das Fleisch der Schultern eindrang, aber er hielt den Kopf gesenkt, um besser atmen und sehen zu können.

»Kein Mensch ist da draußen! Komm zurück!« Der

Junge befand sich immer noch im Griff der Panik, aber er dachte jetzt mehr an den geißelnden Regen als an das Mädchen. Er rannte weiter. Der Navigator blieb fluchend neben ihm; er versuchte nicht mehr, ihn zur Umkehr zu bewegen.

Vor ihnen tauchte eine zusammengekauerte Gestalt auf. Sie liefen noch schneller. Einen Moment lang glaubten sie, daß ihre Schritte von den dichten Wolkenwänden widerhallten, aber dann erkannten sie, daß die Laute irgendwo im Innern des Sturms geboren wurden.

Thel erreichte das Mädchen und warf sich über sie. Er spürte ihren schwachen Atem. Der Navigator stand neben ihnen, starrte in die Wolken und kreischte den drohenden Lauten eine unverständliche Antwort entgegen. Ein gewaltiger Schatten fegte über sie hinweg; sie spürten ihn mehr, als sie ihn sahen. Der Stern flackerte armselig in seinem Kristallkrug, und doch schien sein schwaches Licht sie irgendwie zu schützen. Rings um sie erwachte die Hölle.

Skelette auf fahlen Schimmeln ritten vorüber, in flatternde Gewänder gehüllt; sie schwangen Piken und Sicheln in den Knochenhänden und kreischten so schrill, daß Thel entsetzt die Hände auf die Ohren preßte. Dann folgte eine lange Kette von Fledermäusen mit grinsenden Menschenmäulern und aufgeblähten Bäuchen. Wimmernd und flügelklatschend kämpften sie gegen den Sturm an; wenn sie zu Boden stürzten, warfen sich hungrige Hyänen auf sie und zerfetzten ihr fauliges Fleisch.

Rieseninsekten krochen über den Boden. Eins hielt neben dem Navigator an und betrachtete ihn mit seinen glitzernden Facettenaugen; dann sah es den Stern und zuckte zurück. Sein Leib platzte. Glitschige Würmer quollen hervor und wanden sich um die Hufe von Zentauren, die mühsam durch den Morast stampften.

Die drei Gestalten im Lichtkegel des Sterns rückten noch enger zusammen. Weder der Geist noch Thel bemerkten, daß das Mädchen bereits tot war. Entsetzensstarre hatte sie erfaßt. Der Navigator spürte, daß in dem heulenden Vakuum seines Bewußtseins das letzte Stück Wissen aufstieg, das ihm noch gefehlt hatte; es bot ihm einen Anker im Universum der Vernunft, auch wenn es beladen war mit Gedanken und Erinnerungen.

Der Vogel Rock kämpfte mit schleimtriefenden Polypen, Basilisken und schuppige Echsen warfen sich dazwischen und wurden zerstampft von nackten Minotaurus-Ungeheuern. Plötzlich hatte der Navigator ein Schwert in der Hand. Der Regen brannte schwarze Flecken in das bläuliche Metall. Ein gefütterter Panzer aus einem säurefesten Keramikmaterial schützte seinen Oberkörper. Er hatte seine Gestalt wieder, endlich, nach vielen Zeitaltern. Aber noch besaß er nicht sein ganzes Wissen. Er konnte nicht handeln; er blieb das Geschöpf, das Spinnweben und Sternsplitter bewegte.

Der Navigator stand zwischen dem Jungen und dem Dämonenzug. Thels Sinne richteten sich auf ihn und den Schatten, den er warf; das Bild blieb konstant und gehörte einer Welt an, die er begriff. Der Junge stand auf, doch dann erinnerte ihn das Licht des Sterns an das Mädchen, das er zu schützen versucht hatte. Er beugte sich über die leblose Gestalt. In seinem Eifer hatte er ihr Gesicht tief in den beißenden Schleim und Morast gedrückt. Ihre Haut war zerfressen, ihr Haar abgesengt. Unter den aufgeplatzten Lippen und blutigen Gaumen zeigten sich ihre schönen weißen Zähne. Sie waren zu einem grotesken Lächeln verzerrt. Der Navigator sah Thel an und dann das Mädchen. Auch dem weichen Licht des Sterns gelang es nicht, einen Funken Schönheit in ihr Gesicht zurückzuzaubern. Sie war wie die Spukgestalten, die vorüberhuschten. Leid stieg in ihm auf, ein Gefühl, das der Stern zuließ, inmitten des Chaos. »Pagent?«

Der Navigator war nicht sicher, ob der Name seiner Fantasie entsprang oder ob das Mädchen ihn geflüstert hatte. Das Bild einer Frau stieg vor ihm auf. Sie hatte im Leben nicht viel Ähnlichkeit mit Thels Freundin besessen – aber im Tode glichen sie einander. Der Name schwebte zwischen die Erinnerung und die grauenhafte Wirklichkeit. »Pagent«, raunten die beiden Toten.

Wie die Kreaturen, die in einer langen Prozession vorüberzogen, veränderte sich der Navigator – aber nur um eine Kleinigkeit, einen Hauch – als das letzte Wissensfragment an seinen Platz rückte. Er murmelte den Namen vor sich hin. Dann sprach er ihn laut aus. Dann schrie er ihn in das Dunkel.

Er warf sich dem Sturm entgegen. *»Pagent!«* Der Name übertönte das Kreischen und Geifern der Dämonenhorde. *»PAGENT!«* Er trat aus dem Lichtkreis des Sterns und watete durch den Schlamm und die purpurne Finsternis.

»Ach ja«, murmelte er vor sich hin und umklammerte die Waffe fester.

Eine schnurgerade bläulichweiße Linie zerschnitt den Sturm und köpfte fünf Golems. Noch ein Hieb, und zehn Hydren wälzten sich mit zuckenden Gliedern im Morast. Eitrige Zygoten aus dem Schoß von Teufeln zerplatzten in tausend winzige Fragmente.

Der Navigator namens Pagent entfernte sich von Thel und kämpfte gegen das Chaos an. Sein Zorn wuchs, als er sah, daß er nichts gegen den Sturm ausrichtete. Als die Zentauren und Riesenspinnen vernichtet waren, wuchsen aus ihren Kadavern neue Schrekkensgestalten. Die boshafte, irrsinnige Fruchtbarkeit des Chaos war unerschöpflich, und sie machte die berserkerhafte Wut des Navigators zunichte. Ähnlich wie es das Licht des Sternsplitters getan hatte, schufen Pagents Schreie und Pagents Waffe eine winzige Oase inmitten des Sturms, die das Chaos abhielt. Er fühlte sich wie ein Ertrinkender, sobald er erkannt hatte, daß es den Unholden einfach gleichgültig war, wie viele von ihnen dahingemetzelt wurden – sobald er erkannt hatte, daß sein Zorn sie überhaupt nicht berührte. Das Vertrauen in die Logik und in die Waffe, die diese Logik zum Ausdruck brachte, schwand. Allein konnte der wiederentdeckte Name des Navigators ein rational funktionierendes Bewußtsein nicht aufrechterhalten. Und in gewisser Hinsicht war das gut so, denn Pagent stumpfte ab wie Thel. Automatisch schwang er die Waffe und tötete seine Widersacher, einen nach dem anderen, doch Hunderte wuchsen nach, und sein Arm und sein Zorn erlahmten.

9

Pagent kauerte auf einem Felsvorsprung. Er hatte noch nicht so recht erfaßt, daß der Sturm abgeflaut war. Sein Verstand sog sich an Einzelheiten fest – an den Stiefeln, die im Schlamm versanken, und an seinen geschwollenen, blutverkrusteten, schmerzenden Händen.

Der Sturm hatte seine Toten nicht zurückgelassen, und das verstärkte nur das Gefühl der Unwirklichkeit, das sich zwischen ihn und den Traum des Highway schob. Der zersetzende Regen war zum Großteil im Boden versickert; allmählich begann der Schlamm zu erstarren, und die ersten zähen Gebirgsgräser durchbrachen seine Decke. Der Navigator schlug sich mit den Fäusten gegen die Stirn. Er versuchte das Chaos der Gedanken und Erinnerungen in seinem Innern zu ordnen.

Ein Blick nach Norden zeigte ihm die meilenbreite Spur, die der Sturm hinterlassen hatte. Sie zog sich durch die Ebene, überquerte den Highway dicht neben ihm und verschwand in den Bergen; schwarze, geborstene Felsen kennzeichneten den Weg des Sturms.

Der Highway selbst sah auf einer Länge von ein oder zwei Meilen grauenhaft aus. Zwar hatten die Marmorplatten kaum unter der Wut des Sturms gelitten, aber der Verkehr war völlig lahmgelegt. Flachgewalzte Blechwracks lagen auf der Fahrbahn. Der Lastwagen-Konvoi, der Pagent und den Jungen mitgenommen hatte, bestand nur noch aus Trümmern; der Gestank von verbrannten Gummireifen hing in der Luft. Dicht neben der Straße lag ein umgekippter Geländezug. Seine Magnesiumladung hatte Feuer gefangen; das grelle Licht erinnerte schmerzhaft an R. Männer und Frauen irrten durch den Wirrwarr und suchten nach toten Weggefährten. Schweigen lag über der Straße. Es war das Schweigen des zerstörten Kreuzers und das Schweigen der grauen Gebirgsstadt – leer, erschöpft, völlig ausgehöhlt.

Pagent fand Thel neben dem toten Mädchen. Seine Züge wirkten entspannt, auch wenn sie gezeichnet waren von Leid und Gewissensqualen. Aus einem seiner Mundwinkel rann ein dünner Speichelfaden; die blauen Augen starrten die Tote an, ohne sie zu sehen. Der Junge kniete am Boden, mit hängenden Schultern, und seine Finger berührten den zähen Schlamm. Neben seiner rechten Hand lag der Kristallkrug mit dem Stern.

Der Navigator sprach ihn einige Male an, aber es wunderte ihn nicht, daß er keine Antwort erhielt. Schließlich faßte er Thel unter den Schultern und zog ihn hoch. Lange Hautfetzen lösten sich von den Knien des Jungen. Pagent hob den Kristallkrug auf, wischte ihn sauber und steckte ihn in die Tasche.

»Ein Glück, daß du die Schmerzen nicht spürst, mein

Kleiner«, murmelte er, als er sein Hemd in Streifen riß und damit die blutenden Knie des Jungen umwickelte. »Gehen wir!«

Sie wankten zurück zum Highway und setzten ihren Weg in die Ebene fort. Der Himmel hatte seinen gewohnten Saphirschimmer. Aus den Bergwelten kamen Rettungskolonnen, Kranwagen entfernten die verbeulten Fahrzeugwracks von der Straße, und Ärzte von Layne und Abingdon kümmerten sich um die Überlebenden. Pagent bat einen von ihnen, Thels Wunden zu versorgen. Selbst die Natur schien bemüht, die Spuren der Katastrophe so schnell wie möglich zu beseitigen. Aus der harten, gesprungenen Schlammschicht drangen Gräser und Blumen und bedeckten den zerfressenen Boden. Das tote Mädchen war vom Highway aus nicht mehr zu sehen. Gelbe und scharlachrote Blüten umrankten sie.

Auch der Verkehr normalisierte sich. Die Zauberer und Gaukler in ihren farbenfrohen Gewändern, die Fürsten und edlen Damen betraten zaghaft den leergefegten Streifen des Highway und erfüllten ihn mit neuem Leben. Kurze Zeit danach war es, als hätte der Sturm niemals zugeschlagen. Nur die Bombengeschwader, die in unregelmäßigen Abständen über die Straße hinwegdröhnten, erinnerten daran, daß sich etwas Außergewöhnliches ereignet hatte. Sie folgten dem Chaos in die verlassenen Bergwüsten, um es dort mit Kanonen, Bomben und Raketen zu bedrängen. Pagent bezweifelte, daß sie damit mehr Erfolg haben würden als er.

Thel schlug die Augen auf und gähnte.

»Nun, geht es besser?« Das war der Navigator. »Ich dachte mir fast, daß du es diesmal schaffen würdest.« Sie lagerten in einem Pappelhain, neben einer silbrigen Quelle, die Kühle und Frische ausstrahlte. In der Ferne erkannte Thel das helle Band des Highway.

»Ich habe sie verloren, nicht wahr?« fragte er.

»Du kannst von Glück reden, daß du selbst am Leben geblieben bist.« Der Navigator lächelte, um die Plumpheit seiner Worte zu überdecken. »Es gab keine Möglichkeit, ihr zu helfen. Aber das alles ist nun schon eine Weile her.«

Thel schaute verwirrt auf. Seine letzten Eindrücke waren die Bilder des Sturms und das säurezerfressene Gesicht des Mädchens. »Wie lange?«

»Etwa ein Jahr.«

»Ich habe all die Zeit versäumt?« Er starrte seine Narben an. Die neue Haut war rosa und noch empfindlich.

»Eine normale Reaktion auf den Schock.« Pagent rieb sich nachdenklich das Kinn. »Natürlich, es war ein Jahr auf dem Highway. Das bedeutet tausend Jahre oder noch mehr in R.« Der Geist log. Thel wußte es, aber er klammerte sich gern an den Glauben, daß sein Mädchen vor tausend Jahren gestorben war. Das schuf eine schützende Mauer, einen dicken Trennungsstrich zwischen dem Jetzt und der Nacht des Sturms.

»Habe ich viel versäumt?« Er schaute zurück und bemerkte die Berggipfel; sie waren keine Tagereise von der Stelle entfernt, an der das Chaos gewütet hatte. Zum erstenmal bedauerte Thel, daß die Zeit auf dem Highway nicht ebenso schnell verrann wie in R.

»Oh, es geht.« Der Navigator merkte, daß Thel die Lüge akzeptierte. »Wir wanderten nach dem Sturm rasch weiter . . .«

»Es war kein Sturm«, unterbrach ihn der Junge. »Der Fahrer hat es gesagt. Weiß man, woraus die dunklen Wolken bestanden? Und hat man sie besiegt?«

Der Navigator schüttelte den Kopf, ein wenig erleichtert, daß er seine Lüge nicht weiter auszubauen brauchte. »Unser Fahrer hatte recht. Das Ding sah nur aus wie ein Sturm. Aber das merkte ich erst, als ich draußen stand und kämpfte und niemand die geringste Notiz von meinem Kampf nahm.

Die Wolkenwand war ein Fragment des Chaos, ein Ausläufer der Macht, die sich ins Innere der Nautilusmuschel drängte, als der Tagstern zusammenbrach. Chaos, Finsternis, das Böse – ich glaube, all diese Namen treffen zu.«

Der Junge schauderte. Er stellte sich den Sturm in seiner Urform vor, eine unüberschaubare schwarze Masse, die sich durch die Schöpfung wälzte, von einer Welt in die nächste, alles verschlingend, alles Leben vernichtend.

Pagents Geschichten vom Rückzug aus Ferrin fielen ihm wieder ein. Er hatte sich das Dunkel kindlicher vorgestellt: eine große Gewitterwolke, welche die fliehenden Menschen mit ihren Blitzen verfolgte. Nun spürte er einen schwachen Hauch des Entsetzens, das in jener Ära geherrscht haben mußte. Der Wahnsinn nahm Form und Gestalt an. Thel begriff nicht, wie es der Menschheit überhaupt gelungen war, dieser Gewalt zu entrinnen.

»Und die Zeit hat das – das Chaos zum größten Teil vernichtet?« Es fiel dem Jungen schwer, über diese abstrakten Dinge zu sprechen, als seien es endliche, durchschaubare Begriffe. Er wußte, daß der Sturm nicht aus einer Horde geifernder Dämonen bestanden hatte, wie es ihm seine Sinne vorgegaukelt hatten. Aber es war für sie die einzige Möglichkeit gewesen, das Wesen der Finsternis zum Ausdruck zu bringen.

»Letzten Endes tötet die Zeit alles.« Pagent warf einen Blick zum Highway und verlagerte unbehaglich sein Gewicht von einem Bein auf das andere. »Der Zeitwind vernichtete einen Großteil des Chaos, indem er es ordnete – indem er es zwang, sich den Spielregeln des Todes anzupassen. Aber einige Fragmente sind ihm entwischt – oder besser gesagt eins, denn ich habe keine Anhaltspunkte dafür, daß es noch mehr Ausläufer der Finsternis gibt.« Das stimmte nicht, aber er hielt es für unnötig, den Jungen mit seinem Argwohn zu beunruhigen. »Letzten Endes« – er lächelte über diesen Ausdruck – »letzten Endes wird auch dieser Sturm sterben. Der Zeitstrom erfaßt alle Welten entlang der Spirale, und er wird auch dic Drachen und Dämonen und anderen Ausgeburten der Hölle zernagen, bis sie aufgelöst oder tot sind.« Pagents Worte warfen eine Frage auf, die Thel nicht laut zu stellen wagte: Starb das Chaos, oder trieben Geister des Sturms durch die verschiedenen Welten, so wie der Navigator durch R getrieben war, unsterblich, aber unfähig zum Handeln?

Thel zuckte die Achseln; der Navigator legte die Geste als Bestätigung seiner Theorie aus. Keiner von ihnen sprach; und keiner erwähnte, daß sich der kleine Finger an Thels rechter Hand in einen verschwommenen Umriß aus Kalkstaub verwandelt hatte. Sie schlenderten über den Grashang zurück zur Marmorschleife des Highway.

Die Straße hatte durch den Sturm nichts von ihrem Zauber verloren. Selbst der Tod des Mädchens gliederte sich allmählich in ihr Schema ein. Thel gelang es, die Bilder in seinem Innern zu löschen, bis nur noch die Erinnerung an die dunkle Wolkenwand blieb, die sich für immer mit dem Begriff des Chaos verband.

Sie drangen in die größten Welten ganz am Rande des Highway vor. Gigantische Städte türmten sich zu beiden Seiten der Straße auf wie die Gebirgsketten, an denen sie früher vorübergekommen waren. Der Highway selbst verbreiterte sich, um die dichte Flut des

Verkehrs aufzunehmen. Thel wollte die Welten wie bisher gemächlich durchwandern und sich mit jeder vertraut machen. Der Tod des Mädchens hatte ihn eine Zeitlang dazu gebracht, die Schranken in seinem Innern neu aufzurichten. Doch nun wagte er sich allmählich wieder aus der Isolation hervor; der Glaube, daß ihn tausend Jahre von jenem Ereignis trennten, half ihm dabei.

Pagent jedoch, der die Dinge bisher in einem ähnlichen Licht betrachtet hatte wie der Junge, erlebte mit einemmal etwas anderes. Ein Gefühl der Unruhe und des Schmerzes erfaßte ihn, das er anfangs nicht begriff. Hatte er nicht alles wiedergewonnen, was ihm die Schöpfung einst gegeben hatte? Nach langem Nachdenken erkannte er, was ihn quälte: Die Wiedererlangung der Substanz hatte notwendigerweise die Sterblichkeit mit sich gebracht. Jetzt, da er wieder einen Namen besaß, hatte der Tod ein genaues Ziel, das er verfolgen und aushöhlen konnte. Gewiß, der Hauch des Zeitwinds war in den größeren Welten der Nautilusmuschel unendlich schwach; es würde viele tausend Jahre dauern, bis er zu altern begann, und wiederum viele tausend, bis er starb, aber das Ende kam, unentrinnbar, weil er sich etwas zurückerobert hatte, das der Zeit und damit dem Tod zustand.

Er nahm an, daß er umkehren und den Continental Highway zurückwandern konnte, bis ihn die Zeit wieder zernagt und zu einem Nichts reduziert hatte. Aber inzwischen hatte er Angst vor der Zeit bekommen; wenn sie die Macht besaß, das Chaos und die geifernden Ungeheuer der Nacht zu vernichten, konnte sie nicht auch ihn töten, sobald er sich ihr entgegenstemmte?

Pagent begann seine Schritte zu beschleunigen, denn nun hatte er etwas zu verlieren. Mit jeder Meile, die er vorankam, floß der Zeitstrom träger. Eine Hoffnung keimte in ihm auf, die gleiche Hoffnung, welche die Menschheit schon einmal beflügelt hatte: War es möglich, diesem Zeitstrom ganz zu entrinnen? Gab es einen Weg, die Nautilusmuschel für immer zu verlassen? Der Navigator betrachtete immer häufiger den kleinen Sternsplitter. Er überlegte, ob Ferrin noch existierte und was aus ihrem Ewigkeitstraum geworden war.

Das Wrack des Segelschiffs und die Tatsache, daß man Äonen nach der Katastrophe immer noch die Splitter des Tagsterns einsammelte, sprachen dafür, daß die Bewohner Ferrins nicht aufgegeben hatten. Außerhalb der Nautilusmuschel herrschte das Chaos und ein unergründliches Mysterium, aber wenn es gelang, den Tagstern zu vervollkommnen, wenn man ihn noch einmal in das Dunkel schickte und wenn sein Leuchten das Chaos zurückhielt ... Pagent umkrampfte den Kristallkrug mit schweißnassen Händen.

Thel spürte die Veränderung, die in dem alten Mann vorging, wenn er auch nicht begriff, worin ihre Ursache lag. Er mußte sich beeilen, um dem Navigator auf den Fersen zu bleiben. So brach er von den einzelnen Welten sehr viel rascher auf, als er geplant hatte, und von seiner Substanz blieb kaum etwas auf dem Highway zurück.

Wieder einmal führte die Straße der Küste entlang. Sie hatte sich verbreitert; das Sternenlicht ließ ihre Marmordecke in einem kalten Weiß schimmern. Viele Wanderer, denen sie begegneten, verrieten die gleiche Hast und Panik wie der Navigator. Ihre Gesten waren nervös, und die Gespräche, die sie führten, drehten sich stets um Ferrin und die Überreste des Tagsterns.

Der Highway erklomm eine Hochebene, die Thel und den Navigator an das Flußdelta von R erinnerten. Flugzeuge durchschnitten den Himmel, dunkle Silhouetten gegen das Sternenlicht. Der kleine Lichtpunkt in seinem Kristallgehäuse brannte plötzlich mit einer Helligkeit, die sich keiner von ihnen erklären konnte.

Nun beschleunigte auch Thel seine Schritte, ohne recht zu wissen, weshalb. Die Wirbel des Zeitwinds deuteten an, daß sie sich der Grenze der Schöpfung näherten. Und dann sahen sie den Leuchtturm.

Er stand auf einer Stufenterrasse und ragte mehr als tausend Fuß in den Himmel. Rote und grüne Strahlen schossen durch die Delta-Ebene und tasteten sich wie bunte Finger aufs nächtliche Meer hinaus. Sie gingen an dem gigantischen Bauwerk vorbei und spähten über den Rand der Klippen. Verwirrt betrachteten sie den Fluß und das weitverzweigte Netz seiner Mündungsarme.

In diesem Moment flammte ein Lichtpunkt an der Stelle auf, wo sich R befinden mußte, gefolgt von einem zweiten und dritten. Eine glitzernde Zauberwelt breitete sich zu ihren Füßen aus – hohe Türme, Parks, Promenadenplätze, Prachtstraßen und weitgespannte Brücken.

»Ferrin«, flüsterte der alte Mann.

»Nein«, widersprach Thel. »Es muß R sein. Siehst du das Delta und die Inseln?«

»Es ist Ferrin. Vielleicht liegt es in der Nähe von R.«

»Aber wir sind drei Jahre lang über den Highway gewandert. Das entspricht Jahrtausenden in der Welt von R. Du glaubst doch nicht im Ernst, daß wir im Kreis umhergeirrt sind?«

Pagent schüttelte den Kopf. »Erinnerst du dich an die Spirale? Wir sind durch die Zeit zurückgekehrt an denselben Ort.«

Der Junge nickte.

»Wir haben nur die Möglichkeit, von einer Welt in die nächste vorzudringen oder in die vorherige zurückzukehren. Abkürzungen gibt es nicht. Um diesen Ort hier zu erreichen, mußten wir sämtliche Welten der

Schöpfung durchqueren, eine nach der anderen, die gesamte Zeit zu durchmessen.« Pagent machte eine kreisende Handbewegung. Ein rosiger Lichtstreifen, ähnlich der Dämmerung von R, breitete sich am Rande des Ozeans aus; merkwürdigerweise schwächte er den Glanz der Stadt nicht im geringsten ab. »Aber wenn wir uns vorstellen, daß irgendein verborgener Weg geradlinig durch die Spirale führt, dann befinden wir uns in der Tat ganz in der Nähe von R.«

Thel deutete zum Delta hinunter. »Anfang und Ende der Spirale liegen also dicht nebeneinander?«

»So etwa.« Der Navigator nahm dem Jungen vorsichtig den Kristallkrug aus der Hand. »Aber das wahre Ende kann nur der Tagstern finden.«

In diesem Moment war er überzeugt davon, daß er dem Tod doch noch entrinnen konnte.

10

Bunte Flaggen wehten am Wegrand, als sich der Highway in die Ebene senkte. Die Wälder blieben zurück, und duftende Kleefelder säumten die Straße. Hin und wieder bemerkte Thel Bäume, die ihn an Trauerweiden erinnerten; aber die Unterseiten der langen schmalen Blätter waren golden, und wenn der Wind durch die Zweige fuhr, blitzte ein kaltes Feuer auf.

Die ersten Häuser wirkten bescheiden und lagen weit verstreut in der Landschaft. Es dauerte eine Weile, bis sie auf vornehmere Bauwerke stießen – Villen und Gutshäuser, die Ähnlichkeit mit den Vororten reicher Handelsstädte wie New Glory und Teel hatten. Hier jedoch fehlte der protzige Pomp; die Bauwerke von Ferrin zeichneten sich durch Eleganz, Anmut und Reinheit der Linien aus.

Der Highway selbst begann sich kaum merklich in eine Parklandschaft einzugliedern. Baumgruppen und Ziersträucher lockerten ihn auf und teilten ihn, so wie die Delta-Inseln das Wasser des Mittag in unzählige Arme teilten. Thel und der Navigator spürten den unendlichen Frieden, der über der Stadt lag – trotz der Betriebsamkeit, die überall herrschte.

Auf den Straßen wimmelte es von Motorfahrzeugen. Flugzeuge durchschnitten den Nachthimmel. An den Kaianlagen warteten schnelle Fähren, die von einer Insel zur anderen kreuzten. Männer und Frauen standen in Gruppen beieinander und plauderten, befreit von der Panik, die auf dem letzten Teil des Highways geherrscht hatte. Brücken aus Metall und Glas spannten sich über das Wasser, von innen beleuchtet wie die goldenen Blätter der Trauerweiden. Das alles wirkte so frei und leicht, daß man keine Sekunde auf den Gedanken kam, der Traum des Highway könnte zu Ende sein. Das Gefühl der Schönheit und des tiefen Friedens erneuerte sich unentwegt.

Pagent und der Junge standen unschlüssig vor einer Brücke aus schwarzem Basalt, durchsetzt von Glimmer und Kristallen. Zu ihren Füßen schimmerte jadegrünes Wasser. Sie wußten nicht, wohin sie sich zuerst wenden sollten.

Ein junger Astronom, ganz in Grün gekleidet, mit einer ledernen Instrumententasche über der Schulter, bemerkte ihr Zögern und fragte, ob sie Hilfe benötigten. Dann jedoch sah er den Stern, den Pagent umklammerte. »Ah, ihr müßt die Mariot-Brücke zur Insel Ransom überqueren. Dort liegen die Fähren, die euch zu den Türmen bringen.«

»Zu den Türmen?« Die beiden Neuankömmlinge sahen ihn fragend an.

»Ja, gewiß.« Eine Spur von Ungeduld schlich sich in

seine Stimme. »Dort werden die Sternfragmente gesammelt.«

Der Navigator preßte die Lippen zusammen. Der kleine Stern hatte ihn und den Jungen ans Ziel geführt, und eigentlich benötigten sie ihn nicht mehr. Aber immer noch, so wie damals, als Marne mit ihm in Streit geraten war, betrachtete er das winzige Licht als seinen Besitz. Wenn er den Stern aufgab, ging ihm sein besonderer Glanz verloren; er war wieder blind und mußte sich über den Highway zurücktasten, bis er das grelle Licht der Sonne von R erreichte. Thel empfand diese Dinge noch stärker, denn er hatte keine Erinnerung an den ersten Tagstern; er wußte nicht, daß der Splitter, vereint mit Milliarden ähnlicher Fragmente, über die Zeit hinausleuchten konnte – daß er nicht nur eine oder zwei Meilen des Highway erhellte.

Der junge Astronom hatte sich von ihnen verabschiedet und verschwand in der Menschenmenge. Sie betraten, immer noch ein wenig zögernd, die Brücke. Der Stern hatte sie während des Sturms geschützt; vielleicht brauchten sie seinen Schutz auch jetzt, in den Gärten und Parks von Ferrin.

Und dann, mit einemmal, stand vor Thel das Bild des toten Mädchens, das er so lange aus seiner Erinnerung verbannt hatte. Das Licht des Sternfragments hatte sie nicht retten können . . .

Ohne daß es der Navigator bemerkte, setzte sich ein Zweifel in dem Jungen fest, der größer und gewichtiger wurde, je weiter sie in die Stadt vordrangen. Er begann den Sinn eines zweiten Tagsterns in Frage zu stellen – etwas, das sein Vorfahr in all den Jahrtausenden seiner Existenz nicht getan hatte.

Thel und Pagent schlenderten durch Ferrin, und für eine Weile schoben sie das Problem, was mit dem Stern geschehen sollte, in den Hintergrund. Der Glanz der Stadt schlug sie in ihren Bann.

Die inneren Flächen von Ferrins Inseln gehörten den Märkten, den Kathedralen, den Labors, den Bibliotheken und Wohnhäusern. Aber sobald man sich dem Wasser näherte, schien das Leben rascher zu pulsieren; man sah den Unterschied nicht, aber man spürte ihn.

Segelschiffe, Thels Traum seit langer Zeit, lagen in den Häfen. Fabriken, Lagerhäuser und Flugzeughallen säumten die Ufer. Und überall gab es Werften, in denen Schiffe entstanden – Schiffe aus Silber und Bronze, Schiffe aus Stahl und Rosenholz, Schiffe mit Turbinen und Schiffe mit mächtigen Segelmasten, Kriegsschiffe und Handelsschiffe. Ferrin schien entschlossen, sämtliche Weltmeere mit seinen Schiffen aufzufüllen.

Aber selbst in dieser Betriebsamkeit ging die Atmosphäre des Friedens niemals verloren. Pfauen und Antilopen streiften durch die Werftanlagen, und im Wasser spielten Delphine und Sägefische.

Thel und der Navigator durchstreiften das Paradies der tausend Inseln, sahen den Bewohnern von Ferrin bei der Arbeit zu und wehrten höflich ab, wenn man ihnen riet, das Sternfragment zu den Türmen zu bringen. Einer der Männer, mit dem sie auf diese Weise Bekanntschaft machten, hieß Bauer. Er war alt, viel älter als Marne, aber seine Haut wirkte so glatt wie das Metall der Leuchttürme, die sich über den Hügeln erhoben.

Er war in seiner Jugend Metallgießer gewesen und hatte bei der Errichtung der Säulen geholfen, von denen der Tagstern sein Licht ausstrahlte. Er hatte in Ferrin gelebt, als der Stern zerbrach und der ungeformte Urstoff, das Chaos, durch die Nautilusmuschel tobte. Pagent sah die Brandnarben an den Armen des Alten und fragte sich, ob er ihn früher vielleicht gekannt hatte.

Inzwischen hatte Bauer die aktive Mitarbeit bei der Zusammensetzung des zweiten Tagsterns aufgegeben.

Er arbeitete als Kartograph und besaß ein eigenes Studio an den Docks von Rolt, einer großen Insel direkt gegenüber den beiden Sternsäulen, die den Hafeneingang bildeten. Von dort aus beobachtete er die Schiffe, wie sie zu ihren Erkundungsfahrten aufbrachen oder mit geflickten grauen Segeln, ausgefranster Takelage und notdürftig reparierten Masten heimkehrten. Er beobachtete sie nicht ohne Sorge – besonders diejenigen, die im Zeitwind segelnd Fragmente des Tagsterns aufspürten.

»Was war dieser Tagstern eigentlich genau, Bauer? Ich habe ihn nie aus der Nähe betrachtet.« Die drei Männer saßen auf einer Terrasse vor dem Studio. Bauer hatte vor sich eine Skizze des neuentdeckten Kontinents Kenkannon liegen, die er mit allen möglichen mythischen Tieren schmückte.

»Das gleiche wie euer kleines Bruchstück – nur daß er sich über den ganzen Himmel ausbreitete.« Er kratzte sich mit dem Ende des langen Holzpinsels am Kinn. »Oh, es war ein herrlicher Anblick, als wir ihn damals errichteten. Der erste Turm befand sich auf jenem Stufenfundament über deiner Heimatstadt, Thel. Es war der größte überhaupt, denn er diente dem Stern als eine Art Anker. Der Turm fing den Zeitwind auf und lenkte ihn so, daß er die Materie unseres Tagsterns durch die gesamte Spirale trieb. Es gab noch mehr Säulen entlang dem späteren Highway, aber sie waren kleiner, weil wir die Energie des Tagsterns nicht verschwenden wollten. Am Ende erreichte die Materie diese Türme . . .« Er deutete mit einer eleganten Handbewegung auf die hohen Konstruktionen, die sich von den Inseln abhoben – »wurde verarbeitet und in das Dunkel hinausgesandt.«

Pagent nickte nur; er kannte die Erzählungen über den Tagstern.

»Aber was der Stern eigentlich darstellt – ich weiß

es nicht. Schon damals, als er am Himmel strahlte, gab es keine vier Leute, die es erklären konnten.« Bauer begann Teile seiner Skizze zu schraffieren. »Heute werdet ihr keinen einzigen mehr finden.«

Der Navigator hatte Angst, daß sich ein Unterton der Besorgnis, der Enttäuschung in seine Stimme schleichen könnte. Er stand auf und beugte sich über den Zeichentisch, als wolle er die Karte studieren.

»Dann wird es keinen zweiten Tagstern geben . . .«

»Das habe ich nicht behauptet«, entgegnete Bauer leichthin. »Ich sagte lediglich, daß wir nicht wissen, *was* er ist. Wir können einige der Fragmente selbst herstellen, wenn auch nur unter großen Schwierigkeiten. Deshalb suchen unsere Schiffe überall nach den Splittern des ersten Tagsterns, der wie ein Spiegel zerbrach. Das Chaos und der Zeitsturm verstreuten sie in der gesamten Schöpfung. Niemand kann sie wahrnehmen, denn sie verhalten sich wie echte Sterne – auch das ist ein Rätsel für uns – oder weil die Menschen sich sträuben, die Existenz von Ferrin anzuerkennen.

Mit den Teilen, die wir selbst herstellen, und den anderen, die unsere Schiffe finden, werden wir irgendwann einen neuen Versuch wagen.« Er sah Pagent an, und die beiden alten Männer lächelten, als seien sie überzeugt, daß das Experiment diesmal gelingen würde.

»Und die Zeit und der Tod und all die Stürme – sie werden uns nie mehr berühren?« fragte Thel mit ruhiger, respektvoller Stimme.

»Natürlich nicht. Ah, meine Lieben, ich war eine Zeitlang mit dem Stern draußen, jenseits der Spirale. Diese Schönheit und dieser Frieden! Eine Perfektion, die man sich nicht vorstellen kann! Selbst hier in Ferrin nagt die Zeit an uns und unseren Werken. Selbst in dieser schönsten aller Städte gibt es Friedhöfe.« Bauer blickte über den Hafen. »Das Land jenseits der Spirale ist so weit entfernt von Ferrin wie Ferrin von R.«

Er stand auf und trat neben Pagent, der am Rand der Terrasse stand. Thel starrte seinen Stern an und versuchte sich das Land der Verheißung vorzustellen, das Bauer und der Navigator ihm in leuchtenden Farben schilderten.

Thel und sein Vorfahr blieben eine Weile bei Bauer und gewöhnten sich nach und nach an den Zauber von Ferrin. Einmal fuhren die drei mit einem Taxiboot zu einer Insel in der Mitte des Deltas. Pagent hatte den Stern Bauer gegeben, und der Kartograph führte sie zu einem Komplex von Universitätsgebäuden. Es waren wunderliche alte Bauwerke, mit Brüstungen und bizarren Wasserspeiern aus Stein verziert; Efeu rankte sich um die Fassaden, bis sie von dem grünen Wall nahezu erdrückt wurden. Aber inmitten dieser ehrwürdigen Bauten ragte ein Navigationsturm auf; seine glatte Metalloberfläche bildete einen starken, aber nicht unangenehmen Kontrast zu den Backsteinmauern.

Neben dem Turm befand sich ein niedriger Betonbunker, überwachsen von purpurnen Schlingpflanzen. Die drei betraten ihn und warteten, bis eine ältliche Frau am Ende des Korridors erschien. Sie trug einen weißen Kittel und wirkte ebenso streng und steril, wie es der Turm und der Bunker getan hätten, wenn sie nicht vom Zauber Ferrins umgeben gewesen wären.

Bauer überreichte ihr den Stern. In der schwachen Beleuchtung des Bunkers brach sich sein Licht grell an den Metallwänden des Korridors. Die Frau schloß ihre Finger um den Stern, und die Augen der Besucher mußten sich wieder an die Dämmerung gewöhnen.

Sie wollten sich schon wieder zum Gehen wenden, als der Kartograph leise ein paar Worte mit der Frau wechselte. Sie nickte und forderte die drei mit einer

Handbewegung auf, ihr zu folgen. Am Ende des Korridors war ein Lift, den sie betraten. Minutenlang bewegte sich die enge Kabine mit einem leisen Summen in die Tiefe. Thel kämpfte gegen ein Gefühl der Klaustrophobie an; er überlegte, ob sich in der Leuchtturmruine von R ähnliche Schächte befanden, zugedeckt von Geröll und Stechginster.

Eine Doppeltür glitt auf, und die Frau führte sie durch einen weiteren Korridor, breiter als der erste und aus rauhem Beton. Nach vielen Biegungen erreichten sie eine wuchtige Metalltür; sie war unversperrt und schwang geräuschlos auf, als die Frau dagegendrückte. Der Raum dahinter enthielt eine Reihe von Tischen, und auf jedem Tisch lagen zahllose Sternfragmente ausgebreitet. Selbst die Frau, die offensichtlich hier arbeitete, wurde von dem hypnotischen Glanz geblendet. Die drei Besucher starrten in das gleißende Licht; Formen und Farben schienen sich darin zu bewegen; man hatte den Eindruck, daß der Zauber von Ferrin eine echte physische Kraft war, angezogen von der Energie, die sich hier entfaltete.

Die Frau drehte sich um und schaute in den dunklen Korridor, damit sie den Willen aufbrachte, die Tür wieder zu schließen. Und als sie es getan hatte, starrten Pagent, Bauer und Thel immer noch den gleichen Punkt an, als hätte das Metall sie nicht von dem Glanz der Sternfragmente abgeschnitten. Erst als sie sich wieder unter dem Saphirhimmel von Ferrin befanden, kamen sie zur Besinnung.

Thel blieb lange Zeit sprachlos. Auch die Wunder des Highway hatten ihn in keiner Weise auf die Herrlichkeit vorbereitet, der er hier begegnet war. Dabei hatten sie nur einen einzigen Raum gesehen. Das Land unter dem Mittagsfluß mußte ein funkelndes Paradies sein. Nur ein Bruchteil der Energie wurde in die Navigationstürme weitergeleitet. Er überlegte, ob er je in der Lage sein würde, Träume wie den Tagstern zu erfassen, oder ob sie ihn lähmen und narren würden wie der Sturm. Ein einziges Fragment von der Größe eines Staubkorns hatte ihn und den Navigator durch die gesamte geordnete Schöpfung geführt. Der Gedanke, daß man eine solche Energie unendlich vervielfachen konnte, erschreckte ihn. Das hier war völlig fremder Boden, und seine Fantasie beschwor Stürme herauf; aber sie waren silbern und nicht schwarz, ihre Blitze golden anstatt purpurn, aber sie gingen ebenso weit über sein Verständnis hinaus wie das Chaos.

Pagent und Bauer hatten den ersten Tagstern gesehen und das Land gekannt, das er enthüllte. So erschütterte sie der Anblick des unterirdischen Raums nicht in der gleichen Weise wie Thel. Die beiden zogen sich, ohne es zu merken, von dem Jungen zurück.

Der Navigator schaute Thel nach, als er langsam das Universitätsgelände verließ, die Blicke abwechselnd auf den Navigationsturm und auf die beiden alten Männer gerichtet. Er hielt den Jungen nicht zurück. Der Gedanke, daß er dem Tod nicht mehr hilflos ausgeliefert war, löschte alles andere aus. Erst nach geraumer Zeit merkte er, daß er im Kreis um eines der Universitätsgebäude gegangen war und erneut vor dem Betonbunker stand.

Thel war inzwischen die Lorbeer-Allee entlanggegangen und hatte den Fluß erreicht.

11

Thel überquerte eine Brücke aus burgunderrotem Glas und verließ die Insel. Der Zauber von Ferrin war immer noch echt und allgegenwärtig, aber nun konnte der Junge nicht mehr genau sagen, woher er kam. Die überwältigende Größe des Tagsterns und seiner Mission beeinflußte alles, was er sah.

Er wußte, daß sich überall am Wasser Schiffswerften befanden, aber nun erfuhr er, daß nur auf der Akademie-Insel die schnellen Segelboote gebaut wurden, die in der Zeit auf die Suche nach Sternfragmenten gingen. Hier herrschte nicht die hektische Betriebsamkeit der übrigen Werften, sondern die verhaltene Stille der inneren Inseln. Gärten und Parks säumten das Wasser, und Rehe, Gazellen und Leoparden waren hier häufiger anzutreffen als anderswo. Im Hafen spielten Delphine und Tümmler mit den Seeleuten, welche die neuen Schiffe startklar machten.

Das wirbelnde Gemisch aus Furcht und Triumph, das die herrlichste Stadt am Ende einer langen Reihe immer größerer und schönerer Schöpfungen kennzeichnete, war hier auf der Akademie-Insel gedämpft. Ihre verzauberten Schiffe hatten die Aufgabe, zurück in die anderen Welten der Nautilusspirale zu segeln. Man konnte nichts tun, bis sie mit ihren Sternfragmenten zurückkehrten. Die anderen Schiffe von Ferrin legten zum Teil viel weitere Strecken zurück, aber nur Segelboote waren in der Lage, die Welten am Rande der Muschel zu erreichen und dem Zeitsturm zu trotzen. Langsam entstanden die Schoner und Klipper aus geschnitzten Edelhölzern; gezähmte Falken und Kormorane halfen den Schiffszimmerleuten beim Errichten der Masten und den Matrosen beim Spannen der Takelage.

Auf der Akademie-Insel hatte man einen Weg eingeschlagen, der so gefährlich und heroisch war wie alle großen Unternehmen der Geschichte der Menschheit, der sich aber deutlich von dem passiven, vertrauensseligen Warten Ferrins unterschied. Man holte aus allen Welten der Schöpfung die Sternenmaterie zusammen, um damit etwas Neues zu formen.

Thels verwirrtem Gemüt kam diese Haltung entgegen, und er verbrachte immer mehr Zeit auf der Insel, erst als Handlanger und dann als Schiffsbauer. Er entwickelte ein besonderes Geschick im Umgang mit den Tauen und der Leinwand. Instinktiv spürte er, wie man einen Mast abstützen mußte oder wie man die Segel anbrachte, so daß sie die Wucht der Stürme am besten auffingen. Er kletterte in der Takelage der Sternenschiffe umher, beobachtete Ferrin und wurde unmerklich älter. Natürlich drängten immer wieder Fragen auf ihn ein, und dann konzentrierte er sich verbissen auf seine Arbeit, damit die Fantasie sich nicht zu Antworten verstieg, die er niemals begreifen würde.

Er sah Bauer und Pagent immer seltener; auch sie stellten ihre Besuche auf der Werft allmählich ein. Pagent half dem Kartographen beim Anfertigen neuer Atlanten. Seine Navigationskenntnisse kamen ihm dabei sehr zugute. Bei seiner letzten Begegnung mit Thel hatte er dem Jungen anvertraut, daß er sich um einen Platz bei der ersten Gruppe bewerben wolle, die dem Tagstern durch die Schale der Nautilusmuschel folgte.

Der Junge zeigte sich überrascht, daß die Arbeiten bereits weit genug gediehen waren, um das Planen einer Expedition zu gestatten. Pagent mußte zugeben, daß die Vollendung des zweiten Tagsterns noch in weiter Ferne lag, aber in Ferrin spielten ein paar hundert Jahre kaum eine Rolle. Seiner Schätzung nach konnte der Start in etwa dreißigtausend Jahren – gemäß der Zeitrechnung von R – erfolgen.

Thel war erschüttert von den Worten des Navigators.

»Und du glaubst wirklich, daß du dann noch am Leben bist?« fragte er naiv.

»Warum denn nicht?« entgegnete sein Vorfahr ruhig. Er schien nicht zu merken, wie sehr der Junge darum kämpfte, die Realität in den Griff zu bekommen.

Der Rahschoner, mit dem Thel seine erste Reise machte, war nicht der größte Segler, der das Delta verlassen hatte, aber er war neu und wendig und bemerkenswert seetüchtig. Kurz vor seinem Aufbruch hatte sich Thel auf die Insel Rolt begeben, um dem Navigator von seinen Plänen zu erzählen. Aber er traf nur einen Gehilfen an, der ihm erklärte, Pagent sei auf einer der Turminseln, um herauszufinden, wie seine Navigationsinstrumente im Licht des zweiten Tagsterns funktionierten. Bauer befand sich auf den Docks, um neue Informationen für seine Karten zu erfragen.

Thel versuchte Pagent auf der Turminsel ausfindig zu machen, aber es überraschte ihn nicht, als ihm zwei junge Männer am Eingang des Bunkers den Zutritt verwehrten. Auf Ferrin verachtete man die Akademie-Insel, weil sie an die Zeit und den Tod erinnerte. Die Leute, die auf die Meere hinausfuhren, waren nur Boten und Handlanger für die Intellektuellen, die aus dem Rohmaterial den zweiten Tagstern formten. Sie gaben sich nur mit bekannten Gefahren ab. Die Tatsache, daß ihre Schiffe oft von den Stürmen der Zeit und den Ausläufern des Chaos zerstört wurden und daß sie selbst trotz aller Schutzmaßnahmen schneller alterten als die Bewohner von Ferrin, betrachtete man beinahe als ein persönliches Versagen.

Thel kehrte zu seinem Schiff zurück, halb erleichtert, daß er die Perfektion von Ferrin hinter sich ließ, aber auch verärgert, weil er keine Beziehung zu dieser schönsten aller Städte fand.

Sie lichteten die Anker, und das Schiff bahnte sich seinen Weg aus dem Hafen. Obwohl Thel sie schon früher bemerkt hatte, überraschte ihn die Vielzahl der Kriegsschiffe, an denen sie vorüberkamen. Zerstörer, Korvetten, Flugzeugträger, die Decks bepackt mit drohenden Geschütztürmen und Flugzeugstaffeln, lagen dicht nebeneinander vor Anker. Sie patrouillierten die

Welten um Ferrin, sicherten die Länder, die sie erreichen konnten, und richteten Stützpunkte ein, von denen aus sie die schwachen Segelboote schützen konnten, deren Reichweite nur durch die Lebensspanne ihrer Besatzung begrenzt war. Thel sah ihre Notwendigkeit ein, aber er hegte den schwachen Verdacht, daß sie auch die Aufgabe hatten, Ferrin bei einem eventuellen Versagen des zweiten Tagsterns vor dem Untergang zu retten.

Die Sternensäulen der Stadt verschwanden unter der Linie des Horizonts. Thel und sein Schiff blieben allein auf dem Meer, dessen Oberfläche an gehämmertes Silber erinnerte.

Sie segelten eine Ewigkeit dahin, vorbei an Inseln und Archipelen, vorbei an fremden Küsten. Gelegentlich begegneten sie einem der Forschungsschiffe, die Daten über die Welten der Spirale sammelten und an Leute wie Bauer weitergaben. Manchmal begleitete sie ein Pegasus oder ein Greif, um dann wieder zurückzuschweben zu seinem Horst auf den Klippen. Albatrosse und Barrakudas, Seeteufel, Wale und Riesenschildkröten leisteten den Matrosen Gesellschaft. Sie liebten die Stürme, die den Ozean zu einer Gebirgslandschaft auftürmten, aber auch die Flauten, die an die stillen friedlichen Parks von Ferrin erinnerten. Manchmal dachte Thel, daß es auf einer der Inseln vielleicht ein Mädchen gab, deren Augenfarbe je nach Lichteinfall wechselte wie das bunte Glas eines Kirchenfensters.

Endlich entdeckten sie den ersten Stern. Thel fühlte sich geschmeichelt, als der Kapitän ihn dazu auserwählte, den Lichtpunkt vom Himmel zu holen. Er erklomm die Seile und erreichte die Marsstenge. Der Stern war größer als das Fragment, das er in R gefunden hatte; er brannte gelbweiß und hatte an den Rändern einen rubinfarbenen Schimmer. Thel spürte seine

Wärme und überlegte, um wieviel näher das kleine Stück den zweiten Tagstern zur Vollendung bringen würde.

In den Jahren danach fing Thel noch viele Sterne für seine Schiffe ein. Truhe um Truhe füllte sich mit ihrem gleißenden Licht und wurde heimgebracht nach Ferrin. Und immer wieder zog es ihn auf das Meer hinaus. Er redete sich ein, daß es die Romantik des nächtlichen Ozeans war, die ihn fesselte und von der Heimkehr abhielt, aber im Grunde wußte er, daß er Angst vor Ferrin und dem zweiten Tagstern hatte.

So verbrachte er seine Zeit auf See, entdeckte neue Inseln und Kontinente und wurde unruhig, sobald die Reise dem Ende zuging und er mit Bauer und den anderen Kartenzeichnern auf den Docks von Ferrin sprechen mußte. Er horchte kaum auf die Fragen, die sie ihm stellten; seine Blicke wanderten immer wieder zu den Navigationstürmen und der rosa Dämmerung, die sie verbreiteten.

Seine Fahrten wurden ausgedehnter, nicht nur aus Furcht vor Ferrin, sondern weil die Sternenfelder im Umkreis der Stadt keine Ausbeute mehr brachten. Zwar kehrten die Schiffe immer noch mit vollbeladenen Truhen heim, aber die Abstände zwischen Auslaufen und Rückkunft vergrößerten sich beträchtlich.

Sie befanden sich auf einer Reise nach Süden und dann nach Südwesten – Thel hatte es inzwischen zum Navigator auf einem Vollschiff gebracht – als in der Nähe einer unbekannten Küste ein Sturm von ungewöhnlicher Heftigkeit losbrach.

Das Schiff war eins der besten der Sternenflotte von Ferrin, aber es war auch uralt. Ein Teil der Mannschaft hatte von Anfang an erklärt, daß es leichtsinnig sei, es noch einmal auslaufen zu lassen. Aber die Kommandanten auf der Akademie-Insel hatten beweisen wollen, daß es genauso zeitlos und unsterblich war wie die großen Metallschiffe, die durch die Meere von Ferrin zogen.

Der Kreuzmast zersplitterte und fiel auf das Achterdeck, so daß der Steuermechanismus zerstört wurde. Thel und die Mannschaft kämpften mit den Segeln. Sie versuchten, das Schiff in tiefes Wasser zu bringen und dort zu ankern, bis der Sturm vorüber war. Aber die Böen zerfetzten die Leinwand und die Haltetaue.

Thel empfand nicht eigentlich Angst. Eingehüllt in den Wind und das Meer, konnten ihn die Ungeheuer der Finsternis nicht finden. Es schmerzte ihn, daß das Schiff nun doch untergehen mußte, und er fragte sich, ob die Bewohner von Ferrin seinen Schmerz teilen würden.

Die Überlebenden standen am Strand und beobachteten, wie ihr Schiff in der tobenden See versank. Es nahm die drei Sternfragmente, die sie bereits eingefangen hatten, mit in die Tiefe. Hinter ihnen erstreckte sich eine trostlose Ebene, auf der nur hartes Seegras wuchs.

Keiner sprach, solange der Sturm anhielt. Als das Meer sich endlich beruhigt hatte, wandten sie sich ab und gingen ebenso wortlos davon. Jeder wählte einen anderen Weg, aber sie alle bewegten sich mit den steifen, torkelnden Schritten von Menschen, die aus einem langen Traum erwacht waren.

Thel, der Zweite Maat und der Schiffsprofos schlugen den Weg nach Norden ein, der Küste entlang. Vielleicht dachten sie, daß sie irgendwann wieder nach Ferrin gelangen mußten. Aber als die Sonne im Osten aufstieg, erkannten sie, daß dies unmöglich war. Sie standen sich als Greise gegenüber. Die Haut, die im Saphirlicht von Ferrin so glatt wie Elfenbein gewirkt hatte, war faltig und grau. Man hatte sie aus dem

Schlaf geschreckt, und sie besaßen nicht einmal mehr die Kraft zu einem neuen Traum.

Der Maat wandte sich bald zurück nach Süden. Er hatte als Netzmacher begonnen und hoffte, an der Küste auf ein paar Fischerdörfer zu stoßen. Der Schiffsprofos verabschiedete sich ebenfalls. Er wählte das Land im Westen, weil er aus einer Gebirgsstadt kam und ihn die Gegend entfernt an seine Heimat erinnerte.

Thel ging weiter nach Norden, bis er ein paar kärgliche Weizenfelder erreichte. Auf einem Plateau erhob sich eine kleine, von Wällen umgrenzte Stadt. Ein Fluß, halb ausgetrocknet, näherte sich in vielen Windungen der Küste. Menschen arbeiteten auf den Feldern. Sie vertrieben die Krähen von den Äckern, die ihnen die Saat streitig machten.

»Habt ihr einen Bäcker in der Stadt?« fragte Thel einen der Männer, die ihn mißtrauisch musterten.

Nach einer Weile nickte der Angesprochene. »Sogar drei«, entgegnete er bedächtig. »Aber unsere Stadt wächst, und sie können Helfer gebrauchen.« Der Mann deutete mit dem Stock zum offenen Stadttor. »Suchen Sie die Straße der Juweliere, und fragen Sie nach Terringer. Der hat am meisten Arbeit.«

Thel bedankte sich und wollte seinen Weg fortsetzen. Doch dann hielt er noch einmal an und erkundigte sich nach dem Namen der Stadt. »Y«, erklärte der Farmer und fügte stolz hinzu: »Die Leute hier in der Gegend sagen, daß es die schönste Stadt der Erde ist.«

Thel erwiderte nichts. Er hatte Angst, daß seine Stimme zittern könnte. Tränen stiegen ihm in die Augen, und er ging rasch weiter.

Die Straße der Juweliere war eine schmale Gasse entlang der Südmauer, mit blankem Stein auf der einen und niedrigen Läden und Häusern auf der anderen Seite. Die Rinnsteine stanken entsetzlich. Thel mußte sich die Nase zuhalten, als er nach der Bäckerei suchte.

Terringer war ein fetter Bursche in mittleren Jahren, der einen unangenehm scharfen Schweißgeruch verbreitete. Aber sein Laden wirkte größer und sauberer als die meisten anderen Läden von Y, und sobald er sich davon überzeugt hatte, daß der Alte nicht an Aussatz litt, gab er ihm Arbeit.

Eine Zeitlang begnügte sich Thel damit, Brot zu backen und kleine Fleischpasteten herzustellen, die ihm das Lob Terringers einbrachten. Aber dann begann er nachts durch die Stadt zu wandern, und nach einigem Suchen entdeckte er einen ausgetrockneten Entwässerungsgraben, der unter der Stadtmauer hindurchführte.

Im Norden der Stadt erstreckte sich eine Halbinsel mit einer Hügelkette zur Küste hin, und als Thel diese Hügel erklomm, fühlte er sich zum erstenmal seit dem Schiffbruch glücklich, denn am Horizont zogen die geisterhaft hellen Segel eines Sternenschiffs vorbei. Der Anblick weckte in ihm wieder all die widersprüchlichen Gefühle, die er in Ferrin, jener mythischen Stadt, empfunden hatte.

Jetzt, da ihn das Meer nicht mehr unmittelbar beschäftigte, verzehrte er sich manchmal vor Sehnsucht nach den Navigationstürmen und gläsernen Brücken von Ferrin. Dann wieder versuchte er jeden Gedanken an die Stadt auszulöschen. Er sah R und Y, Städte, die sich gegen die Schrecken der Nacht abkapselten. Und er stellte sich vor, wie das Licht des zweiten Tagsterns aus der Schale der Nautilusmuschel in das Dunkel der

Urmaterie floß. Wenn er sich nicht täuschte, befanden sich R und die Ruine des Leuchtturms an der Küste etwa hundert Meilen nördlich von hier. Vielleicht sollte er dorthin zurückkehren und warten, bis eine Gruppe von Ferrin kam, um den Leuchtturm zu reparieren. Das war dann der Fall, wenn sie den zweiten Tagstern vollendet hatten und einen Orientierungspunkt am Ursprung des Zeitwinds benötigten, ein Licht am anderen Ufer. Aber nach Pagents Zeitplan dauerte das noch fünfundzwanzigtausend Jahre.

Vielleicht sollte er die Reise dennoch auf sich nehmen. Er fühlte sich Marne sehr viel näher, jetzt, da er unweigerlich aus seinem Traum erwacht war. Aber wenn Marne sich nie aufgerafft hatte, nie zum Highway gelangt war, dann lebte er jetzt seit mehr als dreitausend Jahren nicht mehr.

Eines Nachts jagte ein Herbststurm vom Südwesten her über die Stadt, und Thel zitterte frierend unter seinen Decken. Regen schlug gegen die Fensterscheiben, und der Wind heulte durch die Backstube, über der er seine Kammer hatte. Er wäre gern draußen auf der Halbinsel gewesen, denn die Stürme der Erde hatten ihn immer eng mit Ferrins Segelschiffen verbunden. Aber er fühlte sich zu alt und müde, um den weiten Weg zu wagen.

Als er am nächsten Morgen mit der Arbeit begann, fühlte er sich besser, denn der Sturm hatte für kurze Zeit den Gestank aus den Gassen vertrieben. Die Luft war rein und trug etwas von der Frische der Weizenfelder zu ihm. Er dachte nicht mehr an den Sturm, bis Terringers ältester Sohn die Backstube betrat.

Der Junge war um die vierzehn und ebenso plump wie sein Vater. Er wirkte jedoch im allgemeinen sehr viel stiller und verträumter als der jähzornige, ungestüme Bäckermeister. Thel hatte den jungen Terringer schon oft nach seinen Träumen und Gefühlen fragen wollen, aber er scheute immer wieder davor zurück, weil er fürchtete, der Junge könnte ihn falsch verstehen.

So erschrak er, als der Bub plötzlich vor ihn hintrat und ihn über Segelschiffe auszufragen begann. Der Sturm hatte, wie Thel erfuhr, ein solches Schiff in der Nacht angetrieben, und der Junge war mit hinausgegangen, um es zu betrachten.

Schmerz stieg in dem alten Mann auf. Er stellte sich vor, wie die einfachen Landleute mit verständnislosen Mienen um das gestrandete Sternenschiff herumgestanden waren. »Und habt ihr etwas gefunden?« Thel wagte es nicht, den Jungen bei dieser Frage anzusehen.

»*Ich* habe etwas gefunden – die anderen nicht.« Thel blickte von seiner Arbeit auf. »Etwas ganz Komisches«, fuhr der Junge fort und lächelte, doch dann wirkte er plötzlich mißtrauisch und verstockt. »Aber ich habe es gut versteckt, Alter, so daß es keiner von euch finden kann!« Die kleinen Augen hinter den Fleischwülsten blitzten. Dann lief Terringers Sohn zur Tür. Thel sah ihm müde nach, die Daumen in die Bäckerschürze gehakt. Er überlegte, was der Junge aus dem Wrack mitgenommen haben konnte. Ein Sternfragment oder nur einen Messingkompaß?

Terringers Sohn stand in der Tür. Zwei Kunden waren im Laden; sein Vater warf ihm einen neugierigen Blick zu. Thel sah, wie der Junge den Blick abwandte. Er begann zu zittern, und Thel merkte, daß er nicht wußte, ob er die Wahrheit sagen sollte oder nicht. Wahrscheinlich hatte er Angst, daß man ihm seinen Fund dann wegnehmen würde.

Noch einmal setzte der Kleine zum Sprechen an, doch dann preßte er die Lippen zusammen und rannte ins Freie. Thel wollte ihm folgen, aber der Blick des alten Terringer hielt ihn zurück. »Bleib bei deiner Arbeit, Alter! Wir wollen uns doch nicht von lächerlichen

Kinderträumen beeindrucken lassen, oder?« Es schwang keine Drohung in seiner Stimme mit, kein Hinweis, daß der Bäckermeister etwas von den Ereignissen der letzten Nacht wußte. Er traf nur eine simple Feststellung, und im Moment war Thel zu müde und verbraucht, um ihm zu widersprechen. Aber er war zufrieden.